ギリシア・ローマの文学

高津春繁

講談社学術文庫

ギリシア・ローマの文学

高津春繁

講談社学術文庫

はしがき

どこの国の文学にもしきたりというものがあって、これを無視してはその文学は理解できない。外国の文学の評価鑑賞にあたって、このしきたり、伝統、環境を知らないために、間々見当違いの批評や解釈が行なわれることがある。これは現代の場合でもそうであるから、ギリシアやローマのように古い時代の遠くはなれた民族の文学においては、最も留意してこの誤りを犯さぬようにしなくてはならない。

われわれ日本人にとって、いちばんわかりにくいのは、ギリシア・ローマの文学が何よりも先に、音声による文学であったことであろう。詩はギリシアでは歌うものとして発達した。ホメーロスの叙事詩も古くは竪琴の伴奏による歌だったし、サッポーの叙情詩も歌であった。エレゲイアは笛を伴った。ピンダロスのあの壮大な複雑極まる詩は音楽と踊りと歌との複合体であった。劇が音声によるものであるのはいうまでもない。散文もまた同じである。たんに事実を記すための覚え書きではなくて、文学として公表されたものは、すべて音声を伴うことを前提としていたといってよい。ひとりで読む場合でも、黙読の習慣はまだ一般化していなかったのである。文は朗々唱すべきものでなくてはならなかった。あるいは実際にアンティームに話すようなものでなくてはならなかった。それは、言いかえれば、巧みな話術なのである。ここに散文におけるリズムの重視とか演説が文学の一つとして重視された原因がある。散文はことばを詩型という枠から解き放っただけで、なお詩の後継者として、口頭の文学の面影を多分に残していたのである。これはプラトーンの対話のような哲学的な内容のものでも、また歴史でも、同じであった。このことは、ローマにおいても同じ、いやある意味ではいっそう強くなった。帝政時代の初めから朗読による作品発表がますます盛んとなったからである。そしてこの音声による文学の伝統は今日でもなお西欧には根強く残っているのである。

いま一つわれわれに理解が困難なのは、ギリシアとローマの文学における形式の問題である。ギリシアは叙事詩、種々の叙情詩——これを古代ギリシア人は、たんに「歌（メロス）」と呼んだ——劇、散文と次々に新しい文学の領域を開いていくにつれて、新しい形式を生んだ。ある文学の種類の形式が一度確立すると、この形式は変わらない。たとえば、叙事詩は常にホメーロスと同じ韻律によらねばならない。そうでなければ、内容は叙事詩的であっても、それは叙事詩とは呼ばないのである。この形式は韻律に限らない。古代ギリシアには多くの方言があって、文学の種類によって使用方言が異なり、語彙が異なるが、これも厳重に守られる。このために、アリストパネースの喜劇の中に一行の悲劇からの引用やもじりがあっても、それとわかるのであって、作者も見物がこれを理解するものと期待しているのである。詩と散文の表現法も厳格に区別されていた。だからこそプラトーンの対話の中に見える詩的な用語が生きてくるのである。

これは古典古代がその名のごとくに古典主義であったことを意味する。作家は前人の作品に、全部暗記しているほど通暁し、それを手本としながら、自分の新しい道を切り開いていったのである。ギリシア文学を模して自分の文学を創造したラテン文学ではこれは特に著しい。ギリシア文学の翻訳翻案からしだいにラテン的ローマ的なものが滲み出してきたのである。

本書では、以上のような点にとくに留意してギリシアとローマの文学の流れを説明するべく努力したつもりである。このためには、かつて著者が試みたように、文学の種類別にその動きを追ったほうがよかったかも知れない。さらにグレコ・ローマ文化の中で、ギリシアとローマの両方の文学をいっしょに扱ったほうがわかりやすかったかとも思われる。しかし、そうすると、前の場合には同時代の文学の傾向や物の考え方や史的背景の関連が失われる。後の場合には、いちいちこれはギリシア、これはローマと断わらねばならないうえに、両者の社会的背景があまりにも異なりすぎる。それで考えあぐんだ末に、普通の時代順の方法を取ったのであるが、紀元前四世紀までの、ギリシアの最も創造的な時代は、とくに具体的に詳しく述べることとしたのである。

さらに一言断っておきたいのは、本書は主として伝存する文学史上の傑作を中心としたことである。湮滅した、現存の何十倍もの作品に傑作がないというのではなくて、今までにいちばん多く読まれ、今後も読まれるであろうものの説明を大切と考えたからである。

原稿を本にするに当たって、原稿の整理、挿図の配置などの面にわたって、同学の友人細井（松川）敦子さんの世話になった。また明治書院の鈴木正五氏の熱心さがなければ、この本はなかなかでき上がらなかったろう。

昭和四十二年一月九日

高津春繁

目次

ギリシア・ローマの文学

ローマの文学

ギリシア・ローマの文学

ギリシアの文学

ギリシア英雄叙事詩

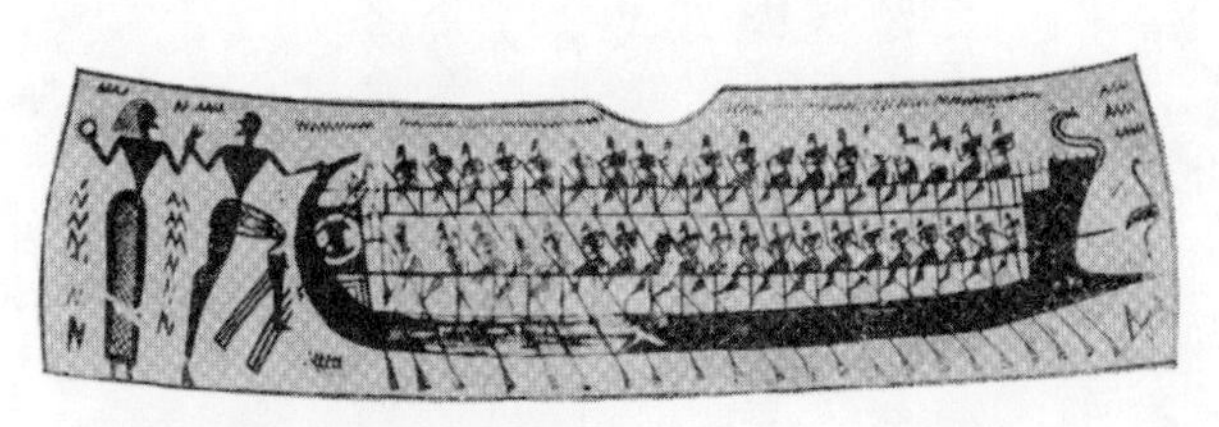

ヘレネーの誘拐（幾何学文様土器）

英雄時代

輝かしい巨人たち

さて、この族をも大地が蔽いかくした時、クロノスのみ子ゼウスはいま一つ、第四の族を実り豊かな地上に創り出した、武勇と正義の英雄の族を。限り無い大地に住む、われらに先立つ、半神と呼ばれる人々。その中のある者共を禍なる戦とむごい合戦が、あるいはカドモスの地なる七つの門のテーバイでオイディプースの群羊を争ううちに、あるいは麗しい髪のヘレネーのために大いなる海の淵を越え、船でトロイエーへと連れ行き、滅ぼした。かしこで、ある者を終わりなる死が包みかくしたが、ある者には、クロノスのみ子、父なるゼウスは、人の世のはるか彼方、大地の果てに住まわせ、糧と住居を与え給うた。かくして幸多き英雄たちは憂いなき心のうちに、深く渦まくオーケアノスのほとり、幸せの島々に住まい、穀物をもたらす大地は年毎に三度蜜の如くにあまい実りをもたらす。(ヘーシオドス『労働と日々』一五六―一七三行)

これはホメーロスと並び称せられたギリシアの教訓叙事詩作者ヘーシオドス Hesiodos の『労働と日々』の一節である。彼はここで人間の五代を歌っている。第一代は大神ゼウスの

父クロノスの御代に、太古、大地に住んでいた黄金の族である。彼らは老いることなく、病におかされることなく、働かず悲しみなく、日夜宴に過ごし、地は自ら実り、死は眠りの如くに訪れる。第二代は白銀、第三代は青銅の族である。人間は漸次堕落し、憂いは増し、争いは激しく、青銅の時代には、人々は青銅の武器をふるって戦いにあけくれ、自滅する。第四代が英雄の時代である。ここで人間は名誉と勇武の時代を迎えたが、彼らも去り、第五代の鉄の時代にはいる。これこそ作者自身の時代であって、人間は堕落の底に落ち、不正と争いとが世を蔽いかくし、「昼は労働と嘆きのやむことなく、夜には破滅がおとずれる」（一七五―一七八行）。『労働と日々』はこの憂いの世における労働と正義の徳とを、人間の尊厳を謳いあげた、勇気に満ちた歌である。

ゼウス像

　ヘーシオドスは紀元前八世紀の人であるが、すでに彼の時代に半神の英雄たちはこのように伝説の裡に超人として考えられていた。それは彼が言うように、テーバイで戦い、トロイエーを包囲した人々の世であった。神々が親しく地上に降り立ち、人間と交わった時代である。これこそ、ホメーロスを始めとする数々の叙事詩人たちがその誉れと勲とをたたえ唱った、ギリシア神話と英雄伝説との時代である。ヘーシオドスは明らかにこれを一つの幕を通して眺めている。それは彼が現在生活している汚辱と不正に満ちた、神々にも見捨てられた世とは別個の輝かしい巨人たちの舞台である。ホメーロスもまたその歌の中で英雄たちの非凡な膂力(りょりょく)に驚嘆している。トロイエーの戦場の勇士たちは、現在ではふたりの大の男ももたげえないほどの大石を軽々と投げ合うのである。彼らの武器は黄金と白銀にかがやき、彼らの宮廷は月か星と見まがうばかりに壮麗であり、その庫(くら)は貴重な什器、衣服、葡萄酒にみちあふれている。まことに彼らはヘーシオドスの言うように半ば神であった。

闇の彼方に、炬火(たいまつ)の投げる光の裡(うち)に、周囲をかこむ暗黒の中からかがやき出たようなこの英雄時代は、しかし、古代のギリシア人にとっては、たんなる伝説やお伽噺(とぎばなし)の世界ではなかった。それは、彼らにとっては、歴史だったのである。彼らは、紀元前五世紀の悲劇詩人アイスキュロスの『テーバイ攻めの七将』の戦闘も、ホメーロスのトロイエー戦争も実際の出来事として疑わなかった。アイスキュロスと同じ世紀の終わりに歴史をつづったトゥーキュディデースは現実的な合理的史観に徹した男であるが、彼もトロイエー戦争を史実として慎重に取り扱い、この遠征の総帥アガメムノーンの権力の由来、参加人員、軍船の装備など根拠を挙げつつ推論している。

古代のギリシア人の計算によると、トロイエーの戦いの年代は紀元前一二世紀とされている。ホメーロスの叙事詩で名高いこの物語は英雄時代の最後を飾る大遠征であった。ギリシア英雄伝説をみると、その初めは、北はテッサリアから、中部ギリシアを経てペロポネーソス半島に至るまで、英雄諸家はそれぞれ別個の系譜をもち、割合いに狭い地域的な事件が主となって展開する。そこには多くの伝説圏が入り乱れて存在している。もちろん、英雄諸家は相互に婚姻によって結ばれ、交遊関係によってつながれていたから、相互に全く絶縁状態にはありえないけれども、テッサリアとかアルゴスとかボイオーティアとか、おのおのの地方地方の英雄たちが別々に武勲を立てている。ところが、英雄時代も終わりに近づいてくると、全ギリシアの人々を集めた大規模な事件が展開されるようになる。しかもそれはトロイエー戦争の前の一代か二代の間に集中されている。

カリュドーンの猪狩、アルゴー船の遠征、テーバイ物語、そして最後にトロイエー遠征。ギリシア軍はこの遠征でトロイエーを滅ぼし、美姫ヘレネーの奪還に成功したけれども、その後の英雄たちの運命には悲惨なものが多い。総帥アガメムノーンは自分の后とその情夫に暗殺された。帰途海の藻屑(もくず)となった者も多い。ついに帰国し得ず、異境に生涯を送った英雄もある。オデュッセウスは一〇か年間海上にさまよい、帰国ののち、再び旅に出たが、最後には誤ちによるとは言え、自分の子の手にかかって世を去った。

英雄時代はトロイエーに遠征した人々の子か孫の時代でぷっつりと切れている。系譜にはその後の子孫の名があるのも見うけられるが、ほとんど名のみである。トロイエー戦争ののちにはギリシアに混乱が続いた。トロイエーからの帰国がおそかったために、多くの事件が生じ、内乱が打ち続き、多くの者が国を追われ移住した。「現在のボイオーティア人はイーリオス（トロイエー城のこと）の陥落後六〇年目に、テッサリア人によってアルネーより追われて、以前はカドモスの地、現在はボイオーティアと呼ばれている所に住んだ。ドーリス人は八〇年目にヘーラクレースの後裔たちとともにペロポネーソスを占領した」（トゥーキュディデース、第一巻一二）。ここにいうヘーラクレースの後裔とは、この名高い英雄の子ヒュロスから数えて四代目の曽孫を指す。ヘーラクレースはアルゴスの王家の出であるが、ゆえあって国を去った。その子孫たちは父祖の地を回復しようと志し、北ギリシアの一小国ドーリスの人々とともに幾度か帰還を企てたが失敗した。その間にアルゴスの王権は別の家に移った。アガメムノーンはこの新しい王家に属する。ヘーラクレースの後裔は、こうして、ヒュロスの曽孫の代にようやくペロポネーソス全土を征服したのである。この事件によって英雄時代の多くの諸家は断絶した。輝かしいこの時代はかくして終わりを告げ、トゥーキュディデースのいう騒乱の時代がなお続いた。神々はもはや地上には降り立たず、はるかな天上の存在となった。そしてやがて、小アジアやシシリア島への植民の時代が始まる。

これが古代のギリシア人の伝承である。冷厳な史家トゥーキュディデースも、これに経済的な立場から新しい解釈を下しつつ、なおその史的事実であることを疑わなかった。彼のいうところやその他の古代の伝承を総合しても、われわれの知識には大きな空白があることに気がつく。歴史時代のギリシアは、おおよそ紀元前八世紀に始まる。それ以前に遡りうる確たる文献的資料はない。すべては紀元前八世紀で切れているといってもよいのである。古代ギリシア人が歴史時代に使っていたギリシア文字による資料も、やはり、この世紀にしか達しない。われわれのギリシア文字の起源に関する知識はまことに乏しいので、確たることはいえないのであるが、ギリシア人がフェニキア文字から彼ら独特の文字を創り出したのもおそらくこの世紀初めか紀元前九世紀後葉のころと思われる。こうして彼らは文字による記録を残し始めた。それ以前の記憶は口頭による伝承と神話と英雄伝説の中に混合したのである。英雄時代が紀元前一二、一一世紀に終わったとすると、紀元前八世紀までの間には三、四世紀の大きな空白の期間が残る。この間にギリシア人は小アジアの沿岸一帯に移住した。しかし、この時期に関する伝承はまことに乏しく、物語もほとんどない。これが古代ギリシアの暗黒時代である。それはトゥーキュディデースのいうように大きな混乱と社会的変動の騒乱期であった。

英雄時代の発掘

一八七〇年ごろまでは、学者たちは英雄伝説時代を古代ギリシア人のたくましい想像力による、文字どおりに物語の世界と考えていた。この迷妄を破ったのがハインリヒ・シュリーマン Heinrich Schliemann（一八二二—九〇）である。この波乱にみち、夢多い生涯を送った投機師、実業家、比類のない記憶力に恵まれた語学者、素人考古学者は、ホメーロスの物語を信用して、ダーダネルス海峡にのぞむトロイエーを発掘し、また紀元後二世紀の『ギリシア案内記』の著者パウサニアース Pausanias の記述を鵜呑みにして、アガメムノーンの居城と称せられるミュケーナイ Mykenai を掘って、おびただしい先史時代の遺物遺構を発見した。それは従来人々が想像もしなかったほど高度な華麗な豊かな文化であった。ずぶの素人の乱暴な方法による発掘を最初は頭から馬鹿にしていた学者たちも、土から出てきたこれらの品物や遺構を見せられて、やがてギリシアの先史に関する考え方を改めざるをえなかった。英雄伝説の時代は鋤(すき)によって復活したのである。クレータ島におけるエヴァンズ Sir Arthur Evans のクノーソス Knossos 宮殿の発掘を始めとする、英仏米伊のこの南海の大島の多くの先史時代の華麗な遺跡の発掘は、ミュケーナイ文化に先立つ、さらに古い進歩した文化がクレータを中心にエーゲ海に咲きほこっていたことを明らかにした。またギリシア本土においても、ミュケーナイのほかにペロポネーソスのティーリュンス Tiryns、ピュロス Pylos、アテーナイのアクロポリス、エレウシース Eleusis、ボイオーティアのオルコメノス Orchomenos、さらに北方の地方に数多くの同時代の遺跡が発見されて、この文化が先史時代のギリシア全土を蔽(おお)っていたことが判明した。

この、ミュケーナイを中心とするギリシア本土の文化は、それよりも古いクレータ文化とは異なり、ギリシア人の祖先のものである。おおよそ紀元前二〇〇〇年のころに、彼らは北方からギリシアに侵入して、土着の民族を征服した。ミュケーナイ城の文化が最初に独自の色彩をもって開花したのは、紀元前一六世紀の中葉以後と考えられている。シュリーマンが発掘したミュケーナイの竪穴墳墓はこの時期に属する。したがって、これは、彼が考えたアガメムノーンのミュケーナイではありえない。これは、このトロイエー遠征の指揮者よりも三、四世紀古いものである。ギリシア人の祖先はギリシアにはいって、やがてクレータ文化の影響下に独自のミュケーナイ文化を創(つく)り出した。紀元前一五世紀に彼らはついにクレータ

ミュケーナイの竪穴墳墓

のクノーソスを占領し、エーゲ海全域を支配するにいたった。この時代から紀元前一二〇〇年ごろまでが、彼らの全盛期である。

テーバイ城の攻防やトロイエーを囲む一〇年にわたる戦いはミュケーナイ時代の最後を飾る事件であった。やがてミュケーナイ時代は激しい騒乱のうちに崩壊した。ピュロス城は猛火によって焼失した。ミュケーナイでは同じころに城外の家々は焼かれたが、巨大な城壁によって守られている城そのものは、なお五〇年の間もちこたえたのちに、落ちた。ギリシア全土を襲ったこの騒乱に、生き抜くことをえたのはアテーナイのアクロポリスだけであった。しかしここでも、この時期に新しい井戸を設けるなど、危急に備えるための手段が講ぜられた。考古学が教えるこの混乱こそ、ギリシア人の伝えるヘーラクレースの後裔（こうえい）の帰還によることは疑いがない。問題は、この伝承が何を意味するかにある。

じつは残念ながらそれがはっきりしない。ただ、この時にはいってきた者の大部分が、以前からギリシアにいた人々と同じギリシア民族であったことは確かである。侵入の衝撃によってギリシアの住民の地図は根本的に塗り替えられた。かつてミュケーナイ文化の中心であった

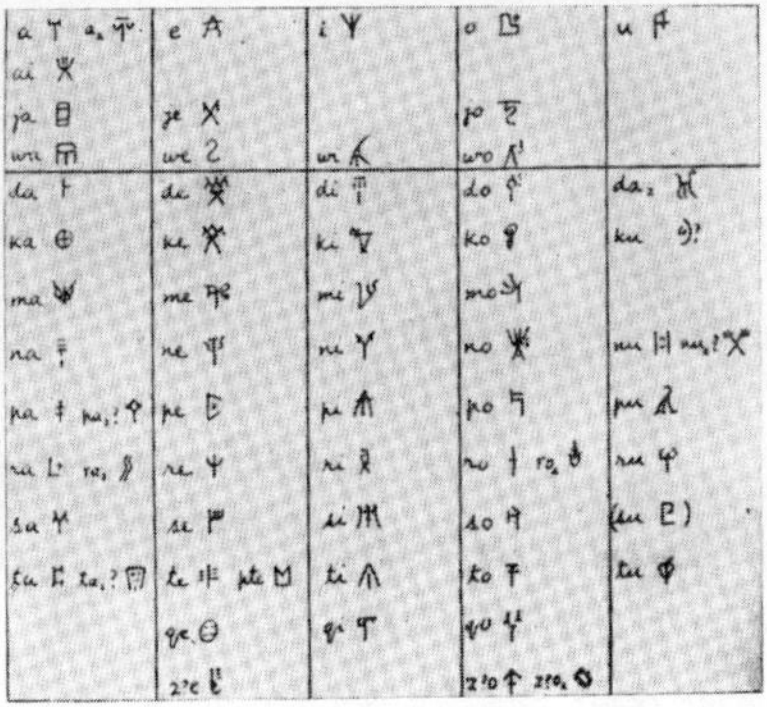

線文字B

ペロポネーソス半島の大部分は新来者の所領に帰した。壮麗な宮殿城塞はつぎつぎに焼き払われて無人の地となった。東洋的な極度に中央集権的な宮廷を中心に成立していた古い国々はひとたまりもなく倒れたのである。ミュケーナイ文化は当時すでに爛熟期を過ぎて、退廃の一途を辿(たど)りつつあった。

幸いにしてわずかではあるが当時の文書が残っている。エヴァンズが今世紀初めにクノーソスを掘った時に、すでに数千枚に上る粘土板に彫りつけた未知の文字による文書を発見した。その後、ギリシア本土でも、あちらこちらからわずかな枚数の同じ文字の文書が出土したが、一九三九年にアメリカの考古学者ブレーゲン Carl W. Blegen が、ホメーロスの『イーリアス』で活躍する老王ネストール Nestor の居城ピュロスの宮跡から数百枚の保存のよい同種の文書を発見するに及んで、学界の興味は新たにこの、エヴァンズが「線文字B」Linear B と名付けた文字による文書に集中した。エヴァンズが自分の発見を公表するのを四〇年も怠っていたのに反して、ブレーゲンが発見した粘土板は第二次大戦が終わるとともに、直ちに発表の準備がなされて、やがて模範的な形で公表された。一九五二―三年に英国の若い建築家マイクル・ヴェントリス Michael Ventris によって解読されて、この未知の文字の下にかくされたことばが古いギリシア語であることが確認されたのである。内容は主として財産目録、人別帳、食糧配給に関する覚え書きであるが、これによって、先に述べたように、ミュケーナイ時代の王国が、それ以前にホメーロスの叙事詩などから推察していたのとは違って、驚くべき官僚機構のもとに統制された東洋的社会であることが判明した。この社会は宮殿城塞を中心にして、余りにも中央集権的であったために、宮殿が陥落すれば、たちまちにして崩壊したのであろう。ここに集中された文化もまた、たちまちにして破壊された。

これにつづく荒廃と混乱と貧困の時代は、しかし、まったくの不毛の時期ではなかった。宮廷文化の花やかさや高度の技術こそ失われたけれども、なおその流れは細々と続いていた。さらに重大なのは、ミュケーナイ文化崩壊後一世紀にして、新しい、歴史時代のギリシア文化の先駆ともいうべき様式が、土器に現われたことである。あるいはこれは、クレータ風ミュケーナイ宮廷文化のもとにかくれていた古くからの民族固有のいぶきがここに再び表面化したのかもしれない。やがてこれが紀元前九―八世紀の、ひじょうにシンメトリカルな、類型的な、いわゆる幾何学文様土器となって大成するのであるが、この新しい様式は、新来者に征服されなかった唯一の地であるアテーナイを中心として発達したらしいので、新来者たるドーリス人が持ちこんだものとはいえない。とにかく、この間に、古い文化とは異質の、古典古代ギリシアの特徴をなすもろもろの性質が芽生え成長した。この間に歴史時代のギリシアの諸方言が発達し、植民が行なわれ、社会体制が培われた。そしてこの間に叙事詩もまた成長したのである。

英雄叙事詩

「イーリアス」

……こう言うと、彼（ギリシア軍の勇将ディオメーデース）は鎧冑に身をかためたまま戦車から地上にとび降りた。つき進む王の胸で青銅はおどろに鳴りひびき、逞しい心の勇士もその物音に魂を消したことであろう。

轟く浜辺に海の波が西風に追われて次々にひしめきあってまき起こり、初めは沖合いはるかに波頭を立て、それから大音とともに陸でくだけ、岬々を囲んで背も高く頭を立て、塩のしぶきを吹き出す。そのようにダナオイ人（ギリシア人）の部隊は次々にひしめきあって、戦いへと押し寄せた。大将は銘々自分の部下を叱咤し、兵士たちは黙々と進んだ。胸の内に声をもってこれほどの大軍が後に従っているとは誰も信じえなかったであろう。彼らは指揮者を恐れて声一つ立てなかった。すべての者の身を包む甲冑は彼らが粛々と進むにつれてきらきらと輝いた。しかしトロイエー人は、数知れぬ雌羊が物持の男の邸の囲いでじっとして、白い乳を絞られながら、雄羊の声を聞いてメーメーと鳴きつづける。そのように鬨の声がトロイエー人の大軍からまき起こった。すべての者が同じ口調、一つのことばではなく、ことばは入りまじり、諸々方々から呼び寄せられた者共であった。彼らは軍神アレースが、ダナオイ人は輝く目のアテーネーと「恐れ」と「敗走」と限りなく狂う「争い」とが、駆り立てた。「争い」は殺戮者アレースの姉妹で伴侶、初めは小さいが、やがてその頭は天を突き、大地を闊歩する。そのとき女神は群れ人の中を行き交うて、あまねき争闘を彼らの中に投入し、人々の嘆きを大きくする。

かくて彼らは相会し合戦が始まった。楯と楯と、槍と槍と、青銅に鎧った勇士たちの力と力とを打ち合わせた。鋲打った丸楯は互いにふれ合って、激しい物音が起こった。殺す者と殺される者とのうめきと勝鬨、流血が大地を蔽った。冬の激流が深い谷間の水量の多い源から山を流れ下って、二つの谿谷の合流点で激しい水を合わせ、その轟きをはるかな山間で羊飼いが耳にする、そのようにこの相うつ人々から号び声と怖れとが生じた。

まずアンティロコスが先頭の者どもの中の勇士、トロイエーの冑をいただく強者、タリューシオスの子エケポーロンを討ち取った。まず濃い立て髪の冑の頂きを打ち、刃は額につき立ち、青銅の穂先は骨を貫いた。彼の目を暗黒が蔽い、塔の倒れるように、激しい戦いのうちにどうと倒れた。

倒れた彼をカルコードーンの子、アバンテス人の心大いなる大将エレペーノール王が、すばやく武具を剝ごうと、両足を摑み、ふり注ぐ矢や投槍をかいくぐって引きずり出そうとしたが、その努力は長くはつづかぬ。死骸を引き行く彼を認めて、大いなる心のアゲーノールが、かがむ彼の楯からあらわになった脇腹を青銅の穂先で突き、手足をなえさせた。かくて命は彼を去り、彼の死骸を争ってトロイエー人とアカイア人（ギリシア人）とのむごい戦闘が起きた。彼らは狼のように互いにとびかかり、摑み合った。

　その時、テラモーンの子アイアースはアンテミオーンの子、逞しい若武者シモエイシオスを打った。彼をかつてその母が、両親に従い羊の番をすべくイーデーの山からシモエイスの川岸に降って生んだ。それゆえ人は彼をシモエイシオスと呼んだのだ。だが彼は両親の養いの恩に報いることはなかった。大いなる心のアイアースの穂先にかかった彼は短命だった。まず進んで来る彼の胸を、右の乳のかたわらをアイアースは突き、青銅の槍は肩を貫き、彼は広大な湿原の草地に生えた白楊樹のように塵にまみれてどうと大地に倒れた。その木は幹は滑らかだが、頂きには枝を出している。それを曲げて、戦車造りが麗しい戦車の車輪を造ろうと、輝く鉄で切り倒すと、木は川岸に横たわり、乾いていく。そのようにアンテミオーンの子シモエイシオスはゼウスの後裔アイアースに討ち取られた。だが、アイアースめがけプリアモスの子、輝く胸当てのアンティポスが群がる者どもを越えて鋭い槍を投げたが、彼には当たらず、オデュッセウスの部下の勇士、死骸をよそに引いて行こうとしていたレウコスの股のつけ根に当たった。彼は死人に折り重なって倒れ、死体は彼の手からはなれた。

彼の討たれるのを見てオデュッセウスは大いに怒り、輝く青銅の冑をいただき、先陣の者どもを抜けて進み、いと近くに立って、あたりをにらみ、輝く槍を投げた。勇士が投げると、トロイエー人はしりぞいたが、オデュッセウスの投槍は無駄には飛ばず、プリアモスの庶子で、足速い牝馬を飼っていたアビュードスからきたデーモコオーンに当たった。彼をオデュッセウスは仲間のために怒って槍でこめかみを打った。青銅の穂先はいま一方のこめかみに突き抜けた。暗黒が彼の目を蔽い、彼はどうと倒れて、身に纏った鎧はからからと鳴った。先陣の者どもと輝かしいヘクトールとは退き、アルゴス人（ギリシア人）は歓声を高らかにあげ、死体を引き、まっしぐらに突き進んだ。ペルガモスの頂きから見下していたアポローンは立腹し、大音声でトロイエー人に呼びかけた。

「立て、馬をならすトロイエー人よ、アルゴス人に一歩もゆずるな。奴らの身体は、肉を切り裂く青銅の刃に耐えるよう、石や鉄のつくりではないぞ。そのうえ、麗しい髪のテティスの子のアキレウスは戦場にはなく、船のそばで心をかむ憤りに身をまかせておるわ！」

このように恐るべき神は城山から言った。一方、アカイア人をゼウスの娘、その名も高いトリートゲネイア（アテーネー女神）が、群がる者どもの間を行きつ帰りつ、ひるむ者をみとめた時に、奮い立たせた。

その時アマリュンケウスの子ディオーレースを運命の桎梏が捕えた。ぎざぎざの石で踵近くの右足を撃たれたのだ。撃ったのは、トラーキア人の大将、アイノスから来た、イムブラソスの子ペイロースだ。両の筋と骨とを無慈悲な石は打ち砕いた。両の手を味方の者どもの方へとさし延ばし、息を引きとりながら、彼は塵にまみれて倒れた。彼を撃ったペイロースは、かけ寄って、槍を臍近くに突き立てると、臓腑はすべて地上に流れ出し、彼の目を暗黒が蔽った。

だがペイロースをアイトーリア人トアースが飛びかかって胸の乳の上を槍で撃ち、青銅は肺の臓につきささった。トアースは近よって、剛槍を胸から引き抜き、鋭い刀の鞘をはらって、ペイロースの腹の真中を刺し、命を奪ったが、鎧は剝ぎ取れなかった。彼の仲間の髪を高くゆい上げたトラーキア人たちが、長槍を手に彼を取りまき、大きく逞しく衆にすぐれているとはいえ、トアースを押し返し、彼はひるんで退いた。このようにふたりは塵の中に並んで延びて倒れた、ひとりはトラーキア人の、ひとりは青銅の鎖かたびらを着たエペイオイ人の頭だ。ふたりをめぐって多勢のほかの者どもも討死した。

その時、まだ鋭い青銅に撃たれず手傷を負わず、戦場の真直中をはせめぐり、パラス・アテーネーがその手を取って導き、降り注ぐ飛び道具をふせいでくれる新手の者とて、もはやこの戦闘を軽んじることは出来ないであろう。トロイエー人とアカイア人の多くの者がこの日に顔を塵にふせ、並んで折り伏したのだ。

これはホメーロスの『イーリアス』Ilias 第四巻四一九行からこの巻の最後、五四四行にいたる個所である。奪われた絶世の美女でスパルタ王メネラーオス Menelaos の后へレネー Helene を奪いかえすべく、メネラーオスの兄アガメムノーン Agamemnon を総大将として、全土の将兵を挙げてトロイエーに遠征したギリシア軍の陣中で、全軍第一の勇者ペーレウスの子アキレウス Achilleus とアガメムノーンの間に争いが起きた。疫病の死の矢を放ったアポローン神を宥(なだ)めるために、神の宮守の娘でアガメムノーンのものとなっている捕虜のクリューセーイス Chryseïs の釈放を求めたアキレウスに腹を立てたアガメムノーンが、自分の女を返す代わりに、アキレウスの愛する捕虜の女を奪ったからである。彼は怒って、戦闘より身を引く。彼の母の女神テティスはオリュムポスに登って、大神ゼウスに子の名誉回復を乞うた。ヘレネーを奪ったトロイエーの王子パリス Paris とメネラーオスは一騎討ちによって事を決しようとする。すでに危いところをパリスは庇護者である愛の女神アプロディーテーに救われた。トロイエー方の弓の名手パンダロスは、トロイエーに対して悪意を抱くアテーネー女神にそそのかされて、愚かにも休戦の誓いを破り、矢を放ってメネラーオスを傷つけ、これによって激しい戦闘が開始される。

トロイエーの攻防戦を舞台とも背景ともしている『イーリアス』にはこの引用のような戦闘の描写がいたる所にある。それは全体の何分の一かを占めている。現に第四巻のここで始まった激戦は第六巻までつづいている。第一六巻のパトロクロス Patroklos の死から、次の巻の彼の死骸をめぐる死闘にいたるまでの大部分はこれと似た戦場の物語である。その間に神々の会議や陣中の有様、あるいは大将たちの評議などが挿入される。

彼らが恐れる無敵の若武者アキレウスが出陣しないことを知ったトロイエー軍はヘクトール Hektor にひきいられて城から出撃し、城とギリシア軍の陣地との間のスカマンドロス川の平野で戦う。ゼウスはテティスとの約束により、神々が戦闘に介入することを許さず、トロイエー方を勇気づける。彼らはギリシア軍の陣地に雪崩(なだれ)入り、ついに船に火を放とうとする。アキレウスの親友パトロクロスはたまりかねて、アキレウスの武具を借り、神馬の引く彼の戦車に乗って戦場に出た。アキレウスと思い誤ったトロイエー軍は総崩れとなった。深追いしてはならぬと友に戒められていたにもかかわらず、パトロクロスは敵をトロイエー城下に追いつめ、獅子奮迅(ししふんじん)の働きをしたが、ついにアポローンの助けを得たヘクトールに討ち取られるのである。

叙事詩の表現と心情

これらの戦闘を読んで驚くのは、その残酷なまでに克明な殺人の描写である。勇士たちは戦車を馳(は)せて戦場にむかい、いつでも必要な時には飛び乗れるように身近に車をひかえさせて、徒歩(かち)で戦う。戦闘は大刀よりは、槍の投げ合いによっている。投げ槍の飛ぶ有様、当たり所、当たり方、負傷の具合、撃たれた者が倒れて、虚空を、砂を摑(つか)み死ぬ有様が多くのヴァラエティーをもって語られる。叙事詩的リアリズムである。ホメーロスは人の殺し方、死に方に異常な興味をもっていたかのようにさえ見える。そこには日本のように丁々発止と切り結ぶ長い戦闘はなく、投げ槍があたるかあたらぬかだけである。槍は戦場を飛び交い、次から次へと目まぐるしく将兵が倒れて行く。

しかし、この微に入り細を穿つ死の描写は、本当のリアリズムではない。『イーリアス』を満たすこの種の場面を総合してみると、さしもヴァラエティーの多い死の描写も、じつは類型であることに気付く。同じ描写が幾度も違った場面で繰り返されている。詩人は数多くの類型を覚えていて、これを巧みに組み合わせているのである。克明な描写は歌の聞き手に、あたかも自ら戦場に身をおいているかのような錯覚を起こさせるための一つの手段にすぎない。ホメーロスは、このように、戦闘に限らず、あらゆる場合に、細かい部分を簡潔に、しかし、くどいまでに歌うのである。

一つ戦闘とはまったく異なる日常の生活からの例を引こう。これは『オデュッセイア』Odysseia 第一巻で、一〇年の放浪から帰らぬオデュッセウスの留守の館で、彼の后ペーネロペイア Penelopeia の求婚者どもが彼の家畜を食い荒らし、酒を飲み、日夜宴にふけって、傍若無人の振舞いをしているのに怒りながら、オデュッセウスの一人息子で、未だ弱年で無力なテーレマコス Telemachos が、い

幾何学文様土器に表わされた戦闘

かんともしがたく、手をこまねいて眺めているところへ、アテーネー女神が父の友人メンテースに身を変えて訪ねる個所である。

「ようこそ、他所のお方、まず腹ごしらえをなさってから、用件をおっしゃっていただきましょう。」

こういって案内すると、パラス・アテーネーは後に従った。高く聳える館にはいると、槍を高い柱のかたわらの、ゆるぎない心のオデュッセウスの数多い槍が立っている、よく磨いた槍立てにもって行き、客人が傲慢無礼の輩と交わって、その騒ぎに気をそこね、食事に嫌気がささぬよう、また帰らぬ父のことを尋ねようと、求婚者共から遠くはなれた所に、敷物を敷き、立派な彫りのある、足台つきの大椅子に女神を坐らせ、自分には象眼した小椅子を置いた。すると手洗の水を婢女が麗しい黄金の水差しにもって来て、洗うようにと白銀の水盤に注ぎ、磨きのかかった卓のかたわらにしつらえた。おごそかな女中頭はパンを運び、蓄えを惜しみなくさまざまな馳走とともに供し、肉切りは幾色もの肉を皿に盛り分け、ふたりのそばに黄金の杯を置き、従者は繁く酒をついで回った。(一二三―一四三行)

やはり念の入った描写である。しかし、これと同じ描写が『オデュッセイア』で何回も繰り返されているのである。これもまた、叙事詩的写実なのである。ホメーロスは自らその場を目撃したかのように物語るが、これが叙事詩の手法なのである。『オデュッセイア』第八巻で、オデュッセウスは叙事詩の歌い手デーモドコスをほめて、「デーモドコス、わたしはあなたをあらゆる人にましてほめたたえる。あなたの師はゼウスの姫のムーサーか、それともアポローンに違いない。アカイア人の運命、彼らが何を行ない、どんな苦労困難をなめたかを、みんなまるで自分でその場にいたか、その場にいた人から聞いたかのように、まことに見事に語るからだ」（四八七―四九一行）。

しかし、これらの描写は、先に述べたように、ホメーロス当時の叙事詩の既成のきまり文句だったのである。作者は子どものころから多くの叙事詩を耳にし、記憶する。やがて記憶は蓄積され、作者は努力なしに自在にこのことばを使えるようになる。ギリシア叙事詩のことばは日常のことばとはひどく違った、叙事詩の韻律にぴったりと合うように作られた特殊な人工言語である。それでなくては、とてもこのむずかしい韻律に合わせて歌を作ることはできない。各々の人や物や動物や船や空や海、あらゆるものに、韻律にかなった特定のきまりの形容詞や形容句がある。あらゆる場合に応じたきまりの描写が出来上がっている。戦場の戦闘や客の馳走の場面はその例である。民族の間に生きている叙事詩は、常に文字の助けをかりない、口頭の歌い物である。それは絶倫の記憶力を要求する。新しい歌の創作も文字に頼らず、即興とも称すべき、考える時間を与えない苛酷な条件下にある。作者は叙事詩言語の無数の表現を記憶していて、これをつらねて歌をつくるのである。この条件は世界のどの民族の叙事詩においても同様であるが、ホメーロスの場合、その表現の豊かさは、比類がない。しかもギリシア英雄叙事詩の韻律も他に例がないほどきびしい作詩法によって縛られている。この条件をみたすために、その使用する人工言語もまた見事に整備されている。類似の事柄を表現するために幾つもの言い方があることがあるが、詩の一行の中のある特定の場所をうめるための表現は一つしかない。同じことを一行のある場所で歌おうとすると、必ずある一定の表現を使う。こうせねば、ほとんど無数といってもよい必要なきまりの句や語の数が多くなりすぎて、とても記憶出来かねるからである。これが叙事詩の経済とか倹約とか呼ばれるゆえんである。

叙事詩的リアリズムが最もよく認められるのは、比喩と呼ばれるものであろう。最初挙げた引用の中で海の波が押し寄せる、また羊群がメーメーと鳴く描写がこの比喩である。とくに『イーリアス』の戦闘の場面では、これが多い。次から次へと比喩が重ねられる。比喩はすべて作者の日常の生活の身近なところから取材されているけれども、これもまた類型的であり、同様な比喩が繰り返し使われている。勇士を獅子にたとえる比喩などは、くどいばかりに繰り返される。比喩は一つのわき道である。話はここでいちじ中断される。比喩は、たとえば、「獅子のように」の如くに短いものも多いが、先の例のように何行にもわたることも多い。それは本筋とは別個の美しい世界を形成していて、ホメーロスの一つの大きな魅力となっている。作者はわき道にそれることを少しも恐れない。これは比喩に限らない。ホメーロスは時々長い挿話にはいることがある。それはギリシア神話と英雄伝説のあらゆる点に及んでいる。先の第四巻からの引用中にも、短くはあるが、シモエイシオスの生まれが語られている。このような例は無数といってもよい。活躍する英雄たちの家系や素姓や過去の武勲は、物語に一つの写実性を与えるのに役立っている。聞き手はそこに物語の真実性を見出したのであろう。

このようなわき道でいちばん名高いのは『イーリアス』一八巻の、パトロクロスの討死によって武具を失ったアキレウスのために、テティスに頼まれて鍛冶の神ヘーパイストスが造った見事な楯の描写であろう。それは四八三行から六〇八行に及ぶ長いものである。同じような描写が、ヘーシオドス作と伝えられる『ヘーラクレースの楯』という短い叙事詩の中にもみえるところから、この種の武具の描写もまた叙事詩の題材の一つとなっていたと察せられる。

新しい武具を得たアキレウスは、アガメムノーンと仲直りして、パトロクロスの敵ヘクトールを討つべく再び戦場に出る。彼はヘクトールを殺せば、自分もまた間もなく死ななければならない運命にあることを母の女神から聞かされている。しかし彼は誉れのない長命よりは、友の仇を討ち武勲を後世に残す道を選ぶのである。一途な、何の駆け引きもない、名誉を尊ぶ若い純粋な心の英雄には死以外には自分の道を全うする方法はなかったかも知れない。『イーリアス』ではアキレウスは死なないが、彼の間近な死の予感は全編を蔽い、悲しい暗い影を投じている。戦場の常としてすべての強者は死を予想して戦っている。彼らは人の世の無常と人の命の短さをかこちながらも、名誉を何よりも重んじて、そのためには死を賭して戦場を馳駆する。この人間の悲しみ、人間としての分を知ることからくるペシミズムはギリシア・ローマを通じて西洋古典古代の人の心に常についてはなれない。この悲しみはローマ時代の後期となって、紀元後二世紀以後急速に色を濃くし、ついに救いのない人間悪への絶望感となるのであるが、すでにホメーロスにおいて、すべての人間を平等に迎える冥府の門への恐れ、いかにしても人間である以上は自分の心の満足のいくまでは思い通りにならぬということを勇士たちは十分に自覚している。そしてこれがまたホメーロスのとくに『イーリアス』の一つの魅力となっている。

アキレウスはついにヘクトールを討ち取る。第二三巻はパトロクロスの葬礼とそれに伴う競技の模様で、ここで戦場とは異なる、古代ギリシア特有の戦車を始めとする運動競技の有様が語られる。最後の第二四巻は、ヘクトールの父プリアモス王が子の死骸を乞いうけるべく闇にまぎれて敵陣のアキレウスの陣舎を訪れる、がらりと変わった、パトスにみちた情景を描いている。クライマックスにつづいて、より静かな、それまでとは違う情景によって幕を閉じるのは、ギリシア悲劇の常であるが、『イーリアス』はすでにその方法をとっているのである。

トロイエー第六層の城壁

『オデュッセイア』

『オデュッセイア』Odysseia は、トロイエー陥落ののちに帰国の途についたオデュッセウス Odysseus が嵐で流され、諸所を放浪し、一〇年後にようやく帰って、留守中に彼の后ペーネロペイアに求婚し、彼の館で日夜宴を張り、その財産を蕩尽していた者どもを討ち取って、王権を回復する話を歌ったものである。題材も『イーリアス』とはまったく異なり、放浪の物語はメールヘンの世界であり、彼の故郷での話は平時の日常の生活の裡に展開されるのであるが、叙事詩的手法は同じである。英雄たちの住む世界も、彼らの心情も変わらない。

ホメーロスとヘーシオドス

ホメーロスの世界

この『イーリアス』と『オデュッセイア』の二大叙事詩の作者として伝えられるのがホメーロス Homeros である。

ギリシアの英雄叙事詩は、先に述べたように、複雑極まる技巧と特殊な人工言語とをもっていた。その発達にはそうとうな年月を要したに相違ない。その舞台の中心人物はミュケーナイ時代の遺構が発見されたギリシア本土の諸所の王侯たちである。物語の筋の細かい点や解釈にはそののちかなりな変化があったが、われわれが知っている神話や英雄伝説の大部分をすでにホメーロスも知っていた。そしてこれらは叙事詩人たちによって歌われていたのである。英雄伝説がミュケーナイ世界を舞台としている以上は、物語そのものもまた、この時代に発生したと考えるべきであろう。『イーリアス』第二巻の後半に挿入されている、トロイエー攻めのギリシア軍勢の表は、ミュケーナイ時代以後は荒廃に帰して、その所在さえ定かでなくなった町の名を挙げているところから、ミュケーナイ時代末期、あるいはその崩壊後間もなく作られたものとの考えが現在有力となりつつある。ホメーロスの中にはこのような古い時代の記憶がかなり認められる。

これは叙事詩の表現が、きまりの一定の特殊な言語から成っている点に由来する。このような固定した表現は世代から世代へと伝承される。生活や戦闘の様式が変化するにつれて、もちろん新しい表現が作られていくが、その間に古いきまり句や形容詞もうけつがれて、新しいものの中に混在する。たとえば8字型の首から足先にまで達する大きな楯は、ミュケーナイ時代の末期にはすたれていたものと思われるのだが、『イーリアス』の中にまだその姿を現わし、この大楯につまずいて不覚にも倒れる勇士の表現がきまり句として残っている。この種の大楯とその後の円形の小さい楯とが交互に語られ、時には同一人が両方の楯をもっているような矛盾した描写が行なわれることもある。

この種の矛盾はホメーロスの用いる叙事詩の技巧と言語との古い長い伝統を如実に物語るものである。『イーリアス』と『オデュッセイア』以前の英雄叙事詩はもとより、同時代のもそれ以後の作品も残っていないのであるから、比較のしようもないし、この伝統の歴史もわからないけれども、『イーリアス』と『オデュッセイア』は、ギリシア本土と島々の英雄たちを主人公としながら、小アジアの植民地で作られたことになっている。何よりもよくそれを示すのは、ホメーロスのことばの根底が小アジアの古いイオーニア Ionia の植民地の方言におかれていることである。古代の伝承はホメーロスをも小アジアの人としている。

ギリシア人の小アジア植民地はミュケーナイ文化崩壊後のことである。それがどのようにして行なわれたかはわからない。とにかく小アジアに植民した彼らはここに新しい一つのギリシア方言を発達させた。これがイオーニア方言である。この方言はしたがってミュケーナイ文化崩壊後、ギリシア人の小アジア移住後に生まれたものである。年代的にはおおよそ紀元前一〇世紀以後に属する。ホメーロスにはこのほかにアイオリス Aiolis 方言という、本土の最北の地であるテッサリアから、北部エーゲ海の島レスボスを経て小アジアのイオーニアに北接する沿海地域に広まっていた方言の要素がかなり大量に混在している。これもまたミュケーナイ時代にその中心部であったペロポネーソスで話されていたアルカディア方言とは違う方言であるので、この時代に何処でどのような形で使用されていたか、確たる資料が皆無なので、わかりか

オデュッセウスの素姓を見破る乳母

ポリュペーモスを盲目にするオデュッセウス

ねるが、ホメーロスではイオーニア方言よりは古い層であることはまちがいない。

ホメーロスはイオーニア方言で歌いながら、『イーリアス』は本土のギリシア英雄の立場から小アジアを眺めている。ギリシア軍にとって、トロイエーのあった小アジアはあくまで異国である。小アジアの国々はすべてトロイエーの味方として、来援し、ギリシア軍と戦っている。小アジアには少なくとも本来のギリシア人はいなかったようである。ホメーロスは明らかにギリシア人の小アジア植民以前の時代を作意的に再現しようとしたのである。

ホメーロスの世界はミュケーナイ世界と同じく青銅の時代である。什器も武具もすべて青銅造りである。ところが、鉄もしばしば顔を出す。鉄器の時代はエーゲ海域ではほぼ紀元前一〇〇〇年以後とされている。ここでもホメーロスは過去をかえりみながら青銅時代を再現しようとしたのであろう。

ホメーロスの歌の中に見える色々な生活様式から、われわれは彼の歌の年代決定に関する手がかりを得ることができる。彼の中には古いものと新しいものとが混合しているから、その中のいちばん新しい要素を知ることによってである。また彼以後の詩歌に現われた彼の名や彼の作品からの引用と思われるものの最古のものを知ることによって、それ以前であることを決定することができる。造形美術に現われた最古のホメーロス中の場面からも同じことをなしうる。ここではこれらの点について一々述べることはできかねるが、これらの点や、前にあげた方言やその他の資料を考慮しつつ、ホメーロスをおよそ紀元前八〇〇年、あるいはもう少し下ったころにおくのが妥当と思われる。

　これはギリシア人がアルファベットを知り、ようやく歴史時代にはいろうとした時代である。過去数世紀に亙って発達してきた幾何学文様土器の最盛期である。オリュムピア競技の記録もこのころに始まった。あらゆる点から見て、ギリシアの先史と歴史時代の中間、歴史の黎明である。ホメーロスはこの境に立って、はるかなミュケーナイの英雄時代をかえりみて、その赫々たる武勲を歌ったのである。

　ホメーロスは彼の作品をただ物語としては構成しなかった。トロイエー攻防一〇年の数々の勇士の勲を背景とし、これをアキレウスの憤怒とその結果であるパトロクロスの死とその復讐というただ一点にしぼり、数十日の事件として、一万五〇〇〇行余の大叙事詩『イーリアス』を歌った。

> 彼（ホメーロス）はトロイエー戦争全体を作品で歌おうとはしなかった。……それは余りにも大きすぎて、一望の下におさめかねるであろう。また、それを適当な長さにおさめれば、多様な事件によって複雑となりすぎたであろう。彼は一つの部分を取り出し

て、船のカタローグやその他の全トロイエー物語の中から多くの事件をエピソードとして挿入し、詩に多様性を与えるのである。ほかの詩人たちはひとりの男、一つの時期、あるいは一つの事件を題材としているが、それは多くの部分を含んでいる。『キュプリア』や『小イーリアス』の作者がその例である。それゆえに、『イーリアス』と『オデュッセイア』からはおのおの一つか、せいぜい二つの悲劇しか作れないが、『キュプリア』からは多くの、『小イーリアス』からは八つの悲劇が作られている。

とアリストテレースがその『詩論』で言っているように、『イーリアス』と『オデュッセイア』の構成は悲劇にも比すべき緊密なものである。『オデュッセイア』は、主人公オデュッセウスの帰国物語を中心としながら、これを時間を追って継起する事件の羅列とはせず、まず初めの四巻で彼の留守中の故郷の有様と彼の一子テーレマコスの父の消息を尋ねての旅を物語り、オデュッセウスが絶海の孤島でニンフのカリュプソーに引きとどめられていることを知らせる。次の八つの巻で主人公のパイエークス人の島への漂着、宴の席におけるオデュッセウス自身による漂流物語が歌われる。こうして一〇年間にわたる長い物語もわずか数十日の事件に圧縮されるのである。最後の一二の巻々はオデュッセウスの帰国と復讐と夫婦の再会を語っている。

作品の伝承

古代いらい同じくホメーロスに帰せられていた『イーリアス』と『オデュッセイア』とは、作者が違うのではないかと現在では言われている。詩の中のいろいろな物事が『オデュッセイア』のほうが多少新しい時代に属するように思われるうえに、両方の詩の気分や文体にも相違が認められるからである。同一の作者のものとしても、両者の間には、数十年の長い年月のへだたりを置かねばならない。

『イーリアス』の作者は、すでに栄えていた英雄叙事詩の材料とことばとを使って、画期的なプロットによって大叙事詩を創り出した。『オデュッセイア』は『イーリアス』と同じ手法による、まったく異なる題材を歌ったものである。この二つの叙事詩の前に、他の多くの叙事詩は色あせて見え、それ以前の作品は伝承されずに姿を消したのであろう。この両詩のほかにも、おそらくその後にトロイエー物語圏の多くの事件を歌った叙事詩が作られた。アリストテレースからの引用中に見える『キュプリア』Kypria と『小イーリアス』Ilias mikra もそうである。ヘーラクレース、オイディプースとテーバイ物語、イアーソーンのアルゴーの遠征、予言者メラムプースなどの英雄伝説のほかに、天地創造から神々の話もまた叙事詩の題材であった。しかしその中で

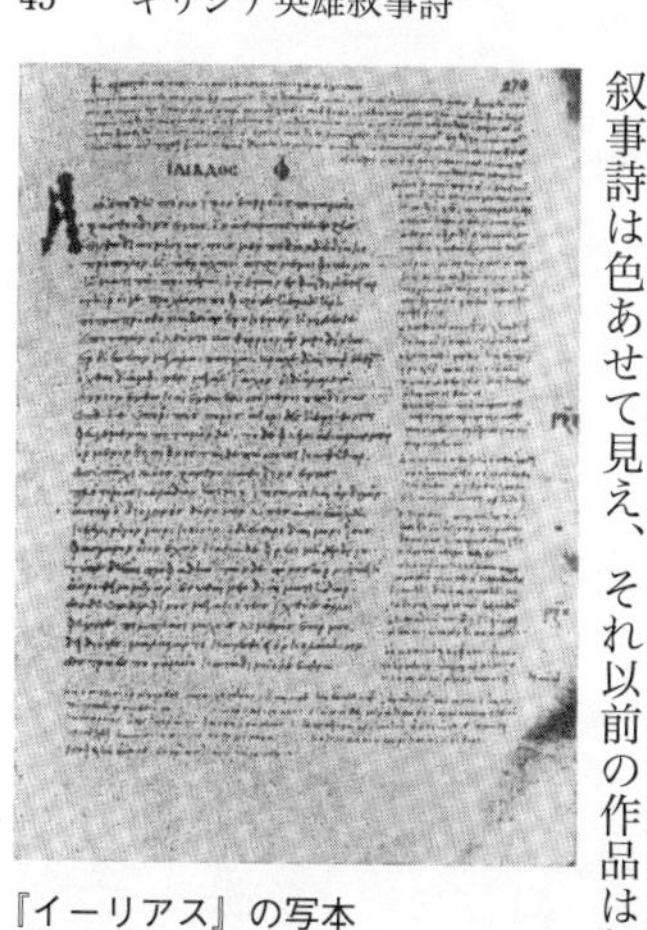

『イーリアス』の写本

万人に親しまれ、ギリシア民族の共有財として、その形成そのものにまで力強くあずかったのが『イーリアス』と『オデュッセイア』である。

これらの詩がどのようにして伝わり、文字に写されたかは、実はよくわからない。しかし、紀元前六世紀にはすでに文字による伝承があったことはまちがいがない。伝承の中心はアテーナイであった。やがて紀元前三―二世紀に、数十万の蔵書を誇るエジプトのアレクサンドレイア大図書館を中心として、ギリシア古典の集大成が行なわれた時に、最も注意をひいたのは、いうまでもなく、ホメーロスであった。この時期に校合校訂されたものが現在のホメーロスのもととなったのである。

ホメーロスの名のもとにこのほかにも幾つかの作品が伝わっている。その中で最も注目すべきは三三の『ホメーロス讃歌』と呼ばれている、短い神々への呼びかけや、神話を歌った作品である。その中でも大地女神デーメーテール Demeter、アポローン Apollon、ヘルメース Hermes、アプロディーテー Aphrodite を歌った作品はすぐれたもので、ホメーロスとは違った優にやさしい、色彩に富んだ、いかにもイオーニア風の叙事詩である。讃歌は、しかし、ホメーロスよりはよほど後代の作で、ホメーロスのものではない。

ヘーシオドスとその作風

ホメーロスの詩はイオーニアに生まれたが、ほかに本土の中部の平原ボイオーティア Boiotia に別派の叙事詩があった。幸いにもこの派の代表者で、古代、ホメーロスと並び称せられたヘーシオドス作という二つの短い叙事詩が残っている。

ここで誤解がないように、一言説明しておかねばならぬことがある。古代ギリシアでは文学のジャンルが、たんにその内容だけではなく、使用することば、詩の場合には韻律まではっきりと区別されていた。叙事詩は、先に述べたように、特別な人工言語をもち、ダクテュロス daktylos という一つの長音節に短音節を二つ重ねたもの（これを「脚」という）を五つと、最後に長短、または長長の二音節の脚を加えた六脚で一行を形成する詩行を単位としている。ホメーロスの二つの作品は、それぞれこのような行を一万数千重ねて出来上がっている。このような詩行とホメーロス風の特殊なことばを用いたものが叙事詩体なのである。

ヘーシオドス Hesiodos が代表するボイオーティア派の叙事詩の内容はホメーロスとはがらりと変わって、主として系譜的なカタローグ式のものが多い。ホメーロスの中にも、『イーリアス』第二巻に挿入されているギリシア軍勢の表や、『オデュッセイア』第一一巻の一部をなす古（いにしえ）の美女美姫の表などに、同じ傾向が認められるが、ヘーシオドスの『神統記』Theogonia は、一〇二二行の中に、天地創造から神々の誕生とその系譜をカタローグ式に簡潔に歌ったものである。ほかに彼には名婦伝とも称すべき作品があって、神々と人間の女との交わりから生まれた英雄諸家の系譜を歌ったものであったらしいが、断片しか残っていない。

いま一つ彼の名のもとに伝えられているのは『労働と日々』Erga kai hemerai である。これはむしろ『農耕と暦日』と訳すべきかもしれない。内容は人間の不正悪徳を嘆き、正義の究極の勝利を説き、労働の尊さと労働による悪徳の克服を歌ったのちに、吉凶の日を列挙した、妙な、メドレーともいうべき教訓的なものである。

これは不思議な作品である。ホメーロスと同じ韻律、同じことばを使いながら、文体は洗練されず、全体の構成はなっていない。むしろ構成など初めからないといったほうがよい、短い感想の集まりである。叙事詩体ではあるけれども、内容は個人的な信念を熱烈に歌っている。詩としては拙いが、作者の個人的信念が人をうつのである。貴族的な架空な英雄的なホメーロスの世界とは違って、ヘーシオドスのは貧しい農民の苦しみにみちた現実の生活である。ここに初めて正義の観念が生まれたのは興味深い。

激動の時代・叙情詩

サッポーとアルカイオス

独吟詩人たち

アルキロコス

紀元前七世紀前半のことであった。これ以上詳しい年代はわからない。ひとりのギリシア人が仲間の者たちといっしょにエーゲ海の北岸にある蕃族の地トラーキアで戦っていた。それはパロス Paros 島のアルキロコス Archilochos である。大理石の産地として有名なこの島の資源もこのころにはまだ死蔵されていた。島の石が彫刻や建築の貴重な材料となってもてはやされるようになったのは、ようやく紀元前五世紀のことである。それ以前のこの島は、他の多くのエーゲ海の小島と同じく、海中から頭を出した不毛の大理石の塊にすぎなかった。裸で、やせて、岩の上には山羊の群、わずかばかりの無花果(いちじく)や葡萄(ぶどう)畑、それに猫の額のような麦畑、土地もやせ人間もやせ、人気も悪かった。住民は海に出て魚を取ったが、海賊のようなことも辞さなかった。アルキロコスはこの島の貴族テレシクレースと奴隷女エニーポーとの間に生まれた庶子である。後には奴隷の子は市民とは認められなかったが、この時代には父の身分がまだ通用した。ホメーロス社会と同じである。しかし、貴族の社会に生まれながら、貴族としての生活を維持するだけの財産を庶子は貰うことができなかった。ただでさえ貧しいパロスの住人たる彼のような男は、当時このような人々に与えられた手段たる移住して新天地を開くか、傭兵として異境に戦うほかはない。アルキロコスは祖父テリスが紀元前八世紀末にすでに開拓していた、「原始の森に蔽われて、驢馬の背のように立っている、美しい場所も心を惹く愛すべき所もない」北方のトラーキアに面したタソス Thasos の島に父が移民を率いて行ったのに従って移り住んだ。

それはつらい、休みない開拓者の努力と、ほかの土地から来たギリシア人やトラーキアの蕃族との戦いであった。

「俺は心ならずも繁みの中に見事な楯を棄てて来た。だがこの俺はお陀仏にはならなかった。あの楯め、うせやがれ！　これに負けないのをまた手に入れるさ。」

とトラーキアの蕃族サイオイと戦って破れ、敗走の間に邪魔になる重い楯を棄てて、身をもってのがれたアルキロコスは、こう叫んだ。

「七人が倒れた、追いついてやっつけたのだ。殺すおれたちの方は一〇〇〇人だ。」

これはホメーロスの戦闘とはまったく反対である。ここには武人の勲や誉れはない。アルキロコスは平気で楯を棄てる。彼は槍一筋を頼りとして、そこに自分の質素な食物、酒を求め、槍によりかかって飲みほすのである。

　おれは、背が高い、大股で歩く、
　捲毛の自慢な、鼻下をそった大将は御免だ、
　小さくて、足は曲っているが、

両足でしっかと歩く、勇気に満ちた男がよい。

彼にとってはホメーロス的な英雄はもはや眼中にはない。実質が大切なのである。おしゃれで美男の弱虫の大将よりは、実際にしっかりとした醜男のほうがよい。彼にとっては伝説的に名高いリューディア王ギューゲースの富も眼中にはない。

おれはギューゲースの富などなんとも思わぬ、
決して羨みもせねば、神々のなされ方にも
腹は立てぬ。大いなる君の位も望まぬ。
こんなものはおれの目にははいらぬのだ。

このようにして彼は酒を愛し、歌を愛し、女を愛し、戦闘を愛した。

おれは
エニュアリオスの君の、またムーサの
麗しい賜物を解する、召使いだ。

エニュアリオス Enyalios は戦の神、ムーサは文芸の女神である。彼は名誉も富も権力もかえりみず、激しい生活に一生を送った。

小都市国家の形成と発展

アルキロコスの時代はホメーロスに続く激動の時代である。彼の詩が示すように、激しい個人の主張の時期である。そしてこれは古典的ギリシア形成期である。すでにホメーロスにも「ポリス」polisということばは姿を見せているが、それは歴史時代のポリス、すなわち中心となる小さな町とそれを取りまくわずかな土地より成る小国家を意味してはいない。それはミュケーナイやトロイエーのような城塞都市、とくにその中心を成す城山であった。本当の意味での都市国家に発達したのは、ホメーロス的世界以後のことである。中部や西部ギリシアのポーキス、ロクリス、アイトーリアなどの一部の発達のおくれた地域を除いて、ギリシア世界は無数の小都市国家を形成した。大きな土地を領有していた、アテーナイを中心とするアッティカと、スパルタを首都とするラコーニアは例外であった。

このように無数の小単位に分かれた都市国家はおのおの独自の崇拝、独自の議会、法律、暦をもっていた。いや、同じギリシア語の中で、ポリスごとに方言さえ相互に違っていたのである。狭小な土地に小都市を囲んで住んでいた市民たちは、すべての者が相互に知り合い、強く結ばれていた。彼らの生活の拠り所はすべて都市国家にあり、一歩外に出れば、それは同じギリシアなのに異国なのである。この小さな国の市民権を失えば、彼らには安全に生活すべき所はなかった。ここに深い郷土意識とこれを守ろうとする愛国心とが生まれ育った。そしてこれは強烈な独立心、他から干渉されまいとする自由の気を養ったのである。

市民を結ぶ紐帯は強いものであった。アルキロコスの有名な、

「槍によっておれはパンを得、槍によってイスマロスの酒を得、槍によっておれは飲むのだ。」

という彼の豪語は、彼が独歩の一匹狼であったと思わせがちであるが、「若者たちを励ませ！　勝利は手中にある。」や、「おれはタソス人の不幸を嘆くのだ、マグネーシア人のではない。」というような、一行の断片にすぎないが、内紛に反対し、市民を激励する彼のことばは、アルキロコスもまたポリスという協同体の一員として強くこれに結ばれていたことを示している。植民活動もまた市民たちの協同によってはじめて可能であった。

狭い豊かでない土地に押しこめられたギリシア人のエネルギーは、紀元前八世紀後半になって植民活動となって爆発した。先の、ミュケーナイ文化崩壊後の小アジアへの移住は、ドーリス族侵入に伴う避難に発したと言ってよい。混乱を極めた本土から多くの先住のギリシア人がエーゲ海の島々を経て、対岸の小アジアへと遁れた。その後を追って新来者ドーリス族も南の島々を渡って小アジアに達した。これに反して紀元前八世紀に起こった新しい植民運動は組織的なものである。貿易や資材を求めて冒険的な商人が新しい土地を訪れ、ここかしこに足場を作り、やがて新しい土地を求めて植民都市が建設される。植民は私の企業である。アルキロコスの父テレシクレースも、まず型通りにデルポイ Delphoi にまつられているアポローン神のみ心を伺い、その是認をうけてのち、希望者をつのり、これを統率してタ

ソスにむけて船出した。新しい土地の住民が好意的に迎えてくれることもあるが、アルキロコスのように住民とも、競争相手のほかの都市からのギリシア人とも戦わねばならない場合もある。新都市はその母体となった都市と精神的にはつながっているけれども、政治的には何らの掣肘（せいちゅう）を蒙らない独立の都市である。植民都市は本来新しい土地を求めて建設されたものが多いが、やがて活発な貿易を行なうに至った。これはギリシア人の探険時代である。彼らは今日から見れば驚くほど小さな船を駆（か）って、危険な航海をした。競争相手であり、航路を秘密にし、自分たち以外の船の航行を許さなかったカルタゴ人の目をかすめて、ギリシア人は遠く大西洋に出て、ブリテン諸島をさえ探険した。これは貴重な錫（すず）を求めての旅であった。こうしてギリシア人は紀元前八世紀から六世紀の間に、スペインから黒海沿岸の最北、クリミアに至る海岸に無数の都市を築き、地中海貿易の中心となった。ギリシアは各地の産物を輸入し、見返りとして葡萄酒、オリーブ油、武器、工芸品、とくに陶器を送り出した。レスボス島の閨秀詩人サッポー Sappho は身にリューディア製のブレントス brenthos と呼ぶ香油を塗り、リューディア製のさまざまな贅をつくした靴を喜んだ。彼女の学校には豊かな家の乙女たちが集まり、黄金の耳輪や指輪、首飾りや腕輪で身を飾った。東洋的な装飾をもつ土器がギリシアで造ら

コリントスの壺（前七世紀後半）

れだしたのもこのころである。ギリシアには古典的なきびしい簡素以前に、花やかな色彩豊かな、幻想的な時代が開幕した。スパルタとても例外ではなかった。紀元前七世紀のころ、ここには愛国の歌で名高いテュルタイオス Tyrtaios や、新しい歌の中心であったレスボス島から移り住んだテルパンドロス Terpandros や、リューディアの首都サルデイスから来たというアルクマーン Alkman などの詩人音楽家が活躍していた。アルクマーンは彼を有名にした乙女歌の中で、貝から取る高価な染料の紫の衣、純金の輝く蛇の形の飾り、リューディア製の頭飾りを身につけた麗しい若駒のようなスパルタの乙女たちを歌った。ここで老いた詩人は彼を囲む乙女たちとたわむれつつ、

おお、麗しい歌声の乙女らよ、
もうわしの足腰はたたぬぞ。

と呼びかける。老齢が彼をとらえ、踊り狂う乙女の合唱隊とともにもはや舞うことができなくなった老詩人の叫びである。音楽もまた新しい楽器と新しい調べをレスボスの島に異国よりもたらし、ここに新しい一派を開いたのである。

サッポーをめぐるレスボス島の詩人たち

音楽家テルパンドロスを生んだレスボス島は、サッポーの故郷でもあり、またローマの詩

人ホラーティウスがのちの世に手本としたアルカイオス Alkaios も彼女と相識の間柄であった。

紫の髪におう清き優しきサッポーよ、
なれに語らんと思えど、はじらいの心われを留む。

と彼はこの女流詩人に呼びかけている。彼女の黄金の詩の小さい断片のかずかずは、彼女がその師として身のまわりに集めた乙女たちにむけられている。

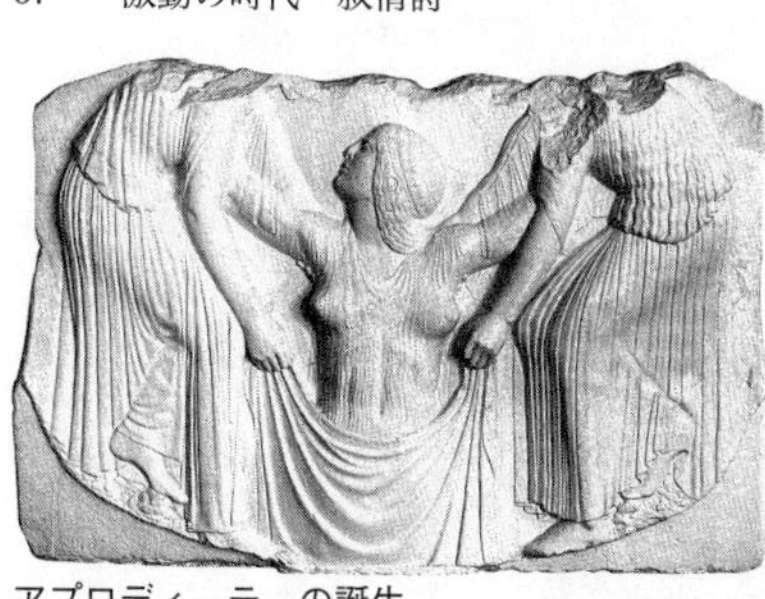
アプロディーテーの誕生

あやなすみ座(くら)の不死のアプロディーテー、
ゼウスのみ子、恋の匠(たくみ)よ、
わが心を苦しみ悩みにひしぎ給うな、
おん主(あるじ)の女神、これこそわが願い。

と彼女は苦しい恋の悩みに叫ぶが、それは男性に対するものではない。

ほんとにわたしは死んでしまいたい。あの女は別れにあたって嘆き悲しみ、わたしにこう言った。「噫！ プサッパ（サッポーの方言形）、なんという痛いことでしょう。ほんとにいやいやながらあなたのもとを去って行く。」わたしはこう答えた。「さあ、喜んでいらっしゃい。だけどわたしを忘れずに。どんなに可愛がってあげたかは、よく知っているはず。そうでなければ、忘れたことを思い出させて上げましょう、どんなに親しく美しい生活をわたしたちがともに送ったかを。すみれと甘いばらの冠のかずかずで、あなたはわたしの傍にいて、その髪を飾った。」

乙女の集いを、激しい恋と嫉妬心を、娘のクレーイスへのいつくしみを、嫁ぎ行く女へのことほぎを歌ったサッポーもまた、いちじは政争の渦にまきこまれて、追放の生活を送らねばならなかった。彼女の兄弟がエジプトのギリシア人の植民都市ナウクラティスで名高い遊女に迷ったときに、サッポーは激しい叱責のことばを放っている。このころにはレスボスの彼女の学校にはリューディアのサルデイスからはアリグノータ、イオーニアのミーレートス市からはアナクトリア、同じくポーカイア市からはムナーシディカが来ている。彼女たちにサッポーは詩をささげた。

サッポーをたたえたアルカイオスは武を好む貴族であった。彼は貴族党の一員として僭主ミュルシロス Myrsilos と戦い、追放の憂き目をなめた。ミュルシロスの死を酒宴で祝った彼は、しかし再びピッタコス Pittakos の独裁制のもとに外国の放浪の生活を送り、ついには彼の情けをうけなくてはならなかった。

おれには風向きがわからぬ。
浪(なみ)はかしこよりまき寄せると思えば、
ここより起こり、そのただ中にわれらは
黒い船で流され行く、

いとも大きな嵐の中に。
船底の水は檣柱うけを越え、
帆は大きく裂け目を見せて
はやすべて日の光を通す。

これはミュルシロスとの戦いを嵐の中の船に見立てた譬(たと)えのことばである。敗れた彼は国外に遁(のが)れた。

苦しみに心をまかせてはならぬ。
嘆いたとてなんの足しにもならぬ。
バッキスよ、最上の薬は

酒をもって来て酔うことだ。
とエジプトに遁れた彼は自分を慰める。

詩人と国家

アルカイオスがなめたのと同じ苦労を当時のギリシアの多くの都市の者がうけた。ホメーロスの時代は明らかに王を中心とする。しかしやがて貴族たちが王権を奪った。それは革命的な手段によるよりは、多くの場合、しだいに王の権力が制限されることによって成就された。ホメーロス社会の王といえども絶対者ではない。トゥーキュディデースも世襲の王権は「定められた特権の上に築かれていた」(第一巻一三節)と言っているが、これが一つずつ奪われていったのである。王はアルコーンとかあるいは国家の祭礼を掌(つかさど)る役目として残り、実権は貴族に移った。

しかし商業と貿易の発達は、やがて新しい緊張をもたらした。古い時代の富と権力は土地の所有を基としていたが、ここに新たに富を得て、権力を主張する階級が生じたのである。ヘーシオドス、アルキロコスいらいの詩が示すように、これは個人の覚醒の時代である。彼らはホメーロス的な名誉の観念は棄て去り自分を主張する。また賢人や律法者が輩出した。アルカイオスの敵ピッタコスやアテーナイのソローン Solon などがこれである。そして紀元前七、六世紀に本土や小アジアやエーゲ海の島々、さらにはシシリアに独裁者が相ついで出た。ギリシア人はこれをテュラノス tyrannos と呼んだ。彼らの多くは貴族の出身ではあるが、その権力の源は民衆にある。彼らはつねにアルカイオスのような貴族の一党にねらわれているから、身を危険より守るために兵を集め、反対党の者どもを駆逐するが、しかしいっぽう、民衆の味方として、壮大な事業を起こし、巧みな政策によって市の発展を計った。コリントス市のキュプセロス Kypselos の一族、アテーナイのペイシストラトス Peisistratos の一家はそのよい例である。彼らはまた文化の保護者でもあった。キュプセロスの子ペリアンドロス Periandros は名高いディテュランボス詩の作者アリーオーン Arion のパトロンであったし、ペイシストラトスはアテーナイに大ディオニューシア祭を創設し、悲劇の競演を始めた。彼のふたりの子もまた詩歌の熱心な庇護者であった。キュプセロス一族のもとにコリントスは商業都市として繁栄し、ペイシストラトスのもとにアテーナイは紀元前五世紀の興隆への歩を踏み出したのである。

これらの僭主の宮廷を渡り歩いた代表的な詩人が紀元前五七〇年ごろにイオーニア族の一小島テオース Teos に生まれたアナクレオーン Anakreon である。イオーニアの最後の戦士たる彼は、自分の故国がペルシアによって侵されようとしたときに、同じ島の人々とともにトラーキアに渡り、アブデーラの町を建設した。アルキロコスと同様に彼もまたここでしばしば戦わねばならなかった。

アブデーラのために死んだ逞しいアガトーンを

この町をあげて火葬の壇で悼み嘆いた。

やがて彼はサモスのテュラノスにあるポリュクラテース Polykrates の宮廷に、その息子に音楽を教える名義で招かれた。この独裁者がペルシアによって捕えられて殺されたときに、アナクレオーンはアテーナイの僭主の客となり、やがてこの独裁政権が覆滅されると、北方のテッサリアの王侯のもとに去り、その後再びアテーナイに来て、八五歳の長寿を得て世を去ったという。彼は酒と、美少年と美しい乙女とに熱情をささげた。彼のもつイオーニア人特有の、生まれながらの軽快なことばのリズムにややもすれば流されがちな彼の詩の中には、激しい若いみずみずしさがある。

再びレウカスの岩に登り
恋に酔って灰色の波間におれは身を投げる。

「レウカス」leukas すなわち「白い岩」から身を投ずるとは、絶望を意味する。

おお、征服者エロース、
黒い目のニンフたち、
ばら色のアプロディーテーと

戯れ給う君よ、高い山々の峰を
汝（な）はさ迷い給う。
汝が膝を抱かん。わが願いを
容（い）れんとわが方（かた）に来たり給え。
クレオブーロスのよき忠告者と
なり給え、わが恋をうけよとの、
おお、ディオニューソス。

クレオブーロス Kleobulos は彼が愛する美少年である。アナクレオーンは乱暴にもディオニューソス神への讃歌まがいの様式を用いて、神に恋の成就を祈願したのである。

またもやエロースが鍛冶師のように
大槌でおれを打ち、冬の激流にひたした。

恋に戯れつつ、おもしろおかしく過ごしたアナクレオーンにもやがて老年が近づいてきた。

またもや黄金（こがね）の髪のエロースが

紫の鞠をおれに投げつけ
麗しいサンダルの乙女と
遊べと呼びかける。
だが、女はレスボス生まれ、
白髪のおれが気にいらず、
ほかの奴にあんぐりと口を開けている。

老年の悲しみはギリシア人の中でもイオーニアの人たちを強く捕えたようである。人の世の無常はすでにホメーロスの英雄たちもひしひしと身にしみて知っていた。しかし彼らにはこれをはね返す力があった。独立独歩の人アルキロコスも、

心よ、救い難い憎しみに乱れた心よ、
立て！　胸を張って敵を防げ、
敵を迎え、間近にしっかと
足を踏まえて。勝ったとて喜びを表わさず、
負けたとてわが屋に伏して嘆くでない。
いいや、喜びは喜び、災いにはあまりにも心を
悩ますな。知れ、深き沈みは人の子の常と。

と、力強く叫んでいる。しかしホメーロスにも窺えるように、死すべき運命にある人の子はどんな意味でも、神々のようには、至高至善のものは得難い。世は常に憂いにみち、喜びは束の間にすぎない。これは紀元前五世紀の史家ヘーロドトスがくり返し歴史の事実によって説いているところである。神々はあまりにも幸多い人間の繁栄をねたむのである。

この種の厭世詩人の代表は紀元前七世紀後半の、イオーニアのコロポーンの人ミムネルモス Mimnermos である。彼はエレゲイア elegeia と呼ばれる、叙事詩風のダクテュロス六脚の行に、ダクテュロス五脚の一行を加えて、二行一連の詩風で唱ったが、これは本来笛の伴奏を伴った。竪琴と異なった音調で人の心をかき立てる笛の音楽もまた、新しい息吹きを小アジアから得た。これは竪琴の静かな沈潜とは異なり、人を情熱へとかき立てる。アルキロコスもエレゲイアを用いてかずかずの歌を作っている。このほかに、単音節一つに長音節を重ねた脚六つで一行とするイアムボス iambos 詩があった。これはのちに悲劇や喜劇の会話の部分の韻律となるが、いちばん日常会話の調子に近いとされ、諷刺詩に用いられた。アルキロコスもこれを駆って、嘲罵をほしいままにしている。

エレゲイア詩人ミムネルモスは笛の名手であった。彼が愛人の歌い女ナンノー Nanno の名を冠して彼女にささげた詩は、女性に対して愛の歌をささげる習慣の先駆となった。ここで詩人は恋の体験を長歌に唱ったのである。彼の作品もまた、この時代の詩人の例にもれず、わずかな断片を残すにすぎない。

黄金のアプロディーテーのないところ、なんの生き甲斐、なんの楽しみがあろうぞ。かかる物事がもはやわが心を惹かぬ時には、死こそ願わしい。ひめやかなる恋、やさしい贈物、それに臥床。青春の花の男に女に対する魅力の強さよ。美しい男をも醜くする嘆かわしい老年が来る時、心は禍事にすりへらされて、陽光にも心楽しまず、少年には嫌われ、女も彼を尊ばぬ。

人間は、やがては散り行く木の葉のように、束の間の楽しみを得るにすぎない。いたましい老年と万人を呑みこむ黒い死の運命が口を開いている。「世の春がすぎれば、生よりは直ちに死ぬことこそ望ましい」とミムネルモスは絶叫するが、これはやがて人の子として生まれて来なければよかった、という極端なテオグニスTheognisのことばとなるのである。同じ厭世的な考え方は、サモス島から移住民をひきいてアモルゴスAmorgosの島に移ったセーモニデースSemonidesにも認められる。彼もまたホメーロスと同じように、「ありとしあるもののあり方は、轟き渡る雷霆(いかずち)の神ゼウスの支配するところ、その思いのままである。」として、人間の明日をも知れぬ運命を嘆いている。しかし彼を古代において有名にしたのは、豚、狐、犬、土、海、驢馬、いたち、馬、猿などにたとえて女性を罵倒した諷刺(ふうし)イアムボス詩である。

元初に神は女の心をはなればなれに創った。あるものは豚の剛毛から。この女の家中のものは泥にまみれてごちゃごちゃと地に転がり、女自身は身体を洗わず、洗ったことのない着物で糞の棄て場に坐って肥っている。

こんなぐあいに詩人はつぎからつぎへと女の性を諷していく。しかし最後に彼は蜜から神が創り給うた女を挙げて、

彼女をめとった者は幸いだ。彼女だけは非のうちようがない。

と言って、ほめそやす。

サッポーやアルカイオス流の歌がまったく個人の感情に終始しているのに反して、エレゲイアは国家の危機を憂えて愛国の詩の調べとなり、また高い道徳観の乗輿となっている。これはエレゲイアが英雄叙事詩とヘーシオドス流の教訓詩の流れをそのことばにおいても詩風においても汲んでいるためであろうか。紀元前七世紀にイオーニアのエペソスの人カリーノス Kallinos が、キムメリオイと呼ぶ民族が南ロシアから小アジアに侵入し、プリュギア、リューディアを席捲して、イオーニアに迫ったときに、祖国を守って先陣に倒れた者の誉れを歌って、若者たちを激励する歌を作っている。彼よりやや先輩のテュルタイオス Tyrtaios は、メッセーニアの反乱に苦しむスパルタが危険に瀕したときに、

立て、雄々しいスパルタの子らよ、左には楯をかざし、勇ましく楯をふるえ、命を惜しまず。これはスパルタの習いではない。

と叫んだ。彼の雄々しい詩はスパルタを救ったとさえ言われている。

アテーナイの名高い律法者ソローン Solon（紀元前六四〇ころ―五六〇ころ）もまた、愛国の詩人であった。祖国が隣国メガラとサラミース島の帰属問題で争ったときに、彼は歌によって国民を鼓舞した。アテーナイの民衆が貴族と争ったときに、この内紛の調停者に選ばれ、一挙に徳政令を発して、農民たちの負債と担保とを無効にし、人身をかたにする貸借を禁止した彼は、ヘーシオドスの正義の観念をうけつぐ人であった。神々は不正を必ずいつかは罰し給う。それは今日の日、明日の日ではないかも知れない。神々は死すべき人間のようには直ちに立腹しないが、罪深い心の者はけっして逃げおおせることはできず、最後には必ず罰を蒙るのである。

王と貴族の争いののちにきた貴族と民衆との争いによる内紛は、つぎつぎに多くの都市を襲った。このような革命で領地を奪われ、国を追われて、つぶさに追放と貧の苦しみをなめたメガラ Megara の亡命の貴族詩人テオグニス Theognis（紀元前六世紀後半）のエレゲイアは、いやしき民衆に対する憎悪と神が何時かは彼の望むところの裁きを下し給うであろうとのはかない希望とのいりまじった作品である。

貧とは何にもまして勇ましい男をうちひしぐ。
灰色の老年よりも、キュルノスよ、悪寒(おかん)に身をふるわせる熱病よりも。
そそり立つ岩からであろうとも、
貧を遁(のが)れるためには深い海にも身を投じなければならぬ。
貧にやつれた人間のことばにはなんの力もなく、
何事もなし能わず、その舌は縛られている。（『エレゲイア』第一巻一七三―一七八行）

キュルノス Kyrnos とは彼の愛する侍童である。彼はこの少年にしばしば自分の苦患を訴え、教訓をたれる。彼の心はいやしい奴どもに対する憎しみにみちている。彼には神々が彼の土地を奪ったこいつらの不正を何故黙って見ているのかわからない。

人の子に神は答えを与え給わず、
どの道を行けば神々のみ心にかなうのかわからない。（同上三八一―三八二行）

のである。

合唱隊歌

都市祭典と競技

この内紛と植民と僭主の時代は思想的にも宗教的にも激動の時期であった。タレース Thales に始まる自然哲学、クセノパネース Xenophanes にみられるホメーロス風の神々の不正淫乱に対する非難、神秘な、古典的ギリシアに反するオルペウス Orpheus 教など、あらゆる面にわたって新しい問題、新しい考え方が沸き立つようにつぎつぎと提起された。目ざめたギリシア人の若い力が爆発した。生活のすべての面において華麗絢爛が喜ばれた。色彩豊かな祭礼もその一つであり、その間に発達したのがオリュムピア競技を始めとする多くの神々の祭礼に伴う競技であった。かずかずの都市の祭典や祭礼であった。

ペロポネーソス半島の北西、エーリスの地のオリュムピアの神殿の主神は天界の支配者、雷霆の神ゼウス Zeus である。この祭礼の起源は遠く神話時代に遡るといわれるが、古代におけるこの競技勝利者の記録は紀元前七七六年に始まっている。最初は地方的な集まりにすぎなかったこの競技は、紀元前八世紀末の、スパルタを根底からゆさぶったメッセーニア戦争以後、全ギリシア的性格を帯びるにいたった。四年に一度、盛夏の候に催されたこの競技に際しては、聖なる休戦が宣言され、オリュムピアへの旅人はその安全を保証された。ここに全ギリシア世界から競技者、競馬の馬の所有者、見物が集まった。その数はおびただしいもので、オリュムピアのスタディアムは四万人の観客を容れる設備があった。

オリュムピア祭についで重要だったのは、中部ギリシアのパルナッソス Parnassos 山腹、二〇〇〇フィートの大断崖を背に、コリントス湾をはるかに見下す壮大な景観の地にまつられたデルポイ Delphoi のアポローン Apollon を主神とするピューティア Pythia 祭である。若々しいギリシアの光と理性とを代表するこのゼウスの子の大蛇ピュートーン Python 退治を記念する祭礼は八月と九月の間に、オリュムピア祭の前年に執り行なわれ、ここでは運動競技のほかに、詩歌の競演が、この文芸の神にふさわしく、祭礼の一つの呼び物となっていた。このほかに二年ごとに行なわれたコリントスのイストモス Isthmos 祭と、コリントス市からアルゴス Argos に通ずる道にあるクレオーナイ Kleonai のネメア Nemea 祭とが、全ギリシア的競技を誇っていた。

オリュムピア神殿のアポローン神

祭礼は、しかし、この四つには限らない。アテーナイには主神アテーナー Athena をまつるパンアテーナイア祭 Panathenaia を始めとして、劇の競演で名高いディオニューシア祭 Dionysia など多くの祭礼があり、アルゴスのヘーラ Hera 大神殿のヘーライア祭 Heraia、エーゲ海のイオーニア族の島デーロス Delos のアポローンとアルテミス Artemis を主神とする大祭礼など、全ギリシア的といってよい祭礼が数多くあった。ペロポネーソスの中部、山深いアルカディア Arkadia のリュカイオン山 Lykaion に鎮座するゼウスのためのリュカイア Lykaia の祭りにも競技が行なわれた。紀元前五世紀のスパルタの人ダモーノーン Damonon は、ポセイドーン、アテーナー、デーメーテールその他の神々の祭礼での競技の勝利を誇らし気に碑文に遺している。

ギリシアの祭礼に必ず行なわれたのは歌と踊りと音楽より成る合唱隊の演技である。竪琴の伴奏による踊りはすでにホメーロスにも見える。また歌が冠婚葬祭、あらゆる場合に付き物であったことも知られている。合唱隊の歌はその構造が非常に複雑であった。踊りは何十人かの隊員が二手に分かれて行なう輪舞形式であったために、歌もこれに応じて、何行かの一連の歌と、これにまったく呼応する同じ形式の一連の歌をもっていなくてはならない。輪舞の一つのセミ・コーラスが一方に回り、これに応じてもう一つのセミ・コーラスが反対の方向に回り、さらにこれが元のように開かれなくてはならない。このような一連の歌をストロペー strophe「回り」といい、これに呼応する一連がアンティストロペー antistrophe である。さらにこれにエポーデー epoide という別の構造の歌一連がついていることもある。このような三連一組が何度かくり返されて、壮大な歌をつくることもある。ストロペーの構造は歌ごとに異なり、作者は同じ構造を二度と用いることはなかったようである。作者は歌詞を作るだけではなく、同時に音楽をも作曲した。少なくとも古くは踊りの振付をもやった。詩人は詞だけではなく、ワグナーが歌劇で行なったのと同じように、合唱隊のすべての要素をひとりで立体的に構成したのである。

スパルタのアルクマーンのつぎの時代に合唱隊歌の形式に決定的な方向を与えたのがシシリアのヒーメラ Himera の人ステーシコロス Stesichoros である。彼の名は「合唱隊の設置者」を意味し、紀元前五世紀にはすでに有名であり、彼以後の合唱隊歌に大きな影響を及ぼしたことは確実であるが、その人物と生涯に関しては漠たる伝えがあるのみであり、二六巻という作品もすべて散逸し、まことにわずかな断片が残っているだけである。しかし、古代の伝承によれば、彼は詩の材料を英雄伝説やロマンにとり、これを彼一流の解釈とかホメーロスとは異なる伝承によって歌ったらしい。彼がヘレネーを歌って彼女を非難したために盲目となり、取り消しの歌を作ることによって視力を回復したという伝説は彼の詩風をよく示している。ステーシコロスは合唱隊歌のストロペー、アンティストロペー、エポーデーの三部より成る形式を常に使った人として知られ、彼はこの点でも改革者だったらしいが、何分にも作品が残っていないので、よくわからない。

ステーシコロスと同じく、大ギリシアと呼ばれた南伊とシシリア地方から出たイービュコス Ibykos の作品は、残存断片から見るに、個人的色彩が強烈で、レスボス風独吟の歌に近く、感情の激しい詩風である。

またもエロスは暗い眉の下から
　とろかすように私を眺め、
ありとしある魔力をもってキュプリスの
遁(のが)れる道のない網に投げこむ。
ああ、まことに私は近づく神を見て、
怖れ戦(おのの)く、年老いて戦車を引く
名馬が心ならずも速い車を引いて競走に出るように。

　これらふたりの詩人の故郷大ギリシアは、ギリシア本土のイオーニアとドーリスの両族の多くの都市からの植民都市が建設されていた。これはこの地出土の多くの碑文や貨幣上の銘のことばからも十分に察せられる。そこには方言の混合が認められるのである。この地の二人の詩人のことばにはイオーニアとドーリスとアイオリスの三つの方言が混合しており、この地の文化がそうであったように、両詩人の中には東西のギリシアが融合したのである。

ピンダロスによる合唱隊の完成

合唱隊はこの両詩人の後をうけて、紀元前六世紀後半から五世紀前半にかけてその頂点に達した。これを代表するのがイオーニアのケオース Keos 島の人シモーニデース Simonides（紀元前五五六―四六八）とその甥(おい)バキュリデース Bacchylides（およそ紀元前五〇五―四五〇）と、ボイオーティアのピンダロス Pindaros（紀元前五二二または五一八―四四二または四三八）の三人である。

彼らの生きた時期は、独裁者と革命とペルシアの来寇のときである。各地で独裁政権が倒れ、貴族と民衆との間の軋轢はますます激しく、リューディアのクロイソス Kroisos 王を破ったペルシアは小アジアのギリシア植民都市に迫り、これを制圧して、エーゲ海に勢力を延ばし、ついにギリシア本土に攻め寄せた。いっぽうこれは啓明の時代でもあった。この激動の時代にあっても、まだ古い貴族や豪族は豊かな富をもっていた。最も民主的なアテーナイにおいてさえ、真の指導者はすべて由緒ある古い貴族の家族の人々であった。このようなパトロンたる独裁者、大貴族があって初めて、歌、踊り、音楽の三つが一体となった壮麗な合唱隊が可能だったのである。シモーニデースを始めとして、詩人音楽家は貴族の宮廷に客となって、各地を遍歴し、彼らの求めに応じて、歌を作ったのである。さらにパンアテーナイア祭のような祭典もまた彼らに競演の場を提供した。

シモーニデースは初め故郷で合唱隊の指揮にあたっていたが、やがて国を出て、一生の大部分を王侯僭主の宮廷や羇旅の間に送った。アテーナイの僭主ヒッパルコスや北方テッサリア平原の大貴族の庇護をうけた。ペルシア戦争では彼は国民的詩人として、祖国の数々の赫々たる勝利を歌いたたえた。

　　テルモピュライに殪れし人々の

幸は誉れ高く、定めは貴(たっと)し、
奥津城は贄(にえ)石、嘆きは永遠(とわ)の思い出、悲しみは頌となる。
勇まし強(つわ)もの達のこの墓は
朽ちることなく、万物の征服者なる時も
消すあたわず、この宮居(みやい)はヘラスの名誉を
宮守(みやもり)に選び、この証(あか)し人(びと)はスパルタの
王レオーニダース、勇武の大いなる
飾りと永遠(とわ)の誉れを後に伝えて。

ペルシア戦争後シモーニデースはシシリアのテーローン Theron やヒエローン Hieron の宮廷にピンダロスやバキュリデースとともに客となった。彼はこの島のシュラクーサイで世を去ったという。彼の古代における評価は彼が優雅な平明達意のことばと哀憐の情の滲透(しんとう)した美しさとの比類のない詩人であるというにある。彼の作品がきわめてわずかな断片以外には伝存していないので、直接の評価は困難であるが、ギリシア神話の中の波間に漂う箱船の中のゼウスの恋人ダナエー Danae とその胸に抱かれて身に迫る危険も知らずすやすやと眠る赤児のペルセウスを歌った断片は、彼のこの評価を裏書きしている。
紀元前四七六年、バキュリデースとピンダロスは、シシリアのヒエローンがオリュムピア祭で名馬によって勝利を得たときに、これを祝う歌を依頼されている。バキュリデースのは

二〇〇行に及ぶ長歌、ピンダロスのは名高い彼の『オリュムピア勝利歌第一』がそれである。これによってバキュリデースがすでに全ギリシア的名声を得ていたことが察せられるが、あるいは伯父シモーニデースの推挙があずかって力があったかも知れない。ところが紀元前四六八年のヒエローンのオリュムピア祭の戦車の勝利に際して、依頼されたのはバキュリデースだけであった。三人の詩人は同じ独裁者の宮廷にあって寵を競ったのであろう。怒ったピンダロスは『オリュムピア勝利歌第二』で天かける鷲と舞う小鳥にイオーニアの詩人を譬えて罵倒している。

　ピンダロスはアテーナイ人が田舎者の百姓と軽蔑していたボイオーティアの出身である。ギリシアの最も古い貴族の一家アイゲイダイ Aigeidai 氏に属する傲岸な貴族である。現存の最古の作品は、紀元前四九八年にテッサリアの侯家アレウアダイ Aleuadai 氏の依頼に応じて作った『ピューティア勝利歌第一〇』であるから、ひじょうに若くして名声をはせていたことが察せられる。祖国とペルシアとの死闘（紀元前四八〇—四七九）に際して、ボイオーティアのとったペルシアに好意的な態度は、詩人を苦しい立場に追い込んだものと思われる。彼自身もまた古風を好み、アテーナイの取った自由独立の進歩的な態度に、シモーニデースのようには、ついていけなかった。

　バキュリデースの古代における評価は、平明流暢な、流れるごときことばと非のうち所のない技巧の詩人というにある。ピンダロスの雄勁、晦渋、高翔とは対蹠的である。バキュリデースの作品は、以前にはわずかばかりの断片が伝存するだけであったが、一八九六年に彼の詩集中の一巻がエジプトの砂の中から発見された。それは一三（ないし一四）の競技勝利歌と六つのディテュラムボスを含む美しい巻き物であって、彼の艶麗な色彩豊かな絵画的詩風はこの一巻によく窺われる。それは滑らかな、英雄叙事詩風な美しさで、とくにピンダロスが同じ勝利をことほいで歌っている場合に、両者の作風のコントラストがあまりにも著しいのに驚くのである。

よろずにつけて幸あるは
世の人の常にはあらず。
みよ、かの物語を。かつて
きらめく稲妻のゼウスの御子（おん）、
無敵の城門の破壊者が
細い踵のペルセポネーが館（やかた）に、
冥府よりこの世に
近づき難いエキドナが生んだ
鋸（のこぎり）の歯の怪犬をつれ来ようと、
降って行った。
そこで、コーキュートスの流れの岸辺で
幸なき人の子の魂をみた、

それは、イーデーの、羊が草はむ
輝く峰に風が
木の葉を舞わすよう。
その中に剛気な
槍の使い手、ポルターオーンの孫が
際立って見えた。
甲冑に輝く彼を見て、
アルクメーネーの子の、めずらかな英雄は
弓筈に鋭く鳴りひびく弓絃を張り、
箙の蓋を打ち開いて、
青銅の鏃の矢を引き出した。
メレアグロスの魂は彼の前に来て、
熟知のごとくことばをかけた。
「大いなるゼウスが子よ、
その場にとどまれ、気を鎮めて、
滅びた者の魂に
情け知らぬ矢を
無益に放つな。」と、こう言った。

アマゾーンと戦うヘーラクレース

アムピトリュオーンが子の君は驚嘆して
言う、「不滅の神々か、それとも人の子の
誰であろう、かくばかりの子を
育てたのは、またいずこの地においてであろう。
討ったは何人か。やがてまこと麗しい腰帯の
ヘーラーがわれを討つべくこのような
勇士を送り寄こすであろう。とはいえ、
黄金(こがね)の髪のパラスが心をつこうて下さるであろう。」

これはバキュリデースがシュラクーサイのヒエローンのオリュムピアにおける競馬の勝利を祝った歌の一部である。ピンダロスも同じように神話を必ず勝利歌の中に引いて、これによって歌を求めた者の心にかない、その誇りをかき立てる。彼の手法は、しかし、伝説を叙事的に物語るよりは、むしろ暗示的に触れるだけのことが多い。彼はバキュリデースと違って、高処より神託を下す神官のごとくに、人生の道、神々の考え、人の子として生まれた人間のはかなさなどに関する教えを下す。それはシシリアの哲人エムペドクレース Empedokles と似かようところがある。彼は詩の導入部においてすでに壮麗を極めたことばによって空に高く飛翔する。彼の作品は一七巻に収められ、神々への讃歌、パイアーン paian、ディテュラムボス、行進歌、乙女歌、踊歌、頌歌、挽歌および競技勝利歌より成っ

ていた。その中の最後の四巻を成す勝利歌のみが完全な姿で伝存しているだけであるが、ほかに多くの断片がエジプト出土のパピルスから発見されている。勝利歌以外の詩は、勝利歌ほどに晦渋ではないが、つねに堂々たる導入部をもっていたようである。

おお、輝く髪のラートーの御子(みこ)たちの
神のみ業なる憧れの若枝よ、
海の娘よ、広き大地の不動の不思議よ。
死すべき人の子は
汝をダーロスと、オリュムポスの幸多き神々は
かぐろき大地の遠く輝く星と呼ぶ。

これはエーゲ海の紺碧の中に白く輝くアポローンとその妹アルテミスの島デーロス（ダーロスはそのドーリス方言形）にささげられた行進歌の冒頭である。たんにデーロスと言えばよいところを、このように種々な言いかえで同じことをくり返し表現するのは、当時のドーリス風合唱隊歌の一つの特徴であって、これは同時代のエムペドクレースや悲劇詩人アイスキュロスにも共通なこの時代の特徴である。詩人ではなく、またイオーニア人ではあるが、エペソスの哲人ヘーラクレイトス Herakleitos（紀元前五〇〇ころ）のあの晦渋を極めた神託的なことばもまた同じ傾向のものであろう。ピンダロスは、『ピューティア勝利歌第一』

の出で、自分を詩神アポローンとムーサの女神から技を与えられ、彼らの人の子に対する代表者として、自分の芸術に対する自信の程を歌っている。しかし、ピンダロスにも、人の子の運命のはかなさはひしひしと胸に迫った。

人の子はかげろうの果敢(はか)なきものよ、人とは何か、また何でないか。人の子は夢の影よ。とはいえ、神より授かった光がさす時、輝かしい光は人間を照らし、その生命は甘い。愛する母なるアイギーナよ、この市を、ゼウスの、君なるアイアコスの、ペーレウスの、また勇ましいテラモーンとアキレウスの助けによって、自由の旅の中に守り給え。

と彼は紀元前四四六年のアイギーナ島のアリストメネース Aristomenes のピューティア競技の勝利を祝う歌の最後(『ピューティア勝利歌第八』九五—一〇〇行)で叫んでいるが、彼が愛するこのドーリス人の島は、はやすでにアテーナイの支配下にあった。彼の愛する貴族的世界もまた滅びつつあったのである。古風な壮麗な合唱隊歌も、悲劇の舞台以外では、滅びつつあったのである。

完成の時代——劇文学

アテーナイ・アクロポリスのエレクテオンの側面
中央の木はアテーナーのオリーヴ

古典時代の概観

ペルシア戦争からアレクサンドロス大王の死まで

古代ギリシアの文化が頂点に達したときに、われわれがギリシア的なものとして考えるギリシアを代表するのは紀元前五―四世紀のアテーナイを中心とした文化である。それは言語を例に取れば最もよく理解できる。われわれがふつうギリシア語と呼んでいることばの標準は紀元前五世紀後半から四世紀へかけてのアテーナイの散文のことばである。またギリシアの特徴とされる簡素、明快、中庸はアテーナイのアクロポリス山頂のパルテノーン Parthenon 神殿に、またこれを飾る数々の彫刻に最もよく具現されている。

ミュケーナイ文化を滅ぼした民族移動は、ギリシアにだけ孤立した事件ではない。それはバルカン半島のみならず、西はイタリア半島から西欧一般、東は小アジア、メソポタミアからエジプトにかけて起こった一連の大民族移動の一部分にすぎない。この巨大な移動の嵐の中に小アジアのヒッタイト帝国は倒れ、エジプトはようやくのことに侵入者を退けはしたが、国力は落ち、国外に勢力を延ばす余裕はまったくなくなった。近東の諸大国の中で生き残ったのはこのほかにアッシリアだけで、この国はやがて大帝国に発展したが、エーゲ海にまでは勢力は及ばなかった。この大移動後の数世紀はギリシアのみならず、近東全体の暗黒

ダーレイオス王の宮廷

時代である。この激烈な衝撃からの回復には長い時間がかかった。そのためにこの時代は、記録がまことに少なく、それ以前と以後の間にぽっかりと穴があいている。

しかしこれはギリシアにとっては幸いであった。ギリシア人は貧しいやせた土地に細々と住みながら、また小人数の弱国であり、国家的統一もないままに、どこの国からも侵入も干渉もされずに、自由に自分を延ばすことができた。やがて活発な植民時代を迎え、彼らは商人として地中海域から黒海にいたる全域で活動し始めた。東方世界もしだいに回復し、ギリシア人はここから新しい進んだ文化や知識を輸入した。この数世紀間の特異な、他からの圧力のない自由な自己形成と貿易と、小ポリスを中心とする都会生活とは、まことに二度と得がたい機会であった。ギリシアの都市国家文化はよく文芸復興期のイタリアのそれと比較されるが、イタリアの場合にも、たまたま大国間の勢力争いの中にあって、なお一つの平衡状態がかもし出されていた点では、条件が似かよっていたといえよう。

この状態も紀元前六世紀後半にいたって破られる。ペルシア帝国の勃興である。リューディア王クロイソス Kroisos を破ったペルシアは小アジアのギリシア諸都市を屈伏させ、エジプトを征服し、トラーキアに攻め入り、こうしてエーゲ海を東と南北の三方から取り囲む恰好となった。残るはその西側のギリシアだけである。ダーレイオス Dareios 王は、しかし、ミーレートス市を中心とするイオーニアの叛乱でいちじ行動を中止せざるを得なかった。紀元前四九三年に叛乱を鎮圧した王は、着々と準備を進め、トラーキアとマケドニアを征服したのち、前四九〇年にギリシア本土に侵入した。ダーレイオスの軍を葦茂るマラトーンの野に迎えたミルティアデース Miltiades と一万のアテーナイ軍は、来寇者を破って敗走させ、市を救った。

ペリクレース

この第一次のペルシア戦争は小規模なものであった。いわば前哨戦にすぎない。この敗北に怒った王の遺志をついで、クセルクセース Xerxes 王は海陸の厖大な軍を集めるとともに、外交的にもギリシア諸都市に働きかけ、かつギリシアの商売上の敵であるカルタゴに同時にシシリアを攻撃させることとし、前四八〇年にギリシアに海陸から攻め入った。しかし、サラミースとミュカレーでの海戦、シシリアのヒーメラとボイオーティアのプラタイアイの陸戦でペルシアとカルタゴは大敗北を喫した。弱小なギリシアが独裁的な大王の強大なペルシアとカルタゴの聯合軍に対抗して、自由を護り抜いたのである。これはギリシアの、とくに海国軍アテーナイに自信を与えた。前四七七年にアテーナイを盟主として、ペルシアに対する備えとして結成された、エーゲ海域のイオーニアとアイオリスの諸都市を成員とするデーロス Delos 同盟はアテーナイをギリシア世界の大きな部分の覇者とし、同盟に集まる諸都市からの貢税はアテーナイにとって政治、軍事、文化の面での活躍のための莫大な資金源となった。前四四三—四二九年の間、毎年将軍に選出されたペリクレース Perikles の時代がアテーナイ海上帝国の頂点である。ギリシアにおける最も進歩した民主国家たるアテーナイは、この最も高貴な名門出身の貴族に率いられて、安定した発展を行なうことができた。しかし前四二九年の疫病に倒れたペリクレースの死はアテーナイにとって致命的な痛手となった。前四三一—四〇四年の二七年間アテーナイはスパルタと戦い、死闘の末、ついに屈伏した。これはギリシアの海上帝国と大陸の帝国との、民主的イオーニアと貴族的ドーリスとの争いであった。これは、ミュケーナイ文化崩壊後、登りつめた坂の上に立ったギリシアの繁栄を打ち砕いたのである。アテーナイの海上帝国は崩れ落ちた。前四〇四—三七一年のスパルタの覇権。これにつづいてボイオーティアがエパメイノーンダース Epameinondas の指導下に無敵といわれたスパルタ軍を打ち破り、第二アテーナイ海上同盟の発展をはばんだ。ボイオーティア同盟も、かつて彼らのもとに人質となっていたマケドニア王ピリッポス Philippos によって解体された（前三三六年）。ギリシア諸都市をマケドニアの覇権のもとに合併しようとした彼の遺志を継いだアレクサンドロス Alexandros は、さらに父の計画であったペルシア征服を実行に移し、ペルシア、シリア、エジプトを下し、インドの北西部にいたる広大な土地をわが手に収め、矛（ほこ）をかえして、ギリシア西方の国々への遠征計画を練りつつあるうちに、前三二三年、わずか三二歳で熱病に倒れたのである。大王の死の翌年、哲人アリストテレースとアテーナイの反マケドニア派の政治家、古代最大の雄弁家デーモステネースもまた世を去ったことは、象徴的である。彼らの死は自由なギリシアへの最後の弔鐘であった。アレクサンドロスの大遠征、帝国の建設とその文化政策とによって、ギリシア民族と文化との大拡散が始まり、いまや中心はギリシアを去って、王の帝国の遺産の後継者たるマケドニア将軍たちが争奪戦の結果、分捕った国々の諸都市に移り、ギリシア文化そのものの姿もまた、遷(うつ)り変わって行ったのである。

アテーナイの民主政治

紀元前五一〇年にペイシストラトス家の僭主ヒッピアース Hippias が追われてのち、アテーナイのクレイステネース Kleisthenes は国制上の大改革を行ない、民主的な基盤の上にアッティカを組織がえした。ここに二〇歳以上の全市民よりなる民会 Ekklesia が国家の主権者となったのである。民主化はその後も進み、紀元前四五七年には国家最高の役職たるアルコーン archon の役も最下層の民衆に開放され、また陪審員や評議会 Boule の議員などには、経済的負担を軽減するために、日当が支給されるにいたった。しかしここで注目すべきは、先にも述べたとおり、国家の指導者は貴族であったことである。すでにクレイステネースがそうであった。彼はアテーナイ最高の名家アルクマイオーニダイ Alkmaionidai 家のメガクレース Megakles の子であり、妻はシキュオーンの僭主クレイステネースの娘である。ペリクレースの母もまたこの名族の出である。ペルシア戦争の指導者ミルティアデースはケルソネーソスの独裁者で、ピライダイ Philaidai 家の出身である。サラミース海戦を勝利に導いたテミストクレースThemistoklesもリュコミダイLykomidai家の人であった。アテーナイの繁栄はこれらの有能な人々と民衆との協力によって築かれたものである。
しかし、ギリシア最大最強の国家といえども今日の、いやその後のヘレニズム時代の領土国家やローマの水準から見ればまことに小さなものであった。全市民は一八歳から六〇歳にいたるまで兵役の義務に服した。最高の収入の者は騎士、つぎは重甲兵、最も少ない者は軽装兵として出陣した。ソークラテースやアイスキュロスは重甲兵、ソポクレースやアルキビアデースは騎士として戦った。このように全市民をあげての軍隊でも、スパルタと紀元前四三一年に開戦したときのアテーナイの軍隊は、重甲兵一万五〇〇〇、騎兵二五〇〇にすぎなかった。海軍は四〇〇隻の三重櫓船（トリエーレス）trieresより成っていた。トリエーレスとは、長さ四、五十メートル、幅五メートルばかりの、速度と行動の迅速とを最大の目標とした細長い船で、三段のベンチによって三重のオールをもって漕げるように設計した軍艦である。こうした設計によって、一七〇人ばかりの漕ぎ手が指揮者の音頭に従って一斉にオールを引くことによって、当時最高の速力を出すことができた。追風にのったときには、ダルダネルス海峡からスパルタの外港まで四八時間で航海することができたというから、そうとうなスピードである。

　同じ戦いが始まった時のアテーナイを首都とするアッティカの人口は、もとより正確なことは判明しないが、つぎのごとくに推定されている。市民一七万、在留外人四万、奴隷一五万である。このわずかな人々が、黒海からエーゲ海にいたる広大な海域を支配し、貿易を行ない、アクロポリス山上のあの壮麗な建築物を造営し、文学、思想、芸術のかずかずの傑作を生み出したのである。

悲劇

悲劇の起こり

いずれの国においても同じ傾向が認められるが、古代ギリシアではとくに、文学がそれぞれのジャンルに応じて、つぎつぎにその最高点に到達したのちに、急激に衰えて、新たな種類が頂点に達した。しかもおのおのの文学の種類は特別な地方と結びついていた。英雄叙事詩はイオーニアで発達してホメーロスでその発達の道を登りつめたのちに、たちまちにして色あせた。これにつづいてイオーニアではイアムボスとエレゲイア、つぎにアイオリスのレスボス島の独吟の叙情詩、そののちにドーリスの地に合唱隊歌が起こった。紀元前五世紀前半はなお合唱隊歌の全盛期であったが、それはすでに最高峰に登りつめた余勢にすぎない。そこには新しい発達は認められないのである。この世紀を代表するのは、叙情詩から生まれ出た劇であって、その生まれた土地はイオーニアとドーリスとボイオーティアの三つの土地に境を接したアッティカであった。そしてその「発明者」として古代ギリシアの文学史家はイーカリア Ikaria のテスピス Thespis の名を挙げる。大理石の山ペンテリコンとディオニユーシオンとの間の眠ったように静かな谷間に、酒神ディオニューソスとイーカリオスの神話をひめたイーカリアの小邑があった。アテーナイからマラトーンへの街道のこのあたり、今日もなおディオニソ Dionyso と呼ばれる地には緑の中に酒神の神域と小さな劇場の廃墟が横たわっている。紀元前五三四年にここからテスピスが合唱隊をひきいてアテーナイに出て、ペイシストラトスが初春の大ディオニューシア祭 Dionysia 奉納行事の一つとして新たに設けた「トラゴーイディア」tragoidia、すなわち「山羊の歌」の競演で舞台に立ったのである。

すでに記憶にもないほど古くからギリシアのポリスでは祝祭で個人の歌や合唱とともに、合唱隊による舞踊が行なわれていた。音楽、とくに笛はギリシア人の心をあやしく掻き立てたらしい。プラトーンは音楽の人の心に及ぼす影響について、その倫理的教育的効果について、われわれには想像もつかぬことを言っているが、古代の彫刻や壺絵が示す音楽とともに熱狂的に舞い狂う人々の姿は、われわれに古代のギリシア人に対する音楽の力を、間接的にではあるが、理解させてくれる。それはわれわれの常識となっているギリシア人の「理性」の姿ではない。そこにあるのは熱狂の不合理の世界である。アリストパネースの喜劇の最後に現われる激烈な狂舞であり、ディオニューソスの祭りに、頭をのけぞらせ、タムブーリンを連打して踊り狂う狂乱女 Mainas たちである。

ディオニューソス神のためのこの種の歌と踊り、すなわちディテュラムボス dithyrambos は紀元前六世紀には一定の型にはまった、神話的挿話をもったものとなっていた。クレイステネースの改革によって生まれた民主国家は、その一〇のピューレー phyle からそれぞれ五〇人の男性、五〇人の男の子による合唱隊を作って、このようなディテュラムボスの競演をディオニューシア祭で行なった。彼らは円陣をなして舞ったので、「円形のコロス」kyklos と呼ばれ、ピンダロスもバキュリデースもこのために歌詞を書き、作曲し、振付をしている。

これと並んで同じ祭礼の花となったのが劇であった。われわれは悲劇がどのような経路を経て古典時代の形式に達したかを知らない。しかし古くは悲劇作者が「踊り手」とも呼ばれていたことは、その経路を暗示しているようにみえる。悲劇も喜劇もともに、冬のさ中から初春へむかう候に、ギリシアの各地で行なわれた舞踊と歌とから生まれたものであろう。男根の形のものをささげた行列、それに伴う無礼講の嘲罵、動物の姿に扮した男たちの踊りと叙事詩的題材を盛った合唱隊歌がその母体であった。ディオニューソス神の従者たちには種々の動物の姿がある。アッティカの馬の尾をもつシレーノス Silenos、ペロポネーソスの山羊のサテュロス Satyros やパーン Pan。悲劇の競演には、作者は三つの悲劇と一つの「サテュロス劇」と呼ばれるシレーノス姿の合唱隊をもった神話のもじりによる滑稽な劇とを上演せねばならなかったが、これはおそらく古い時代の名残りであろう。とにかく「トラゴーイディア」で最初に発達したのは「サテュロス劇」であって、その代表的作者は紀元前五〇〇年ごろのプラーティーナース Pratinas である。彼はペロポネーソスの北東部の小邑プレイウース Phleius の出身であった。われわれが悲劇のもとに理解する高貴荘厳な劇を完成したのはアイスキュロスであったと思われるが、しかし、それ以前にすでにこの方面への発達の芽生えがあったことは疑いがない。とはいえ、その源もまた合唱隊歌であった。

壺絵に表わされたサテュロス劇

悲劇の創作と上演

伝存の悲劇はイアムボスによる会話の部分と合唱隊歌とを交互に組み合わせた形式を取っているが、古くは歌の部分が圧倒的に多かったことが古代の考証家の証明によって知られるし、またアイスキュロスの現存の作品もこのことばを裏書きしている。俳優ももとはひとりであったのが、前四九〇年ごろより二人に、前四六五年ごろから三人に増員され、複雑な筋の運びが可能となり、会話の部分がしだいに合唱隊歌を圧して重要性をもつにいたった。合唱隊員は初めは一二人、のちに一五人となった。彼らは、ディテュラムボスの合唱隊とは異なり、三列に方形を成して組まれていた。

上演の場はテアートロン theatron「見物の場」と呼ばれる、半円形の踊り場とこれを扇状に囲む見物席より成る野外の施設である。これはディオニューソス神の聖域に属し、劇は国家的神事であった。主催者は国家最高のアルコーンと祭礼のための委員会である。悲劇作者は三つの悲劇と一つのサテュロス劇をこのアルコーンに提出する。この手続きを「合唱隊を要求する」と言い、アルコーンは応募者の中の三人に「合唱隊を与える」。この際の選択の規準は伝わっていない。とにかくアルコーンは三人の作者に対して、おのおののピューレーから出ているコレーゴスchoregos「合唱隊長」を割りあてたのである。合唱隊長とはいいながら、彼の役目は合唱隊を率いることではなくて、合唱隊の衣裳や練習の費用を負担するにあった。俳優の報酬は国家が支出した。競演者が三人に限られたのは、祭礼で三日間が悲劇にあてられていたためで、見物はこの間、毎日三つの悲劇と一つのサテュロス劇を夜明けから立てつづけに見せられたわけである。喜劇の場合には一作者に一作で、五人の作者が競演し、一日で行なわれた。競演の審判には一〇のピューレーから一〇人の者が選ばれてこれに当たったのである。勝利を得た詩人の名は布告使によって発表され、詩人はつたの葉の冠を与えられたが、本当の賞品をもらったのはコレーゴスで、表面上では作者は合唱隊の訓練師として競演に加わったにすぎない。事実、古くは作者は同時に振付師、作曲家であり、アイスキュロスは自ら俳優として舞台に立ったのである。劇は三月の大（または「市の」）ディオニューシア祭のほかに、二月のレーナイア祭Lenaia、さらにアッティカの地方の小都市でも上演されたが、中心は大ディオニューシア祭であった。

ディオニューソス劇場の正面、踊り場に面した所に名誉の席が並んでいた。中央に祭礼の主神ディオニューソスの神官、もろもろの他の神々の神官と九人のアルコーン、評議会の委員、外国からの使節が座を占め、その背後には層々と見物席が楔形をなして、アクロポリスの斜面を登っている。プラトーンは『饗宴』で観衆三万と言っているが、アテーナイのディオニューソス劇場の収容力はおよそ一万七〇〇〇であった。しかし、場内にはいれない者は、外の囲いやアクロポリスの斜面や木に登って見物したというから、実際の観客数は三万に近かったのかも知れない。

アテーナイのディオニューソス劇場

彼らがそこに見たのは何であったか。それは峻厳な気にみち、荘厳華麗なことばと音楽によって綴られた、神々と英雄の世界に置かれてはいるけれども、現世の人間の生き方に関する詩人の深い洞察と解釈である。俳優はきらびやかな刺繍をほどこした衣裳を身につけ、頭上に高く立つ頭髪をつけた仮面をかぶり、英雄や神々にふさわしく、悠揚迫らぬ動作や身振りで詩を朗唱し、時には楽器の伴奏で唱い、かつ舞った。俳優はすべて男性であって、女性の役にも男優が扮した。紀元前五世紀の劇場にはいまだ後世のようないちだんと高い舞台はなく、俳優は合唱隊と同じ踊り場で、天幕（スケーネー） skene と呼ばれた楽屋用の仮小屋の背面の板張りを背にして演技したのである。

悲劇の題材は神々と英雄伝説である。作者はここに材料を求めて、隔絶されたこの純粋な世界において、かえって自己の望む理想的な事件の環境を設定することができる。

ギリシア神話と英雄伝説とは、けっして固定されてはいない。ホメーロス自身がすでにそうであるが、彼の中に見出される多くの英雄譚はわれわれが悲劇その他で知っているものとはかなり相違していて、彼以後にもつねにこれらの話が作り変えられ、新しい筋が加えられ、解釈し直されてきたことを示している。自分が父の殺害者であり母の夫であることを発見したオイディプースが国を追われて、さすらいの旅に出る話は、ホメーロスにはなく、彼はテーバイを守って戦場で倒れたことになっている。父の敵(かたき)である母を殺したオレステースは狂気にもならず、王のあとをついで国を治めている。オレステースの姉のイーピゲネイアもホメーロス以後に初めて姿を現わす。これらの改変はたんに筋だけのことではなく、そこにはつねに新しい解釈が施される。神と人、人と人との間の交渉、葛藤を通じてである。そしてそこに新しい人間像が創造される。ホメーロスはアキレウスを、ヘクトールを、オデュッセウスを創り出した。合唱隊歌にあっても同じである。ピンダロスは神話や英雄伝説の中に神と人、人の子としての行動に関する倫理をつねに思い、彼特有の壮麗なことばでこれを暗示することを忘れない。そしてここにも死すべき人の子の悲しみが、誉れに輝く競技勝利のことほぎのことばの中にも切々と唱われるのである。悲劇もまたこの伝説をうけついで、神と英雄の世界において人間のモラルの問題を追求する。ギリシア的にいえば、それは神と神との、神々と人間との関係の問題である。神の祭典に奉納する行事である悲劇に、ほかにこれほど適切な問題がありえようか。悲劇は本来あくまで宗教劇である。アイスキュロスもソポクレースもこの問題を舞台の上で追った。エウリーピデースには、これから離れたメロドラマ的な作品があるが、それは同時に悲劇の衰退を意味したのである。

アイスキュロス

プラーティーナースにおいて完成されたサテュロス劇的な悲劇をこのように真剣な切実な問題追求の具としたのはアイスキュロス Aischylos（紀元前五二五―四五六）であったと思われる。彼はピンダロスと同じく前古典期から初期の古典期にかけて活躍した人であるが、ピンダロスが古いドーリス的精神の継承者であるのに対して、アイスキュロスは新しいポリス国家の先駆的思想家として、新しい文学の開拓者となった。前四九八年に初めて作品を上演していらい、長年の間彼はアテーナイの寵児であり、一三回の勝利を得たと伝えられ、彼の作品は高く評価されていたので、死後も彼の劇をくり返し上演することを許された。競演の悲劇が新作であることを規則としたことを考えるとき、これはまったく異例の特典であるといわねばならない。

アイスキュロス

詩人が人生の最も盛んな年に達したときに、アテーナイはペルシアとの死闘に直面した。これはギリシアの第二の英雄時代であり、歴史の舞台には偉大な将軍政治家が闊歩した。アイスキュロスもまた自ら剣を取って、マラトーンの野に、サラミースの海に戦い、彼の兄弟はサラミースにおいて戦死して、その勲(いさおし)はアテーナイの柱廊の壁画となってのちの世まで誉れを伝えたのである。詩人はこの戦いを前四七二年の『ペルシア人』Persai によって唱い、ギリシアの勝利をその正義、夷狄(いてき)の王クセルクセースの敗北を神をないがしろにした思い上がった行為に帰したのである。

プロメーテウスの肝をつつく鷲

アイスキュロスがペルシア戦争において認めた神々の正義は、『縛られたプロメーテウス』Prometheus Desmotes においてさらに明確に主張される。巨人神族(ティターネス) Titanes の暴力の支配をくつがえして支配者となったゼウスとオリュムポスの神々に味方したただひとりの巨人神プロメーテウスは、ゼウスの意に反して人間に火を与えたために、神の怒りをかい、スキュティアの岩山に縛(いまし)められる。ここではゼウスは独裁的な力による支配者であり、自己の正義を信ずるプロメーテウスはゼウスのいかなる恫喝をも恐れず、反抗する。この劇は三部作の一つであるが、これに続く『解放されたプロメーテウス』は伝存していないが、内容はゼウスと巨人神との和解であったに相違なく、ここでゼウスは正義の支配者として現われたものと思われる。この劇では神々自身が劇中の人物であり、あらゆるものが人間界の尺度を超えていながら、そこには何の不自然さもない。空の高み、そびえる峰々、海の深み、いや全宇宙が壮大なことばによって眼前に展開される。激情の嵐が舞台を吹きすさび、登場人物は破滅の奈落へと恐れ気もなく突き進む。これがアイスキュロスの世界である。

彼の作品中最もアテーナイの観衆が愛好した『テーバイ攻めの七将』Hepta epi Thebas は、オイディプースの呪いをうけた彼のふたりの子が、テーバイ市の王座をめぐって争い、兄弟が殺し合う悲惨な物語であるが、これもまた最後に兄弟のポリュネイケース Polyneikes と自ら決闘しようと決心する激しい気性のエテオクレース Eteokles を中心に構成されている。劇はしだいに最後の運命的なエテオクレースの決断へと導かれる。見物は兄弟が相戦うにいたるであろうことを知っているが、この勇ましい戦いの気に満ちた描写の中に、いかに避けがたく兄弟の運命が縮められていくかを見つつ、手に汗を握る。中心の人物はエテオクレースただひとりであって、他は彼をきわ立たせるに役立つのみである。最後の決断はすでに下された。しかしテーバイの乙女より成る合唱隊は、今や戦争の恐怖を忘れて、この恐ろしい兄弟の出会いを止めようとする。同じ血をうけた人々の自殺にひとしい殺人はいかなる祭壇もその穢（けが）れをうけえないであろう。エテオクレースはもちろんそれを十二分に知っている。彼は生きては戻れぬことも知っているが、呪いの力を覚り、それが避け難いものならば、一刻もその成就が早いほうがよい。とはいえ、これはエテオクレースの決断いかんによって避けうる運命なのである。しかし、彼の武士（もののふ）としての誉れと彼の激しい性格とがこれを許さなかった。彼はこうして昂然と自己の運命に挑戦するのである。

トロイエーの征服者アガメムノーンは遠征にあたって娘のイーピゲネイア Iphigeneia をアルテミス女神の犠牲にするという人倫にそむくことを行なった。彼はトロイエーにあっては、その陥落に際して、神々の神殿をこわし、神像をはずかしめ、かつトロイエー王の娘カッサンドラ Kassandra を妾として帰ってくる。后のクリュタイメーストラ Klytaimestra はこの怨みを忘れない。彼女の強い性格は夫に対する復讐として、アイギストス Aigisthos と通じ、帰国した日に夫を殺害する。罪に対して罪をもって報いれば、永遠に平和はえられない。その結果、罪のないオレステース Orestes は国を追われるとともに、父の復讐をするという義務を負わせられる。

同じようにダナオス Danaos の娘たち（Danaides）とアイギュプトス Aigyptos の息子たち（Aigyptioi）の争いは暴力に対して暴力によって報いられる。従兄弟たちの求婚をきらって、父祖の国アルゴスへと遁（のが）れたダナオスの娘たちは、その王に救いを求める。これが『救いを求める女たち』Hiketides の主題である。彼女たちはけっしてか弱い乙女の集まりではない。彼女たちはこの争いに何の関係もないアルゴスをこの争いの中にまきこむ。彼女らは意志の強さでクリュタイメーストラに劣らない。彼女らはアルゴス王を脅迫する。神々の掟を楯にして、アルゴスの聖なる場所を自分たちの死によって穢（けが）すぞと、何の罪もない王に迫る。これはまったく無道である。王は自分に関係のない事件にまきこまれて、祖国の存亡に関する決断を強いられる。アイスキュロスは悲劇的なものをここに見出したのである。

オレステースとエウメニデス

この劇は三部作の一つであるが、これに続く、今は失われた二つの作品で詩人は、結婚を強いられた乙女たちが、父の命によって、新婚の新床でアイギュプトスの息子たちを殺害するが、その五〇人の娘の中で、ただひとりだけは夫を同情と愛情から殺すことができず、ほかの姉妹や父から激しい非難を蒙る。これを弁護するのは、オレステースにおけるアポローン神と同じように、彼女の行為の原因となった愛の女神アプロディーテーである。天は大地と合することを乞い願う。天より降る雨は大地をはらませ、大地は人間のために果実を、畜類を、穀物を生み出す。これらの業の主は妾（わたし）であると女神はいう。婚姻は天地の生物の定めであって、これに反するものは法を犯す。こうして夫を救ったダナオスの娘たちのひとりは神の掟によって救われるのである。

アイスキュロスの最後の最大の傑作『オレステイア』Oresteia は、紀元前四五八年に上演された。これは『アガメムノーン』Agamemnon、『コエーポロイ』Choephoroi、『エウメニデス』Eumenides より成り、ギリシア悲劇中、伝存する唯一の三部作である。アガメムノーンは自ら播いた種をかり取って、人もあろうに妻に殺されるが、これはその子オレステースに父の復讐をするために生みの母を殺すという罪を強いる。しかもこの場合に彼はアポローン神の命をうけてこれを行なうのである。母殺しを行なう第二部の『コエーポロイ』でのオレステースは神の命に何の疑いもなく従う。彼には何の悩みもない。アイギストスが殺されたことを知ったクリュタイメーストラは、直ちに事の真相を覚り、「誰か戦斧をもて。妾が勝つかそれとも負けるか、さあ！」と叫ぶ。彼女の雄々しい魂は最後まで屈することを知らない。后は死んでのちも、子のオレステースを追う。母を殺したのちのオレステースは、突然、自分の罪の恐ろしさに気付く。今や血縁の血を流した者を追う復讐の女神エリーニュエス Erinyes が蛇の形の頭髪を振り乱し、炬火を手に、血走った眼で罪人を夜となく昼となく猟犬のように追いつづける。彼女たちが第三部の合唱隊である。そして女神たちを叱咤するのがクリュタイメーストラの亡霊である。アテーナー女神を加えたアテーナイのアレイオス・パゴス Areiospagos の法廷の裁きによってついにオレステースは救われるが、これはもちろん母殺しの肯定ではない。無限につづく血で血に報いる復讐の連鎖の切断なのである。暗い、オリュムポスの神族以前のエリーニュエスの女神に対する啓明された神アポローンの、部族的な掟に対する新しい国家の、勝利なのである。復讐の女神たちは自分の獲物を奪われ、たけり狂うが、アテーナー女神の彼女らに対するアテーナイにおける崇拝の約束によって宥められ、怖るべき原始的な女神はここにエウメニデス、すなわち祝福の女神となるのである。

ソポクレース

アイスキュロスがその故郷エレウシースを望みながら、自ら戦ったサラミースの海戦の勝利の祝賀においてソポクレース Sophokles（紀元前四九六ごろ—四〇六）は少年の合唱隊をひきいて歌い舞ったと、古代の彼の伝記は伝えている。アテーナイの富裕な家に生まれ育ち、天性の美貌と才能に恵まれた彼の一生は、詩人として市民として、名誉の連続であった。前四六八年、三〇歳にならずして、彼はアイスキュロスを破って初めて悲劇の勝利を得た。ナウシカアー Nausikaa 姫に扮して、鞠(まり)遊びの場面における優雅な踊りで観衆を魅了し、伝説的な音楽家タミュリス Thamyris を演じて竪琴を弾じた姿は、ポリュグノートスの名筆によって描かれた。悲劇の勝利はあいつぎ、スーイダースによれば二四回、少なくとも一八回の一等賞を獲得した。前四四三―二年にはデーロス同盟の財務を監督する委員となり、前四四一―三九年には将軍に選出され、ペリクレースの同僚としてサモスに

ソポクレース

遠征した。九〇歳にいたるまで衰えず文学的活動をつづけ、死後は「ヘーロース」heros、すなわち神としての祀りをうけた。一二三の悲劇を作り、かずかずの栄誉を得たソポクレースは、幸いにも祖国アテーナイ敗北の屈辱の日を見ることなく、世を去ったのである。彼はギリシア古典期中の古典期、ペリクレース時代の象徴であった。彼の作品も、サルースティオス Sallustios という以外には知られていない文法家が作った学校用の選集に含まれた七編しか伝わっていない。ほかに一九一一年にエジプト出土のパピルス中より発見されたサテュロス劇『追跡者』Ichneutai の大断片と多くの短い断片がある。

ソポクレースは神とも人とも和した円満具足の人、人間のあるべき姿を描いた作家（アリストテレース『詩論』二五節）といわれているが、彼の心にも深く暗い畏怖すべき淵がぽっかりとあいている。これは彼の作品のパルテノーン神殿にも比すべき構成上の均整、緊密、明快な輪郭によってかくされているが、彼の心奥には人の子の道の暗澹たる不安、神の意志のはかり知るべからざること、人間の行為と意志とがいついかなる時に神によってくつがえされるかわからない不安がひそんでいた。彼の作品の大部分はこの心のあらわれである。

彼の伝存作品中の最古の劇『アイアース』Aias は、アキレウスの死後、その遺品である鎧をオデュッセウスと争って破れた、『イーリアス』中、アキレウスにつぐこの勇士が主人公である。不面目を復讐しようとして、アテーナー女神によって妨げられる。女神はオデュッセウスの味方である。彼女はアイアースを狂わせ、彼はこのためにギリシア軍の牛羊の群れを仇敵と信じて殺戮し、その一部を搦め捕って自分の陣営にひいてくる。女神は彼の仇敵であり、彼の不幸を嘲笑いつつ彼の味方を装う冷酷な女である。狂気から覚めたアイアースは、自分の名誉を救うには自殺するほかはない。アイアースは激しい正直一徹な中にも温かい心の武人である。彼は故なき女神の悪意によって虐げられるが、これに降伏しない。オイディプースと同じである。いちじの怒りにかられて味方を殺そうとした彼も、自分の恐るべき素姓を知って自ら盲目となったオイディプースも、最後まで人間の尊厳を失わず、神に頭を垂れることがない。

『アンティゴネー』Antigone もまた同じ型の女性である。テーバイに攻め寄せたアルゴスの七人の大将たちをむかえての戦いに、エテオクレースは兄弟のポリュネイケースと決闘してともに倒れる。オイディプースのアンティゴネーは祖国に弓を引いたポリュネイケースの埋葬を禁じるクレオーン Kreon の命に抗して兄に葬礼を与える。彼女の行為は天の命ずる正義に基づくところであり、国禁はその前には何物でもない。クレオーンは、アンティゴネーが息子ハイモーン Haimon の許婚であるにもかかわらず、彼女を地下の岩屋に生きながら葬る。彼女は自ら縊れ、ハイモーンはそのかたわらで剣に伏して死に、子の死を知ったクレオーンの后は胸を貫き、クレオーンただひとり残される。勝者は死んだアンティゴネーであり、生き残ったクレオーンは敗者である。アイスキュロスの『コエーポロイ』と同じ題材を扱った『エーレクトラ』Elektra は、冷たい作品である。そこには情緒的なものは見出されない。女王もエーレクトラもオレステースもすべて石の彫刻のごとくであり、その冷たさは、われわれがアイスキュロスの作に感じる、作者の温かいいぶきと激情への憧れを惹き起こさせる。

エーレクトラと正に対照的なのが『トラーキースの女たち』Trachiniai の女主人公である。現存するソポクレースの作品中で唯一つ合唱隊の名で呼ばれているこの劇は、『アイアース』と『アンティゴネー』と同じく、劇の半ばで主人公デーイアネイラ Deianeira が姿を消し、英雄ヘーラクレースが登場する。ほかの二つの作品と異なり、デーイアネイラとヘーラクレースの英雄伝説中の重要性の差があまりにも大きすぎたために、デーイアネイラの名をこの劇に冠することができかねたのであろう。長年の遠征に家をあける夫の留守を守るデーイアネイラはほとんど名ばかりの妻となっている。夫への思慕の情に耐えかねた彼女は、捕虜となった王女に夫ヘーラクレースが思いを寄せ、彼女を第二の妻にしようとしていることを聞き、かつて昔ケンタウロスのネッソス Nessos が夫の矢に射られて死んだ時に、その教えによって恋の薬のつもりで取っておいた彼の血を衣に塗って、夫に送った。しかし、これは恐ろしい毒で、ヘーラクレースを焼き殺すのである。デーイアネイラの懊悩、彼女をいたわる周囲の者やヘーラクレースの従者のいつわり、問いつめられた末の真実、捕虜の娘たちの中に際立つ美しい若い王女イオレーの姿に打たれるデーイアネイラ。これを見た彼女には、もはや妻の座を王女に譲って身を引くほかはない。しかし彼女のはかない願いをこめて送った衣は夫を殺したのである。デーイアネイラは胸を貫く。そこへ英雄が登場する。デーイアネイラの奸策への非難、焦熱の苦しみに耐えかねた長々とした叫びでこの都市の破壊者、大袈裟な英雄は舞台をみたす。この彼の長丁場は少々滑稽でさえある。苦しみに耐えかねた英雄はオイタ山頂の火葬壇上で生きながら自分を焼くことを命じる。

そなたも、乙女よ、館に留まるな、
大いなる思わざる死を、
恐ろしき不思議の苦しみを見しそなたも。
しかしてすべてこれゼウスならざるはなし。

デルポイのアポローン神殿

と最後にトラーキースの女たちの合唱隊は歌う。ヘーラクレースの運命は、彼の遠征に先立って、一年と三か月後に死が、もしこれを遁れ得たらば光栄ある静かな生を、とドードーナのゼウスの神託がすでに予言しているのである。デーイアネイラは、アイアースの妻テクメーサ Tekmessa と同じ、ソポクレースの描くやさしい心のひたすらに男の愛情にすがって生きる女である。アンティゴネーやエーレクトラのような女丈夫ではない。しかしヘーラクレースもデーイアネイラも同じように神の意志のもとに打ちひしがれる。

ギリシア悲劇の古典的傑作と称される『オイディプース王』Oidipus Tyrannosもまた、神の道と人間の道との不合和と不可知の神意にしいたげられた男の悲劇である。彼はスフィンクスの謎を解いてテーバイの民を救い、この町を襲った疫病の原因をさぐり、それを除去すべくあらゆる努力をする。彼は事の真相を知る者たちの彼のためを思ってのあらゆる努力を押しのけて、真実へと猪突する。義弟のクレオーンと予言者テイレシアースTeiresiasを疑い侮辱し、母で妃のイオカステーIokasteを自殺に追いやり、赤児の彼を山中に棄てることを命ぜられた、彼の父殺しの目撃者である羊飼いに無理やりに白状させる。すべての者の善意にもかかわらず、すべての者の努力にもかかわらず、オイディプースは神の恐るべき悪意のもとに、すべての者の悲しみと同情のうちに、自分の恐るべき素姓を知って、失墜するのである。人の子として生まれた者の絶望感がそこに息づいている。

しかしソポクレースの主人公はこれによって運命論者にも虚無主義者にもならない。彼は敢然と不可知の神の意志に対抗し、屈することを知らない。詩人の最後の作となった『コローノスのオイディプース』Oidipus epi Kolonoiは神と人との和合の物語である。アンティゴネーに手を引かれた老王は今や乞食の姿となって、長い放浪の末にアテーナイ郊外のコローノスにたどりつく。折から来かかる通行人に尋ねれば、これは女神エリーニュエス・エウメニデスの聖なる地である。王は自分の不幸な生涯を閉じるべき地に来たことを覚る。アポローンがかつて神託によって、旅路の果て、この恐るべき女神の聖なる地に生を終わり、彼の死体が葬られた地に祝福を、彼を追い出した地には呪いをもたらすであろう、と告げたからである。折から始まったテーバイ攻めの戦いにオイディプースの祝福をうけようと、彼のふたりの子が彼を求めるが、彼は怒ってわれとわが子どもたちに対して呪いを下す。死にいたるまで彼の激しい性格は変わらないのである。彼はアテーナイの王テーセウスに守られつつ、女神の聖森へと、雷鳴の轟く中に姿をかくす。こうして神秘のヴェールに包まれた老王へ最後に神の方から和解の手を差しのべたのである。

この劇より数年前、紀元前四〇九年に上演された『ピロクテーテース』Philoktetes はソポクレースの他の作品とは毛色が違っている。叙事詩『小イーリアス』Ilias mikra 中の弓の名手ピロクテーテースの物語はすでにアイスキュロスとエウリーピデースの両詩人によって扱われ、ソポクレース自身もかつて劇化したことのある題材なので、詩人はこれに新しい解釈を施す必要があった。彼はピロクテーテースの流されたレームノス Lemnos 島を絶海の無人の島とし、ここに彼を置きざりにしたギリシア軍に対する怒りと、一〇年の間のただひとりの苦しい暮らしに、つのるばかりの仇敵に対する怨みの中に生きるピロクテーテースを配する。彼の憎む敵（かたき）は狡知にたけたオデュッセウスである。そこへ、トロイエー攻略はピロクテーテースの強弓がなくてはかなわぬ、との予言によって、当のオデュッセウスが、アキレウスの子のネオプトレモス Neoptolemos を伴って彼を迎えにくる。尊敬する親友の子の若武者に対する信頼とオデュッセウスを始めとするギリシア軍の首脳者たちに対する憎しみとの間に苦悶する英雄、全軍のためと説得されて、ピロクテーテースを初めはあざむくが、若々しい名誉心と、正義の叫びとの矛盾に苦しむネオプトレモスの精神と行為の葛藤は、しかし、最後に現われる神となったヘーラクレースによって断たれ、ピロクテーテースはかつて彼にオイタ山上で強弓を与えた英雄の命に従い、トロイエーへと出発する。ソポクレースはこの劇で一転して人の心の相剋(そうこく)の解剖と描写にむかっているがごとくであるが、しかし、その底には、やはり人の子の暗い運命感が流れている。パトロクロスやアキレウスは死んだが、みにくく卑しいテルシーテース Thersites は生きているのである。

アイスキュロスの作品が情緒的であり、よせては返す大波のような壮大な歌のストロペーが一〇〇行も二〇〇行もつづき、暗示的なことばにみちたその華麗さは、かつて昔のコリントスの、東洋的な怪獣や五彩あざやかな壺を思わせるに反して、ソポクレースは合唱隊を劇の傍観者、第三者的な批判者とし、緊密な構成の比較的短い歌によって作者の、あるいは一般的な感情の代表者としたといえよう。アイスキュロスでは合唱隊は劇中の人物であった。彼らは明らかに劇の中のある人物の味方であったり、時には、『救いを求める女たち』の中のダナオスの娘らのように、主役でさえある。俳優の会話は、これに応じて、多くの部分がむしろ劇中の人物の一方的な感想とか意見の表明となっている。打ちつづく長い歌の間で、人物は、『アガメムノーン』のクリュタイメーストラのように、一方的に、あるいは命令し、あるいは独白的に思いを述べる。合唱隊の歌と踊りのかもし出す雰囲気の中に劇中の人物は動き、事件が進行する。ソポクレースはまったくこれを変えた。彼がこの偉大な先輩の三部作形式をやめて、一作をもって完結する悲劇を完成したのは、彼のテクニックと目的とによるのである。彼は会話の部分を緊密に論理的に計算して書いた。一文、いや一語さえも、ソポクレースにおいては十分にプロットを考えつつ、計られている。彼の三人の俳優による短い会話のやりとり、名高い彼の悲劇的なイロニーはこれをよく示している。それは赤と黒の上に明確なデリケートな線で描かれたアッティカの壺絵を思い出させる。

ソポクレースは死の数か月前に尊敬すべき競争相手であったエウリーピデースのために悲しみの衣に身を包んで、大ディオニューシア祭の前に行なわれる俳優の合唱隊の披露に、恒例の花冠をつけない彼らをひきいて現われなければならなかった。彼よりも一〇歳以上も若いエウリーピデースは遠く異郷のマケドニアのアルケラーオス王の宮廷で不帰の客となったのである。

エウリーピデース

エウリーピデース Euripides（紀元前四八五ころ—四〇六ころ）とソポクレースとを分かつこの一〇年は、しかし、第二次大戦後の日本にも比すべき激しい変動の嵐の中にあったアテーナイでは、まことに大きな意味をもった。祖国のために自ら戦ったアイスキュロス、その大勝利を祝って舞ったソポクレースとは異なり、エウリーピデースが物心ついたころには、アテーナイはすでに強大な覇権への道を歩いていた。彼はプロータゴラース Protagoras（前四八五ころ生まる）、ゴルギアース Gorgias（前四八五ころ—三七五）などのソフィスト、パルメニデース Parmenides やアナクサゴラース Anaxagoras（前四六〇アテーナイに来住）のような哲学者の将来した革命的な思想界の新傾向と動揺の時代の空気の

エウリーピデース

中に育った、大いなる矛盾に悩んだ新しい一つの魂である。人間を中心として考えるこの新しい雰囲気はエウリーピデースに英雄時代の伝説をそのままに取り入れることを許さず、ソフィストの弁辞の術は彼の人物に昔のごとく語らしめない。最初の大蔵書家と伝えられる彼はおそらく最初の学者のひとりであったであろう。ふたりの先輩と異なって、公の事柄から遠ざかり、静かに私人としての生活を楽しんだというのも、全く新しい傾向である。ふたりの先輩があいつぐ勝利を獲得したのに反して、彼は二二回の競演で、わずか四回、死後、遺作『バッカイ』Bacchai（前四〇五）の上演によって第五回目の勝利を得たにすぎない。アイスキュロスが世を去ってのち、ソポクレースの競争者として、アッティカ悲劇の大作者と目されながら、彼の新しい傾向は、アリストパネースを始めとして喜劇作者の倦むことのない諷刺と嘲罵の的となり、彼の悲劇の中のかずかずの大胆な試みはくり返し揶揄された。それは彼の私生活にまで立ち入っている。彼らによれば、彼の母親は野菜売りであり、彼は二度（または二重）結婚をし、妻を寝取られ、女ぎらいであったなど、捏造によるゴシップは限りがない。アリストパネースは彼を舞台にのせて揶揄し、彼の死後上演の『蛙』の中では彼とアイスキュロスの劇の価値に関する争いを冥府で行なわせた。しかし、アリストパネースはエウリーピデースの新式悲劇をからかいながらも、ソークラテースに対すると同じく、なお彼を嘆賞せざるをえなかったようである。前四〇八年エウリーピデースは戦乱の祖国をすて、悲劇作者アガトーン Agathon および華麗な音楽と滑稽なまでに誇張乱用されたメタファで有名なディテュラムボス作者ティーモテオス Timotheos とともにマケドニア王の宮廷に去った。

生前勝利を得ること最も少なかったエウリーピデースは、その後、最も愛好されよく読まれる作家となった。このために彼の作品は一八編が完全に伝存するほか、多くの引用断片とエジプト出土のパピルスから回復された断片が残っている。なおほかに彼の名のもとに伝えられている『レーソス』Rhesos があるが、これは彼のものではなく、紀元前四世紀の未詳の詩人の劇である。完全に伝存しているのは、サテュロス劇『キュクロープス』Kyklops のほかに、上演年代の明らかなものは、『アルケースティス』Alkestis（前四三八）、『メーデイア』Medeia（前四三一）、『ヒッポリュトス』Hippolytos（前四二八）、『トロイアの女たち』Troades（前四一五）、『ヘレネー』Helene（前四一二）、『オレステース』Orestes（前四〇八）、『アウリスのイーピゲネイア』Iphigeneia he en Aulidi（前四〇五）、『バッカイ』Bacchai（前四〇五）である。ほかに、『アンドロマケー』Andromache、『ヘーラクレースの後裔』Herakleidai、『ヘカベー』Hekabe、『救いを求める女たち』Hiketides、『エーレクトラ』Elektra、『狂えるヘーラクレース』Herakles mainomenos、『タウロイのイーピゲネイア』Iphigeneia en Taurois、『イオーン』Ion、『フェニキアの女たち』Phoinissai がある。

エウリーピデースは新傾向の作者といわれ、多くの大胆な新しい試みを行なっている一面、彼はソポクレースよりも古い時代の悲劇への回帰者でもある。若年のころ彼はアイスキュロスを模倣したと伝えられているが、彼の中の情緒に頼るルースな劇の構成、彼の合唱隊のある作品での使い方などに、明らかにこれが認められる。『アルケースティス』や『イオーン』は、悲劇というよりは、サテュロス劇に近い内容であって、これは彼の新案ではなく、むしろプラーティーナースふうの悲劇の新しい姿ではないかと思われる。二作はともに楽しい美しい芝居である。そして内容は人間と神とのエゴイズムの諷刺である。これは『アルケースティス』が、ともに上演された四つの劇の中で最後にサテュロス劇の代わりになっていたことによっても知られる。ヘーシオドスによって貞淑な妻の犠牲物語としてたたえられているこの話は、ここでは自分の死を遁れるために他人に犠牲を求めるという嫌悪すべき利己的な行為と変わっている。自分の身代わりになって死んでくれることを老父に求めて断わられ、妻のアルケースティスの死によって救われながら、その死に際して狼狽するアドメートス Admetos 王、喜劇の中のお定まりの登場人物である大食漢ヘーラクレース、死神を配し、ここに悲劇を茶化し、ソフィズムにみち、独特の美しく優しい歌を交えた珍しい劇をエウリーピデースは作り出したのである。『アルケースティス』を含む四作はいずれも大胆な手法によってアテーナイの観衆を驚かした。『クレータの女たち』の中の王女アーエロペーの大胆な恋の歌、『テーレポス』の主人公の写実的に襤褸を纏った乞食姿はアリストパネースの揶揄に好材料を提供した。

『イオーン』はアテーナイの王女クレウーサ Kreusa を犯して、イオーンを生ませておきながら、子どもを見捨てた卑怯卑劣な悪党アポローン神を、所もあろうに神の聖地デルポイに舞台をおいて、からかった意地の悪い劇である。

エウリーピデースには、めでたしめでたしに終わる、ロマンの世界に遊ぶ作品が多い。『タウロイのイーピゲネイア』は、アルテミスの犠牲に供せられようとするところを女神に救われてタウロイに運ばれ、この地の女神の女宮守となっているイーピゲネイアのところへ、弟のオレステースとその親友ピュラデースとが捕えられ、女神の犠牲に供すべく、連れて来られるのを、互いの素姓を知って、姉弟力を合わせ遁れるという、美しい想像と憧れにみちた劇である。それに少しおくれて作られた『ヘレネー』も、先にステーシコロスが合唱隊歌で唱った、トロイエーのヘレネーはまぼろしにすぎず、本当の彼女はヘルメースによってエジプトに運ばれ、この地の王によって保護されていて、トロイエー落城後エジプトに漂着した夫のメネラーオスと再会するという物語を利用した楽しい夢のような作品である。伝存しないが、アリストパネースの『女だけの祭り』の中の『アンドロメダ』のパロディから窺うと、これもまた美しい斬新なアイディアにみちたロマンチックなものであったらしく、とくに洞穴に縛られた王女の嘆きとそれに木魂するニンフ、エーコーの歌は非常な評判になった。少々毛色は違うが、『オレステース』もこの傾向に属するものと考えられる。母殺しののちに、気の狂ったオレステースは宮殿内にあって、アルゴス人の裁きを待っているところへ、メネラーオスがくるが、アルゴスの王位に目のくらんだ彼は甥を救おうとしない。オレステースはメネラーオスの娘で許婚のヘルミオネー Hermione を捕え、その喉に白刃を擬して嘲笑し、宮殿に火を放つが、その時アポローン神が雷霆の轟音とともに突然現われて、すべての者に気を失わしめ、正気に帰った人々は昔を忘れてしまっている。オレステースは腕に抱いているヘルミオネーを見てたちまち恋し、すべてめでたしとなる。屋上の狂人に美女に炎上する宮殿、道具だてては申し分なくそろっているが、人を食った芝居である。

アリストパネースは『女だけの祭り』で、エウリーピデースが女性の欠点をあばく、女性の敵として女たちに追及される話をおもしろくつくり上げているが、喜劇詩人にこのような捏造の種を供給した『メーデイア』や『ヒッポリュトス』は、むしろ女のあわれを強調したエウリーピデースの傑作である。『メーデイア』もまた、彼女の夫イアーソーン Iason の利己的な身勝手に対する非難である。ここに詩人は激しやすい強い性格の夷狄の女メーデイアを中心に、自分を裏切って、亡命先のコリントスの王女と結婚しようとするイアーソーンに対する復讐として、王女とその父の王と、ふたりの間に生まれたふたりの子どもを殺すまでの彼女の心理をすさまじく描いてみせる。彼女は女性に対する不正、夫婦の間の真実の破壊に対する復讐者として現われる。彼女は夫をも、その相手の王女をも許すことができない。コリントスの女たちの合唱隊も、メーデイアの激しい気性と乱暴な行為は非難しながらも、なお彼女の行為のやむにやまれぬことを認めて、同情しているのである。しかし、後年ギリシア悲劇の傑作と称されたこの劇は、最下位の三等を得たにすぎなかった。

『メーデイア』の三年後に上演された『ヒッポリュトス』は、しかし、第一等となった。これはギリシアの英雄伝説によくある継母の継子に対する不倫の恋から起こる悲劇である。アテーナイ王テーセウスの后パイドラ Phaidra は継子ヒッポリュトスに恋して退けられて自殺し、ヒッポリュトスはパイドラの手紙によって父からあらぬ疑いを蒙り、その呪いによって馬に引かれて死ぬ。エウリーピデースはこの悲劇の原因をすべて愛の女神アプロディーテーに帰するのである。女神は処女神アルテミスへの献身の恍惚(こうこつ)のうちに、女人を近づけず、狩に日夜を送る公子ヒッポリュトスをこらしめるために、パイドラに彼を恋いこがれさせる。恋の病いにやつれ果てた彼女をむりやりに白状させた彼女の乳母は、善意からヒッポリュトスに合意を迫る。他言せぬとの誓いを立てた公子は、父の詰問に答えることができない。こうして愛の女神が、自分への侮辱に対して怒ってたくらんだ計画は成就するが、ヒッポリュトスは最後に現われるアルテミスとの神秘の共感のうちに父に抱かれて死ぬのである。作者はここで人間の非理性的な面を美しく肯定的に描いている。そしてそれをホメーロスふうに神の作用に帰するのである。パイドラの熱烈な恋は、彼女のあらゆる努力にもかかわらず、押えることができない。彼女は、喜劇作者がいうようには、悪い女ではない。エウリーピデー

『メーデイア』

スの彼女は貞淑な、愛の女神の犠牲者なのである。これは、ギリシア語でいえば、一種の「アーテー」ate である。このことばはふだんの正気な場合に考えると、とても信じられない、できないような愚かな、あるいは乱暴なことを行なうことを意味するが、ホメーロスはこのような行為を神々の所為にしている。パイドラにもテーセウスにも罪はない。ヒッポリュトスの姿は怪しいまでに清らかで、むしろ中世にふさわしい光に包まれている。

エウリーピデースは、しかし、人間の「アーテー」をすべて神々に帰するわけではない。彼はそのあさましい姿を戦争劇の中で遺憾なく描きつくしている。トロイア陥落の際の女こどもの悲惨な有様を、筋もなく、ただタブロー式につぎつぎと舞台にのせた『トロイアの女たち』、捕虜になったトロイアの老女王ヘカベーの殺された子の凄惨な復讐を扱った『ヘカベー』。すべてに絶望した女王は仇敵を捕虜の女たちのテントに誘い込み、彼のふたりの幼い子を殺し、彼の眼をくりぬくのである。エウリーピデースは、生みの母親を殺したオレステースとエーレクトラにも憎悪による狂気以外にその行為の解決を見出しえなかった。異常な極限の状況において人間の理性も情けもぷっつりと切れる。『エーレクトラ』はこの人間の狂った有様をまざまざと写している。それはあまりにも誇張されて、少々メロドラマじみているけれども、作者の意は、彼が追いつづけている理性の限界を越えた彼方の人間にあったのであろう。

狂って妻と子を殺し、血族の血で手をけがしたヘーラクレースを暖かく保護するテーセウスの話を扱った『狂えるヘーラクレース』、スパルタ王メネラーオスとオレステースの卑劣極まる行為を追及した『アンドロマケー』、テーバイ攻めで倒れたアルゴスの将たちを埋葬するために、テーバイに攻め寄せて、クレオーンを破り、彼らの屍を手に入れて埋葬するテーセウスをほめたたえた『救いを求める女たち』、ヘーラクレースの子孫を助けて、アルゴス軍を破るアテーナイの物語を劇化した『ヘーラクレースの後裔』は、いずれもスパルタに対する作者の愛国的感情の現われであろう。

エウリーピデースには、ソポクレースを越えて、それ以前の時代の、ルースな構成へ逆戻りする傾向があるが、それが最もよく現われているのが、『フェニキアの女たち』である。一七六〇余行に上る現存の悲劇では一番長いこの作品は、一編の中に『テーバイ攻めの七将』、『アンティゴネー』、『コローノスのオイディプース』を一まとめにした、欲張ったもので、いわば対話による『テーバイ物語』である。

エウリーピデースの遺作『アウリスのイーピゲネイア』と『バッカイ』とは、この矛盾の詩人の姿をよく伝え、まったく正反対な作風を示している。『イーピゲネイア』は、軍によって彼女の犠牲を求められた父王アガメムノーン、何も知らずに、父の手紙にだまされて、アキレウスと結婚するつもりでアウリスに来たイーピゲネイアと母のクリュタイムネーストラ、婦人たちの味方となり、死を賭してもイーピゲネイアを救おうとする騎士道的なアキレウスをめぐる葛藤を描いた、よく纏まった作品である。最後にこのディレンマはアルテミス女神の出現によって断ち切られる。どことなくソポクレースの『ピロクテーテース』と相通じるところがある。この中の英雄は人間にすぎない。アガメムノーンもアキレウスも暴徒化したギリシア軍に反対できず、アガメムノーンは自分の親心に反する行為に対する嫌悪と軍隊の要求との間に板ばさみとなり、アキレウスは婦人に対する騎士道精神にもえながら、ギリシア軍第一の勇士もいかんともしがたい。筋の構成の巧みさに、もとよりこの話をよく知っている見物も、作者の新手な展開に手に汗せざるをえないほど、見せ場にみちている。これに反して『バッカイ』は、エウリーピデースがいちじ忘れていたかに見える宗教劇への目ざましい回帰である。ここで彼は新たにギリシアにはいった狂乱の神ディオニューソスに反対したために、神のために狂乱女となって山中にさ迷う母親たちによって八つ裂きにされたテーバイ王ペンテウス Pentheus の物語を取り上げた。かつてアイスキュロスはその『リュクールゲイア』Lykurgeia 三部作において、同じ神に対するオルペウス、リュクールゴス、ペンテウスの闘争を歌ったが、彼はここに最後には神との和解を見出したのであった。これはいかにもアイスキュロス的である。しかし、エウリーピデースにおいては和解も解決もない。神の道は人間の道徳の規範の外にあり、測知すべからざるものである。ディオニューソスの力は人間を破滅にまで導く恐るべきものであり、理性を越えた熱狂である。これに抗する者にはペンテウスの運命が待ちうけている。人間の理性とこの狂気との間には深淵が口をあけている。エウリーピデース自身この両者の矛盾に悩んだのであろう。彼の作品がこれをよく示している。

他の悲劇作者たち

以上の三大詩人のほかに多勢の悲劇作者がいた。われわれは多くの名と作品名、また断片を知っている。中でもキオスのイオーン Ion、アテーナイのアガトーン Agathon などは一流の詩人であった。当時の作者はアテーナイ出身に限らないことは、イオーンの出身地によっても知られる。ギリシア全土から作者が出ている。しかし、彼らはいずれも同じ方言で悲劇を綴り、同じ舞台で競ったのである。悲劇は、しかし、紀元前五世紀末、ソポクレースとエウリーピデースの死によって、一つのピーリオドを打たれた。アリストパネースが『蛙』で酒神ディオニューソスに言わせているように、「ある者はすでになく、あるは悪い奴ばかり」で、みんな、「悲劇の破壊者、……血眼で探しても創造的な素晴しいことばを創る詩人」は見つからなかったのである。悲劇は宗教劇として出発し、この性格を保ちつつソポクレースで頂点に達した。エウリーピデースはある意味で宗教劇としての悲劇の破壊者である。彼は神と英雄を人間の世界に引きずり下ろした。合唱隊歌が紀元前五世紀後半以後の人間臭さについて行けなかったように、悲劇もまたエウリーピデースで余りにも人間化しすぎた。ソフィストとソークラテースが哲学を人間中心にしたのと同じである。それに技術的な面もアイスキュロスいらいの悲劇の性質に反対の方向に動いた。俳優の尊重と合唱隊の縮小、音楽の複雑化と重要性の増大は悲劇をますますオペラ化したように見える。詞(ことば)よりは、内容よりは歌が大切となったのである。また、悲劇の題材である神話伝説はすでに使いつくされた。観客は新しい創作に対する興味よりは、古典となった傑作がどんなふうに上演されるかという興味に惹(ひ)かれたらしく、このためにエウリーピデースの作品には俳優による多くの改竄（かいざん）の跡が残されている。人間化された悲劇の後継者は、むしろ、紀元前四世紀の新しい方向にむかった喜劇だったのである。

喜劇

初期の喜劇

ふつう喜劇と訳されている「コーモーイディア」Komoidia は「コーモス komos の歌」の意味である。「コーモス」とは酒に酔い、乱痴気騒ぎをやりながら練り歩いた連中、あるいは行列を指している。喜劇は、全盛時代にも、その中にこの痕跡が残存しており、淫猥な遠慮のないことば、揶揄（やゆ）がいたるところに見出される。

俄芝居、茶番、動物姿の所作事、棒の先に男根の形の造り物をつけて練り歩く行列などは、古くからギリシアの各地で行なわれていたが、これらを総合して一つの形態を与えたのがアテーナイであった。しかしすでにドーリスの植民地であるシシリアには、このような茶番狂言以外にりっぱな文学的な喜劇が紀元前五世紀以来存在していたことは、エピカルモス Epicharmos によって明らかである。

エピカルモスは僭主ゲローン Gelon（紀元前四八五—四七八）とヒエローン Hieron（紀元前四七八—四六七）の時代のシュラクーサイ市の喜劇作者と伝えられる。彼の作品はわずかな断片と題名以外には残っていないが、それは短いが緊密な構成のもので、トロカイオス trochaios（—⏑）とイアムボス iambos（⏑—）、ときにはアナパイストス anapaistos（⏑⏑—）の韻律で、ドーリス方言で綴られていた。内容は狡猾なオデュッセウスや大食漢ヘーラクレースなどを主人公とする神話伝説のもじりが多かったらしいが、いっぽう、『男女のロゴス』、『希望か富』の題名が示すように、劇というよりはむしろ討論の形式で、これはアリストパネースの『雲』の中の有名な正論と邪論との討論のように、アテーナイ古喜劇が好んで踏襲した形式の作品もある。ほかにエピカルモスには『田舎者』、『優勝選手』、『お偉い方』などという、日常茶飯、市井の些事に取材したらしい題名があり、これはのちに同じくシュラクーサイの「ミーモス」mimos（物まねの意味）作者ソープローン Sophron に受けつがれた。

エピカルモスの喜劇は、しかし、「コーモーイディア」ではない。彼の作品は「コーモス」すなわち合唱隊をもたず、宗教的束縛をうけず、内容もより自由に一般的な題材を扱っている。ソープローンはエウリーピデースと同時代の人であったらしいが、彼は喜劇を詩の束縛から解放し、大胆にも散文で、『老人』、『漁夫と田舎者』、『女藪医者』、『神詣での女』などの題名の示すとおり、日常生活の現実を写したのである。散文とはいえ、彼の文はいまだ著しくリズムをもっていたらしく、古代において彼は高く評価され、プラトーンが彼の作品を愛読し、自分の対話編中の人物の性格描写の手本とし、この大哲人の死後枕頭にあったのがソープローンの作品であったと伝えられていることは、これがたんなる俄狂言の類ではなかったことをよく示している。

アッティカ古喜劇

紀元前五世紀のアッティカの喜劇をその後のものと区別して古喜劇という。喜劇の舞台は、かつては悲劇と異なり、レーナイア Lenaia と呼ばれるディオニューソス神の祭礼であったと考えられるが、悲劇の発達につれて喜劇もしだいに一定の形式を整え、悲劇と同じく大ディオニューシア祭で競技の形式で上演されるにいたった。それが紀元前四八六年で、最初の勝利者はキオーニデース Chionides であったという。以後、紀元前一二〇年ごろにいたるまで、毎年競技が続けて行なわれたのである。

古喜劇の多くの作者のうちで、クラティーノス Kratinos、クラテース Krates、エウポリス Eupolis（紀元前四四五—四一一）、アリストパネース Aristophanes（紀元前四四五ころ—三八五ころ）がその代表者である。クラティーノスの作品は題名以外にはほとんど伝わっていないが、いまだ古風な、筋を余り問題としない散漫なもので、豪快な笑いとアルキロコスふう嘲罵とで名高かった。クラテースは紀元前四四九年に最初の勝利を得た、俳優から作者に転じた人である。彼は、アリストテレースによれば、最初にアッティカ式な個人攻撃から一般的な題材へと転じたのであって、これはエピカルモス式な、前後一貫した筋をもった喜劇をクラテースが初めて構成したことを意味するものと思われる。完全に伝存するアリストパネースの作品の大部分は、紀元前五世紀末のものであるが、この中にはまだ古い喜劇の面影が残っていて、全体が二つに分かれ、前半は時事問題の諷刺、後半は茶番狂言式の悪ふざけが多い。アリストパネースの競争者エウポリスは早熟の天才であった。一七歳で最初の劇を上演し、前四一一年に海戦で不幸にも難破して世を去り、わずかに一七（一四ともいわれる）編の劇を作ったにすぎないにもかかわらず、七回も勝利を獲得した。しかし彼の作品も一編も伝わっていない。以上の、断片以外には伝わらない作者とは異なり、われわれはアリストパネースの一一編の完全に伝存する作品をもっている。

アリストパネース

アリストパネースの作品の総数は四四と伝えられているから、われわれは四分の一を幸いにももっていることとなる。伝存作の年代は紀元前四二五―三八八年にわたり、そのうち前四二五―四二一年の作品、『アカルナイ人』Acharnes（前四二五）、『騎士』Hippes（前四二四）、『雲』Nephelai（前四二三）、『蜂』Sphekes（前四二二）、『平和』Eirene（前四二一）はそっくり伝わっている。彼の最初の作は前四二七年の『宴の人々』Daitales、つぎは翌年の『バビロニア人』Babylonioi であるが、前四二四年の『騎士』にいたって初めて自分の名で合唱隊を与えられている点から考えると、彼はこの年にやっと法定の年齢に達したものであろう。前四一四年からは『鳥』Ornithes、前四一一年からはレーナイア祭上演の『女の祭り』Lysistrate と大ディオニューシア祭上演の『女だけの祭り』Thesmophoriazusai、アテーナイがスパルタに降伏する前年の紀元前四〇五年からは『蛙』Batrachoi が残っている。『女の議会』Ekklesiazusai と『福の神（プルートス）』Plutos はずっとおそく、それぞれ前三九三年と前三八八年の作である。

アッティカ古喜劇はあらゆる点で悲劇を手本としているが、合唱隊の人数は二四人で、上にあげた題名でもわかるとおり、動物の姿をしたのが多いのは、昔の名残りである。アリストパネースの伝存作でもって全体を推論しうるとすれば、喜劇はつねに「討論」agon を含んでいて、ここで劇の主題に関する相対する主張が行なわれる。さらに、喜劇はパラバシス parabasis という長い合唱隊の歌で二分される。前半で作者の諷刺や主張が終わり、パラバシスになると、合唱隊が見物の方にむきをかえ、作者の代弁者となり、作者はしばしば一人称で見物に話しかけ、自分の意見や見物に対する苦情など、かなり個人的なことも述べる。それから一転して、まったくの悪ふざけともいうべき部分に移る。この後半の部分は前半の部分の作者の主張が通った結果生まれた幸福な状態を騒々しく猥雑な要素を交えつつ示す場合が多い。古喜劇に許された自由は生やさしいものではなく、まったくの無礼講である。作者は考えうる限りの悪口雑言をもって手あたりしだいに人々を罵倒し、悪趣味とさえ思われるほど卑猥なしぐさとせりふや洒落が随処に見出され、ことに食物と生理的な事柄に関するものが多いことは、ラブレーなどと共通する。

　こういう内容のものであるから、アリストパネースは抵抗の大きい厄介な作家である。おいそれとは楽しむわけにいかない。彼の作品は彼の生きていた時代と密接に結ばれていて、おのおのの作品の発表された時の社会、政治、宗教、思想、文学など、およそ考えられる限

アテーナイのアクロポリスの門

りの具体的な事実と直結している。また当時の都市国家は、前にも説明したとおり、まことに小さいものであった。それは徳川時代の藩くらいの大きさで、その市民たちはお互いによく知っている。小さな場所の中で生活を共にしているのだから、おのおのの家柄、親族関係、財産、性癖までもわかっている有様であった。その上、都市国家は、ギリシア人自身が言っているように、市民がすなわち国家なのであって、政治、軍事は市民の生活と直結していた。ひとりひとりが政治、軍事のみならず、国家のあらゆる面にわたって自ら当事者でなければならなかった。現代の代議制度のもとにおいては、国民の意見や態度は多くの場合、自分のよしとする政党の支持以外には、政治、司法、軍事にはあまり直接に関係はないが、都市国家にあっては市民の日常の生活そのものが国家を支配している政治的権力、党派とその施策方針と同一だったのである。国民は政府そのものであった。民主主義が権力を獲得すれば、その反対者はテオグニスのように亡命せざるをえないし、貴族寡頭派が力を得れば、民主派はひどい弾圧を蒙る。アリストパネースの喜劇はこのような都市国家の、紀元前五世紀末の、当時のギリシアを二つに分けたペロポネーソス戦争下の二大抗争国の一つアテーナイの状態を反映している。詩人は何の前置きもなしに市民の誰彼にむかって皮肉、諷刺、揶揄(やゆ)を放つ。それはただちに理解され、おそらくは矢面に立った当人自ら、

『雲』の中のソークラテースのように、劇場のどこかに座を占めていたであろう。アリストパネースの偉大さは、彼がこのような特殊な地方的環境の中にありながら、人間全体としての深処に存在する何物かを強く把握して、人間としてのおもしろみ、何物をも倒錯した、愉快なたくましい男性的な良識と気分の世界に思うがままに不遠慮に大笑したところにある。しかし彼の破壊的な、倒錯的な諷刺の底に流れているのは美しい人間性であり、悲しいあきらめと情緒豊かなリリシズムである。

アリストパネースは政治的道徳的に旧式な、新式の三百代言を造り出すソフィスト的教育の反対者、古い伝統的な訓育の讃美者として登場した。伝存していない彼の最初の作品、『宴の人々』の主張はここにあった。これは彼がくり返し作品中で主張しているところで、それをいちばんあらわに出したのが、人もあろうにソークラテースをソフィストの代表として登場させた『雲』である。アリストパネースはここで、イオーニアの自然観に発した宇宙の根源物質、もろもろの物質の構成、宇宙の変化、運動の根源力などに関する新しい学説、神々と人間の本性、道徳律、とくに正義や善に関する新説、事の善悪を問わず、とにかく法廷や議会において勝利を得ることのみを目的とする弁論術などの新しいいろいろな傾向と伝統破壊の代表者として、アテーナイでその醜いシレーノスのような面貌、夏冬を通じてただ一枚の衣に、裸足で歩き回り、とくに青年貴族に人気があって、彼らを身の周りに集め、あ

らゆる固定観念を検討して破り去り、自分の観察と推理によって価値を判断し直し、その上に立つ確固不動の道徳律によって独立独歩の行動をするソークラテースこそまことにうってつけであった。アリストパネースはソークラテースに当時のあらゆる新傾向を、ソフィストも自然哲学も何もかも十把一からげに押しつけ、ここにこの大哲人の店たる「思考店」Phrontisterion を舞台とした痛快な喜劇を創り出したのである。

借金で首がまわらなくなった親父が、新式の三百代言式弁論で急場を切り抜けようと、「思考店」に入学するが、落第し、代わりに「雲」の取りなしで息子を入学させる。合唱隊の「雲」はあらゆるいんちき師、とりとめなき思想家、大地に足のついていない詩人どもの空々漠々たる守護神である。ソークラテースは新入学生の前で有名な正論と邪論との討論を示す。伝統的なきびしいしつけ、運動競技、ホメーロスの歌による教育を主張する正論は、こんな古くさい物は全部蹴とばして、勝手気ままに世を送り、しかも少しも困らぬ術を教えようという邪論に破られる。卒業した息子が借金取りを新式方法で追っ払うのをみて親父は喜ぶが、祝賀の宴で親子げんかとなり、息子は、親父をなぐるのが正しいことを例の新式方法で証明する。絶望した親父は「思考店」に火を放ち、弟子どもは逃げまどう。

アリストパネースの第二の諷刺、というよりは憎悪の的は、ペリクレースなきあと、アテーナイの実力者となったデマゴーグのクレオーン Kleon とその一党であった。彼の第二番目の作『バビロニア人』で彼は前四二六年の大ディオニューシア祭において多くの外国からの使節の前で、クレオーンを始めとして多くの人々を嘲罵したために、クレオーンに訴えられ、そうとうひどい目にあったらしい。彼は『騎士』においては、デーモスの寵児クレオーンを罵倒し、『平和』においては、前四二二年に戦争のおもな遂行者であるクレオーンとスパルタの将ブラシダース Brasidas の死によって近づいた平和をことほいだ。『蜂』もまたデマゴーグの政敵弾圧と追放の具となって踊りながら、自分はひとりよがりでアテーナイの最高権力者と思っている法廷の陪審員に対する痛烈な諷刺である。「蜂」とは、その名のごとくに胡蜂に扮した、怒りっぽい、誰彼の見さかいなく刺す陪審員の老人の合唱隊のことである。陪審員らは当時は三オボロスの日当をもらって、ほかには何もしないでごろごろしている病弱者、老人、無頼の徒であり、法の運用にはまったくの素人、無知な群衆の例にもれず定見なく、扇動されやすいにもかかわらず、彼らの判決は控訴もできない最後的のものであり、しかも彼らはその判決に対して責任を取る義務がない。しかも彼らはわずかな捨て扶持でデマゴーグに扇動され頤使され、政争の具とされながら、自分の権力に酔っている。父親のピロクレオーン Philokleon「クレオーン贔負」のこの裁判好きを、陪審員のこの現実の姿を示すことによって矯正した息子のブデリュクレオーン Bdelykleon「クレオーン嫌い」は、劇の後半で親父の裁判からの引退を慰めるべく、気のきいた社交場裡の宴会に連れて行くと、その前に服装から礼儀作法、会話法にいたるまで予行演習をやったかいもなく、親父はさんざんに酔っぱらって乱暴狼藉のかぎりをつくす。これは新式の気のきいた社会への皮肉である。

アリストパネースは現存する最古の作品である『アカルナイ人』で、ペロポネーソス戦争のために耕地や果樹園を荒らされて、困窮している農民の味方として和平論をとなえ、主戦論者クレオーンを攻撃したが、この和平の願いは、彼がその『平和』によって祝福した前四二一年のニーキアース Nikias の平和によって実現したかに見えたが、やがてこの見せかけの平和は破られ、戦争は再び始まり、今やアテーナイは前四一五年にはシシリア遠征を計画し、東西にまたがる大海洋帝国を夢みていた。前四一四年の『鳥』の、空中に築かれた「雲時鳥国（ネペロコッキュギア）」Nephelokokkygia は詩人の夢を乗せて高く飛翔するが、詩人の心は重い。この劇は空中に、神々と人間との世界の中間に帝国を築こうという、素晴しい夢をのせた鳥の世界から人間を眺めた倒錯の世界である。作者は人間の世界の風俗習慣を人間の観点を離れて眺めつつ、痛快にこれをひにくる。しかも鳥の世界がやっぱり人間の都市と同じにでき上がらねばならない。アリストパネースはここに詩の才能を遺憾なく発揮して、美しい、飾らぬ、単純な、詩情にみちた歌を惜し気もなくばらまいている。

この詩人の夢は、しかし、長くは続かない。前四一三年にアテーナイの大遠征軍はシシリアのシュラクーサイにおいて全滅し、アテーナイ帝国の夢は無残にも破られた。長い戦争に倦（う）んだ市民の姿は『女の平和』となって現われた。これは戦争に明け暮れる男どもに愛想をつかした女たちが、性的ストライキという前代未聞の方法によって男どもを屈伏させ、アテーナイとスパルタを和睦させるという、滑稽と猥雑の仮面のもとに真剣な平和への願いをかくしたものである。不穏な前四一一年当時のアテーナイでは、これ以外には平和の主張を行なうことは危険だったのであろう。

同じ年の三月の大ディオニューシア祭で、アリストパネースはすでにたびたび揶揄の対象としたエウリーピデースをまっこうから取り上げ、主要人物として登場させた。男を入れない「女だけの祭り」である秋のテスモポリア Thesmophoria 祭で、この大悲劇詩人の女性に対する攻撃に憤慨した女どもが彼を生かすべきか殺すべきかを議するという報告に、エウリーピデースは悲劇作者で美男のアガトーンにお得意の女装で潜入させようとするが、断わられ、代わりに親戚の人を女装させてやる。ところがこの変装は見破られ、エウリーピデースの三つの悲劇のもじりによる脱出救助の計画がつぎつぎに行なわれるが失敗に帰し、最後にエウリーピデースが自分の姿で登場して、女たちに今後は決して悪口はいわぬ約束をして、老人を救い出す。英雄伝説中の美女ヘレネーやアンドロメダーになった、むくつけき老人と、その夫や恋人になるエウリーピデースの滑稽はいうまでもなく、ここにアリストパネースの悲劇のもじりの才が遺憾なく発揮される。

しかしこのもじりの才がその最高に達したのは『蛙』である。前四〇六年にエウリーピデースとソポクレースの二大作家を失って、孤児となったアテーナイの劇壇のために、地獄に行って気に入りのエウリーピデースを連れ戻そうと、ディオニューソス神は地下の死者の国に降って行く。『蛙』はこの道中で、ギリシアの三途の川にあたるアケローンの湖にすむ蛙の合唱隊からこの名を得たのである。やがて地獄では、新来者のエウリーピデースが地獄の悲劇の王者の椅子にいたアイスキュロスよりこの座の譲渡を要求し、亡者の大衆を扇動したために大騒ぎとなり、酒神を判定者に今や悲劇の大試合が始まる。ふたりは互いに相手の弱点をつき、劇の人物、構成、文体、内容、プロローグ、歌と音楽のあらゆる部分にわたって激論する。これはわれわれが知っている最古の文学批評であるが、アリストパネースは、両人の特徴と欠点とを比類のない巧みなパロディによって分析し批判する。アイスキュロスの誇張にみちた神託的なことば、もったいぶった様子、勇気凛々、甲冑と尊大と古風に対して、エウリーピデースの詭弁、警句、屁理屈、写実主義、新式の歌がつぎからつぎへと、批判というよりは実演されるのである。ついに両人の悲劇を、ホメーロスふうに、巨大な秤にかけて量ろうということになり、ふたりは一番重たそうな詩句を皿に載せるが、もちろん、重さの点ではエウリーピデースの吹けば飛ぶようなハイカラな新式詩句はアイスキュロスの途方もなく大袈裟な句に及ぶべくもない。しかし酒神はなおもふたりの軽重をきめかねるのである。さんざんエウリーピデースを野次り倒したアリストパネースは、劇そのものの価値の点ではふたりの間に差を認めなかったのである。酒神はついにアイスキュロスを取るが、それは愛国者としてのこの大先輩であった。

『女の議会』と『福の神』とはすでに前四世紀にはいってからの作品である。『蛙』上演の翌年アテーナイはスパルタに屈し、その傀儡政権下に喘いだが、その後ようやく民主制を回復した。しかし昔日の帝国の姿はもはやなく、喜劇も昔の激しさを失って、よりおだやかな、より一般的な題材を扱う中期喜劇に移った。『女の議会』は女による議会占拠とその結果のおかしみであるが、これは『女の平和』のような切実な問題ではない。女たちは財産、食事、男女関係をすべて共有にするという、プラトーンの『国家』の中の理想国の共産社会によく似た政治を行なうが、これはプラトーンと何らかの関係があると考えられている。『福の神』はまったく中喜劇的で、『女の議会』ですでに弱体化していた合唱隊は、ここではほとんどないに等しく、パラバシスも甘美な歌もなく、将軍、大詩人、政治家の姿もまったく舞台から消え去った。劇はプルートス、すなわち福の神の盲目的不公平を、彼を医神の神殿での治療によって目明きにして、直すというもので、アリストパネースは昔日のあの素晴しい、底知れぬ才気の自在無礙（むげ）、途方もなく雄大な、自由な、無責任な世界から転落して、平俗なただの滑稽へと堕しているのである。

完成の時代——散文学

沈思のアテーナーの浮き彫り（前五世紀前半）

散文の発達──イオーニア散文

イオーニアの伝統と散文の興隆

ギリシアにおいても、他のあらゆる民族の文学におけると同じく、文学としての散文の発達は詩のそれに比してはるかにおくれている。しかしこれは散文が古くから存在していたことを否定する根拠とはならない。他の民族の歴史的に明らかな例に徴してみても、英雄神話伝説やお伽噺（とぎばなし）の類が口頭によって伝えられるに際して、その間に素朴な技巧や文飾が工夫されていることは容易に推測し得るのであって、かかる民間の伝承を材料として生まれたのが英雄叙事詩である。またイソップ（ギリシア語でアイソーポス Aisopos）の名に帰せられている多くの寓話も、元来は散文の形で語られていたに相違なく、これらは「アイノス」ainos、「ロゴス」logos と呼ばれていた。また紀元前五世紀およびそれ以前の都市国家の碑文上の法令、外交文書、神域の宗教上の規約、祭典競技の勝利者の表などは、散文が、極めて徐々にではあるが、より正確な表現、より複雑な文の構造へと努力しつつあった経路を明らかに示している。これらの碑文はすべてその建立者の方言によって綴られ、古風ではあるが、事実を素朴に述べており、詩の装飾にみちた言葉とは著しい対照をなしている。この時代のこれらの官庁用語には未だに短文の並列が多く、文構造上の規則は浮動して定まらず、意味が曖昧になりやすく、ギリシア人が新しい方面の開拓に摸索していた様子がうかがわれる。

小アジアのギリシア植民地イオーニアは東方の先進国との接触、本国を離れて新たなる自由のもとに生まれた都市国家の強い束縛よりの解放、商業都市としての伝統の破壊など、種々の原因によって、ギリシア本土が未だ中世的な眠りより醒めぬ中に、まず第一に個人の自由、これに伴うよい意味でも悪い意味でもの個人主義を発達させた。ここにイオーニア人は科学的な自由な思索を始め、大胆な伝統の破壊に乗り出したのであって、この際に必要となったのが、詩という韻律の枠に縛られない散文であった。

紀元前六世紀のころに至ってイオーニアにおいて初めて全イオーニア的な散文が出来上がった。これはイオーニア一二都市の方言に共通なものを取り、これに叙事詩その他の詩の用語中の特殊なものを除いた語彙を採用したもので、このようにして興った散文は、最も広い意味での「ヒストリエー」historie、すなわち学問と探求の用具となった。それは科学と歴史と哲学である。イオーニア散文の特徴は事実に即し、装飾的な要素や技巧が少ないことで、後に興ったアッティカ散文とは無技巧の点で著しい対照をなしているが、歴史と哲学には散文以前からの強い伝統があった。歴史にはホメーロス、ヘーシオドス以来の英雄叙事詩や系譜学、哲学にはヘーシオドスやクセノパネース Xenophanes のような人々の伝統があり、紀元前五世紀になってもパルメニデース Parmenides やエムペドクレース Empedokles は自分の思想を叙事詩の韻律に託している。したがって、ギリシア人が詩という形に捉われないで、自由に書く方法を見出した時に、すでに散文は、全く新しい領域である自然科学以外では、詩の後継者として、ある意味における外形上の規定の必要を感じていたのであって、これはその後の散文の発達にまことに重要な意味をもっている。

イオーニア散文の興隆は、全ギリシア人の求めていた自由な表現法への要求にかない、たちまちにして全ギリシア人の採用するところとなり、ホメーロスのことばがギリシアの叙事詩を律したように、イオーニア以外の方言の人々もイオーニア散文によって著作するに至り、ここに初めて散文の標準語が出来上がった。かくして、レスボスの史家ヘラーニコス Hellanikos、南伊の医家アルクマイオーン Alkmaion、コースで生まれテッサリアで死んだ神医ヒッポクラテース Hippokrates もイオーニア散文によったのである。

かくて紀元前六世紀中頃のシューロス Syros 島の人で、ヘーシオドスが詩形で行なったところを散文によって、宇宙開闢（かいびゃく）より神々の系譜を神秘なオルペウス教の影響下に書き綴ったペレキューデース Pherekydes、ミーレートスの人で、初めて地理学と称すべきものを樹立し、神話と系譜を統一して、系譜学を創始したと言われるヘカタイオス Hekataios（紀元前五五〇—四七八ころ）、また一方では自然哲学者アナクシマンドロス Anaximandros（紀元前六一一—五四七）や、その憂鬱と難解によって古代において名高かったエペソス Ephesos の哲人ヘーラクレイトス Herakleitos（紀元前五〇〇ころ）のごときイオーニア散文作家が現われた。

初期の人々の作品は不幸にしてわずかな断片以外には伝存していないが、古代においてその名が高く、賢者、宗教家、散文の祖と仰がれたペレキューデースの、エジプト出土のパピルスから発見された断片を見ると、これは天と地との聖結婚の物語であって、彼の文がいかにも簡素でありながら、美しい典雅なものであることを示している。彼と正反対なのが、タレースに始まるモニストの最後であるヘーラクレイトスである。同時代のピンダロスやアイスキュロスにも共通する神託的な暗い不可解な暗示にみちた彼のことばは、イオーニア散文の一頂点をなすものと言えよう。実在と仮象との対立を初めて認めたこの哲人は、そのことばの中にも常に両者に比すべき対立、すなわち対句を用いたのであって、彼の対句の巧みな用法は、南イタリアに発達した散文にその跡を残し、ゴルギアース Gorgias を経てアッティカ散文に甚大な影響を及ぼしたのである。

歴史の父ヘーロドトス

ロゴグラポイ logographoi と呼ばれた地誌民俗歴史の領域における散文作家は叙事詩の直接の後継者であったが、この種類の作品中で、完全に伝承しており、その最高峰をなしているのが、歴史の父と呼ばれるヘーロドトス Herodotos（紀元前四八四？—四三〇以後）の『歴史』Historiai 九巻である。彼の生国である小アジアの南部、ドーリスの地に属するハリカルナッソス Halikarnassos は、彼が生まれたころ、すなわち第一と第二のペルシア戦争のころには、サラミース海戦の英雄アルテミシア Artemisia 女王の支配下にあり、ペルシアの属国となっていた。彼の青少年時代はペルシア帝国の最盛期であって、その勢力は北

ヘーロドトス

はトラーキア、スキュニティア、東はインド、南はエジプトに及んでいた。これはギリシア本国とこれを征服しようとしたペルシア帝国との衝突の時代である。後、アテーナイに来住したヘーロドトスは、ペルシア帝国を破ったアテーナイの民主制がペリクレースの指導下にかがやかしく開花しているのを目のあたりにし、アテーナイの讃美者となった。紀元前四四四年にアテーナイが新たに南イタリアに植民都市トゥーリオイ Thurioi を建設した時、彼もまたここに赴いて市民として居住し、ここで世を去った。この間に彼は何年にもわたる大旅行をし、その成果が『歴史』であった。彼の足跡はアジアでは南東エクバタナ Ekbatana、エジプトではエレパンティネー Elephantine、北アフリカではキューレーネー Kyrene、北はドナウ河口からクリミア、西はシシリア島に及んでいる。これらの旅行から得た見聞と資料に彼自身の人間観と倫理を加えて出来上がったのが『歴史』であった。

『歴史』の主題は西洋の代表たるギリシア民族と東洋の代表者ペルシアとの衝突である。九巻に分かれ、アレクサンドレイアの学者が名付けた九人の詩の女神の名によって各巻が呼ばれている。ヘーロドトスは最初に、過去の記憶が時とともに人々により忘れ去られることがないように、またギリシア人と外国人とによって示された偉大なる、かつ驚嘆すべき勲(いさおし)が、中でも彼らが互いに相戦った原因が人々に知られずに終わることがないように、自分の調査によって知り得たところも以下に示す、という書き出しで、神話時代における東西の争いから、ただちに歴史時代に最初に明らかに知られている東西の争いである、リューディア王クロイソス Kroisos による小アジアのギリシア人の圧迫に移る。これはクロイソスの王朝の始祖ギューゲース Gyges 以来の半ば伝説的なリューディア王家の創始とその後の歴史という脇道へそれるきっかけを与える。この迂路はヘーロドトスの得意とするところで、時には脇道が余りにも長いために、ほとんど独立の著作の感をさえ与えることがある。第二巻のエジプトの話はその最も長いもので、著者は生まれながらの饒舌で、楽しげに物語る。しかしこれらの岐路は、ヘーロドトス自身「プロステーケー」prostheke と呼び、十分な自覚のもとに挿入されたものである。彼の歴史はペルシア戦争でその頂点に達した東西の抗争へとむかう世界の諸民族の歴史であって、このためには当時知られていた世界の民族の歴史をたどり、その地誌風俗習慣を知らねばならないからである。

　ヘーロドトスはリューディア王家の話から、リューディア王とギリシア都市との争い、ソローン Solon 以後のアテーナイの、リュクールゴス Lykurgos 以後のスパルタの歴史、リューディアの地、その興味あるもろもろの事柄や風俗習慣を物語る。クロイソスはその余りの自負とギリシア人に対して行なった非道のために、ペルシアに滅ぼされる。ここでかの有名なソローンとクロイソスの人間の幸福に関する対話が挿入される。自分の豪富に眩惑(げんわく)されて、自分を世界一幸福な男と自負しているクロイソスは、アテーナイの賢者、律法者ソローンの来訪を機に、彼に自分の富を見せて、人間の中で一番幸多き者は誰かと尋ねる。賢者はそれはギリシアのアルゴスの貧しい二人の兄弟だと言う。二人は母親を乗せた車を引いて神殿に詣で、人々の称讃のうちにそこで世を去った。しかもそれは母の孝行な息子たちのための神への祈願の結果であったのである。ヘーロドトスにとっては、人の子たる者は決して自らの幸不幸をはかることは出来ない。余りな幸と傲慢と増長には必ず神の復讐が加えられる。これは個人のみならず、国家や民族についても同じである。ヘーロドトスは後にサモスの僭主ポリュクラテース Polykrates の繁栄と没落との話の中で、同じく神の意志と人間の幸福のはかなさとを描いているが、この考えは『歴史』全体を通じて流れている。リューディア征服によってペルシアはギリシア世界に登場する。そして同じくイラン民族のメーディア Media 王国の興隆、ペルシア帝国の祖キューロス Kyros の生い立ち、ペルシアの風習および全アジアの征服、イオーニアおよびその他のギリシア人ならびに隣接するリュキア Lykia とカーリア Karia の民族に関する歴史が語られる。ついでキューロスのバビロン攻略に際して、この古都のさまざまな大建築物、住民とその風俗の話が挿入される。キューロスにつづくペルシア王カムビュセース Kambyses のエジプト遠征を契機として、第二巻で、その全体を占めるエジプトの話にはいる。それはまことに驚くべきさまざまなエジプトに関する驚異と伝説、あるいはまた盗賊ラムプシニトス Lampsinitos の物語のようなアラビア夜話式な話にみちている。ヘーロドトスはこのような荒唐無稽の物語にも耳をかし、また多くの信じがたい話を伝えているけれども、彼は多くの事柄に関して出来るだけ多くの人の説を挙げて、その中で最も真であると考えるものを選択する方法を取り、自ら親しく見たところのものと他の人より聞き伝えたこととの間には明瞭に一線を画し、しばしばこれは単に他人の意見を伝えるに過ぎないと断わっている。しかし、彼はそれが信ずべからざることであるがために、また自分の著書の傾向に合わないがために、これを黙殺するという偏狭な態度はとらない。また自分の解釈によって変更することもしない。彼はギリシア民族にも異民族にも公平に、素直にこれらの事柄を物語る。彼は言う、「私は私に語られた事柄をすべて聞いた通りに記録する」（第二巻一二三節）が、「こういうことを信ずる人々の用に供する」にすぎないのであって、彼は自分の判断は保留するのである。

「エジプトの話」の長い寄り道の後、第三巻においてヘーロドトスは再びカムビュセースの遠征の物語を取りあげ、王の死、ダーレイオス Dareios 王およびこれに関連してサモスの僭主ポリュクラテースの話を取り扱う。ここでヘーロドトスはダーレイオスの国政を論じ、彼が属国に課した税制、とくに小アジアのギリシア諸都市に課せられた負担に言及し、この大帝国がついにギリシア帝国にいかに近い関係に立つに至ったかを説明する。帝国の発展がいかにギリシア本国にとって危険であったかが、南伊のクロトーン Kroton 市出身の名医デーモケーデース Demokedes の話およびサモス攻略によって例示され、読者は帝国が多島海のギリシアにその巨大な触手を伸ばし始めたことを如実に感じる。しかしヘーロドトスの筆はただちに事件の本筋を真直に追うことはしない。ダーレイオスの事業には未だスキュタイ

Skythai 人の地への大遠征が残っていた。これが著者にこの黒海沿岸の地に関する長い地誌を挿入する機会を与える。王のこの遠征は失敗に終わったけれども、彼はこれによってアジアと欧州とを結ぶ重要地点をその支配下に収め、ここに帝国の力はさらに直接にヨーロッパにひしひしと迫ったのである。同時に帝国はアフリカにおいてエジプトを基地として西方に延びた。ヘーロドトスはこの機会を遁さず、アフリカ北岸のリビアにおけるギリシア人の拠点キューレーネーのバッティアダイ Battiadai 王家の神話伝説時代からの歴史を述べ、リビアの住民に関する話を物語る。

第五巻で話は北方トラーキア Thrakia の地に移る。ダーレイオスの勢力はトラーキアを経てついにギリシアに北接するマケドニアの地に及ぶ。ミーレートスの僭主ヒスティアイオス Histiaios は王の北伐を助けて功があり、ために厚遇されていたが、ついに疑いを蒙り、スーサ Susa の王の宮廷に軟禁される。彼の婿でその後継者アリスタゴラース Aristagoras は王に対して反逆を企て、スパルタとアテーナイに援助を求める。これが再びヘーロドトスにこれら両国の歴史を説く機会を与える。スパルタは援助を拒むが、アテーナイとエウボイア島のエレトリア市とはこれを約し、リューディアの首都サルデイスの攻略に加わる。ここについにギリシア本国はペルシアと直接争うにいたった。しかしこのあまりにも不用意に行なわれたイオーニアの反乱はもろくも鎮圧された。ヘーロドトスの筆はますますさえる。東西の衝突への準備としての最初の五巻において、当時知られていた人間の住む世界の歴史と地誌、民俗を、西方のイタリアの地を除いて、すべて語りつくした著者は、すでにほとんどまったくペルシア帝国の全勢力を形成しているところのものを説明し終えた。第六巻はダーレイオス王のギリシア征服への企てが物語られる。王のギリシア人への自分に対する服従の要求に、全ギリシアはなすことを知らぬ恐慌に陥り、多くは王の要求に応じるが、スパルタとアテーナイのみは断固として自己を主張する。ここにペルシア王のもとに亡命してその客となっているスパルタ王デーマラトス Demaratos といまひとりの王クレオメネース Kleomenes との争いをきっかけに、スパルタの二王家の話が挿入される。第六巻九四節よりいよいよ名高いマラトーンの会戦の話が始まる。王が送った海陸の大軍はアテーナイ軍によって葦しげきマラトーンの野に大敗を喫する。

ダーレイオスの死後、その事業の後継者たるクセルクセース Xerxes は再びギリシアに遠征すべきか否かを思い惑う。御前会議でマルドニオス Mardonios とアルタバノス Artabanos の名のもとに賛否両論が述べられる。若い王はアルタバノスの忠告に立腹するが、夜の静けさのうちに熟慮して、この叔父のことばに従う決心をする。つづいて王は彼を戦いへと駆り立てる男を夢に見る。しかし彼の心は変わらず、一度は遠征を思いとどまるが、同じ夢を再び見る。王は驚いてアルタバノスを召し、この話をし、もしこれが神意であるならば、アルタバノスが王衣をまとい王座に座し、眠るならば、同じ夢を見るであろうと言う。アルタバノスは夢を信じないが、命ぜられた如くに王座を占めて眠ると、たちまちにして夢の中に男が現われて、彼が王に対して行なった忠告を責める。王はもはや躊躇（ちゅうちょ）することなく遠征を決心し、ここにギリシア人の言う「アーテー」ate、すなわち不幸なる盲目の運命の導きによって運命的な東西の大衝突の幕が切って落とされるのである。これは叙事詩的であるとともに悲劇的でもある。第七巻において、ヘレースポントスの架橋とカルキディケー半島の運河の開鑿（かいさく）という、ギリシア人の眼から見れば、神をないがしろにした思い上がった行為、すなわち「ヒュブリス」hybris が語られる。クセルクセースは全ペルシア帝国の海陸の大軍を集めて、ヘレースポントスを渡る。神は、あまりにも増大した人間の力を嫌い、彼が与えた運命は、人の子はこれを避けることはできない。クセルクセースもまた彼の努力にもかかわらず、この戦いを避けえず、ヒュブリスに陥ったのである。ヘーロドトスはここにヘレースポントスの橋を渡るに七昼夜を要した大軍に対して一小国ギリシアを置く。それは貧しいけれども勇敢な自由の擁護者である。ヘーロドトスはスパルタ王デーマラトスの口をかりて、スパルタ人は自由ではあるが、すべてに自由なのではない。彼らの上には法が支配者としてあり、王の家来が彼を恐れる以上にスパルタ人は法を恐れる、と言わせている。著者はここに自分の祖国の優越性を、その勝利の原因を求めるのである。

テルモピュライにおけるスパルタ王レオーニダース Leonidas の指揮下の少数のギリシア軍の絶望的なペルシアの大軍との合戦とその全滅の物語で第七巻が終わっている。しかるにその前に短いけれども西方シシリアの有様が挿入される。シシリアのシュラクーサイの僭主ゲローンとアクラガース Akragas のテーローン Theron のカルタゴ人と戦って得た大勝利はギリシア民族が西からする東洋の侵入に対する勇ましい力を示した。第八巻はアルテミシオン Artemision の海戦に始まるアテーナイを主とするギリシア艦隊の武勇を中心としている。アテーナイはついにペルシアの手に帰し、都市は無残にも破壊され焼き払われる。ギリシア人は艦隊に最後の望みをかけ、サラミース湾においてペルシア艦隊を迎え撃ち、大勝を博する。クセルクセースはギリシアを捨てて退却する。第九巻はプラタイアイ Plataiai とミュカレー Mykale におけるギリシア人の陸海における最後の勝利を主題とする。クセルクセース退却後、残るペルシアの陸軍をひきいるマルドニオスはボイオーティアのプラタイアイの野にギリシア軍と会戦して敗れる。つづいてミュカレーにおける海上の勝利はギリシア人に制海権を与えた。これにつづいてセストス Sestos の攻略および安易より困難を選ぶべしというキューロスのペルシア人に対する訓戒によってこの長い物語は終わっている。

哲学者の散文

ヘーロドトス以後のイオーニア散文の歴史の伝統は『ペルシカ』Persika と『インディカ』Indika の著者クテーシアース Ktesias（紀元前五世紀末）に継がれた。われわれはその断片と紀元後九世紀のフォーティオス Photios による要約によって、内容を窺(うかが)いうるが、侍医としてペルシア宮廷にあった彼は、ペルシアに関する直接の知識に基づいて、ヘーロドトスの誤りを訂正するという目的のもとに、ペルシア王室の文庫を資料としたとのことであり、われわれの有する大部分はギリシア的な見地から書かれた歴史を是正する上に重要であるが、クテーシアースには真理を追求する気持ちがなく、はなはだ恵まれた立場にありながら、資料を検討する能力に欠けているために、彼の著は歴史というよりは伝奇物語となっている。

イオーニア散文は、一方、アナクサゴラース Anaxagoras（紀元前五〇〇ころ―四二八ころ）、プロータゴラース Protagoras（紀元前五世紀）のような哲学者やソフィストによっても綴られた。プラトーンの『プロータゴラース』の中のこのソフィストの長い物語と演説は、その簡素な美しさにおいて、プラトーンがこのソフィストの頭領の文体を模したものと考えてよいであろう。哲学的著作におけるイオーニア散文の頂点として古代で称讃の的となったのはアトミストの代表者であるアブデーラ Abdera の人デーモクリトス Demokritos（紀元前四六〇ころ―三七〇）であるが、その厖大な著作にもかかわらず、わずかな断片しか伝わっていない。

いまひとりのイオーニア散文の代表者は、コース島の神医ヒッポクラテース Hippokrates（紀元前四六〇ころ―前四世紀初め）である。彼の名のもとに伝えられている七〇に上る多数の医学関係の論文中のどれが彼のものであるかは、内容的判断による推測以外に確実な決定法がない。この医書集はすべてイオーニア方言によっているが、これは科学的内容のものにはイオーニア散文がその発達の歴史よりしてふさわしく、アッティカ散文の著しく技巧的な傾向と対照的傾向にあるという歴史的な経過の結果である。ヒッポクラテースの真作と古代いらい考えられているものの中には、一方では、後のアリストテレースにその流れが見出される簡潔無装飾な、病状だけを記述したスタイルと、他方では、『箴言』に認められる警句的に簡約されてはいるが、壮大な神託的なスタイルとの二つの文体が見出される。

アッティカの散文——歴史

トゥーキュディデースの現代史

ヘーロドトスの『歴史』の次に完全に伝存している歴史はトゥーキュディデースのペロポネーソス戦争史であるが、これはすでにイオーニア散文の強い影響下にありながら、詩と散文の伝統の中間にある、いわば一種の過渡的な言語によっている。そしてここに認められるのは、ヘーロドトスのような古風な考え方ではなくて、紀元前五世紀の中葉以来のソフィストの思想と雄弁術の洗礼をうけた鋭い人間の観察である。われわれはここにも、ソポクレースとエウリーピデースの差のように、わずか一世代の相違のうちに大きな移り変わりを認めるのであって、ペルシア戦争以前と以後との物の考え方、世相の激しい変遷を窺い知ることができるのである。

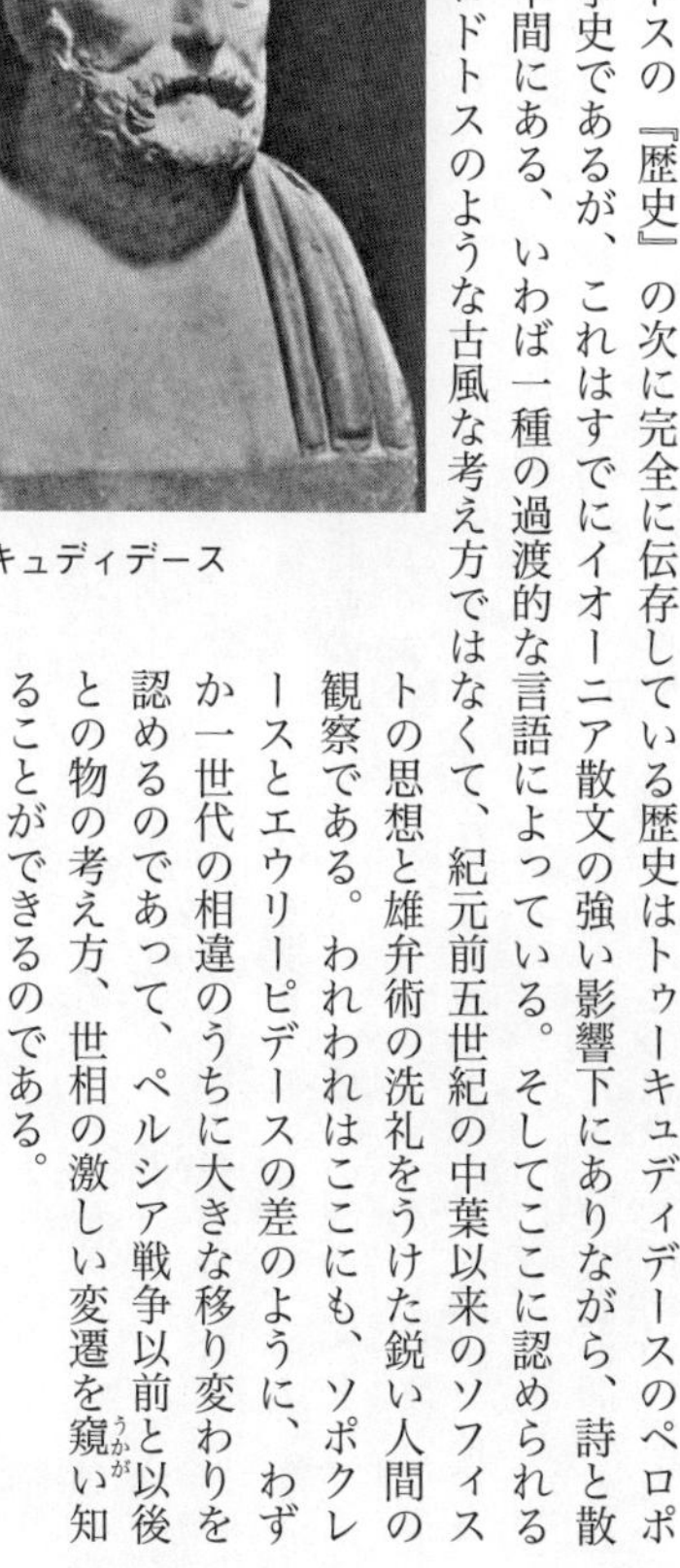
トゥーキュディデース

　トゥーキュディデース Thukydides（紀元前四七〇または四六〇ころ—四〇〇ころ）は

その父の名オロロス Oloros の示すところによれば、マラトーンの勇将ミルティアデースの妻の父であるトラーキア王オロロスの血を引いたアテーナイの貴族の出である。彼の妻もまたトラーキアの出であり、彼はこの地のスカプテーピューレー Skaptephyle の鉱山の権利をもつ富裕の人であった。彼の生まれた時代はギリシアにおける驚くべき精神上の大変動と改革の行なわれつつあった時であって、その中心はアテーナイにあった。キモーンとそれにつづくペリクレースによる帝国主義的発展によってアテーナイは海上の覇者となるとともに、そこには偉大なソフィスト、哲学者、詩人、彫刻家、建築家が群れ集まっていた。トゥーキュディデースがアナクサゴラースを哲学の、アンティポーンを雄弁の師としたという古来の伝えは、彼の育った知的な雰囲気をよく表わしている。彼はキモーンの一族として当時の最高階級の一員であり、彼のペリクレースに対する称讃は、彼がキモーンの政敵であったこの偉大な政治家のサークルに属していたことを思わしめる。

彼自身のいっているように、紀元前四三一年にアテーナイとスパルタとの死闘が開始されるとともに、彼はこれを史上に最も重大な事件であると考え、この戦争を、最初から歴史を書くつもりで見守ったのである（第一巻一節）。前四三〇年にアテーナイを襲い、ついにペリクレースと多勢の人を奪った疫病の大流行に際して、トゥーキュディデース自身もまたこれにかかったが、幸いにして回復した。敵将ブラシダースがその神出鬼没、恐るべき速度のある戦いを北方トラーキアにおいて行なうに及んで、トゥーキュディデースは選ばれて将軍となった。彼の同僚はエウクレース Eukles である。前四二四年の秋エウクレースはアテーナイの拠点アムピポリス Amphipolis に陸兵をひきいてより、トゥーキュディデースは七隻の軍艦を指揮して、その真向かいのタソスの島にあった。その時ブラシダースはアムピポリスを急襲した。報によりトゥーキュディデースは急ぎ艦隊をひきいて救援に赴いたが、その間にアムピポリスは敵手に落ちてしまった。この失敗のため彼はその後二〇年間亡命の生活にはいったのである。彼は言う、「アムピポリスの指揮の後、二〇年間を亡命のうちに送り、両方の側の事柄に、余の亡命の故にとくにペロポネーソス人のそれに親しく接し、静閑のうちに事件の経過を認め得ることとなった」（第五巻二六節）。彼は恐らく多くの時をスカプテーピューレーの領地で送ったであろうが、マケドニア王アルケラーオス Archelaos の宮廷（第二巻一〇〇節）や、またアテーナイの敵である国々にも旅して、歴史の資料を集め、また歴史の中の舞台を実地に踏査したのである。この亡命の生活は二〇年で終わり、前四〇四―三年に、かつて彼のアムピポリス攻防戦の同僚エウクレースの子オイノビオス Oinobios 提案の国会決議によって帰国を許され、今は城壁を破壊され、人口も激減して荒廃に帰した祖国に帰ったのである。そして前四〇〇年以後間もなく世を去ったらしい。彼は第五巻二六節の初めで、彼自身この戦争の終わりまで書き終わったといっているにもかかわらず、彼の歴史は前四一一年で中断されている点から、彼は自分が予期したよりもはやく、あるいは突然に世を去ったものと考えられる。しかし『歴史』が彼が没したときに現在われわれがもっている箇所までしか書かれていなかったことは、彼の後をついで、その後の歴史を書いたクセノポーンもクラティッポス Kratippos も共にこの中断されたところから書き起こしていることによって確実である。

彼の歴史の本来の名も明らかでない。『ペロポネーソス戦争』という題は後の人の付けたものである。また八巻への巻別も内容に則せぬ分け方であって、後代のものである。とにかく、彼の歴史の目的がこの三〇年に及ぶアテーナイとスパルタとの、ひいてはこの両覇者の二大陣営に分かれた全ギリシア世界とこれにつながる周囲の諸外国の争いであったことは、彼自身その歴史の冒頭で述べているとおりである。彼はこの戦争が始まった時に、すでにこれがはるか以前よりのアテーナイとスパルタとの避けがたい宿命であり、その勃発は表面化に過ぎないと考え（第一巻一八）、資料を集めにかかったのである。

彼はまずこの戦争にいたるまでのギリシアの歴史を極めて大づかみに、経済的な立場から述べる（第一巻一―一九）。ついでいよいよ本筋にはいる前に方法論について一言する。彼は他人より聞いたこと、うわさ、物語の類の信拠すべからざる点を強調し、詩人やロゴグラポイ logographoi があるいは誇張あるいは人々の気に入るように話を面白く修飾することを責める。また事件の目撃者の報告でも互いに相違し、かつその立場や記憶の相違によって相反するものであるから、事実を確認することは困難である。自分の記述には上述のごときめずらしい面白い話はないが、すでに生じた事件に関し、同じような条件の下に将来再びおそらく人間の常として生ずるであろう事柄に対して明確な考えを得んと欲する者が自分の歴史を益ありと考えてくれればそれでよいのであって、これはたんなる場あたり的なものではなく、永遠に伝わるべき所有物として綴られたものである（一・二二）という。彼のいう

「永遠に伝わるべき所有物」とは、彼の歴史が永遠に存在するであろうという意味よりは、むしろ彼がペロポネーソス戦争を研究して得た成果が、すなわち歴史を律すべき原理が、永遠に人類の所有すべき、また永遠に変わることない真理だということなのである。彼はここに悲劇や合唱隊の詩人と同じく、一世の師として自負するのである。

彼のいう歴史とは純粋な意味における戦争史である。そして政治史である。これ以外のいかなるものもその歴史に加えられるべきではない。しかしこれは単なる事件の記述であってはならない。原因と結果の関係が究明されなくてはならない。このためには政治家や将軍の心理的原因が重視されなくてはならない。また政治家の行動の背後にひそむ国家の、大衆の心理が明るみに出されなくてはならない。このために彼が取った手段の一つは記述の中に挿入された演説の利用である。彼はこれに関して自らつぎのごとくに言う。「各個人によって行なわれた演説に関しては、実際に話されたことばどおりに思い出すことは困難である。これは余自身聞いたところ、また他より聞き伝えた場合も同じである。それゆえに演説は、その問題となった事柄に関して各個の話し手がその場合に言ったであろうと余に考えられるごときことばで、できるかぎりその内容に即するようにした」(一・二二)。彼の歴史の中の演説がたんなる報告ではないことは多くの例によって明らかである。会戦の始まる前に将軍たちが部下に与える激励のことばはそのよい例で、相対する両軍の将軍が互いに相手のことばに対して返答するようなことがあるが、かかることは実際にはありえず、トゥーキュディデースは彼のいう「言ったであろうと余に考えられる」という条件を極度に利用するのである。これは叙事詩的な、あるいは悲劇にも似たやり方である。彼のいう歴史の真実とは、たんに事件を正確に記述するだけではなくて、悲劇詩人が登場人物の行為に解釈を与えつつ作品を組立てるように、ペロポネーソス戦争という壮大な事件の中の人間の行為を解釈するにあった。第一巻六八―七一節のコリントス人の大演説におけるアテーナイ人とスパルタ人との性格の比較のごときは、コリントス人がこのような危機に際して述べたものとはとうてい考えられないものである。とくにその全体の傾向がコリントスの味方であるスパルタよりはアテーナイの称讃に傾いているような印象を与えるとき、その非現実性はますます大となる。ここで述べられている両者の対比はいかにも見事である。これは著者自身の気持ちであって、彼はここにコリントス人の口をかりて、両国の性格を分析し、両者の対立、避けがたい戦争の必然を如実に示そうとしたに相違ない。

ペロポネーソス戦争は一〇年を一期として、前四二一年のニーキアースの平和によってひとまず終わったかに見えた。一〇年の長い戦争は全く何の結果ももたらさず、引き分けの形となったのである。しかし、この平和は息の切れたアテーナイとスパルタとの中休みにすぎなかった。前四一八年のマンティネイアの合戦によって、それまでは戦争のない戦いとしてくすぶっていた敵意は再び表面化した。かくてかの不幸な、アテーナイに再起すべからざる打撃を与えたシシリア遠征がアルキビアデース Alkibiades のもとに用意された。かつて史上に見ざる大艦隊よりなる遠征軍が西に向かって出発して、シュラクーサイにおいてもろくも破滅したのちのアテーナイはもはや昔日の面影なく、日一日と衰亡の道をたどった。前四一一年の政変後はほとんど常に内乱の状態にあったこの国はついに前四〇四年にいたってスパルタに屈し、海上帝国の表象ともいうべき、アテーナイとその外港ペイライエウスとを結んだ長城は破壊され、ここに戦争は終わったのである。

トゥーキュディデースは第一巻において戦争の実際の勃発にいたるまでの経過を述べたのち、第二巻で戦争開始以後第三年目までを扱う。第三巻は前四二八―四二六年、第四巻は前四二五―四二四年、第五巻は前四一五年のシシリア遠征にいたる中間期の記述である。これによっても明らかなように、前四二四年のトゥーキュディデース亡命後シシリア遠征にいたる期間の記述はそれ以前に比して著しく簡単である。第六、七巻は前四一五年以後の大遠征失敗の痛ましい記録である。第七巻は、「これがシシリアにおける出来事である」という簡単な、しかし、意味深い文によって閉じられている。つづく第八巻は前の第七巻と異なっている。ここには第五巻と同じく演説がないのである。第五巻には八五から一一一節にわたる有名なアテーナイ人とメロス人との対話があるが、これは演説というよりは、正義に関する討論である。とにかく第八巻が未完のこの歴史の最後であり、第五巻が新しい部分の書き起こしであるという点で、他の巻とは異なる条件にあることから、これら両巻は他の巻より後で書かれたのではないかとの疑いを抱かしめる。少なくとも第五巻の一部は前四〇四年以後に書かれたものである。

トゥーキュディデースは第五巻二三―四節で、アテーナイとスパルタとの講和条約を例外的に引用して、最初の一〇年間の戦争の歴史を終わっている。第六巻と第七巻とはこれまたそれだけでよくまとまった一つの悲劇とも称すべき物語である。この両者をつなぐのが第五巻二五節以後であり、第八巻はシシリア遠征以後の歴史である。われわれはここに著者の新しい書き起こしをみるのである。

トゥーキュディデースの目的は戦争の歴史なのであるから、これと関係のない事柄はすべて除外する。われわれは彼がもっと自由に、例えばその中に登場する人々の性格とか私生活とか伝記とかを、また戦争の雰囲気とかを物語ってくれたらと思うのである。したがって彼はあらゆる登場人物の性格を戦争における行動によって描く。ペリクレースの偉大さ、クレオーンの卑屈な、何ものをも顧慮せぬ権力への意志と行動は、著者の見事なこれらの人物の行動の記述によってあざやかに浮かび出てくる。彼がアルキビアデースの私生活を描く場合には（六・一二、一六）、これは特別な例外ではなくて、彼のこのような私生活が、この有為な偉大な天才をもちながら、アテーナイ人の信用を得ることができなかったがために、彼によるならば成功したであろう（とトゥーキュディデースが信じていたらしい）シシリア遠征が惜しくも破れたことを説明するために必要であればこそ、トゥーキュディデースはここに彼の度はずれな、気まぐれな私生活をわざわざ取り上げたのである。また彼にとっては同時代に生きていた偉大な芸術家や学者はまったくなきに等しい。ソポクレースやエウリーピデースのような大家が活躍していた時代を描きながら、彼らにふれないのもこのためである。したがってわれわれにはいかに重要と考えられる事柄も時には除去されるのであって、これがすでに彼の歴史への批判なのである。そしてこの批判がまったく恐れげもなく貫かれる。

彼の歴史の目的は戦争と政治を貫く真理の追求にある。彼は国家と国家の間の道徳へ鋭い批判の眼をむける。彼にとっては、個人間の道徳はいかにあれ、国家間においては力は正義なりの一言につきる。権力への欲求のみが国家の正義であり、このためには公人としての個人はあらゆる人間の道徳を捨てる。この考えは前にあげたアテーナイ人とメロス人との議論によく現われている。権力のためにはいかなる道徳も踏みにじられるのであって、力の闘争に敗れた者は敗者であると同時に悪いのである。この何物をもかえりみない力の権化としての国家における人々の動きはすさまじいばかりである。それは議論ではなくて、行為である。しかもそれはあらゆる可能な場合を考慮した万全の行為でなくてはならない。偶然はなるほど時には人に幸いするけれども、幸運による成功は、クレオーンの場合におけるごとくに、決してその人を偉大とはしない。あらゆる偶然を排して、なお自己の判断によって成功を納めうる人が真に偉大なのである。国家にとって尊いのはこのような個人の能力であり、そのためには他のあらゆるその人の属性は取るに足りない。テミストクレースやアルキビアデースはそのよい例である。これに反してニーキアースのような、因習的なあらゆる徳を身につけた平凡なりっぱな人間は国家には何の役にも立たない。彼はあらゆる点で個人としては非難のうちどころのない人間であるが、そのためにかえって公人としての価値は減少する。そのために彼は躊躇し逡巡し危機に処する力がなく、ついにシシリアの地に不運の最期をとげなくてはならなかった。したがって国家にあっては徳の観念は個人の場合とは逆転するのである。

トゥーキュディデースは個人の道徳が騒乱の間においていかにくつがえされやすいかをコルキューラの内乱にかりて第三巻八二節の有名な箇所で述べる。かかる場合には、物と語との普通に認められる関係はつごうによって変えられる。暴虎馮河（ぼうこひょうが）の勇は党を愛する勇気と考えられ、熟慮による躊躇（ちゅうちょ）は卑しい卑怯であり、中庸は怯懦（きょうだ）の口実であり、あらゆる点に対する知はあらゆる点における無為である、と考えられる。このようにして、語とその内容とは騒乱において一変するのであり、国家間における道徳と等しくなる。トゥーキュディデースはここに明らかにソフィスト的な素地を示す。彼にとってはあらゆる因習的な事柄は、そのままでは価値なく、これはすべて自己の判断によって一応たしかめられなくてはならない。彼はこれを戦争において思う存分に試験したのであって、ここに彼のはなはだ暗いきびしい人間観が生まれた。彼の歴史は闇隠の気に満ちている。彼はこのような現実に身を投じて、これを泳ぎ抜く行為と理性の人を称讃するのである。

トゥーキュディデースは彼の作品を包むための外形として彼独特の文体を創（つく）り出した。それは前後に比類のない彼の歴史と同じく比類のないものである。彼のうけたソフィスト的な教養と弁論術とは、彼の中に多くのソフィスト的なものを残している。それは、例えば、彼がしばしば用いる対語、対句によく現われている。彼の演説にも、一対となったものでは、しばしば異なる人の口をかりて、一論に対して一論が、一文に対して一文が、一句に対して一句が反駁する仕組みになっている。彼が好んで同義語の中に異を求めるのもまたソフィストの弁論術の影響であろう。また同じ構文や句や語をくり返すことをきらって、時には非文法的な方法によって言いかえる。また彼はことばを虐使する。しばしば極度に圧縮した文法無視に近い独特の方法によって、言いたいことを如実に簡潔に表現する。自由に新語を用い、古い語に新しい意味を付与する。紀元前一世紀の偉大な批評家ハリカルナッソスのディオニューシオス Dionysios はトゥーキュディデースの文体を評して、詩的なことば、さまざまな弁辞的技巧、荒々しさ、速度をその特徴としている。彼の速度は恐るべきものがあり、また彼は語順を大胆に破って強調したい語を先行させ、構文を自在に変更する。彼の語彙はいまだに詩的であり、イソクラテースやリュシアースの平滑な文体と比較すれば、大きな相違が認められる。彼は事件の叙述においてはさまで難解ではないが、一度彼が歴史を批判し、これに関する考えを述べようとするとき、たちまち言語が不足する。このために彼の中の演説はしばしばまことに難解な、無理な表現にみちるのである。彼はこの半ば詩的な散文によって歴史を綴るとともに、これを一つの悲劇としたのである。

クセノポーンと前四世紀の歴史家たち

中断されたトゥーキュディデースの『歴史』は幾人かの後継者を見出した。その中のひとりがアテーナイの人クセノポーン Xenophon（紀元前四三〇ころ―三五四）である。彼とトゥーキュディデースとの関係は明らかでないが、彼の『ギリシア史』Hellenika は紀元前四一一―三六二年、すなわちトゥーキュディデースの歴史が中断されたところからスパルタの覇権の最後的な崩壊であるマンティネイアの会戦に至る間を扱っており、クセノポーンの意図がトゥーキュディデースの後継者たらんとするにあったことと、スパルタの覇権の歴史にあったことは疑いがない。しかしこの歴史が書き終えられたのは前三六二年より数年後であったことは、それ以後の事柄にふれている（第四巻四）ことによって明らかである。トゥーキュディデースの後継者としてペロポネーソス戦争史家たらんとするクセノポーンは、事実に即した書き方と編年体とによって先輩の方法を踏襲したが、これは第二巻の三節の一〇で終わり、ついで彼はアテーナイの三〇人の暴政に移って第二巻を終わっている。かくして前四一一年より書き始めたアテーナイとスパルタとの闘争がスパルタの勝利に終わり、スパルタは今や全ギリシアの覇者として立ち、ペルシア帝国に対し小アジアのギリシア諸都市の解放者としての花々しい役割りを買って出る。これが前三九九年以後の数年間のことであり、クセノポーン自身もこの年にスパルタ軍に加わっている。しかしギリシアの多くの都市はスパルタの圧迫に反抗して立ち、ここに再びコリントス戦争と称される戦いが起こり（前三九五―三八六）、ここにスパルタのペルシア王への卑怯な働きかけとその仲介による、スパルタにとって不名誉なアンタルキダース Antalkidas の平和（前三八七）が結ばれる。これが第二部ともいうべき第三巻一・一―第五巻一・三六に至る部分である。ここにいたってクセノポーンのスパルタびいきの傾向がしだいに激しくなってくる。ことに彼がその恩顧を蒙り、恐らくその口添えによってエーリス地方のスキルース Skilus の領地を与えられ、その頌辞をものものしい文体で書いたスパルタ王アゲシラーオス Agesilaos に対する崇拝に近い尊敬は、このスパルタ王であるとともに傭兵隊長である男に対するあらゆる非難を認めさせない。彼はしばしばスパルタの敗北を歴史から抹殺する。第五巻二以下の第三部ともいうべきテーバイとスパルタとの争覇の歴史にいたって彼の不公平は頂点に達し、彼は歴史家として全く落第している。クセノポーンのテーバイに対する憎悪はあまりにも強いので──前三七一年に彼はテーバイの味方によってスキルースより追われた──レウクトラ Leuktra（前三七一）やマンティネイアにおけるテーバイの大勝利をもスパルタのほとんど再起不可能の大敗北とせず、レウクトラ会議につづくテーバイ同盟軍のスパルタの領土への侵入、メッセーニアの独立もほとんど語らず、テーバイの英雄ペロピダース Pelopidas やエパメイノーンダース Epameinondas をほとんど黙殺しているのである。しかし根は正直な兵隊であるクセノポーンはエパメイノーンダースの将軍としての器の偉大さを認めないわけにはいかなかった。マンティネイアの野に大勝利を博しながら不幸にも戦死したこの不世出の将軍、ギリシア統一の最後の希望であった大器に関する歴史をほとんどまったく沈黙のうちに圧殺しながら、クセノポーンは歴史の最後においてエパメイノーンダースに対して、憎んでいながら、自ら心より発せざるをえなかっただけに、それだけ切実な感嘆の辞をしぶしぶ述べているのである。

『ギリシア史』より前にクセノポーンはエーリスの田舎の領地で『アナバシス』Anabasis 七巻を書いた。これは、彼がペルシア王アルタクセルクセース二世の弟キューロス Kyros のギリシア人傭兵隊に客分として加わり、謀叛軍の一部としてバビロンの付近で王の軍と戦ったが、キューロス自身の戦死によって敵地に孤立した、大部分はペロポネーソス人より成るギリシア軍一万人をひきいて、積雪の冬のきびしい中を路を北に取り、黒海沿岸に出て、無事ボスポロスに導いた記録である。これはシュラクーサイの人テミストゲネース Themistogenes なる名のもとに発表され(『ギリシア史』第三巻一・二)、おそらくクセノポーンがこの一万人の退却において取った行動に対する弁明のための書であるらしい。したがってキューロスの死にいたるまでの記録は最初の二巻で簡潔に語られているに反して、第三巻以後の退却、ことに黒海沿岸のギリシア都市地域に到着後の行動は詳細に記録され、第五―七巻はクセノポーンのその後に取った行動の弁護となっている。彼はたびたび帰国を計画しながら、時の事情と彼のもとにあった一万人に対する義務とが帰国を許さず、困難な状態に陥った彼らを救うべく、一度ついた帰国の途から立ち戻って、彼らを率いてトラーキア王の傭兵隊長となり、ついで小アジアに渡ってスパルタ軍に加わるにいたったのである。クセノポーンの筆は単純素朴に事件を記録する。文飾のないこの物語は事実のおもしろさによって他のギリシア文学には例のない興味深い物語となっている。キューロスの思いがけない死、敵のだまし討ちにあったギリシアの将軍たちの死後のギリシア軍の絶望的な有様、ここに行動こそ救いであることを悟ったクセノポーンの奮起と筆舌につくしがたい困難のうちでの退却、ギリシア軍の驚嘆すべき力強さが事実の裏付けによっておのずから紙面に浮かび出る。彼らは厳冬の深雪の中を常に敵のゲリラにわずらわされながら海へ海へと進んで行く。海を初めて見たときの彼らの感激を描いた箇所はギリシア文学の中でも最も美しい場面である。しかしクセノポーンの苦心はいよいよ一万人がギリシア世界に帰りついてから後にあった。彼は種々の悪評、邪推と戦いつつ、この傭兵隊の、時には度しがたい掠奪欲、猜疑心、不統一を抑えつつ、はなはだしい圧迫の中に彼らをひきいてついにビザンティオンに着くが、ここでもこのいわば宿なしの無頼の徒党と目された一万人はギリシア世界の容れるところとならず、クセノポーンはやむなくトラーキア王のもとに傭兵として北に進むのである。

先に紹介したクテーシアースの『ペルシカ』に刺激されてであろうか、クセノポーンもまた『キューロスの教育』Kyrou Paideia と名付けた八巻の、はなはだ雑多な内容の、このペルシア帝国の建設者に名をかりて、王のうけた教育のみならず、彼の帝国の建設より死にいたるまでの歴史を物語りつつ、その中にクセノポーンが抱いていたあらゆる理想を投入した野心的な作品を書いた。その中には全く歴史の事実と反することが多く、したがってこれは歴史とか伝記ではなくて、史上の人物に名をかりたクセノポーンの国家と支配者に関する考えの展開である。キューロス大王の中に崇拝するアゲシラーオス王や小キューロスの面影を交えつつ、理想の王者像を創り上げたのである。これはその全体の構成、文体の点からみてもクセノポーンの多くの著書中で最も入念に琢磨されており、彼の壮年期の最も脂ののった時の作である。

多方面なクセノポーンはそのほかに、『ラケダイモーン人の国制』Lakedaimonion Politeia では、その名に反して、伝説的なスパルタのリュクールゴス Lykurgos の律法と古いスパルタ王制を讃美し、当時のスパルタの堕落を責め、『収入』Poroi では祖国アテーナイの財政改革論を展開している。いま一つクセノポーンの名のもとに伝えられている『アテーナイ人の国家』と名付けられている短い論文はペリクレースの死後に、激烈な貴族派の民主派に対する反論であって彼のものではない。このほか、『騎兵隊長論』Hipparchikos ではアテーナイの騎兵隊の堕落を憂い、『馬術』Hippike では馬の選択、調教、騎兵の装備を論じている。さらに彼には『ヒエローン』Hieron と題する独裁者の幸福に関する小論のほか、ソークラテースを中心とする幾つかの著書があるが、これについては後に述べる。

紀元前四世紀には、その後の歴史に大きな影響を及ぼした大歴史家があった。シュラクーサイの独裁者ディオニューシオス一世の宰相ピリストス Philistos はシシリアの歴史を書いた。イソクラテースの弟子、キューメーの人エポロス Ephoros の歴史はヘーラクレースの後裔たちの帰還からペーリントス市包囲（紀元前三四〇）にいたる三〇巻に上る大著であったが、科学的に厳正だとはいえず、師の文体論にしたがって弁辞学的な文体によった世界史である。いまひとりの、イソクラテースの名高い弟子で歴史家であるテオポムポス Theopompos のマケドニア王ピリッポスの伝記 Philippika 五八巻と、トゥーキュディデースの後をうけて紀元前四一一年より始まり、前三九四年のクニドスの戦いに終わる『ギリシア史』Hellenika はともに有名であった。しかし以上に挙げた大著はすべて断片以外には残っていない。

アッティカの雄弁術

雄弁術の発達

雄弁はすでに古くホメーロスにおいて英雄たちの一つの欠くことのできない資格であった。彼らは勇武であり名誉を重んじ、会議に戦場に適切なことばで話すことができなければならなかった。雄弁はつねにギリシアで尊ばれたのである。

アテーナイは紀元前五世紀にはいって急激にその国力が伸び、スパルタと相競う覇者となり、エーゲ海を支配するに及んでその政治的位置はとみに向上し、紀元前四五〇年ごろには文化政治の中心となった。すでにテミストクレースは雄弁をもって有名であったが、われわれがかなり具体的に知りうる最初の雄弁家は、ほかならぬかのペリクレースである。彼は演説に際して草稿を作った最初の人といわれている。彼の雄弁は未だソフィスト的なものではなくて、古風な堂々とした威厳のあるものであったらしく、その魅力は、喜劇作者エウポリスの伝えるように、非常なものであったという。

このような政治演説のほかに、民主主義のアテーナイでは法廷の陪審員を説得するための雄弁が必要であった。裁判はアテーナイ人の最も好むところであり、裁判には説得が必要である。またアテーナイはデーロス同盟の主として、多くの同盟諸国に関する裁判がこの市で行なわれた。法廷に立たねばならなかった人々のうち、自ら雄弁に語りえない者、あるいはアッティカのことばで話すことに困難を感じ、あるいは法に暗い者はとうぜん誰かの援助をかりなくてはならない。ここに法廷弁論の代作者が現われるにいたったのであって、このような種類の弁論が文学として尊ばれたことは、考えてみれば不思議なことであるが、これはギリシア人が雄弁とその技巧をいかに重んじたかを証するものであり、雄弁がいかに彼らに楽しみを与えたかは、アリストパネースの『蜂』がよく示している。

法廷演説の代作者たち

アッティカ散文の歴史は二人のソフィスト、トラシュマコス Thrasymachos（紀元前四三〇ころからアテーナイで教授）とゴルギアースに始まる。プラトーンの『国家』で、力こそ正義であると主張したトラシュマコスは、長い文を、これを形成する多くの一定の部分を重ねることによって造り上げるという方法を詩から散文に導入し、これによってあるまとまった考えを一つのまとまった文によって表わし、またいっぽう文の終わりをある一定のリズムによって結ぶことを考えた。すでに彼以前にシシリアにおいてコラクス Korax とその弟子テイシアース Teisias によって法廷演説の教科書が編まれたという。その弟子がシシリアのレオンティノイ Leontinoi の人ゴルギアース Gorgias（紀元前四八五ころ—三七五）である。前四二七年に祖国の使節としてアテーナイを訪れたときに彼の雄弁はこの都の人士の心を奪ったが、後年再びアテーナイに来訪したときには、プラトーンの『ゴルギアース』にあるように彼の名声はギリシア世界に鳴り響いていた。彼はことばこそすべてであり、ことばの支配者は人間を支配するのであるから、青年の教育はここに集中さるべきであると主張した。幸いにしてそのヘレネーの頌辞および叛逆の罪に問われた英雄伝説中のパラメーデースの弁論が部分的に残っているので、彼の作風をうかがうことができるが、それはひじょうに短い句の連続より成り、しばしば散文のように書き流された詩行ともいうべきものであり、対句、対語、同じ語末をもつ語の重複を極端に用いた、装飾的なけばけばしい派手な、普通のことばとははなはだ異なるものを用いて人の心を惹いたのである。その方法はどちらかといえばヘーラクレイトス式であり、彼にはこのエペソスの哲人のようには深さがないので、現代のわれわれには滑稽にさえ思われるのである。

アッティカの法廷での弁論は、先に述べたように、非常に高く評価され、文学作品と考えられるにいたったのであるが、アッティカにはやがてこのような法廷演説を草することを職とする人々が現われた。われわれがその完全な作品を知っている最初の人はアンティポーン Antiphon（紀元前四八〇ころ—四一一）である。彼はトゥーキュディデースによって称讃され（『歴史』第八巻六八）、誰よりも法廷および議会において争う者を助ける力があったといわれている。前四一一年の政変で貴族派に荷担した彼は、スパルタへの使者となった罪に問われて叛逆者として死刑に処せられた。彼の作品中からは三編の、いずれも殺人に関する刑事訴訟の弁論と、その真偽が問題になっている、告訴者、被告、告訴者、被告の四つずつの弁論の形で組になっている三組の『テトラロギア』Tetralogia が伝存している。彼と同時代のアンドキデース Andokides はアテーナイの貴族で、前四〇七年、前三九九年、前三九一年ころの自分自身の法廷弁護演説が残っている。その中で最も興味あるのは前三九九年の『秘教について』Peri ton mysterion で、ここで彼は、自分が連座した前四一五年の名高いヘルメース像破壊事件いらいの彼の生活と民主政体に対する態度そのほかの歴史上の最も興味ある事柄について述べている。

この時期の法廷演説代作者の代表はリュシアース Lysias（紀元前五世紀中ごろ—三八〇以後）である。彼はプラトーンの作品にも現われる、シュラクーサイから来住した富裕な在留外人の一家に属していたが、ペロポネーソス戦争後の三〇人の政権の暴政の際に財産を奪われ、生活のために法廷弁論の代作者となった。彼の作品は古代には二三三編あったというが、伝存の彼の作品集は三四編を数え、その中にはかなり多くの偽作を含んでいるらしい。リュシアースは自分の依頼者の人柄、社会的位置に応じて、それにふさわしい調子の文を書くことの天才であり、その飾りけのない事件の叙述と簡潔な論証は人の心をうち、説得力に満ちている。彼の文体に近いのがエウボイア島出身のイサイオス Isaios（紀元前四二〇ころ—三五〇ころ）である。彼はデーモステネースの師として名高く、その相続に関する訴訟の演説一〇編と断片が残っている。

イソクラテースの文体と影響

これらの法曹家と違い、アテーナイのイソクラテース Isokrates（紀元前四三六—三三八）はその完成された文体と影響力の大きかった学校、ならびにその政治的見解によって当時の第一級の人物であった。ソフィスト的教育をうけ、若年のころには、プラトーンの『パイドロス』の中のソークラテースに未来を期待された彼は（二七八Ｅ）、ペロポネーソス戦争によって財産を失って、まず法廷演説の代作家となったが、やがて弁辞の術の学校を開き、この方法によって一般教養と彼のいう「哲学」とを教授すると称した。『反ソフィスト論』Kata ton sophiston（前三九〇ころ）と『財産交換論』Peri antidoseos（前三五三ころ）は彼の弁論術の師としての立場を表明したものであるが、彼は弁論のための作文を、思考を発見し整理発展せしめ、これを美しく表現するための方法とし、あらゆる場合にあたって身を処し得る人を造り出すために、彼のいう「哲学」、すなわち人格の陶冶としての手段たる文学、とくに弁論の学と一般教養とを彼の学校で授けた。これがいかに効果をあげたかは、彼の学校がギリシアの各地からの遊学者を集め、三年ないし四年間の修学によって、多くの有能な人々を生み出したことによっても知られる。

彼は若いころの法廷演説や、ゴルギアースの『ヘレネー』に対抗して、彼独特の新しい文体によって、頌辞の模範として発表した『ヘレネー』などのほかに、前三八〇年の『パネーギュリコス』Panegyrikos ではアテーナイの光輝ある歴史から説き起こし、アテーナイとスパルタの海陸の強国の共同の指導のもとに全ギリシアが立ってペルシアに遠征すべしという意見を述べた。彼はこのときすでに狭い都市国家や民族主義からはなれて、ギリシアの尊い文化を守るためにはギリシアの統一が何をおいても必要であると考えたのであって、この考えは死にいたるまでくり返し彼の作品に現われる。彼はシュラクーサイの独裁者ディオニューシオス一世、スパルタ王アルキダモス、さらにマケドニア王ピリッポスに全ギリシアの軍をひきいてペルシアに遠征すべしと説いた。しかし彼の望んだ統一とはギリシアの各都市が独立を保ちながら、進んで全体として協力する、いわば連邦のごときものであり、これが当時の都市国家組織ではいかに困難かは歴史によって明らかである。かくしてイソクラテースのこの望みは、マケドニアによってギリシアが蹂躙(じゅうりん)されてのちに初めて実現したのである。彼が世を去った前三三八年は、ボイオーティアのカイローネイア Chaironeia の野でアテーナイとその連合軍がピリッポスに破られた年であった。

イソクラテースはギリシア散文の一つの文体の完成者である。彼によれば、「その内容によってふさわしく全体を飾り、かつ語によってリズムを有し音楽的に話す」べきなのであって(『パネーギュリコス』九)、そのためには文の中の部分が美しい調和をなし、部分と部分とがその長さとその末尾との同一性によって一つのリズムを作らねばならない。さらに彼は語末の母音とそれにつづく語頭の母音との衝突を極端に避けた。これらの彼のテクニックは詩のそれを取り入れたものである。彼は文全体が球であるかのごとくに丸い感じの、どこにも唐突なところのないことを求めた。彼の文は、古代にもすでにいわれたように、水量豊かに平野を流れる大河のように、何の淀みも急湍(きゅうたん)もなく、静かに悠々(ゆうゆう)と流れて行く。しかしそこには変化がなく、いかなる点にも非難すべきところがない代わりに、読む者にたまらない退屈を感じさせる。来る文も来る文も同じ型、同じ長さで、これが重畳と積み重なる。それは冷たい美であり、同時代の彫刻と同じく、女性的な美である。しかし彼がギリシア散文の一つの頂点であることは争いがたいところであり、彼の文体の重要さは、彼以後の散文が彼を出発点としていることによっても知られる。

イソクラテースが盟主と仰ぎその出馬を望んだマケドニア王ピリッポスの触手がギリシアに伸びたときに、アテーナイは、国際間のこの緊迫した情勢のうちに、デーモステネース Demosthenes（紀元前三八三―三二二）、ヒュペレイデース Hypereides（紀元前三八九―三二二）らの反マケドニア派とその反対党のアイスキネース Aischines（紀元前三九〇ころ―三三〇以後）などの人々の闘争の場となり、アテーナイの政治的な雄弁はその頂点に達したのである。

アイスキネースは初め官史となり、のち、暫く俳優に転じたがあまり成功せず、再び公職につき、やがて政治活動にはいった。最初は反ピリッポス派であったが、やがて彼に対する反抗のむだを認め、あらゆる犠牲を払っても平和を得るべきであるという主張に変わり、かくてデーモステネースの敵となった。アイスキネースはたびたび、ときにデーモステネースの同僚

アイスキネース

として、アテーナイの使節に立ったが、種々の事情により両者の間の溝は深まるばかりであった。現存する彼の三つの作品はすべてデーモステネースとの闘争に関係があったために湮滅をまぬかれたものと思われる。

デーモステネース

紀元前三四〇年よりかの運命的なカイローネイアの合戦（前三三八）のアテーナイの敗北にいたる間、デーモステネースは文字どおりアテーナイの、いや全ギリシアの反マケドニア運動の中心であった。前三三六年クテーシポーン Ktesiphon はデーモステネースにその国家に対する功により劇場において黄金の冠を与えるべしと提案したが、アイスキネースはこれに反対し、クテーシポーンを訴える意志を表明し、六年後の前三三〇年に『反クテーシポーン論』によって立ち、デーモステネースは『冠について』をもってこれに答えたのである。アイスキネースはこの争いに敗れて亡命し、ロドス島で雄弁術の学校を開き、後サモス島に移って世を去った。

アイスキネースの政敵デーモステネースは、財産の管理を委任されながら、委託を乱用した彼の後見人から、成年に達したときに財産の返還を求める必要から、イサイオスのもとに学び、法廷に立つ術を学習した。彼はアイスキネースのような生まれながらの雄弁家ではなく、身体も弱く、はにかみやであって、異常な努力の結果、雄弁術を身につけたのである。彼の演説の草稿もまた推敲に推敲を重ねた結果である。アッティカ散文は彼にいたるまでの間にすでにあらゆる言語技巧上の実験を行なっていた。トゥーキュディデースの激越な調子、リュシアースの淡々たる叙述、イソクラテースの長いピーリオドの洗練、プラトーンの変幻自在な会話の文体の影響がすべてデーモステネースの中に認められる。

彼は法廷演説代作者として活動する間に、公の裁判に関与する機会を得、公的な生活にはいるにいたった。前三五五年二九歳にして初めて『アンドロティオーン弾劾演説』において、その後一生を通じて一貫して主張したアテーナイの政治的腐敗に対する攻撃の第一弾を放った。しかしその中にアテーナイは安閑として国内での争闘や改革に専心していられない時がきた。前三五九年、マケドニアの王位に登ったピリッポスは、ほとんど不可能に見えた国内諸部族の反目をおさめて、マケドニアを統一し、強力な軍隊を創り出すことに成功した。ピリッポスのアムピポリス占領はアテーナイを驚かし、ここに両者の間に戦いが生じた。その間に王はポティダイアを破壊し、トラーキア沿岸部を漸次攻略、テッサリアよりテルモピュライに迫ったが、アテーナイ軍に妨げられて南下できなかった。トラーキアのほとんどすべてを手に入れた彼は、最後にオリュントス同盟に対して触手を伸ばしたのである。前三五一年『第一ピリッポス演説』において、迫れる危機に対して祖国の奮起を促

デーモステネース

アレクサンドロス大王

し、トラーキアへの出兵を要請したデーモステネースは、これより前三四〇年にいたる一〇年間に、有名な三つの反ピリッポス演説と三つのオリュントス演説によって、この北方よりの危険に対して、あらゆる機会にアテーナイの奮起と実行とを求めつづけた。いまやデーモステネースの名声はその最高点に達し、彼はアテーナイの最大の指導者、その道徳的支柱であり、彼の正確な未来の洞察力と予見とがつぎつぎに事実となって裏付けられたことは彼の市民の間における圧力を増大した。しかしこの間にピリッポスの勢力はつぎつぎにギリシアの諸都市に及んだ。このころアテーナイにおいては反平和論者が勢力を得、デーモステネースはついにアテーナイの宿敵テーバイをしてアテーナイと結んでマケドニアにあたらせることに成功した。この時より前三三八年のカイローネイアの合戦のいたましい大敗北によるギリシアの独立の完全な喪失とデーモステネースの理想の粉砕にいたるまでの間、彼は正に全ギリシアの中心人物であった。彼の反マケドニア運動はピリッポス王の暗殺後も、アレクサンドロス大王に対してつづけられたが、まったく蟷螂（とうろう）の斧であった。しかも正義と剛直で鳴ったデーモステネースは晩年に及んで、前三二四年賄賂をうけた疑いによってついに亡命せざるをえなかったのである。翌前三二三年、アレクサンドロスがバビロンで突然世を去るとともに、デーモステネースは再び反マケドニア運動を起こし、彼は追放から呼び戻されたが、前三二三—前三二二年のギリシア諸都市の叛乱軍は前三二二年八月、クランノーンの会戦によって敗れ、マケドニアの将アンティパトロス Antipatros に追われた彼は、アルゴリス沿岸の小島カラウレイアのポセイドーンの神殿で発見され、敵の手に落ちないために、毒を仰いで自殺したのである。紀元前三二二年一〇月であった。

古代より彼の名のもとに伝えられている六一編の演説集は公私の法廷演説と議会演説に大別することができるが、その中には相当数の、彼のものでない作品が混じっている。

デーモステネースの演説は、同時代に幾多の偉大な雄弁家があったにもかかわらず、古代のあらゆる文学批評家によって、他に並ぶもののない大雄弁家とたたえられている。すでに彼以前にギリシア散文はそのあらゆる可能性を究めつくしていた。しかし、デーモステネースにおいて、われわれは、かかるあらゆる散文の技巧を自由に駆使し、あらゆる変化を求めつつ、彼のほとんど窒息せんばかりの真面目さと、目前に迫る祖国の危機と、未来への洞察に恵まれながら何事もなしえない無力に起因する焦慮とにささえられた、驚くべき緊張を見出すのである。彼の訴訟に関する代作演説の中にすでにあらゆる技巧的完成が見出される。それは彼の変転自在な技巧の駆使である。しかしこれは彼に生まれながらに具わっていたものではない。これは、あらゆる先人の作品を詳細に研究し、その技巧を苦心惨澹の末わがものとし、またけっして即興的に演説を行なわず、稿を起こすにあたっては推敲を重ねた結果である。彼の演説はランプの油のにおいがするといわれたのもこのためである。彼はまた苦心の草稿によって実際の演説を行なうにあたって、あらゆる技巧を研究した。悲劇役者サテュロスから話し方を習ったという伝えもこの間の消息を物語っている。演説は、それが行なわれる状況を背景として初めて効果をもたらすのであり、満場の聴衆を感動させた名演説も、草稿を読めば、概して下らぬ、感情に訴える要素の多いものであるが、デーモステネースもこのことをよく知っていたであろう。彼の演説もまたつねに国家の危機を背景とした国民大衆に訴えるもので、たんなる作文ではない。口頭で行なわれるものは、読むためのものとは異なり、聴衆を感動させるには、あまりにも凝った文では用をなさない。つねにその主張に焦点を集中させる必要がある。デーモステネースの公の演説は、しかし、今日残っているものは、たんなる演説草稿ではなくて、一種の政治的パンフレットである場合が多く、演説ののちに筆を入れて発表されたと思われるが、その骨子は変えなかったであろう。実際に必要に応じて行なわれた演説、これが彼の演説が見事な散文技巧を用いながら、むしろ簡素な、事が重大であればあるほど平凡な日常のことばに近い文体によって、また比喩の大家でありながら、これをきわめて節約しつつ、効果をあげようと努力し、これに成功している原因である。

デーモステネースとともに愛国党の首領であったヒュペレイデースも法廷演説代作者であった。アレクサンドロスの死後、デーモステネースとともにアンティパトロスに追われ、アイギーナ島で捕えられて、死刑に処せられた。古代におけるデーモステネースにつぐ名声にもかかわらず、その作品は一編も伝わらなかったのであるが、一八四七—九二年の間に彼の作品を含むパピルスが相ついで発見され、現在では七編が回復された。彼はデーモステネースとは対照的で、現世的な、生を享受する当世男、白拍子と宴になじんだ粋人で、その作品も軽妙なウィットに富んだ、平明な日常生活のことばに近い用語の、優雅で、当意即妙の説得術の見本である。

この時代には以上のほかにも多くの雄弁家が活躍していたが、その中にはヒュペレイデースの友人で愛国党のリュクールゴス Lykurgos（前三二四没）がある。アテーナイ最高の名家に生まれた彼は、プラトーンとイソクラテースの門に学び、前三三三—前三二七年の間、財務長官としてアテーナイの財政を建て直し、俳優の場あたり的見せ場の要求から多くの改竄(かいざん)を蒙った三大悲劇詩人の作品の校訂を行なわせて、そのテクストを確立し、ペイライエウス港とその軍港施設を改善、工事の途中にあったディオニューソス劇場を全部石造りで完成した。彼は剛直至誠の人で、売文の必要もなかった。現存する唯一の彼の演説は、前三三一年に帰国した男を叛逆罪で弾劾したものである。デーモステネースの政敵で、前三二四年に彼を訴える演説をしたために有名になったデイナルコス Deinarchos は、しかし、デーモステネースの文体の模倣者であるにすぎない。

哲学的対話

ソークラテースの問答

散文は、すでに述べたように、紀元前五世紀後半にソフィストたちの努力により目ざましい進歩をしつつあったが、これはソフィストの好む演説の方向に傾いていた。彼らは長い演説によって自分の主義主張を展開することを好み、これは美しい技巧的言語によって飾られていた。末節の技巧に走ることは、プロータゴラースのような偉大なソフィストにはなかったらしいが、一般の傾向はますますここに向かっていたのである。ところが、ソークラテースが出て、このような長い講義式な自説の展開に対して、活発な対話あるいは問答による心の誘導という形式を用いて、アテーナイ人、とくに若い人々を指導しようと試みた。プラトーンの中のソークラテースがソフィストに対するとき、『ゴルギアース』や『プロータゴラース』の中でくり返しいわれているように、ソークラテースは、独断、あるいは自説を相手に押し付けることをきらって、相手とともに検討し、相手とともに道を開くために、短い問答形式によるべきことを主張するのである。ソークラテースは、しかし、議論のために、また相手を論破するために、対話を選んだのではなく、彼は一歩一歩と前提を固めつつ、あるいは相手の迷妄を破りつつ、自分の欲するところに相手を導こうとしたのであり、その中にはウィット、相手の無知に対する深い同情、人を惹きつけずにはおかぬ大きな包容力があった。彼は、プラトーンやクセノポーンのいうところによれば、すぐれた英知とともに比類のない肉体力の持ち主であり、自分の英知の導くところをいかにそれが困難であっても耐え抜くだけの強い精神力をもち、しかも、この種の超人の陥りやすい孤高、孤独、世に対する蔑視がまったくなかったのである。

対話形式は哲人が自ら尋ね、探索し模索し、解答を与えつつ進んで行く有様を如実に示すための最もよい手段である。ソークラテースが問答形式を好んだのは、相手に自分でこの方法によって進路を見出すことを求めたからであって、ソークラテースの驚くべき説得力と魅力とはプラトーンの『饗宴』の中でアルキビアデースが強調するところである。このような話術の大家を師とするとき、この人の特徴ある生活をこの人の好んだ形式によって再現しようとすることは自然のなりゆきであった。この形式は、ソークラテースの死後間もなく彼の弟子たちによって好んで用いられるようになり、しだいにたんなる内容よりは、

ソークラテース

散文による文学としての、すなわち劇的なソークラテースとその周囲の人々や情景の再現としての、手法が発達した。この形式の完成者、その頂点はいうまでもなくプラトーンであるが、彼のほかに、ソークラテースの周囲の人であったアイスキネース Aischines（雄弁家とは別人）、メガラのエレア派の哲人エウクレイデース Eukleides、アテーナイのアンティステネース Antisthenes、エーリスのパイドーン Phaidon、クセノポーンなどもまたこの形式によって書いたのである。

ソークラテース自身は何も書き残さなかったので、彼自身からは、彼の考えを知ることはできない。しかし、彼が紀元前三九九年に新しい神々を導入し、青年たちを堕落させたとして訴えられ、死刑の宣告をうけたときの彼の勇気ある、真実を吐露した自己の弁護演説は幾人かに『ソークラテースの弁明』を書かせた。その中の四つをわれわれは知っている。

ソークラテースが死刑に処せられてのち、ソークラテースの周囲の人々のソークラテースに関する著作がつぎつぎに世に問われた。彼の死によって、弟子たちの思い出の中にかえって輝かしい円光を背にして立つ聖者の姿に理想化されていったのである。弟子たちはこの偉大な、犬儒的な清貧と奇行の中に蔵せられた、さらに深い、プラトーンがその中に発見した魂を、おのおの自己の及ぶ限りの解釈によって理想化していった。ここにわれわれはアンティステネースの、クセノポーンの、そしてプラトーンの、おのおの異なる姿のソークラテースを見出すのである。アテーナイの市民もまたソークラテースを処刑したことを悔いたのであろう。彼は自己の信条の殉教者として人々の心の中にますます大きな姿となっていったのであろう。このソークラテース崇拝は当然反ソークラテース一派の反対を呼び起こした。紀元前三九四、三年ころ、アテーナイの二流のソフィスト、ポリュクラテース Polykrates は、ソークラテースの告訴者のひとりであったアニュトス Anytos の口をかりた『ソークラテース告訴演説』を公にした。これはたちまちにして一連のソークラテース弁護を生み出した。リュシアース、プラトーン、クセノポーンの『弁明』apologia である。プラトーンはソークラテースをして自ら法廷で語らせ、クセノポーンは、前三九九年のソークラテースの死に際しては小アジアにあったために、人づてに聞いた話として弁明を伝えている。この中でクセノポーンは、プラトーンの『弁明』でソークラテースが死後の生命への期待を述べているのに反して、老年のもたらす多くの不幸より遁(のが)れる手段としての死を彼に歓迎せしめている。

しかし、これより先にクセノポーンはポリュクラテースに対するさらに入念な、その一つ一つの点に対する反駁を書いている。それは『ソークラテースの追憶』Apomnemoneumata Sokratous の第一巻に収められた弁明である。彼はまずソークラテースの告訴者であるメレートス Meletos、アニュトス、リュコーン Lykon の三人の告訴の内容を述べ、これに対して反駁していく。ソークラテースの瀆神不敬、法の軽視、彼の周囲の人々の中にデモクラシーを嫌悪したふたりの天才的貴族アルキビアデースとクリティアース Kritias のあったこと、彼が若い人たちに両親や親族知友に対する信義の念を軽視せしめたこと、反デモクラシーを教えたという非難に対していちいち反論する。しかしクセノポーンはソークラテースの死に際しては外国にあり、したがってこれが直接に実際の告訴に対する弁明ではありえない。これは、他の資料によってもポリュクラテースの演説の内容を察知しうるように、このソフィストの著書に対するものであろう。クセノポーンはこれをポリュクラテースの書の発表後間もなく書いたのであろう。それから一〇年に近い年月を経て彼は再び偉大なる師を取り上げた。これが第二巻である。クセノポーンは先に書き上げた弁明をさらに詳細に説明しようとした。ソークラテースはこのころには、プラトーンの対話によっても知られるように、彼を主人公とする文学作品の中にしだいに変貌して、著者はいっそう自由に彼を扱うことができた。第三巻もさらに自由にソークラテースの口をかりたクセノポーンの姿である。第四巻はまったく独立した作品で、ここでは主として教育に関するソークラテースを中心とする議論が行なわれる。そして第七章でクセノポーンはソークラテースに対して熱烈な讃辞を呈して、この巻を終えるのである。『追憶』はこのようにあまりにも雑多な、一部は対話、一部はクセノポーン自身のことばにより、その中には同じ題材が各所に重複、くり返されているので、多くの問題を投じている。しかし全体の調子は明らかにクセノポーンのものである。彼の描くソークラテースは、プラトーンのそれと同じく、実在のソークラテースではない。しかし、彼がソークラテースにいわせているところは、その根本において、すなわち真の知識の重要性を基調としている点において、プラトーンのソークラテースと一致している。アンティステネースと同じく、彼にとっては、ソークラテースは何物にもまけぬ強い道義心とその実践、高い徳の権化であり、模範的な市民だったのである。彼には、プラトーンのようには、この偉大なる人の深い心は理解できかねた。ソークラテー格に対する解釈が多くの弟子たちの天分によって異なり、しかもそこにこれークラテースの姿が大きく浮かび出ているところに、ソークラテースなる人物さと量(はか)るべからざる大きさとが認められるのである。

クセノポーンの『家政論』Oikonomikos は、ソークラテースとクリトブ Kritobulos との、どうすれば財産をうまくおさめ、これを益することができるかとソークラテースには少々不向きな議論に始まるが、ついにソークラテースは、かつて彼もりっぱな紳士、成功した地主として有名なイスコマコス Ischomachos という男から聞いた方法論を紹介する。ここにおいてソークラテースを主人公とするこの対話の仮面ははがれて、イスコマコスすなわちクセノポーンが登場して、家具、衣類、農具、収穫、家畜、奴隷のきちょうめんな取り扱いを通じて正直な、しかしお説教好きな、平凡な田舎紳士の姿が浮き彫りにされる。『饗宴』Symposion もプラトーンの同じ題名の対話編とは対照的な、笛吹き女、美少年、軽業師、道化を交えた世俗的で平凡なもので、ここでもソークラテースは愛に関する話を行なうが、プラトーンのそれのような深い神秘的なものではない。

プラトーン

アリストクレースの子アリストーン Ariston とペリクティオネー Periktione の子、プラトーン Platon（紀元前四二七—三四七または八）はアテーナイの貴族の中でも名家の出である。父親の側の家系はあまり明らかではないが、母親は前四〇四年の三〇人の政権の首謀者のひとりで多才なクリティアース Kritias の姪（めい）で、カルミデース Charmides の姉妹にあたり、この家はかの名高い律法者ソローンにつながっていた。プラトーンの兄弟には、彼の作品の中に姿を現わすアデイマントス Adeimantos とグラウコーン Glaukon、姉妹には、のちにアカデーメイアにおける彼の後継者となったスペウシッポス Speusippos の母ポートーネー Potone があった。ペリクティオネーは再婚してピュリラムペース Pyrilampes との間にアンティポーン Antiphon が生まれた。彼の
家』の中に示されている民主政体へのあの驚くべき軽侮と、何物をも顧慮せぬ恐れ
勇敢な探求と提説とは彼の血統の中に自らそなわっていたのである。

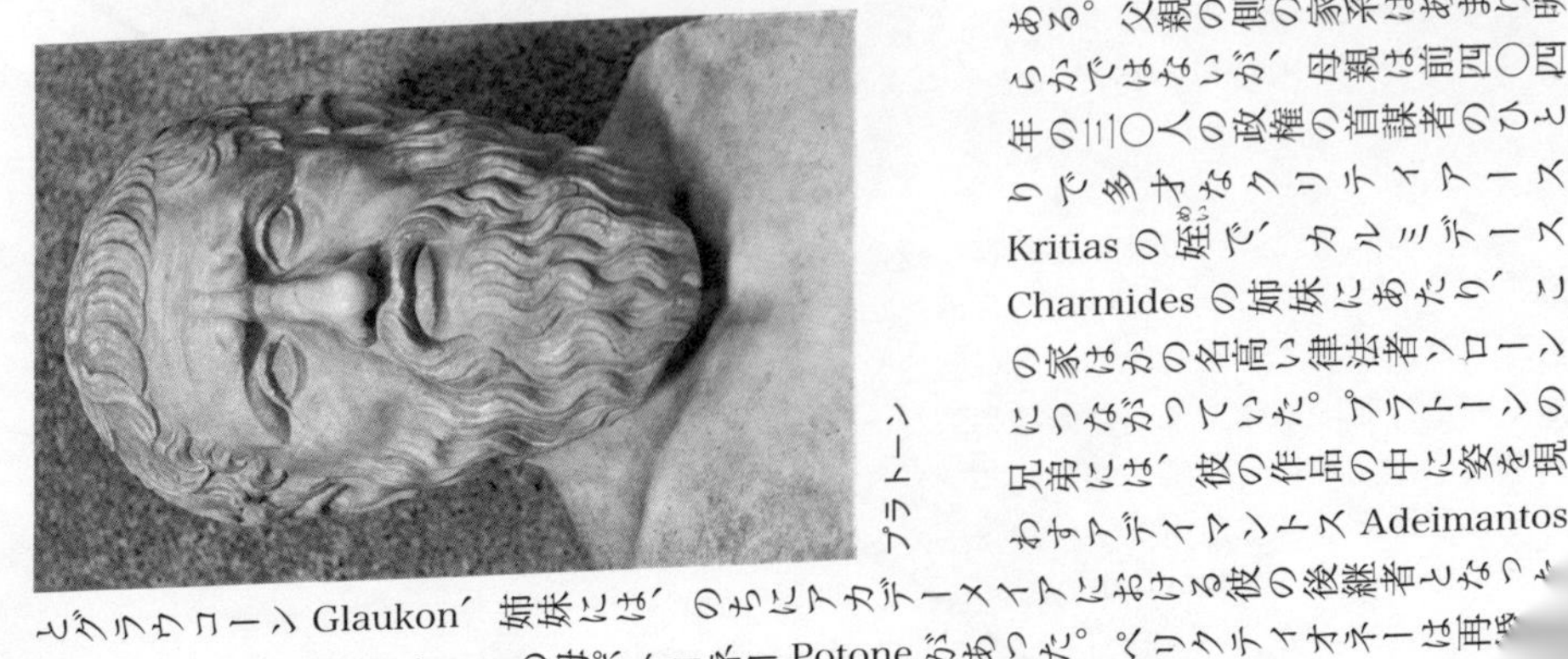

プラトーン

名門で富裕な家の子として彼が音楽、文学、体育その他の十分な教育をうけ
がない。彼がイストミア祭の競技に優勝したという伝え、彼の作品中の文学
用がこれを示している。彼は自ら悲劇を書いたとさえいわれているが、ソ

するに及んで、彼の若い心は奥底から揺り動かされた。彼の一生の方向はここに決定されたのである。この師の偉大な感化の中に彼の火のごとき激しい熱情と豊かな才能に恵まれた心は、前四〇四年の彼の親族たちのいまわしい暴行によって、前三九九年のソークラテースの死によって、政治そのものに対する深い憎悪と、民主政体への憤怒と深い軽蔑とを抱くにいたり、ここに彼は哲人による政治以外には国家の真の政治はありえないと確信するにいたったのである。

ソークラテースの処刑後プラトーンはいちじメガラのエウクレイデースのもとに赴いた。ここにプラトーンの遍歴時代が始まる。二八歳の彼はひとり遠い求学の旅に出立した。伝えによれば彼はエジプト、キューレーネーよりイタリアに赴いたという。前三八八（または三八七）年彼はシシリアの独裁者ディオニューシオス Dionysios の宮廷に客となり、その親族にあたるディオーン Dion と、南伊のタレントゥムのピュータゴラース派の哲人政治家アルキュタース Archytas と親交を結んだ。この旅はプラトーンに親しくエレア学派とピュータゴラース学派に接する機会を与えた。

プラトーンと現世的な策謀家ディオニューシオスとの間はうまくいくはずがなく、アテーナイに帰った彼は、アテーナイのディピュロン門外、アカデーモス Akademos の森の近くに庭園つきの家を求め、アカデーメイア Akademeia の学校を開いた。かくて紀元後五二九年にユスティーニアーヌス Justinianus 帝によって閉鎖されるまで九〇〇年にわたって学問の府として栄えたこの名高い学園の基礎がおかれたのである。ここにプラトーンは若い人々を集めて、哲学のみならず、広く一般的な教養を与えるとともに、また広く人材を求め、多方面な研究の指導にあたった。アカデーメイアはたんに狭い意味での哲学の研究所ではなく、あらゆる意味における人文自然科学の研究を包含する研究と教育の場所であった。全ギリシアからあらゆる専門の人々がアカデーメイアに集まったのである。

一度アカデーメイアの静謐のうちに退いたプラトーンを、その隆々たる名声はそのままにしておかなかった。彼の学校の名は全ギリシア世界に喧伝せられ、たんなる哲人としてではなく、広く政治問題においても彼の所説は大きな反響を呼び起こしていた。彼のシュラクーサイのディオーンとの交誼は再び彼をシシリアに引き出す結果となった。

紀元前三六七年にディオニューシオス一世が世を去った。ディオーンはこの機会にディオニューシオス二世の教育をプラトーンに委ね、彼の中に哲人王者を実現し、同時にディオーン自身の勢力を回復しようとはかった。プラトーンはこの盟友の要請を断わりかねたし、彼自身にも未だ政治に対する未練があったのであろう。しかし、若い才能豊かなこの独裁者はディオーンを追放し、プラトーンだけを留めようとしたのである。プラトーンは失意のうちにアテーナイに帰った。このにがい経験にもかかわらずプラトーンは前三六一（または三六〇）年に、ディオニューシオスのたびたびの招請と、もし来てくれれば、ディオーンに関してプラトーンの欲するところに従うであろうということばに、三たびカリュブディスの渦巻きの危険に身を挺せざるをえなかった。しかしこの行は以前にもました失敗に終わり、幽閉されたプラトーンはタレントゥムのアルキュタースの力によってようやく遁れることを得た。前三五七年、ディオーンは兵を挙げ、ディオニューシオスを追ったが、前三五三年に暗殺され、かくて哲人の政治的な志はまったく潰滅した。その後も彼は、偉大な思想家として、国外の君侯やアテーナイの政治家との交渉をもたざるをえなかったとはいえ、もはや再び国外に出ることなく、アカデーメイアの指導と講義と研究に終始し、前三四八（または三四七）年に八〇（または八一）歳で世を去ったのである。

プラトーンの作品は、彼の名のもとに古代において知られていたすべてが今日に伝わっている。それは真作偽作を混ぜて四二の対話、一三の手紙および「定義（ホロイ）」horoi と称するものより成る。このほかに三二のエピグラムと「ディアイレシス」diairesis と称するものがある。そのうち「ホロイ」と「ディアイレシス」はプラトーンのものではない。エピグラムにも真偽に関する疑いがある。書簡については、第六・七・八（とくに七）は今日では大勢は真作とするに傾いているが、その他に関しては偽作（とくに第一と第一二）とする説が有力である。

対話の中のあるものはすでに古代において相当数が偽作と断ぜられていた。近代においてもこれに関する多くの説があるが、確実に真作と認められるのは、『エウテュプローン』Euthyphron、『弁明』Apologia、『クリトーン』Kriton、『パイドーン』Phaidon、『クラテュロス』Kratylos、『テアイテートス』Theaitetos、『ソフィスト』Sophistes、『為政者』Politikos、『パルメニデース』Parmenides、『ピレーボス』Philebos、『饗宴』Symposion、『パイドロス』Phaidros、『カルミデース』Charmides、『ラケース』Laches、『リュシス』

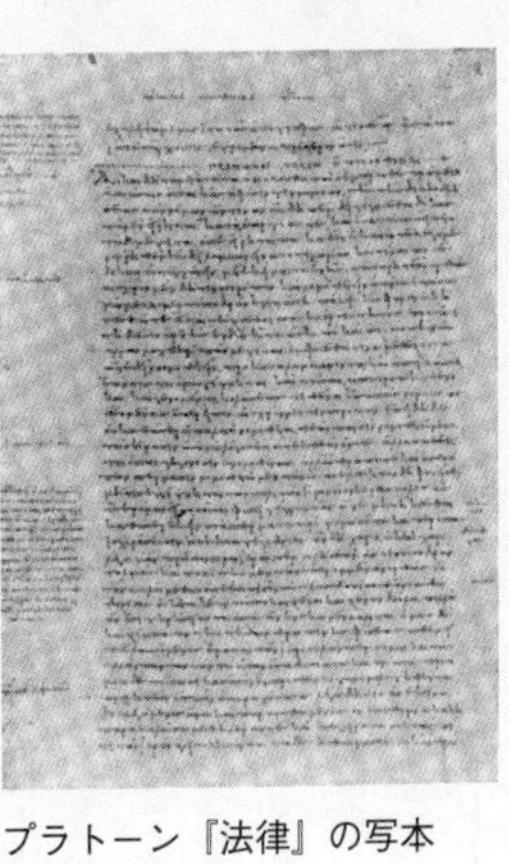

プラトーン『法律』の写本

Lysis、『エウテュデーモス』Euthydemos、『プロータゴラース』Protagoras、『ゴルギアース』Gorgias、『メノーン』Menon、『小ヒッピアース』Hippias、『イオーン』Ion、『メネクセノス』Menexenos、『国家』Politeia、『ティーマイオス』Timaios、『クリティアース』Kritias、『法律』Nomoi の二六編である。『大ヒッピアース』に関しては論が分かれている。

これらの作品は、ローマのティベリウス帝の信任の厚かった占星術師トラシュロス Thrasyllos によって四編ずつにまとめられ、書簡を全部で一編として、九つのテトラロギアに編纂(へんさん)された。これが現在も踏襲されているプラトーン全集の形である。この中で『アルキビアデース』Alkibiades 一・二、『ヒッパルコス』Hipparchos、『エラスタイ』Erastai、『テアゲース』Theages、『クレイトポーン』Kleitophon、『ミーノース』Minos は明らかに偽作とされている。プラトーンの最後の作とされている『エピノミス』Epinomis には、オプースの人ピリッポスの作との伝えもあるが、『大ヒッピアース』とともに真作とする説もそうとうに強い。

プラトーンはその長い生涯の間、死にいたるまで筆を絶たなかったのであるから、彼の作品は少なくとも四、五〇年間にわたって書かれたものと考えなくてはならない。その間に彼の思想、文体、おのおのの編の構成に変化と発展があったのはとうぜんで、ここに彼の作品の年代を知ることが重要な課題となる。

プラトーン研究の近代における魁（さきがけ）をなしたのはシュライエルマヘル Fr. Schleiermacher である。彼はプラトーンの全著作の中に、すでに完成された組織たる思想発表の具としての統一ある目的を発見したが、この説は、ヘルマン H. F. Hermann の、プラトーンの著作はその思想的発展の流露であり道標であるとする説によって反対された。いま一つ有力な方法は、文体論的研究（とくにパーティクル particle と呼ばれる短い「……と」「そして」「しかし」などを表わす多くの小辞）である。多くの研究の結果、プラトーンの全作品を三期に分ければ、第一期には『ラケース』、『カルミデース』、『エウテュプローン』、『リュシス』、『プロータゴラース』、『小ヒッピアース』、『イオーン』（『大ヒッピアース』）、『弁明』、『クリトーン』が属し、『ゴルギアース』は第一期と第二期との移り目に位置する。『饗宴』、『パイドーン』、『国家』、『パイドロス』は第二期の、プラトーンの文学的な力の最盛期の作品で、『メノーン』、『クラテュロス』、『エウテュデーモス』、『メネクセノス』はその前に、『パルメニデース』と『テアイテートス』は第三期への境界にある。『ソフィスト』、『為政者』、『ピレーボス』、『ティーマイオス』、『クリティアース』、『法律』および第七書簡は確実に第三の、最後期のものである。

プラトーンの対話は一般に思想内容の面からのみ見られがちであるが、これではこの詩人哲学者の作品の価値の半ばを逸する結果となるのであろう。少なくとも第一、二期の作品における彼の真意は、日常生活の情景のうちに多くの人物を登場せしめ、ここに彼にソークラテースを中心として種々の主題をめぐって議論させるにある。プラトーンはこのためにいろいろな工夫をこらしている。これは散文による劇の一種であり、ここにプラトーンの劇詩人としての本領が発揮される。初期の作品には何らの前置きなしの、劇でいえば舞台ト書きのない、純粋な対話形式が多く、読者はたちどころに対話の中に自己をおかねばならない。これは劇のごとくに俳優のしぐさとことばによらない、純粋に読む対話の場合には、作者は対話中の人物のせりふによってのみ前後関係と話し手の感情を表出するほかはない。この時代のソークラテースは確固たる信念の中に外面では愉快な、人好きがするが、時にははなはだ皮肉な、またしばしば、相手の足をすくうような詭弁を弄する、最初は極めて幼稚な卑近な質問からしだいに激しい集中した問題に移っていく、しばしばエロティックな老人として描かれている。

プラトーンはこのような形式のほかに、舞台ト書きの代わりとして、ある人にかつて昔行なわれた対話を報告させる方式を案じ出した。これは初期の作品では、『プロータゴラース』に用いられて大きな効果を発揮している。ここではソークラテースがこのソフィストの頭領と行なった議論を物語る仕組みになっている。彼はその日の夜明け前に若い友人の闖入（ちんにゅう）によって呼び起こされる。青年はこの名高いソフィストのアテーナイ来訪を知り、夜の明けるのももどかしく、ソークラテースの寝こみを襲ったのである。ソークラテースは、しかし、早朝にプロータゴラースを訪う非礼を避け、青年と自分の家の内庭を歩きながら、彼の真意をただす。やがて彼らはプロータゴラースが宿をかりているアテーナイの富豪カリアース Kallias の邸に行く。彼らは門を叩くが、門番は大勢の客のおしかけにこりているので、なかなか通してくれない。ここに喜劇的なおかしみがあって、やっとのことで二人は内に入れてもらう。カリアースの家には、その主人公のソフィストのパトロンたる名にそむかず、プロータゴラースを始めとして、正に当時ギリシアに名をはせていた大ソフィストたちが集まっている。エーリスのヒッピアースやケオースのプロディコス Prodikos もまた客の中にあり、さらに彼らの弟子たちやアテーナイの人士が群れ集まっている。プロータゴラースは外国から彼に従ってきた弟子のほかに、ペリクレースの二人の息子を始めアテーナイの少壮貴族たちに取りまかれて、柱廊を行き来しながら語っている。大先生の左右に従う人々は、先生が堂々たる歩を転じるときには、さっと道を開き、自分たちも方向を転じて彼に従う。ヒッピアースは中庭をへだてて反対側の廊下に背の高いりっぱな椅子に座を占め、パイドロスら多くの人々に囲まれて論じつつあり、プロディコスはなおベッドの中にあって悲劇詩人アガトーンやその恋人であるパウサニアースその他の人々と語っている。正にこれは当時の賢人の一大集合図とも称すべきものである。これを背景として、ソークラテースとプロータゴラースの間に一騎打ちともいうべき、徳（アレテー）を教えうるか否かに関する大論争が展開されるのである。プラトーンの入念なセッティングは彼一流の諧謔的な、微笑を誘う軽いタッチからたちまちにして本式の議論に転じるのであるが、しかも全編を通じて、ぎこちなさや、哲学的論議にありがちな冷たさは微塵もない。それは始終温かい詩人の心によって小説のごとくに描かれる。

このように対話の主人公自身が話し手であるときには、対話の情景や議論の聴衆に与えた効果のごときものが、自分を物語るという条件のために遠慮があって不自由なので、プラトーンはさらに対話の座にいた人からある他の人が聞いた話を語るというこみいった方法を考え出した。これは『饗宴』などに用いられているもので、ここではソークラテースの弟子アリストデーモス Aristodemos が悲劇詩人アガトーンの家で行なわれた愛に関する議論をアポロドーロスに語って、これまた彼が他の人に話すという仕組みとなっている。これによってプラトーンは対話の合い間に自由に地の文を書き加える方法を発見し、小説の中における対話のような雰囲気をかもし出すことに成功したのであるが、この物語的手法は、話者が変わるごとに、「……と言った」、また『饗宴』のような場合には「ソークラテースが言ったとアリストデーモスが言った」のように、甚だ回りくどい表現が際限なくくり返されなくてはならず、さらに直接と間接の話法が入りまじり、文の構成の面でもわずらわしい。プラトーン自身も同じことを感じたか、『テアイテートス』においては、まず語り手たるメガラのエウクレイデースがテルプシオーン Terpsion にテアイテートスのコリントス戦争における負傷と病気を語り、ソークラテースがかつて昔、テアイテートスが未だ少年のころに彼と対話して、彼に感嘆したことをエウクレイデースがソークラテース自身から聞いたところをそのまま書き留めてあったのを、何年かのちにこの瀕死のテアイテートスがメガラを通過し、エウクレイデースに会ったのを機会に、奴隷をしてテルプシオーンに読み聞かせるという手のこんだ方法により、対話そのものは再び純粋に劇的な対話文の形式に戻っている。『テアイテートス』以後、プラトーンの晩年の著作はすべてまた純粋の対話形式に帰り、以前のように文学的な、対話の情景を手に取るように描くことをやめ、対話もまたたんにひとりの主人公の説の展開となり、相手は単に主人公の話に相づちを打つにすぎず、形式は同じ対話でも、内容はある説の提出に等しくなった。同時にそれまでは中心人物であったソークラテースはわき役となり、ついには姿を消すのである。

　以上に述べた外部的構成形式は、しかし、年代と一貫して対応するものではない。初期の作品にも第二の物語式な方法が見られるし、中期の、プラトーンの文学的な面から見て最大の傑作の生まれた時期にも、『パイドロス』のように純粋な対話形式のものもある。しかし大体は上述の経路をたどって変化しているのであって、これは内容とも一致している。初期の短い問答のやりとりを飽くまで主張するソークラテースは、『プロータゴラース』や『ゴルギアース』以後は一転してしばしば長い話によって自説をのべるにいたっている。すでに『ゴルギアース』の最後に有名な壮麗極まる『神話（ミュートス）』mythosが現われているが、このような魂の幻想ともいうべき、独白に近い話が中期の傑作に多くなってくる。『饗宴』や『パイドロス』の中の、長い、ソークラテースの魂の遍歴の告白とも称すべき美しい散文の詩は、もはや対話ではない。

　散文による詩人プラトーンの作品は、たんなる哲学上の論議のためのものではない。それは入念に作られた情景中の、入念に選択された人物、それも実在の人物による対話である。

プラトーンはこのセッティングのためにはアナクロニズムもあえて犯すのである。対話はたんなる議論の展開ではなく、舞台上の人物は生きている。彼らは議論とともに冗談をとばし、議論に追い詰められて怒り、ある者ははにかみやで遠慮深く、ある者は気が強く攻撃的である。中心はつねにソークラテースであり、彼はほとんど無敵の論争家ではあるが、時には彼さえも危い目に遭うことがある。しかし、彼はつねに余裕をもち、怒りに負けてわれを忘れることのない、活々(いきいき)とした、しかし冷静な、相手によっては意地悪くからんだり、怒らせたりすることがあるが、本当は親切な、自嘲の陰にかくれた恐ろしいまでに真摯な強い性格の人である。彼の相手はパルメニデース、クラテュロスのような哲学者、プロータゴラース、ゴルギアース、ヒッピアース、エウテュデーモスのようなソフィストのみならず、ラケースのような軍人、彼を訴えた政治家アニュトス、シシリアの地で不幸な最期をとげた軍人政治家ニーキアース、アガトーンやアリストパネースのような劇詩人、ホメーロスの語り手イオーン、カルミデースやリュシスのような美少年、ケパロスやクリトーンのような老人など、あらゆる種類のあらゆる年齢の人であり、そのおのおのがみごとな筆致によって性格づけられ、各人の話すことば、文体はそれぞれ異なり、時には方言さえも用いられる。各人の持つ意見もその人物にふさわしい。彼らの態度や行動にもまた、わずかに触れられているだけではあるが、そこにこの詩人哲学者の心にくいまでの筆のさえが見出される。『パイドーン』において、獄舎の内にあって最後の日に弟子や知友に囲まれて、霊魂の不滅を説くソークラテースの足下に伏すパイドーンの項(うなじ)の髪の毛をいじくりながら、「パイドーンよ、多分明日はこの長いお前の毛を切ることだろう」というところがあるが、若いパイドーンの悲しみと、彼がいかに師と親しい深い愛情のきずなによって結ばれていたかが、このただ一筆によって描かれるのである。

プラトーンの対話は、また、それぞれふさわしい美しいセッティングのうちに置かれている。『カルミデース』では、前四三二年にソークラテースが、ポティダイアへの遠征ののち、ひさびさに帰国して、タウレアースの競技練習場に現われ、ここで美少年カルミデースに出会うのであり、『リュシス』においては、パノプスの泉のそばに新しくできた練習場が舞台となっている。これらの対話におけるソークラテースの少年に対する思いやり深い、今日ならば美少女に対するような楽しげな親しい態度は、美少年を囲んで、その一顧を得ようとする競争者の群れ、少年のシャペロンともいうべき人々のやや滑稽な様子とともに、いかにも若々しくはなやいだ雰囲気をかもし出している。リュケイオンにおけるエウテュデーモスとディオニューソドーロスの二人のソフィストの滑稽な、いわゆるエリスティク eristic とこれに揚げ足を取られて茫然とする若者、ふたりに対する同じ手法によるソークラテースの半ば真面目なような半ば皮肉のような、しかし無敵の論争術、アルコーン・バシレウスの柱廊におけるソークラテースの裁判に先立つエウテュプローンとの出会い、ソフィストの保護者として名高い富豪カリアースの家におかれた『プロータゴラース』の舞台、悲劇詩人アガトーンの家の宴会、獄舎を舞台とした『パイドーン』、アテーナイの外港ペイライエウスにある富裕な在留外人ケパロス老人の邸での『国家』、アテーナイ城外の流れに沿った樹蔭で行なわれる『パイドロス』の対話、あるいはパンアテーナイア大祭の期間におかれた、ディピュロン門外のケラメイコスにあったピュートドーロスの家における若いソークラテースと老哲学者パルメニデースとの会話など、そこにはソークラテース在世中の紀元前五世紀後半のアテーナイの町々、私人の邸宅、運動競技場、柱廊、郊外などに昔の人々が再びよみがえったかのように立ち現われる。読者はその美しい過去の幻の中にひきこまれ、彼らとともに生きるのである。読者は、また、ギリシア人、とくにアテーナイ人士の都会人として洗練された礼儀と気のきいた活々とした応答に感じ、しかもこの表面は浮気に見える社会のうちにあるソークラテースの恐ろしいまでの真面目さと、彼自身がその中に何の無理もなく溶けこんでいる美しさにうたれる。人々は生ける亡霊のごとくにアテーナイの随所に去来する。

　プラトーンの数多い著作の一つ一つを分析し、その内容を検討することは、ここでは取り扱わないこととするが、彼が対話の中でソークラテースの口をかりて説く多くの倫理、哲学上の問題は、本当に生きた問答の中にあること、それはいわゆる哲学というものから想像される雰囲気からはおよそ縁遠いものであることを忘れてはならない。ここでプラトーンの傑作の一つとされている『饗宴』を例として取り上げることとする。

　これは、美男子でウィットのある、アリストパネースの『女だけの祭り』によれば、甚だ女性的な悲劇詩人アガトーンが初めて悲劇の勝利を得た（前四一六）祝賀の宴での出来事である。詩人はソークラテースを始めとして、アリストパネース、パイドロス、医者のエリュクシマコス Eryximachos、パウサニアースを招いて宴をはる。ソークラテースの弟子アリストデーモスは入浴し、珍しく靴をはいているソークラテースに出会い、師に誘われて招かれざる客としてアガトーンの家に行くことにする。招かれざる客に関するソークラテースとの間のホメーロスからの引用による洒落た会話の後に、ふたりは詩人の家に向かうが、途中でソークラテースは例の沈思黙考の癖が出て、遅れる。アリストデーモスだけが玄関につくと、扉は開かれて客を待っている。彼はただちに奴隷に導かれて宴の席にはいる。と、アガトーンは彼を見るなり、「アリストデーモス君、ちょうどよい時に来てくださった。食事を一緒にしましょう。ほかの用で見えたのなら、それはまたの時のことにしたほうがいい。貴方をお呼びしようと思って昨日探したのだが、お会いできなかったのです。だが、ソークラテースをどうして連れて来なかったのですか」という。これはもとよりアリストデーモスにばつの悪い思いをさせまいとするアガトーンの嘘である。アリストデーモスはソークラテースのいないのに気付き、彼と一緒に来たのであって、しかも彼に宴会に呼ばれたのだと告げる。アガトーンはもちろん、「それは結構でした。だがあの人はどこにいるんです」。「たった今わたしの後について来たんだが、いったいどこへ行ったんだろう」。アガトーンは奴隷に探して連れて来るように命じ、アリストデーモスにエリュクシマコスのそばにすわるようにという。奴隷のひとりが彼の足を洗う。そのうちに先刻の奴隷が帰って来て、「ソークラテースさんは近所のお宅の玄関先に立ちどまって、呼んでも来ようとなさいません」という。「妙だな、お呼びして連れてこい」というアガトーンにアリストデーモスが、「いや、そいつあいけない。そのままにしておいてください。こういう癖なんだから。時々どこだろうがお構いなしに立ちどまることがあるんだから。今に来ますよ。無理をしないでそのままにしてください」という。これは後でアルキビアデースがソークラテースのこのダイモーンに憑かれたような奇癖を述べる伏線である。アガトーンが承知し、召使いたちに自分が主人であるかのように、主人の指図をうけないで人々をもてなしてくれと命じる。飯になってもソークラテースが来ないので、アガトーンはたびたび彼を呼びにやろうとするが、アリストデーモスがこれをとめる。やがて宴も半ば過ぎにソークラテースがはいって来て、アガトーンのそばに席を占める。アガトーンとソークラテースの間に、どちらが賢いかに関する礼儀正しいウィッティな会話が交される。食事が終わり、いよいよ飲もうというときに、パウサニアースが、昨日の祝賀の酒盛りでみんな飲みすぎて、今日はどうもいけないから、何かゆっくりと飲める方法を、と提議する。これに答えてアリストパネースが、「たしかにその通りだ。私も昨日酒びたりになったひとりだ」。アガトーンもまたこれに同意する。医者のエリュクシマコスが、酒豪の三人がそう飲むまいというので弱いわれわれは安心した、もっともソークラテースは別格で、この人は多かろうが少なかろうが、どちらでもよい人だ。だいたい酒は身体に悪いので、二日酔いは、とかなんとか講釈するが、ここにもまたソークラテースの超人的な面が強調される。そこで身体が弱くて、いつもエリュクシマコスの忠告を求めているパイドロスがこれに賛成すると、少々ペダンティクでお上品ぶるエリュクシマコスが笛吹き女にはさようならをして、ここでかねてパイドロスの提唱しているエロースに対する称讃の辞を列席の各人が述べて、酒の肴にしようと言い出す。すべての人々がこれに賛成し、ここにパイドロスに始まるパウサニアース、エリュクシマコス、アリストパネース、アガトーンのエロースに関する頌辞が行なわれる。

　ここにプラトーンの恐るべきパロディの才が発揮される。パイドロスの、かの同じ人の名を付した対話の中にみられるリュシアースの愛に関する作文に感心して耽読する人にふさわしい、やや浅薄な、古の詩人や神話にのみよりかかった、独創性のない頌辞、パウサニアースの妙に凝った、もち回った表現と屁理屈の多いソフィスト的な讃美、エリュクシマコスの衒学的な、ヒッポクラテースの医書集中のあるものに見出される哲学と陰陽五行説をこきまぜたような演説は、いかにも語り手の人柄を髣髴とさせる。プラトーンは人が悪くエリュクシマコス先生をからかっている。

　アリストパネースはパウサニアースのつぎに讃辞を述べることになっていたのであるが、喜劇作者にふさわしく、しゃっくりが出て、どうしてもとまらず、先生にしゃっくりどめの処方をお願いし、順をかえて先生に先にやってもらう可笑し味がある。先生の演説が終わったときに、喜劇作者のしゃっくりは無事におさまったが、ここでも少々先生をからかった後でプラトーンは、アリストパネースに、いかにもこの豪快な詩人が考え出しそうな、途方もなく愉快な、奇想天外な話をさせるのである。ここにわれわれはプラトーンのパロディの才がますますさえてくるのを見る。つぎはアガトーンの番である。ソークラテースはアガトーンの才をほめ上げる。これは本気なのか、それともソークラテース一流のイロニーなのか？アガトーンは後者に取る。ここにプラトーンが『国家』の中で、たとえようもなく傲然と表わした大衆への軽蔑の片鱗が現われる。アガトーンの讃辞はパロディ文学の最大傑作、アリストパネースの『女だけの祭り』におけるアガトーンのまねにまさるとも劣らぬ見事なものである。若々しいこの劇詩人のゴルギアース流の花々しい技巧にみちた頌辞はついに詩に近いリズムをもった文にまで昇華する。しかしこれは気のきいた作文にすぎず、内容はゴルギアースの散文詩に等しい。ここにいたってわれわれはプラトーンの作品中のどれが本当にプラトーンの文体であるかを疑うのである。これほど自由自在にあらゆる文体を駆使しうる人は古代散文においてはまったく類がない。

アガトーンの演説につづいて、ソークラテースとアガトーンとの間に短い対話によるエロースの性質についての議論があって、いよいよ本論中の本論ともいうべきソークラテースのエロース論にはいる。ソークラテースは、彼がマンティネイアの女宮守ディオティーマDiotimaから聞いた壮大なエロース論を話す。実はこれはプラトーン自身のものである。これはプラトーンの好んで用いた神話形式の一変形である。たんなる理性の境を越えた、むしろ直感に近い、個々の愛より真理へ、神的な愛へと飛翔する愛は詩人哲学者の愛である。『イオーン』において詩人の霊感が理性の彼方に存在するある物であることを説いたプラトーンは、ここに愛の理性との背反と、しかも愛のイデアにおける崇高な、解きがたい憧れともいうべきものを物語る。それは天啓にも等しいものである。しかし、このクライマックスにおいてはこの対話編は終わりにならない。ここに『饗宴』におけるプラトーンの並びない劇的な才が発揮される。喜劇におけるコーモスのように、アルキビアデースが乱酔の態で笛吹き女に支えられつつ闖入する。「アガトーンはどこにいる」と叫びつつ、よろめく足ではいって来た、奔馬に似た、ありあまる才をもちながら自制を知らず、金と才と美貌に頼んで不羈奔放に生きた、ソークラテースの弟子であるこの人は、悲劇詩人に祝いの冠を与えるべく来たのである。一座は彼の不意の侵入にざわめき立つ。アルキビアデースはソークラテースのいることを知らずに来たので、彼を認めて驚く。ふたりの間に表面は乱暴な、しかし心中ではこのような乱暴を許しあう親愛の情が内在することを示すことばが交される。アルキビアデースは突然ことばを中途で切って、この世の中で最も賢明な人に敬意を表して、アガトーンに与えた頭飾りの一部を取り返し、ソークラテースの頭を飾る。この傲岸な人を人とも思わない、バイロンを政治家にしたような人のソークラテースに対するちょっとした振舞の中にわれわれは彼がソークラテースに対して抱いていた深い畏敬の念をのぞき見るのである。

アルキビアデースがアガトーンとソークラテースの間に座を占めると、彼は何升もはいりそうな酒の混合器をみたして飲みほしたのち、ソークラテースにも飲ませるが、もとよりアルキビアデースも知っているように、いかなる量の酒にもびくともせぬ哲人はけろりとしている。そこへ、また例のエリュクシマコス先生が口を出して、アルキビアデースからもエロースの讃美を求めるが、アルキビアデースは、自分がほかの人をほめるとソークラテースがやきもちを焼いてだめだ、たとえ神様でもだめだ、という。プラトーンの他の作品でもアルキビアデースはソークラテースの少年であったかのように語られているから、ふたりの仲はよそ目にもそうとうなものであったらしい。医者先生は、それじゃいっそのことエロースの代わりにソークラテース礼讃を、ということになり、ここに人間の中で最大の真理へのエロースの持ち主、他人をこのエロースへと案内する神たるソークラテースの偉大崇高な讃美がアルキビアデースの口をついて出る。

ソークラテースは外面は醜いが、内部には黄金の神体を蔵するシレーノス人形である。彼のことばを聞く者はほとんど忘我恍惚の境にひきこまれる。彼は測（はか）るべからざる高く深い知の中にいる。美少年を追いつづけているごとくでありながら、内には不動の道義心と自制があり、あらゆる世間的な栄誉、富を軽視し、一生を戯れるごとくに送りながら、しかもそのイロニーの陰にかくれた確固不抜の心が内在する。アルキビアデースはこの人よりそのすぐれた知恵を学び取ろうと、自己の美貌、富、門地をかけ、あらゆる世間的な名誉を一擲して彼に近づくが、ついに彼の心を破ることができない。またアルキビアデースはソークラテースとともに外征するが、そこで示されたこの人の勇気、忍耐力はまことに超人的である。飢も寒気も、いかなる困苦も彼は平然として耐えるのみならず、敗走の中に示された彼の沈着は驚くべきものがある。ソークラテースは他のいかなる人とも比較を絶した超人である。

ソークラテースの讃辞が終わると、アルキビアデース、アガトーン、ソークラテースの三人の間に滑稽な恋の鞘あてともいうべき気のきいた冗談が交されているところへ、また別の酔っぱらい連中が大勢はいって来て、座は乱れ、みんなめちゃめちゃに飲まされる。エリュクシマコスやパイドロスなんかは引き上げ、アリストデーモスは眠ってしまう。明け方に鶏の鳴き声に目をさますと、ほかの人々は眠っていたり、すでに立ち去っていたのに、アガトーン、アリストパネース、ソークラテースは起きていて、大杯で飲みながら、ソークラテースは二人に同一人が喜劇と悲劇の両方の作者になりうるはずだと説いていた。そのうちにアリストパネースもアガトーンも眠ってしまう。そこでソークラテースは立ち上がって去る。アリストデーモスがいつものように後について行くと、リュケイオンに行って身体を洗い、ほかの日と変わらぬ一日を過して夕刻に家に帰った。

『饗宴』の終わりでプラトーンがソークラテースの口をかりていっているように、ひとりの詩人が悲劇も喜劇も同じく創(つく)り出しうるはずであることを、この詩人哲学者は自ら証明した。彼は哲学者である前にまず生まれながらの詩人であった。彼の作品は冷たい理性の展開の具ではなくて、彼の心奥よりほとばしる詩の世界の創造物である。彼の詩心は人生のあらゆる相にふれ、あらゆる人の肖像をあらゆる環境において描いてみせる。ソークラテースは彼によってそのあらゆる形相のもとに描き出され、彼をめぐる人々はこれに応じてさまざまに変容する。詩人の魂がもはや対話や説明や推理やらの尋常の手段では言い表わされなくなったときに、ついに『ゴルギアース』や『パイドロス』や『国家』の中におけるように、プラトーン自ら、この世のものではなく、理性を超絶した彼方の世へと天かけて、壮麗な神話となるのである。これは正に散文による詩であって、いわゆる詩の韻律に縛られてはいないけれども、これが詩であることは何人も否定できないであろう。プラトーンは国家から詩人追放を宣したが、これは詩人哲学者の悲愴なパラドクスである。彼は自ら詩の彼に与えるあまりにも深い感動を体験するがゆえに、かかる主張をせざるを得なくなったのである。詩人は彼にとっては非理性的な、理性による分析をゆるさぬ神的なものである。『イオーン』において戯画的に芸術家を扱ったプラトーンは、『饗宴』において、『パイドロス』において、くり返し同じことを述べている。恋は予言者や詩人の霊感と同じく神の賜物である。「たんなる技巧のみで詩心なしに詩の門を叩く者は、彼自身は神秘の教えの門外漢であり、理性の詩は霊感に狂う人の詩の前には無に帰する」(『パイドロス』二四五A)のである。プラトーンはこれをよく知っていた。彼自身も詩の心の翼に乗って、詩と神話の世界に飛翔するのである。

偉大な詩人であるプラトーンには、ただ一つの文体というものがない。彼はあらゆる文体の所有者であり、必要に応じて自由にこれを駆使することができる。『饗宴』の中のアガトーンのエロースの頌、『メネクセノス』の戦死者の弔辞、『パイドロス』の中のリュシアースとそれに対するソークラテースの恋に関することば、あるいは『プロータゴラース』におけるこのソフィストの頭領の神話のように、ゴルギアースの華麗、リュシアースの簡素、プロータゴラースのイオーニア風な素朴な文体を自由に使ってみせる。なんという見事な完全なパロディであることか。これを見れば、プラトーンがソフィスト的な教育をうけなかったと誰がいいえよう。独創的な詩人であるプラトーンはこのようなソフィスト的な修辞の術に災いされ縛られなかった。ギリシア古典芸術はノルムの芸術である。それは常にある定まった尺度をもっていた。これを体得するために人は長い間の年期奉公を必要としたのであって、そのために凡庸な人でもさして見劣りのしないものを作り出すことができたのである。アテーナイそのほかの古代都市の郊外にある墓場の墓石上の彫刻は、それがたんなる石工の技とは思われぬほどに見事であるのは、このためである。その代わりすべてはある理想の手本のもとに平均化されやすい。新しい道を開くには不都合な時代であった。プラトーンは、しかし、このようなノルムには縛られず、逆にこれを利用したのである。彼の時代にはすでに散文の技巧はいちおうでき上がっていたが、彼はこのような技法を技とさえ考えず、『ゴルギアース』では弁辞の術をば一種の寄生的な、「こつ」にすぎないとしたのである。ゴルギアース流の技は要するに人の耳を喜ばせ、これにへつらうためのものにすぎない。真の詩はこのようなものだけからは生まれては来ないのである。

ヘーゲーソーの墓

プラトーンの作品は実生活のミーメーシス mimesis を目的とする。これは喜劇やミーモスと同じである。彼は実在の人物を登場させながら、自由に場面を創造し、自由に彼らに語らせるのであるが、それはその実在の人物を知っている人々にいかにもその人らしく創り出されなくてはならない。彼はくどくどとは描写しないけれども、その冴(さ)えた筆はわずか数語数行の中に人物を生き生きと描き出す。時には『エウテュデーモス』、『エウテュプローン』、あるいは『クラテュロス』のようにあまりにも執拗なカリカツールに堕することもありはするが、これこそプラトーンという同一人にある喜劇作家の現われであろう。

このように変幻自在なプラトーンは、したがって、古代において、しばしばわれわれにとっては少々滑稽な非難の的となっている。彼らはプラトーンの文体が、例えば『パイドロス』があまりにも青くさく子どもらしいといい（ディオニューシオス・ハリカルナッセウス『ポムペーユスへの書簡』二、七六〇R）、かつあまりにもゴルギアース式で、ディテュラムボスのように狂乱のうちにあるという。ゴルギアース式という非難は、プラトーンがわざとゴルギアースを真似た個所にむけられているのであって、これはプラトーン自身の文体ではない。詩的な表現が多すぎるという非難は、主として『パイドロス』の中の演説のような個所にむけられているのである。が、これもまたプラトーンがわざと作ったものにすぎない。しかしプラトーンには、トゥーキュディデースと同じく、アテーナイの一流の散文では避けている詩的な語彙が多いことは確かである。これはアリストテレースもいっているように（『レトリカ』第三巻七、一四〇八b一一以下）、話し手と聞き手との心が熱狂し高揚されたときに許されるのであって、プラトーンの詩心が高翔して、『饗宴』において美のイデアの堂奥に参じ、『パイドロス』において叙情詩にもふさわしく、魂の駕す戦車が天頂高く天かけ、あるいは『国家』の最後において天空が壮大なハルモニアを奏でるときに、彼のことばもまた散文によって詩の領域にはいるのである。

アリストテレースの講義ノート

プラトーンの死に際して、青年のころから二〇年の間彼の学園において教えをうけ、その有力な一員であったアリストテレース Aristoteles（紀元前三八四—三二二）は小アジアのアッソス Assos の独裁者ヘルメイアース Hermeias のもとに去った（前三四七）。五年後、紀元前三四二年に彼はマケドニア王ピリッポスの要請によって、王子アレクサンドロスの師傅となって、この偉大な征服者の教育にあたったが、彼が王位に登るとともに、マケドニアを去って再びアテーナイに来住し、その東郊のリュケイオン Lykeion にプラトーンのアカデーメイアに模して学園を開いた（前三三五または四）。ここで彼はアレクサンドロスの死にいたるまで教えていたが、王の死後反マケドニア派によって追われ、エウボイア島のカルキス Chalkis で六三歳で世を去った。

アリストテレース

アリストテレースの文学的な著作としては、多くの対話編の名が伝えられているが、断片が残存するだけである。後世に甚大な影響を及ぼした彼の厖大な著述は、彼の学園における講義のノートとも称すべきもので、その草稿は数奇な運命を経て、紀元前一世紀に漸く公刊されたのである。それまではその存在は世に知られず、アリストテレースの今は失われた公刊された著述のみが世に行なわれていたのである。したがって彼の現存の著作は文学史の中で扱うべきものではないが、ただ有名な『詩論』Poietike と『弁辞学』Rhetorike にふれておきたい。

アリストテレースの百科辞書的な研究の集大成中、数学、物理学、形而上学が純粋な知識を目的とし、それ以外に何らの目的をもたないものであるのに反して、生産的な知として、実践的な知である倫理学と政治学がある。『詩論』と『弁辞学』もその生産的な部分に属し、すぐれた詩人や雄弁家を作り出すことを目的として、これらに一般的に認められる規則の設定を目ざすのみで、最後的な究極の不変の真理を求めようとするのではなく、要するにこれらは「術（テクネー）」techne なのである。

『詩論』は二巻より成っていたが、伝存するのは第一巻のみである。これはわずか二六章、印刷にすれば五〇ページにもみたないものである。著者はまず叙事詩、劇、ディテュラムボスを詩の三大別として、その特質を述べ、劇の発達史を簡単に付加する。次に悲劇の定義、構成、筋、登場人物の性格、思想内容、言語、歌、上演に際して目にうつる部分を説明する。著者の注意は性格と筋に集中されている。これにつづいて叙事詩の部分があり、劇と叙事詩の関係、両者の優劣が論ぜられる。ここで気がつくのは、叙情詩が全く無視されていることである。アリストテレース以前のギリシア文学から叙情詩を取り除けば、いかに重要な部分が失われるかは論をまたない。しかし彼の時代には、叙情詩はすでに死んでいた。残っていたのは音楽だけであった。ことばはもはや音楽の添えものにすぎなくなっていたのである。アリストテレースが叙情詩を無視したのはこのためである。これは彼が自分の時代の文学だけを念頭においていた証拠であって、彼や悲劇の叙事詩論もまた彼の時代の反映であることを忘れてはならない。

『弁辞学』には用語の不統一、前後矛盾が甚しく、アリストテレースの他の著作と同じく、彼の講義の覚え書きやノートを後の人々が集めて、不手際に編纂(へんさん)したことを示している。著作はここでも当時論争の的となっていた問題にとらわれている。本書は三巻より成り、最初の二巻は、序論以後は、彼が演説に最も重要なものとするところの、正しい内容の問題に費している。彼は当時の演説（とくに法廷弁論と議会演説）が聴衆の感情を刺激し、これに訴える方法に重点をおいているのを排して、演説の最も大切な部分は事実を提示し、これを論証するにありとしながら、やはりこれを効果的に行なうためには、適当な言い方によらねばならないとした。したがって言語的表現の問題を説いた第三巻は、アリストテレースにとっては、いわば弁論術の本質ではなく、付加物にすぎないのであるが、これが後世に大きな影響を及ぼす結果となったのである。

ヘレニズム時代

アンティオケイアの運命の女神
（エウテュキデース作といわれる）

ギリシア文化の拡散の時代

ヘレニズムの性質

アレクサンドロスの没後、彼の世界帝国はいわゆる「後継者たち」diadochoi の長年月にわたる争覇の場となった。彼の配下にあった何物をも顧慮せぬ権力への強靭な意志をもった将軍たちは彼の帝国の分け前を争って広大な舞台に角逐(かくちく)したのである。こうして紀元前三世紀の初めにいたって、セレウコス Seleukos はシリアからインドにいたる地域に、プトレマイオス Ptolemaios はエジプトに王国をたてることに成功した。マケドニアはアンティゴノス Antigonos 家のものとなった。小アジアのペルガモンにはエウメネース Eumenes によって小王国がセレウコスの領土より切り取られ、紀元前二世紀にはローマを背景としていちじ栄えた。ギリシアでは乱立していた小都市国家の連合が行なわれたが、アテーナイとスパルタとはなおこれに加わらずに、古い独立の名誉を辛うじて保っていた。しかしこれらの国々はすべて、紀元前二世紀から一世紀にかけて、エジプトのかの名高い女王クレオパトラの死(紀元前三〇年)を最後として、つぎつぎにローマに吸収されたのである。マケドニアは前一六八年に、ギリシアは前一四六年に、ペルガモンは前一三三年に、シリアとキリキアは前六三年に。アレクサンドロスの死からクレオパトラの死によるローマの世界制覇の成就にいたる三世紀間を普通ヘレニズム時代と呼んでいる。

これはギリシア人とギリシア文化の拡散の時代であった。アレクサンドロスの遠征には多くのギリシア人が従っていたし、彼が各地に建設した新都市へはギリシア人が移住した。ギリシアの本土や島々のやせた土地を棄てて新天地に移ったギリシア人の数は夥しいものがあり、ためにギリシアの人口は激減したといわれている。エジプトのナイル河デルタの西端に建設されたアレクサンドレイアや、シリアのアンティオケイアやティグリス河岸のセレウケイアはギリシア人の都市であった。そして新しい時代の新しい文化はこれらの新興都市に移り栄えたのである。したがってこれはギリシア文化拡散の時代である。ギリシア人が新しい土地に散開しただけではなく、これらの土地にギリシアの文化が新しく植えつけられ、これらの土地をギリシア化していった。「ヘレニズム」Hellenism という名はこれを表わしているのである。コイネー Koine と呼ばれる、アテーナイのギリシア語にかなり多くのイオーニアのギリシア語の要素を交えたギリシア語が公用語として共通語としてアレクサンドロスの後継者の王国で使用された。紀元前五世紀から四世紀にかけてアテーナイが政治的にも文化的にもギリシア世界の先頭に立ってから、その方言が漸次ギリシア全体に滲透し始めたのであるが、この方言解消の傾向は年を追って著しくなり、紀元前二世紀には、ギリシア各地の古くからの方言はたんなる地方の俚言となり、昔日の独立性は失われてしまった。またヘレニズムの広大な世界に拡散したいろいろの方言の所有者も自分の方言のほかに共通語であるコイネーを話せなければ、何かにつけて不便であった。彼らの子どもたちの代には、方言はすでに忘れられて、新しい共通語が彼らのことばとなったであろう。こうしてヘレニズム世界はコイネーによって統一されたのである。

このことは象徴的である。それは古いポリスの解体を意味している。ポリスと呼ばれる小国家の単位は、それを形成するポリーテース polites すなわち市民の協同体であった。市民は国家そのものであった。彼らは、したがって、主権者であるとともに国家に対してあらゆる意味での義務を負っていた。彼らは国家を経営し、防衛しなければならなかったのである。大家族時代に、家がつねに個人に優先したように、国家はあらゆる面で個人に優先した。この傾向を極端にまで押し進め具現したのがスパルタの制度である。ギリシア人はこの小単位のポリスの独立をあくまで主張して相争っていた。しかし紀元前四世紀にすでにこのような単位の国家がしだいに広がり行く国際情勢に処するにはあまりにも小さすぎ、かつギリシア人同士が争う愚が切実に感じられていた。しかしついに彼らは自分の手ではギリシア人の統合を行なうことができず、それにはマケドニア人の征服を待たねばならなかったのである。方言もまた小さい国家であるポリスと結びついていた。紀元前五世紀までの碑文はこのことをよく示している。しかし、ポリスの独立が崩れいくとともに、方言の存在も困難となった。アテーナイの勢力の拡大に伴って、その方言が支配下のポリスの方言に滲透していった様子が多くの都市の碑文に認められる。

ヘレニズムの時代にはいって、国家の様相は一変した。そこにはわずか数万から数千の市民から成るポリスの代わりに、広大な領土から成る大国家が出現したのである。セレウコスの王国もプトレマイオスのエジプトも、その主権者は王であり、その統治は王をめぐる官僚群であり、軍事は専門の軍人がこれにあたった。ヘレニズム世界に散在するギリシア都市は古いポリスの形体を保ってはいたが、市民はもはや国家の経営防禦（ぼうぎょ）とは直接には何の関係もない。彼らは自分の住む町の公の行事や財政のことにあたるにすぎない。それは新しい領土国家とは別物なのである。ギリシア本土の古い町々はなお昔ながらのポリスの形を保っていたけれども、このような小単位は、やはり激動する世界には処し得ず、アイトーリア同盟やアカイア同盟を結ばねばならなかった。

個人はこうして広い世界にポリスとは切りはなされて、いわば、放り出されたのである。この傾向はもちろんそれ以前にすでに見えていた。多くのギリシア人は、クセノポーンの『アナバシス』の一万人のように、傭兵となって故国を離れていた。商業貿易活動も広く行なわれていた。しかし、マケドニア帝国は一挙にギリシア人の活動の舞台を拡大し、ポリスとはまったく異なる条件の世を創り出したのである。ここに要求されるのは、従来と異なるモラルである。それは従来のように国家に密着した人間ではない、国家という紐帯からはなれた個人のものでなければならない。したがってそれは従来よりはるかに普遍的な、人間としてだけのものに向かわねばならない。ここではアテーナイを中心として成立した、プラトーンのアカデーメイア学派、アリストテレースの逍遥学派（ペリパテーティコス） Peripætetikos、エピクーロス Epikuros 学派、ゼーノーン Zenon のストア Stoa 学派のヘレニズム以後のギリシアの四大学派について述べる暇（いとま）はないが、紀元前四世紀末から三世紀初めにかけて生まれたエピクー

エピクーロス

ロスとストアの学派が後期古代において流行したのは、その哲学的な思想内容よりは、人生に処するモラルに関する教えによるものであることを指摘しておきたい。両派の主張はともに、独創的というよりは、それ以前の哲学から巧みに取捨選択して作られたものである。ヘーラクレイトスの「ロゴス」Logos の考えを取り入れたストアは、これをそれ自身よりすべてを創造し、すべてを保存する理性的な宇宙精神とし、人間の義務は非理性的な欲情をおさえて、宇宙をつかさどる法に合する行為によって、このロゴスに奉仕することにあるとした。ストア学派はギリシア人も夷狄も、自由人も奴隷も同じく人間であるとし、人間の家はすなわち宇宙であるとする考え方は、先に述べた大領土国家の成立と個人の位置とに関連するものである。デーモクリトスのアトム説を取り入れて、すべてを物質的に説明するエピクーロスは、霊魂もまた原子より成る物質であって、死によって解体消滅するものであるから、死は何ら恐れるにあたらず、神々もまた世界と世界との間の空間に幸多き生活を営む、やはり原子より成る者であって、宇宙の中の事柄にも人間にもなんの関係もないとして、人間より恐怖を取り除いたのである。エピクーロスの求めたのはあらゆる激情に乱されることのない静安であった。

ヘレニズムの特徴の一つは、卑近なもの些細なものへの興味と、激情の表現、壮大への好みである。この時代の造形美術に多い子どもへの興味、それもとげを抜いたり、家鴨（あひる）と遊ぶ彼らの姿や、子ども姿のエロース・キューピッドたちの戯れる情景、あるいはテラコッタにみられる日常茶飯の生活の有様は卑近なものへの興味をよく表わしている。ペルガモンの神殿祭壇の壮大な神々と巨人たちとの戦闘、負傷したケルト人、死せるパトロクロスを抱くメネラーオスの像は、当時の彫刻家の劇的な激情表現への好みのよい例である。文学においてもこれらの傾向は、のちに述べるように、顕著に認められる。ヘレニズムの人間は、また、大仕掛けを好んだ。アトースの山をけずってアレクサンドロスの像をきざもうという途方もない計画が立てられたのもこの時代に特徴的であった。ロドスの港の入口にあったアポローンの巨像やアレクサンドレイア港外のパロス Pharos の灯台もまた同じ傾向の現われである。

テラコッタ小像　二人の女

諸科学の進歩

この時代にはまた数学・天文学・医学・工学・文献学など多くの科学がめざましい進歩発達をとげ

た。地球中心の代わりに太陽中心説がとなえられ、脳が人間の中枢であることや、圧縮された蒸気と空気の力が発見されたのもこの時代である。しかし、あらゆる芸術と科学の面にわたって創造的であったのはヘレニズムの初期、紀元前三〇〇年から以後の一世紀であって、それ以後は、例外はあるが、漸次に沈滞して、過去の厖大な遺産の模倣、整理と抜き書きの時代となる。そしてギリシア的なヘレニズム世界はしだいに東洋化していった。紀元前一四五年にエジプト王プトレマイオス七世がギリシア人の学者を追放したのもその現われの一つであった。土着の民族が次第に勢力を回復し、自己を主張しだしたためである。弱体化したマケドニア将軍の諸王国もギリシアも、こうして一つ一つ新興国ローマの勢力範囲にはいり、やがて吸収されていったのであるが、同時に征服者は被征服者の文化によって征服されていった。

新喜劇

ブルジョア階級の出現

アレクサンドロスの死後ただちに起こった反マケドニア運動が鎮圧された後にも、アテーナイはなおマケドニアの軛(くびき)から脱しようとして多くの犠牲者を出したが、クレモーニデス Chremonides 戦争の失敗以後、紀元前二六二年から二二九年の間再びマケドニアの支配下にはいり、やがてローマと結んだが、その昔の偉大さはすでに失われ、四大哲学派の所在地たる学問の府、名所旧跡に富む古都として存続するにすぎなかった。

ヘレニズムの世界は個人をポリスから解放した代わりに、個人に対するポリスの保障もなくなった。個人は自力だけで生き抜かねばならない。貧富の差は著しくなり、奴隷労働の低賃金に対抗できない下層の市民は没落していった。すでに紀元前五世紀に盛んであった貿易はヘレニズムの広い舞台を得てますます盛大となり、多くの奴隷労働による工業の発達、商売、とくに船荷に対する貸借と銀行業は大きな利をもたらした。こうしてここにブルジョア階級が生まれ、昔の貴族に代わって、ポリスの支配者となった。それはしかしかつてのアテーナイのような位置にあるポリスではない。利益の追求と保存とが市民たちの目的であり、彼らは政治にまきこまれることを恐れ、自分たちだけの安楽な生活を、外からおびやかされることなく、守ることに汲々としていた。政治や国家間の紛争はもはや彼らには縁遠いものである。それは彼らの見も知らぬ人々が、思いも及ばぬ高みで行なうものであり、彼らの望みはこれらの偉大な人たちの行為が自分たちの生活にひびかぬことだけであった。

メナンドロスの風俗喜劇

このことはアテーナイの喜劇の性格の変遷によく現われている。アリストパネースのあの豪快な時事問題の諷刺は次の世紀にはいって失われ、風俗喜劇へと移った。それはエウリーピデースが悲劇によって扱おうとした人間喜劇である。恋わずらいの若い男女、気むずかしい親父、狡猾な、また忠実な奴隷、食客、藪医者、自分の料理の腕前に酔うコック、馬鹿にされる哲学坊主、威張りちらす軍人、芸者などがおきまりの人物である。中期のこの喜劇からの引用断片がたくさん残っているが、そこに見いだされる食物や料理に関することばが多いのには驚くほかはない。中期のこの喜劇はやがて新喜劇に移行した。その完成者であり頂点を成すのがメナンドロス Menandros（紀元前三四二または一—二九二）である。彼の生涯は激動の時代であった。彼の祖国アテーナイはマケドニアの支配とそれからの独立との間を往復し、「後継者」の争乱期には、つぎからつぎへと支配者が交替した。しかし彼の作品にはこの争乱は、アリストパネースの喜劇とはまったく異なり、少しも反映されていない。メナンドロスはアテーナイの上流の出で、エピカルモスとエウリーピデースの愛好者、アリストテレースの学園の後継者テオプラストス Theophrastos や園の哲人エピクーロスの友人である彼は、当時のアテーナイの市民と同じく、激動する外界から絶縁して、知的な孤立の状態のもとに、静かに世を送ったのであろう。

このテオプラストスには『人の性（さが）』Charakteres と題する、さまざまな人間の型、なくて七癖を軽いタッチで描いた小品集があるが、ここで彼は狡猾、吝嗇（りんしょく）、信心屋、嘘つき、ニュース好き、田舎漢（いなかもの）などいろいろな型の人間を取り上げているが、彼らはすべて当時のアテーナイの小市民的な世界を背景にしている。メナンドロスの作品は一〇〇編に上ったといわれ、多くの題名が伝わっているにもかかわらず、引用断片や警句集以外には伝承がなかったが、パピルスから近年四つの大断片が発見された。それは、『委託裁判』Epitrepontes、『切られ髪』Perikeiromene、『サモスの女』Samia、『先祖の霊』Heros である。さらに一九五八年には彼の若いころの作である『気むずかし屋』Dyskolos が発見され、その翌年に発表されて、学界を喜ばした。これは彼の唯一の完全に残っている喜劇であるが、前三一六年上演の、作者が未だ十分に熟さぬころの作品であるためか、彼の古代における名声にそぐわないものである。筋は、おきまりの、町の金持ちの息子が田舎の気むずかしい老人の娘に恋し、いろいろないきさつがあってめでたしとなる物語である。

新喜劇の作者でメナンドロスのほかに名があったのは、新喜劇の創始者といわれるピレーモーン Philemon（紀元前三六一ころ―二六二）やディーピロス Diphilos（紀元前三五〇ころ―二六三）があった。これら三人の作品は、のちにローマのプラウトゥスやテレンティウスがラテン語に翻案しているので、筋をうかがい知ることができるが、そのほとんどは恋のたくみであって、そこにいろいろな邪魔がはいるが、それがいかにしてめでたしに終わるかが作者の腕の見せどころである。女の身分がいやしいために結婚ができないと女の持ち物によって素姓が明らかとなったり、昔の捨子が親兄弟と対面したりする。このような筋はすでにエウリーピデースが用いたところであって、メナンドロスはこれを巧みに小市民の世界に移している。そして彼は比類のない滑らかなアッティカの方言によって小市民社会のこまやかな人情を描くのである。

アレクサンドレイア詩壇

大図書館の建設と古典テクストの確立

アレクサンドロス大王配下の将軍プトレマイオス Ptolemaios が後継者たちの争いのうちにエジプトを手に入れ、アレクサンドレイアに首都をおいた後に、晩年にいたって、王宮の広大な建築群の中に大図書館を有する「ムーセイオン」Museion（学問芸術の保護の女神ムーサたちの殿堂の意）を造り、文学と学問の中心とする計画を立てた。この設立にはアリストテレース学派に近いアテーナイの政治家で前二九七年にアレクサンドレイアに亡命したパレーロンの人デーメートリオス Demetrios があずかって力があったといわれる。プトレマイオス一世の後をついだプトレマイオス二世ピラデルポス Philadelphos（紀元前三〇八―二四六）は多くのギリシアの学者文人を身近に集め、エジプトの経営の基礎を築き、ギリシア人の移住を勧め、まったくギリシア人とマケドニア人によるエジプト統治の体制をつくり上げたが、名高いアレクサンドレイア大図書館もまた彼の計画により、ギリシアのあらゆる書物、文献を蒐集（しゅうしゅう）する目的のもとに、手段を選ばず集められた文献は五〇万巻以上の厖大な量に達した。これらの大蔵書はやがて古典写本の整理と異本の校合によるテクストの確立への必要を痛感させ、ここにギリシア文学史、原典批判が生まれた。多くのギリシアの文学は方言で書かれているので、方言の、さらに古いことばの、研究が発達した。文法学がストア学派の理論とアレクサンドレイアの実証的な文献学から大成されたのもヘレニズムの時代のことであった。ゼーノドトスZenodotosを初代（紀元前二八四ころ）とするアレクサンドレイア大図書館の長は、ロドスのアポローニオス、エラトステネースEratosthenes（紀元前二七五ころ―一九四）、ビューザンティオンのアリストパネースAristophanes（前一九四年ころ館長就任）、アリスタルコスAristarchos（前一五三年ころ同上）のような赫々たる名を誇っている。ゼーノドトスは叙事詩と叙情詩の分類校合に努力し、ホメーロスのテクストの批判に貢献した。アリストパネースはホメーロスの研究のほかに、エウリーピデースとアリストパネースの作品のテクスト確立に力を入れ、弟子のアリスタルコスとともに、その後ギリシア文学史で基準となった、叙事詩、叙情詩、劇、雄弁などのおのおのの分野における偉大な作家の位置づけを試みたのである。これらのアレクサンドレイア文献学の頂点はアリスタルコスである。彼において真に学問的な文献学が完成したといわれ、文学、原典批判、文法学、語源学など広く活動したが、とくに注目すべきは、やはりホメーロスの原典校合批判とその言語や内容の研究である。伝存する紀元前四世紀以前のギリシア古典の写本のテクストは例外なしにアレクサンドレイアの文献の手を経た校合本に発している。またホメーロスを始めとして写本の欄外や行間に書きこまれているもろもろの註釈も同じ時代にアレクサンドレイアの学者たちが苦心の末まとめた厖大な多くの註釈書や研究書からの抜粋なのである。このような創造的な努力は、しかし、紀元前二世紀前半で終わった。紀元前一四五年に「出っ腹」Physkon と綽名(あだな)されたプトレマイオス八世がアレクサンドレイアから学者を追放したときに、アリスタルコスもエジプトを去って、キュプロス島に赴いたが、これは王が土着のエジプトの僧侶階級に屈したためであって、以後アレクサンドレイアの学問は急速に衰え、抜粋編纂が盛んとなったのである。その代表ともいうべきは、同じ学派に属するディデュモス Didymos（紀元前およそ八〇—一〇）で、彼はこのような仕方でほとんどあらゆる古典作家の註釈を編纂し、その著書は何千巻にも上ったといわれ、現存するスコリア scholia と呼ばれている古註の多くが彼の著作に発している。さらにアレクサンドレイアは、先に述べた数学・自然科学・工学の中心でもあった。ヘレニズムの最初の数十年にはなお他のギリシア都市にもそれぞれすぐれた学者が活動していたが、紀元前三世紀の初めから次第にこれらの人々もプトレマイオスの庇護のもとに集まるようになったのである。故郷であるシシリアのシュラクーサイに住み、自分の方言で著作したかの名高いアルキメデース Archimedes（紀元前二八七ころ—二一二）もまたアレクサンドレイアで若いころ勉強したのであったし、ユークリッドの幾何学に不朽の名を残しているエウクレイデース Eukleides（紀元前三〇〇ころ活動、ユークリッドはギリシア名の英語読み）もプトレマイオス一世治下にアレクサンドレイアに住んでいた。このような時代の人文と自然科学の知識を一身に集めたのがアレクサンドレイア図書館長をも勤めたエラトステネースであるが、彼ほどではなくとも、この時代の文学者はすべて学者を兼ねていた。

カリマコス

ローマの詩人がその師としてひたすら模倣に努めたヘレニズム時代の文学は主としてプトレマイオス二世ピラデルポスの宮廷を中心として興り、彼の死とともに衰退した。ヘレニズム最大の詩人たち、カリマコス、テオクリトス、アポローニオス、リュコプローンなどはすべて彼をめぐる人々である。

この詩壇を開いたのは、カリマコスが微妙な表現の奥義をマスターしたとたたえ、ローマのエレゲイア詩人たちが指導者と仰いだコース島のピレータース Philetas である。プトレマイオス一世に招かれて二世の師傅（しふ）となった彼は、そのアレクサンドレイア滞在中に決定的な影響を及ぼした。エレゲイア詩人ヘルメーシアナクス Hermesianax、ゼーノドトス、テオクリトスは彼の弟子と伝えられている。病身の彼はコース島に引退して、称讃者を自分の周囲に集めつつ晩年を送ったが、学問的な難解語彙の編纂者として、またエレゲイア詩人として名があった。さらにエピグラム、小叙事詩（エピュリオン） epyllion を作り、彼によってヘレニズムの文学の種類はほとんど蔽（おお）われていたらしいが、その作品はきわめてわずかな断片を残すのみである。当時の多くのエピグラム作者が後代に編纂された『パラティン詞華集』Anthologia Palatina に詠をとどめているが、これら群小の詩人を抜く、この時代の詩壇の代表者はカリマコス Kallimachos（紀元前およそ三一〇—二四〇ころ）である。アフリカのギリシア都市キューレーネーの名家の出である彼は、しかし、アレクサンドレイアに出て小学校の教師として生活の糧をかせがねばならなかった。後に彼はピラデルポスに認められて、大図書館の蔵書目録を作製する任にあたった。このギリシア文学の基礎となった大書誌は『表(ピナケス)』Pinakes と呼ぶ一二〇巻の大著となって完成した。このように彼は大図書館と密接な関係にあったが、ついに館長とはなり得ず、ゼーノドトスの後継者は彼の弟子ロドスのアポローニオスであった。学者としてのカリマコスの活動はピナケスにとどまらず、好事、考証の方面における著書の量はまことに驚くべきものがあるが、すべて湮滅(いんめつ)して伝わらない。

このように何よりもまず学者であった彼の詩は、完全な韻律と珍奇なことばに包まれ、人の知らぬ珍しい神話伝説の知識にみちている。彼の作品中写本の伝承によって完全に伝えられているのはわずかに『讃歌』と『パラティン詞華集』中の五八編のエピグラムにすぎないが、近年パピルスより多くの断片が発見され、古代における彼の名声を裏書きしつつある。『讃歌』はゼウス、アポローン、アルテミス、デーロス、パラス(アテーナーの別名)の沐浴(ゆあみ)、デーメーテールの六編より成り、そこにはカリマコスがホメーロスいらい一般に行なわれている物語に反対し、また自分の学識を披露しようという心がよく現われている。ゼウスへの讃歌では彼はクレータのこの神の墓(!)をあげ、アルカディア特有のゼウス生誕伝説を歌い、アルテミス讃歌ではこの女神の愛した島々、山々、もろもろの港や町、ニンフたち、神話伝説中の名婦たちを列挙する。これらの讃歌はホメーロス讃歌ふうの神話伝説や縁起物語ではなくて、ゼウスへの讃歌が示すように、宴会とか祭礼とかの特別な機会を設定した個人的な歌である。内容は自在に、神に関する地方伝説、縁起、プトレマイオス家への頌辞と唐突に変化する。

カリマコスの主著である『縁起物語(アイティア)』Aitia は散逸したが、最近その序詩を含む多くの断片の発見によって、その全容をほぼうかがいうるようになった。これは祭礼や習慣や名称の縁起を題材にしたものであって、四巻より成るかなり大きな作品であるが、カリマコスは、その長大な書物は災いであるという主張どおりに、エレゲイアによる短い物語を縁起物語のわくに入れて集めただけである。前二四七年にプトレマイオス三世の后でカリマコスと同郷のベレニーケー Berenike が、夫のシリア遠征からの無事な帰国を祈って頭髪をささげる誓いをしたことに対する頌詩『ベレニーケーの髪』はカリマコス晩年の作で、おそらく『縁起物語』第四巻に加えられたものである。女王の髪は、しかし、神殿から消えうせ、宮廷の天文方コノーンはそれを星座の中に発見する。われわれはこの詩をパピルス断片以外に、ローマの詩人カトゥルスの美しい訳によって知ることができるのである。彼はまた種々のイアムボスを駆使して小詩を作ったが、小叙事詩(エピュリオン)『ヘカレー』Hekale もまた、詩は小さい完成を求めるべきだとする彼の主張を実例によって示すためのプログラムである。ここで彼はテーセウスのマラトーンの牡牛退治に取材しながら、暴風雨を避けて英雄が一夜の宿をかりた家の主の老婆ヘカレーに焦点をあて、帰途再び訪ねた英雄が老婆が死んでいるのを発見し、新しくヘカレー区を設け、ゼウス・ヘカリオスの神殿を建設する。こうしてこの小叙事詩も縁起に終わっている。このようにカリマコスの作品は人の意表をつき珍奇な趣向をこらし、伝説に反発して、新天地を開拓しようと努力する。これはヘレニズムの初期の、未だ生命力に富んだ時期の詩文の一般的特徴である。カリマコスの詩は美しいけれども、冷たく、あくまで人工的に創り上げられたものであるのに反して、テオクリトス Theokritos（紀元前三世紀前半）の『牧歌（エイデュリオン）』Eidyllion（英語の idyll の語源）は作者の共感とリリシズムにみちている。彼はシシリアのシュラクーサイに生まれ、前二七〇年ごろアレクサンドレイアに出て、カリマコスと知り合い、彼の小詩説の支持者となった。彼が最も親しんだのはピレータースの故郷であり、プトレマイオス二世の生まれたコース島で、ここで彼が親しい友人たちのサークルの中に楽しい日々を送ったことがその作品から察せられる。

テオクリトスと牧歌

今日「ブーコリカ」bucolica と同じ意味に用いられて、「牧歌」とか「田園詩」と訳されている「エイデュリオン」はテオクリトスの詩を呼ぶに彼の古註の中で使われ、ラテン語では、小プリーニウスが最初に小詩を呼ぶにこの語を使用しているが、語源は未詳で、テオクリトスの作品が示すように、いろいろな内容の詩がこの語で呼ばれている。それが田園詩の意に限定されたのは、彼の作品として伝えられる詩三〇編の中の第一、三、四、五、六、一〇の魅力に満ちたシシリアの田園風景中の牧者を歌った詩が多くの模倣者を生みだし、彼の代表作とされたためである。第一曲で歌われるもの悲しい、ダフニス Daphnis の死を悼（いた）む歌はこの種の哀悼歌の祖となって、多くの追随者を出した。シシリア独特のテーマはさらに第六歌の一眼巨人ポリュペーモスの海のニンフであるガラテイアへの恋の歌に現われ、さらにこれは名高い第一一曲の主題となっている。第七歌は取り入れの祝いの場で、南国の夏の日の暖かさが匂うような美しい歌である。第四、五、一〇における活発な会話体は、テオクリトスの詩風がシシリアのソープローンのミーモスの流れを部分的に汲むものであることを教えてくれるが、彼はこれを伝統的な叙事詩の韻律に包んだのである。第一三曲の泉のニンフにさらわれた美少年ヒュロス、第二四曲のヘーラクレースの物語は、テオクリトスと同郷の先輩ステーシコロス式の、半ば叙事詩半ば叙情詩的な、美しい、時には滑稽な調子の歌である。

ミーモスの伝統は第二、第一四、第一五歌に見事に現われている。第二の『女魔法師』Pharmakeutriai は、ソープローンの『女神を追い出すという女』と同じ題材を用いている。恋人に捨てられたシマイタ Simaitha は侍女を相手に丑満時(うしみつ)に呪法を修して恋人を取り戻そうとする。後半にただよう哀愁、彼女のあきらめはギリシア的ではない。恋に狂うギリシア悲劇の女主人公たちが必ず男に破滅をもたらすのとは反対で、ここにテオクリトスの新しい女心の見方がある。第一四の『キュニスカの恋』は恋の破局と自暴自棄、ついに軍隊に志願するという、外人部隊ばりの話が劇的に語られる。テオクリトスのミーモスの傑作は第一五の『シュラクーサイの女、または、アドーニス祭の女』Syrakusiai e Adoniazusai である。これはソープローンの『イストモス祭見物の女』の系統を引くもので、場面が一四九行中三度も変わるのも、ミーモスの一特徴である。アレクサンドレイアに移住して来たシシリアの二人の女友達の家での自分のお国なまりまる出しのおしゃべりに始まり、第二場は街頭、第三場は宮殿の中の祭りの場面に終わる。ふたりの女のあたりかまわぬ饒舌に、そばにいた男が、こいつはたまらぬ、この連中の田舎ことばでわたしゃ参ってしまうぜ、と言う。ところが、夫子自身もやっぱり女どもと同じドーリス方言だから、少々おかしくなる。女のひとりが怒って、「へん、どこの馬の骨だい。しゃべろうとしゃべるまいと、大きなお世話ですよだ。お金を出して、奴隷に買ってから、命令してもらいたいね。……ドーリス人がドーリスのことばで話すのは当たり前さ」と啖呵を切る。もうひとりの女が、まあまあ、と宥める。高名な女の歌手がアドーニスへの讃歌を歌う。女のひとりが急に食事の用意をしなければならないことを思い出して、二人は家路に急ぐ。テオクリトスのミーモスは、やはり叙事詩の韻律で書かれている。

　これらの物語やミーモス式の作品のほかに、コースの友人の医者ニーキアースの妻にささげた第二八歌、愛の歌である第二九、三〇のような純粋に叙情的なものもある。第一六はシュラクーサイのヒヘローン、一七はプトレマイオスにささげた頌詩である。彼の作品集中の八、九、一九、二〇—二三、二七は後世の偽作か、あるいは誤って加えられたものである。テオクリトスは、カリマコスと同じくヘレニズムの詩風のうちにあるけれども、そこには冷たい学識の代わりに温かい心がある。彼の牧歌やミーモス中の情景や人物は、真実の姿そのままではないが、彼自身の体験があり、この点でもカリマコスとはまったく異なる。彼のことばは、彫琢の結果であるにもかかわらず、それを思わせないほど自然であって、静かな夏の暑い日の泉、木々、ニンフや牧神の遊ぶ田園にたわむれる人々を包む詩人のやさしい温かい、哀愁にみちた心の産物たる彼の詩は、学識の手引きをまたずして、直接に人の心を魅するのである。

　われわれはテオクリトスのほかにヘレニズム時代の二人の同じ道を歩んだ詩人を知っている。シュラクーサイのモスコス Moschos はアリスタルコスの弟子と伝えられるから紀元前二世紀の人であろう。彼のエピュリオン『エウローパ』Europa は彼女を背に乗せて海を渡った、牡牛に変身したゼウスの話である。彼の名のもとに伝えられる『遁走するエロース』Eros Drapetes もまた同工異曲のロココ風に華麗なものである。ヘーラクレースの母アルクメーネーと妻メガラとの間の会話体の、英雄の留守中に彼を案じる嘆きの歌『メガラ』Megara はモスコスの作ではないらしい。モスコス作といわれる『ビオーン哀悼歌』Epitaphios Bionis は田園詩体による彼の友人あるいは弟子の作である。彼はモスコスよりは二世代ほど若く、彼の有名な『アドーニス哀悼歌』Adonidos Epitaphios は魅力に満ちた詩で、アドーニスの死とともに死ぬ自然への熱烈な嘆きは、東洋的なもののヘレニズムへの滲透を示している。このはげしい嘆きは、カリマコスの冷たさと対照をなし、ローマの文学にこの傾向は継承され、ここで発展した。

　ロドスのアポローニオス Apollonios Rhodios は前述のようにゼーノドトスの後をうけてアレクサンドレイア大図書館の長となったが、彼はホメーロス以後完全に伝承されている唯一の英雄叙事詩『アルゴナウティカ』Argonautika の作者として名高い。彼はエジプトのギリシア都市ナウクラティスの人ともいわれているが、おそらくアレクサンドレイア出身であり、いちじロドス島に居住し、その名誉市民におされたために、「ロドスの」と呼ばれたのであろう。金毛の羊の皮を求めてコルキスへとアルゴー船に乗り、多くの英雄とともに赴いたイアーソーンの冒険を歌った『アルゴナウティカ』四巻は、長大な詩を排するカリマコスの反対を押し切ったものであって、彼は最初の試みの失敗を恥じて、ロドスに引退し、苦心彫琢の結果、その改作によって成功をおさめたといわれる。最初の二巻はコルキスへの旅、第三巻は金毛の羊皮を手に入れる話、第四巻はコルキス王の手からの脱出と帰路の冒険を物語る。しかし彼の詩は、ホメーロスの『オデュッセイア』に範を求めつつ、これとは異なる効果を目ざしている。彼は物語を主人公イアーソーンに集中せず、いろいろな挿話をそれだけでまとめつつ、これによって全体を形成する。いわば、アルゴーの冒険というわくの中に、多くの小叙事詩を並べたものであり、カリマコスの『縁起物語(アイティア)』とは、まとめ方が異なるだけである。第三巻は、コルキス王の娘メーデイアのイアーソーンに対する激しい、いじらしい恋心の芽生えとその燃え上がる様との心理的な描写によって、ウェルギリウスの『アイネーイス』の中のディードーの恋物語の手本ともなった名高い巻であるが、神々のこの恋を起こさせる策謀、メーデイアの姉で、金毛の羊に乗ってコルキスに遁(のが)れきたプリクソスの妻の加担、アルゴーの英雄たちの計略とこれに対応するコルキス人の会議などの別々の話を並行的に進め、最後にこれらが一点に集中して、メーデイアの手引きによる羊皮の入手と脱出となるように、作者は念入りにプロットを組み立てている。第四巻は冗漫な小エピソードの連続である。この作品は、上に述べたように、挿話の集まりである上に、ある時は驚くべき細かい描写があるかと思えば、ある時はきわめて簡単に片付けるというヘレニズムの詩風により、かつそれが気まぐれともいえる作者の好みによっているので、そこにはホメーロスに見えるような、全体として一点に集中された構成もなく、均整もとれていない。この詩は多くの縁起物語を含み、広く昔の叙事詩、叙情詩の詩句を巧みに利用している。したがってこれは当時の人々にこれらの詩句発見の喜びを与え、多くの註釈を呼び起こした。これは見方によっては鼻もちならぬ衒学(げんがく)であるが、いっぽう彼の中には平俗瑣末(さまつ)な下町ふうな美しさがある。エロースは天上で美少年ガニュメーデースとおはじきをし、アプロディーテーはベッドの上で朝の化粧をする。まさにロココの世界である。彼のこの学識の作品は、ホメーロスいらいの傑作として、たちまちにして古典となったのである。

劇

ヘレニズムの初期において、喜劇はアテーナイで栄えたが、悲劇の中心はアレクサンドレイアであった。プトレマイオス二世はアレクサンドレイアのディオニューシア祭において新作の競演を行ない、多くの悲劇詩人と俳優が彼の保護のもとに集まった。その中の七人がプレイアデス Pleiades の名のもとに選ばれて有名であったが、彼らの作った多くの悲劇のうち、今日まで伝わっているのはリュコプローン Lykophron の『アレクサンドラ』Alexandra のみである。これは一四七四行のイアムボス・トリメトロンの詩で、全体がトロイエー王プリアモスの娘カッサンドラの予言を報告する奴隷のことばより成り、トロイエー陥落とその後のギリシア人の運命を述べる。これはあらゆる事柄をあらん限りの言い換えと比喩、難解を極めた表現、珍奇な語彙を駆使し、その背後には恐るべき博識がかくされている。これは神託が好んで用い、普通の詩にもこの傾向は、例えば紀元前五世紀末のティーモテオスの『ペルシア人』などに著しいが、リュコプローンのこの作はこれらすべてを越えて難解晦渋であり、古代においても註釈なしには容易に解しがたかったであろう。このような作品は博識の人々のみを対象とした遊戯である。なお、この時代に属すると思われる劇が一九五〇年に発表された。これはパピルスから発見された『ギューゲース』Gyges と題する悲劇からの断片で、おそらくヘーロドトスの中の有名な、リューディア王朝の始祖ギューゲースの物語を劇化したものであろう。

アッティカの新喜劇のほかに、ヘレニズム時代には南伊とシシリアのミーモスやその他のもっと粗野な短い喜劇が喜ばれた。散文と詩の形体のものが種々存在し、また歌ったり会話したり語ったり朗読したり、いろいろな方法が取られたらしい。多くの作者と喜劇の種類の名が伝わっているが、完全な姿で実物が残っているのは、先のテオクリトスのミーモスのほかには、前三世紀のヘーロー(ン)ダース Hero(n)das のミーミアムボイ mimiamboi だけである。ヘーローダースの作品は一八九〇年に彼の作品八編を含むパピルス一巻が発見されて、初めてその作風を知ることができるようになった。彼もまたソープローンの流れをくむ者であるが、散文ではなく、ミミイアムボスの名称のように、跛行イアムボスと呼ばれる韻律で、古いイオーニア方言によっているが、内容は彼の時代の現実を写し、人生の醜い面を暴(あば)いている。『なかだち、または、とりもち婆』Prokyklis e Mastropos の、主人の留守に空閨を守る若い女をほかの男に取りもとうとする老婆、法廷でいけしゃあしゃあと自分の職業を弁護する『おき屋の亭主』Pornoboskos、母親に頼まれてその息子を鞭打つ『先生』Didaskalos、コースの医神アスクレーピオスの神殿にお参りするふたりの女を描いた『アスクレーピオスに奉献し犠牲を捧げる女たち』Asklepioi anatitheisai kai thysiazusai、関係している奴隷に対する嫉妬に狂う女を主題にした『嫉妬深い女』Zelotypos、妙な道具をふたりの女が話題にする『ひそひそ話』Philiazusai e idiazusai、女客に作品を披露する『靴屋』Skyteus が示すように、作者の題材は当時の市井の生活のあらゆる面に及んでいる。ヘーローダース・パピルスの最後の『夢』Enypnion は全編いたるところに毀損個処があるために、内容に関して断定的な判断を下すことは不可能であるが、作者はこの詩によって自分の作品を弁護し、自分はけっしてやくざな詩人ではないことをいうために、この一編を著したのであることは、終わりの数行によって察せられる。

ヘーローダースの作品は上演を目的としたものではなく、おそらく朗読されたものと思われるが、このほかに寄席芸的な、あるいはレヴュー式なミーモスもあった。最近パピルスからミーモスの台本が二つ発見されているが、一つはタウリスのイーピゲネイアをもじった茶番劇で、音楽と踊りを交え、わけのわからぬ外国語まではいった、にぎやかなレヴューで、今一つは、ヘーローダースの『嫉妬深い女』と同じく、女主人の男奴隷への関心の話である。イーピゲネイアの話のような神話伝説のもじりはヒラロトラゴーディア Hilarotragoidia（「陽気な悲劇」）と呼ばれ、紀元前三〇〇年ごろのシュラクーサイの人リントーン Rhinthon

がこれで名高く、『ヘーラクレース』、『タウリスのイーピゲネイア』、『オレステース』などの題名は、エウリーピデースのもじりが多かったことを示している。同時代のソーパトロス Sopatros もまた悲劇のもじり作者と呼ばれ、その作品題名には悲劇と同じものもあるが、また『粥』、『科学者』のようなミーモスふうの名もあり、さらにストアへの皮肉もあったらしい。

教訓叙事詩

ヘーシオドスを祖とするいわゆる教訓叙事詩はヘレニズムにいたって新天地を開拓しようとする詩人たちの目をつけるところとなった。キリキアのソロイの人アラートス Aratos（紀元前三世紀）は、クニドスの名高い天文学者エウドクソス Eudoxos（紀元前四世紀前半）の著書にもとづいて、一一五四行の『現象（パイノメナ）』Phainomena と題する星辰を歌った叙事詩を作った。これは多くの同種の他の作品を抜いて、たちまちにして有名となり、多くの註釈の対象となり、ラテン訳が幾度か試みられた。二七の註釈があったということだけでも、この本がいかに注目の的となったかが察せられるが、このように退屈な詩がなぜこれほど古代人によって愛好されたか理解しがたい。当時の教訓叙事詩は詩とはまったく縁のなさそうな事柄をも取り上げたのであって、コロポーンの人ニーカンドロス Nikandros（紀元前二世紀中葉）の九五八行の、毒蛇や毒虫に対する治療法を歌った『テーリアカ』Theriaka と食物の中毒に対する治療法を扱った六三〇行の『アレクシパルマカ』Alexipharmaka が伝存している。アラートスは天文学にはまったく素人であったが、ニーカンドロスもまた彼に劣らず素人で、この種の詩の目的は人の知らぬ知識を巧緻を極めた表現で唱うことにあって、言語の晦渋と珍しい語彙とによって註釈家や文献学者を喜ばせたのである。

われわれはここで、紀元前一世紀のローマの詩壇に多くの追随者を見いだし、キケロによって嘲笑された（Tusculanae Disputationes 三・四五）、カルキスの人、アンティオケイアの図書館司書エウポリオーン Euphorion（紀元前二七六または五生）のエピュリオンを忘れることはできない。最近彼の作品の断片がパピルスから発見されて彼の作品を多少とも直接にうかがい知ることができるようになったが、それは晦渋な衒学的な表現に満ちたもので、カリマコスと同じく、物語の主流をわざと避けて、附随的な部分を取り上げて長々と唱うやり方もまた当時の詩壇の主張を極端にまで押し進めたものである。紀元前二世紀以後の詩壇は、当時の作品がほとんどまったく失われているので、評価しがたいが、その凋落は著しく、ますます言葉の遊戯と瑣末への趣味に堕していった。紀元前七三年にローマに捕虜となって来たニーカイアの人パルテニオス Parthenios はエピュリオンのほかに種々の種類の詩を作り、ヘレニズムの詩風をローマに移入する大きなかけ橋となった。エピクーロスの徒で、その

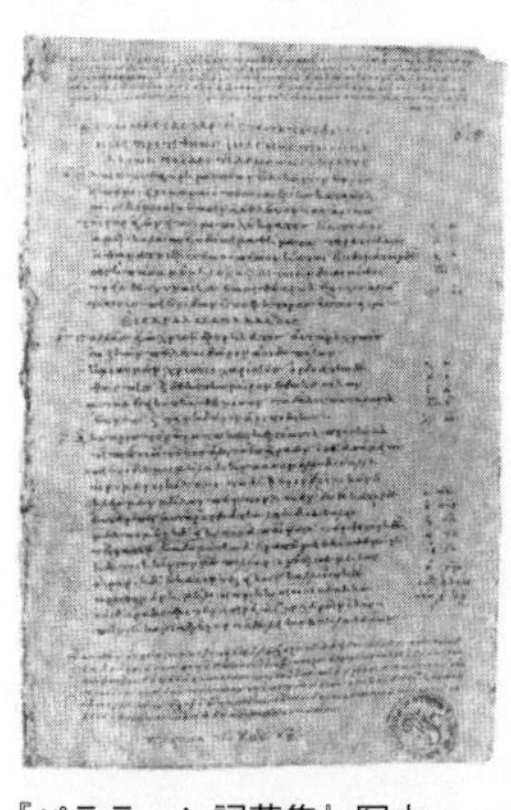

『パラティン詞華集』写本

著書がポンペイの近くのヘルクラネウムで大量に発見された、エピグラム作者ピロデーモス Philodemos（紀元前一一〇―四〇ころ）、ミュティレーネーの人クリーナゴラース Krinagoras（紀元前七〇ころ生）なども同じく中継者としてのみ意味があるにすぎない。

詞華集の編纂

ピロデーモスと同じくガダラの人で、酒と恋のエピグラム作者メレアグロス Meleagros（紀元前一世紀）は当時の流行に従って、エピグラム集『花冠（ステパノス）』Stephanos を選したが、紀元前四〇年にテッサロニカの人ピリッポスがそれ以後のエピグラムの選集を編み、これらは、ビザンティンのアガティアース Agathias の紀元後五七〇年ごろの選集を経て、九〇〇年のコーンスタンティーノス・ケファラース Konstantinos Kephalas の大選集となった。九八〇年に四人の書者によって写されたこの選集の一写本が一六世紀になって初めてハイデルベルクの図書館で発見され、ために『パラティン詞華集』Anthologia Palatina と呼ばれている。

歴史と地誌

歴史

ギリシア都市国家の自由と独立の喪失とともに、雄弁はその舞台を失った。もはや真の意味での内容のこもった演説は、これを行なうべき場所がなかったのである。これに取って代わったのが、アレクサンドロス大王とその後の人々の激烈な争闘を語った歴史であった。大王自身歴史家をその遠征に伴ったが、彼の遠征に帷幕に加わった将軍たるプトレマイオス一世は晩年に及んで自らその歴史を書き、これは紀元後二世紀の史家アリアーノスの大王の歴史に利用されて、今日でもその内容をうかがうことができる。このような厳正な事実の報告のほかに、偽カリステネース Kallisthenes やクレイタルコス Kleitarchos のごとき同時代の人々によるアレクサンドロス・ロマンとも呼ぶべき、この英雄を驚異に満ちた物語の主人公に仕立て上げた本が書かれた。紀元前三世紀の史書は、大王伝に限らず、歴史というよりは、歴史小説と呼ぶにふさわしいものが多い。アリストテレースの後継者テオプラストスの弟子であるサモス出身のドゥーリス Duris の紀元前三七〇―前二八一年の間を扱った二七巻の歴史は、シュラクーサイの独裁者アガトクレース Agathokles 伝四巻を含み、その抜き書きがプルータルコスや紀元前一世紀に世界史を編んだディオドーロスの中に伝えられているが、それは事実よりも、読者の同情と恐怖を惹き起こす、悲劇的な手法による小説である。彼の後をうけて紀元前二七二―前二二〇年の歴史を書いたピューラルコス Phylarchos もまた同じである。

この時代には、アッティカを始めとして、多くの地方の歴史が書かれたが、その中でも注目すべきは、シシリアのタウロメニオン Tauromenion のティーマイオス Timaios（紀元前三四五ころ―二五〇ころ）の歴史である。これもまた失われたが、これを利用した後期古代の人々の書物から内容を知ることができる。これは太古から彼の時代に至るイタリアとカルタゴの歴史で、アイネイアースとディードーの物語やローマ建国の話をも含み、シシリアの偉大なる独裁者たちの冒険に満ちた物語が中心となっている。彼はその後一般に広く行なわれたオリムピアドによる年代計算法を用いている。彼の花やかな文体をキケロは「アジアふう」Asianism と呼んでいるが（『ブルートゥス』三二五）、これはヘレニズム時代に、ゴルギアース式の華麗な、警句的な対句にみちたものである。アッティカ流のペリオドの長い流儀に反対して興ったこの文体の代表者は、紀元前四世紀末の、小アジアのシピュロス Sipylos 河岸マグネーシア Magnesia 出身のヘーゲーシアース Hegesias であって、この流派はローマ時代セネカに見事な後継者を見いだした。

ポリュビオス

ティーマイオスの歴史を書斎の中で書かれたものとして非難したポリュビオス Polybios（紀元前二〇〇ころ―一二〇ころ）は、しかし、自分の歴史を、ティーマイオスの歴史の続きとすることによって、この先輩に敬意を表している。ポリュビオスはティーマイオスとは異なり、自ら将軍政治家であって、同時代の多くの大事件に自ら参加し目撃した。アカイア同盟の指導者の一人リュコルタース Lykortas の子で、自分もその指導者であった彼は、紀元前一六八年にローマがピュドナ Pydna においてマケドニアを破ったのちに、一〇〇〇人のアカイア同盟のおもだった人々とともに人質となってローマに連行されたが、やがて彼はピュドナの勝利者アイミリウス・パウルス L. Aemilius Paullus の知遇をうけ、二人の息子ファビウス G. Fabius と未来のカルタゴの征服者スキーピオ P. Scipio の師傅に任ぜられ、やがてポリュビオスはスキーピオと終生の友の契りを結んだことを自ら語っている（三二・九）。前一四九年には、一度帰国した彼はスキーピオに従って第三ポエニ戦争に参加し、カルタゴの陥落を目撃し、広くアフリカ、ガリアを旅行した。前一四六年にコリントスがローマによって破壊された後、ポリュビオスはギリシアのために努力した。八二歳で彼は落馬して、そのために世を去ったという。

彼の歴史四〇巻は、同時代のほとんどすべての史書が散逸した間にあって、一―五巻は完全に、他は抜粋とパピルス断片によって伝わっている。最初の二巻は紀元前二六四年から前二二〇年にいたるローマとカルタゴの歴史であって、これはティーマイオスと彼の歴史とを結ぶ導入部である。つづく第三巻でいよいよ本題たる、「いかにして、いつ、いかなる理由で、世界がローマの支配下にはいるにいたったか」、その次第の叙述にはいる。三―二九巻はカルタゴの名将ハンニバル、マケドニアのピリッポス五世、シリアのアンティオコス三世、マケドニアのペルセウスとの戦い、すなわち紀元前一六八年までの事件が扱われる。大体一つの巻は一オリムピアドまたはその半分の期間を蔽うように組み立てられている。しかし第六巻は彼の国制論と名高いローマ国体の評価、第一二巻は彼以前の歴史家の批評にあてられている。ポリュビオスの最初の目的は前一六八年のピュドナの決定的なマケドニア敗北にいたるまでの歴史であったと思われる。おそらくこれを彼はローマで書き終えたのであろう。しかしその後の第三ポエニ戦争とそれにつづく祖国の徹底的な独立の喪失、ことに彼自身がその渦中にあったことが、再び彼に筆を取らせたのであろう。三〇巻以後で彼はカルタゴの最後、コリントスの破壊、スペイン戦争と、前一四四年にいたる歴史を書いた。

彼の歴史は、トゥーキュディデースのペロポネーソス戦争史や、カルディアのヒエローニュモス Hieronymos のアレクサンドロスの後継者時代史と同じく、事実を厳正に伝えることを目的とするものであり、彼自身明瞭にかつ積極的に歴史に関する自分自身の意見を述べているけれども、それはとうていトゥーキュディデースのあの恐るべき深さに匹敵しうるものではない。彼の歴史は、読者を喜ばせるためではなく、またティーマイオスのように神話や系譜や建国物語ではなくて、事件と人間の行為、またその原因の追求を目的とする。これはトゥーキュディデースの目的と等しい。しかしポリュビオスの常識的な知性には、トゥーキュディデースの人間性をえぐるような、戦争や政治的事件の底にひそむ力を透視する洞察力はとうてい望み得ぬところであった。

彼の歴史は、しかし、ローマ帝国の驚くべき発展と将来性、その見事な政治組織による世界征覇の歴史を中心とした大規模な世界史であった。これが当時の小説的歴史の間では画期的な著作と目されたことは、ストア学派のポセイドーニオス Poseidonios（紀元前一三五―五一ころ）が世界史五二巻によってその後をうけていることによっても知られる。これは第三ポエニ戦争からスラの時代までを含んでいるが、哲学者によるこの歴史は、わずかな残存断片によれば、同時に文化史でもあったらしく、ケルト民族やゲルマン民族の風習や宗教思想を論じ、また一方では人物の見事な性格描写、事件の劇的な報告によっても多くの読者を獲得した。

シシリアのアギュリオン Agurion の人ディオドーロス Diodoros（紀元前一世紀）の『世界史』四〇巻は、幸いにして一—五、一一—二〇巻が完全に、ほかは断片的に伝わっている。これは他の作家からの抜き書きを張り合わせただけのものであって、それ自体としてよりは、彼が利用した多くの著書の内容をうかがわしめる点で、資料的な価値が大きい。これは最初にエジプトを始めとして東洋と北アフリカの歴史を扱い、ついでヨーロッパの神話的時代にはいる。本当の意味での歴史は、第一部にトロイア戦争からアレクサンドロスまで、第二部にそれ以後からカイサルのブリタニア進攻までを物語る。

文化地理

このころポントスのアマセイア Amaseia の人ストラボーン Strabon（紀元前六四—後二一ころ）は、四七巻の『世界史』と一七巻の『地理』を編んだ。歴史は失われたが、紀元後一九年のころに完成した地理書は伝存している。ストアの徒たる彼にとっては地理は、ポセイドーニオスの場合と同じく、哲学の一部、文化史であった。したがって彼は当時知られていた世界の地理をとくに歴史と関連させて述べ、前二世紀のアテーナイのアポロドーロス Apollodoros の『年代史』やポリュビオス、ポセイドーニオスなどの多くの先輩の史書を利用するほかに、彼自らアルメニアよりサルディニアまで、黒海よりエチオピアまで旅行して資料を集め、見聞を広めたのである。最初の二巻は物理的数学的地理であるが、それ以後は人文地理あるいは地誌と称すべきもので、三―一〇巻は西から始めて東へとヨーロッパを、一一―一六巻はアジアを、一七巻はアフリカを扱っている。これは地方史、ことに小アジアの歴史の宝庫であるが、マルセイユ、ローマ、アレクサンドレイアのごとき当時の大都会の様子が手に取るように描写され、彼の飾らない事実だけを簡明に与える自然な散文は清々しい。しかしこれは自然科学的知識の欠乏とギリシアの場合、ホメーロスへの盲信によって損われているのは残念である。

ヘレニズムの時代はまた、アリストテレース学派の音楽理論家アリストクセノス Aristoxenos（紀元前四世紀後半）、カマイレオーン Chamaileon（同上）、サテュロス Satyros（前三世紀）、カリマコスの弟子ヘルミッポス Hermippos などの真偽を取り交えてのおもしろい伝記的著述、アリストテレースの弟子ディカイアルコス Dikaiarchos の文化史、プラトーンのアトランティス以来の理想国家物語の流れをくむアブデーラの人ヘカタイオス Hekataios（紀元前三〇〇ころ）、神話を史的事実として合理的に解釈しようとしたエウヘメーロス Euhemeros のような、その著作は伝わらないが、後期古代に発達した歴史的ロマンや小説の先駆をなした人々を生んだ。

哲学は、前の世紀にはプラトーンのような文学的傑作を生んだが、ヘレニズムの時代には文学から離れた。しかし哲学は一般民衆の間に実践道徳として深くはいりこんだ。その代表は、犬儒派の攻撃的な諷刺と皮肉とを交えた、中世の説教にも比すべき「ディアトリベー」diatribe と呼ばれた宣伝のための演説である。その完成者はボリュステネース Borysthenes のビオーン Bion（紀元前三世紀前半）で、ホラーティウスが鋭いウィットの諷刺を「ビオーン式」と呼んでいることによっても、彼のディアトリベーがその後の諷刺文学にいかに大きな影響をもっているかを知ることができる。それがどのようなものであったかは、前三世紀中ごろの犬儒テレース Teles の作品の残りから察し得るのであって、これらは紀元前四世紀の犬儒派の名高い乞食哲学者で、狂ったソークラテースと呼ばれ、あらゆる価値観念をくつがえして、人工的な文明から自然への復帰をさけんだシノペーの噛み犬ディオゲネース Diogenes の衣鉢を伝えるものである。

この種の散文に詩を交えた、説教よりは滑稽と奇抜な趣向を追った新しい傾向が、シリアのガダラの人で、奴隷からテーバイの富裕な市民となったメニッポス Menippos（前三世紀後半）によって開発された。彼の著書一三巻は人間のさまざまな愚行と哲学諸派への攻撃であった。ローマのウァローの『メニッポスふう諷刺詩サトゥラ』Saturae Menippeae、セネカの『南瓜の昇天』Apocolokynthosis、ペトローニウスの小説、ルーキアーノスの諷刺の一部はその流れをくむものである。

ストア学派はやがてローマの支配者たちの奉ずるところとなったが、これはロドスの人で、のちにストア派の長となったパナイティオス Panaitios（紀元前一八五―一〇九）がローマ滞在中にスキーピオたちの進歩的サークルに迎え入れられたことに発している。彼の主著『義務論』はローマを考慮しつつ書かれたものであって、キケロの同名の著書は、キケロ自身のことばにあるごとく、パナイティオスの書に基づいた翻案である。彼の弟子ポセイドーニオスもまたローマと密接に関係をもち、彼の住むロドス島はキケロやカイサルを始めとして多くのローマの青年の遊学の地となった。紀元前二世紀にテームノス Temnos の人ヘルマゴラース Hermagoras はその『弁辞学』六巻で、アジアニズムに反対して、弁辞学論を再び取り上げたが、ロドスの弁辞学の流派はヘルマゴラースと同じ道を取り、文体を論じ、やはり反アジアニズムの旗をかかげた。その代表者はモローン Molon で、キケロは彼のもとで初めて自分の文体を見いだしえたのである。

ローマ時代

オデュッセウスとペーネロペイア（ポンペイの壁画）

ローマ時代のギリシア文化

ギリシアと東西ローマ帝国

紀元前三〇年のアレクサンドレイア陥落によってローマの地中海世界制覇は完了し、ギリシア人の住む地は今やまったくローマ帝国内に包含されるに至った。ギリシア本土は紀元前二七年にアカイアAchaiaとして、ローマの一州となり下がった。大学都市としてのアテーナイ、商業都市としてのコリントスやパトライなどわずかな都市はなお繁栄を誇っていたが、全体としてギリシアの人口は激減し、かつて栄えた多くの都市は廃墟と化し、貧困に苦しんでいた。アウグストゥスによる帝制の確立はギリシアにとって一つの幸いではあった。ことに紀元後二世紀の五帝時代はローマの平和が全土を蔽い、未だかつてないほど長い間ギリシアは秩序と平和を享受した。しかし自由と独立とは完全に失われたのである。その独立とはわずかな市政と祭礼や競技の開催に限られていた。エジプト、小アジア、シリアの諸都市とても同様であった。ローマはわずかな数の富裕なブルジョア階級を通じてこれらの都市を支配していたのである。しかし五〇〇の町の国と呼ばれた小アジア、シリア、エジプトなど東方のギリシア世界はギリシア本土とは比較にならぬ繁栄を示していた。後期古典古代の数百年の長い期間に、ギリシア本土はただひとりプルータルコスを出したにすぎないのに、東方は多くの著名な作家思想家を生んだ。しかしこの繁栄も長くは続かなかった。哲人皇帝マルクス・アウレーリウスの治世にすでに衰亡への一歩が踏み出されていた。蕃族の侵入、疫病に続く世情の不安、相ついで目まぐるしく変転する軍人皇帝たち。かくして土地は荒廃し、住民たちも激しい苛斂誅求のもとにあえぎ、帝国はまさに解消しようとしていた。これを防いだのがアウレーリアーヌス帝（二七〇―二七五）と東洋的専制君主として君臨したディオクレーティアーヌス（二八四―三〇五）である。東西に二分された帝国はコーンスタンティーヌス帝によって再び統一されたが、この最初のキリスト教帰依者の皇帝は、古いギリシア都市ビューザンティオンに自らの名を付したコーンスタンティヌーポリスを建設し、これは古いギリシアの消滅とビザンティン時代への推移の第一歩となったのである。テオドシウス一世の死（三九五）以後、帝国の二分は決定的となり、東ローマの皇帝となったアルカディウスはコーンスタンティヌーポリスを首都とさだめたのである。同じ年にアラリックに率いられた西ゴート族はギリシアを襲った。アッティラの死（四五三）によるフン族の国の崩壊とともに、東ローマは勢力を回復し、ユスティーニアーヌス帝（五二七―五六五）は一時東西ローマの統一に成功し、ギリシア・ビザンティン文化はその頂点に達した。

キリスト教の滲透

この間に哲学はますます宗教化していった。われわれはそれをピロストラトス Philostratos が書いた新ピュータゴラース学派と呼ばれる一派の最大の聖者テュアーナのアポローニオス

Apollonios（後一世紀）の驚異に満ちた伝記や、ルーキアーノスの『ペレグリーノスの昇天』の中のこの乞食哲学者に見ることができる。エジプトのイーシスとサラピス、ペルシアのミトラ、シリアの大地女神など、東洋の神々とその信仰が人々の心をとらえた。迷信は人々を恐怖させ、夢占い、占星術、呪法は横行し、まさに百鬼夜行、というよりは昼行の状態であった。この中で最後の勝利を得たのがキリスト教であるが、その間にキリスト教自体、その言語、教理、讃歌、儀式、会堂その他の造形美術の要素を多分にヘレニズムから摂取し、自らこの新しい環境に同化していったのである。コーンスタンティーヌス帝のキリスト教公認の後は、背教者ユーリアーヌス帝治世の短い異教復活の時を除いて、キリスト教は恐るべき速度で帝国内に広まった。三九三年、テオドシウス帝はオリュムピア競技を禁じ、同じころにデルポイも神託を下さなくなり、五二九年、ユスティーニアーヌスの命によってアテーナイのプラトーンのアカデーメイアの門は閉ざされたのである。

修辞学とアッティカ主義

修辞学の隆盛

ヘレニズムの時代に散文のことばはイオーニアとアッティカの方言からコイネーに移り、古い多くの方言はしだいに死滅し、紀元前二世紀には大部分の方言はコイネーに吸収されてしまった。散文学のことばもまたコイネーに移った。ポリュビオスの歴史のことばは当時の官庁用語に近く、彼の中には多くのアテーナイの方言の要素が認められるけれども、それは古いものの残存であった。しかしすでに紀元前二世紀には回顧趣味が認められる。アジアニズムに対して、アテーナイの雄弁家たちのスタイルに戻ろうとした運動もその現われであって、この紀元前五世紀から四世紀のデーモステネースを始めとする大雄弁家たちの尊重はやがて文体のみならず、そのことばへの復帰を目ざす運動となった。アッティカ主義 Attikismos と呼ばれる紀元前一世紀後半から三世紀にかけてギリシア散文を風靡した擬古文主義は、ギリシア文学の癌となったのである。イソクラテースとプラトーンに始まる弁辞学と哲学の青年の育成に関する争いは、ローマ時代に前者の勝利に終わったと言ってよいであろう。のちにローマ文学でもっと詳しく説明するつもりであるが、紀元前一世紀にキケロはなお弁辞学と哲学の両者の間の平衡を求めようとしていたが、しかし彼の心は弁辞学にすでに傾いていた。帝政時代にはいると、もはや哲学は弁辞学の敵ではなかった。老セネカやクゥインティリアーヌスなどの著書が示すように、教育はまったく弁辞学を中心として動いていたのである。これは文学への弁辞学の侵入、というよりは弁辞学の文学の征服であった。その波に乗じて盛んとなったのがアッティカ主義である。

その最初の代表者が紀元前一世紀後半に活躍した小アジアのハリカルナッソスの人ディオニューシオス Dionysios Halikarnasseus とカレー・アクテー Kale Akte の人カイキリオス Kaikilios である。後者の作品は断片以外には伝わらないが、ディオニューシオスの著述は、二〇巻の、ローマ建国より第一ポエニ戦争に至る『ローマ史』の他に、文学批評の多くの著書が伝存している。しかし彼の批評は内容よりも文体を主題とした。カイキリオスは『崇高について』Peri hypsous なる一著によって、崇高を論じたが、彼のいうところの崇高とはやはり文体を中心とした技術的なものにすぎなかった。このような内容空虚の美文主義、形式的古典主義に対して、崇高は内容の問題であり、それが表現されてわれわれの心を打つときに初めて実現されることを説いたのが、紀元後五〇年ごろに書かれた著者不明の同名の書である。これはフランスのボアローによって翻訳されていらい、ヨーロッパの文学批評に深い影響を及ぼした。パレーローンのデーメートリオス Demetrios Phalereus の名のもとに伝わる『文体論』Peri hermeneias もこの時代の無名氏の著書である。

アッティカ主義はまた人工的に古い時代の言語を復活させるために、アッティカ方言の語彙を必要とした。ヘレニズム時代にすでにアッティカ方言の語彙は、古典研究の目的のもとに研究されていたが、その伝統が今や別の目的のために継承されて、多くの、アッティカ方言で綴るための参考書としての辞書が作られるにいたった。

普通この雄弁術の全盛を、かつて古典期に盛んであったソフィストたちの時代につぐものとして、第二ソフィスト時代と呼んでいる。この時期の作家は多かれ少なかれ弁辞学の影響を示していて、とくに若いころの作品にはその影響の跡が著しい。またアッティカ主義がこの時代の主流とはいえ、ヘレニズムいらいのアジアニズムの流れもけっして消えたわけではなく、やはり強い力を保っていた。哲学の力もまた強かった。その混合の度合いは作家ごとに異なり、また同一人でも時期によって大きな相違が認められる。

弁辞学と哲学の融合の一つの例は、のちに「黄金口（クリューソストモス）」Chrysostomosと呼ばれ、ティトゥス帝の宮廷において弁辞の徒として名声を博したが、ドミティアーヌスによって追われ、困窮して諸国を放浪するうちに、犬儒派の説教者となり、ネルウァとトラヤーヌスの恩顧を蒙り、再び名誉ある位置に戻っても生活態度を改めなかったプルーサ Prusa のディオーン Dion である。彼の温かい人生観と自然の原始の生活の讃美は、その素直な文体とともに人の心をうつものがある。

第二ソフィスト時代は、紀元後二世紀、ギリシアびいきのハードリアーヌス帝の時代以後、マラトーンのアッティコス Herodes Attikos（一〇一―一七七）とその弟子アリステイデース Aristeides（一二九―一八九）において頂点に達した。アッティコスは弁辞学と哲学の融合を目ざす伝統の保持者であり、文芸のパトロンとしても名高く、アテーナイのオーデイオン劇場を始めとして多くの彼の寄附による建築物が現在もなお残っている。デーモステネースとプラトーンとを一身に具現していると自ら信じたアリステイデースの美文は、しかし、ただ弁辞に志す人々を喜ばしたにすぎなかった。第二ソフィスト時代にその名を与えた『ソフィスト伝』の著者ピロストラトス Philostratos（一六〇―一七〇の間に生まる）は、四人の同じ家に属する同名の名高い弁辞家の中の第二番目で、また『テュアーナのアポローニオス伝』の作者でもある。他に、名画を洒落たウィットに富んだ手法で語る、「エクプラシス」ekphrasis なる専門用語で呼ばれた弁辞学の一部門が、『絵画（エイコネス）』Eikones と題する文集となって残っていて、これもこのピロストラトスに帰せられている。四世紀に弁辞学は再び興隆し、その代表者リバニオス Libanios（三一四―三九三）は、背教者ユーリアーヌス帝 Iulianus をその弟子としてもった。

ルーキアーノス

これらの第二ソフィスト時代の人々と根本的に異なり、今日もなお多くの読者を惹きつけているのは、ルーキアーノス Lukianos（一一五―一二五の間に生まれ、一八〇以後死）である。彼は自らシリア人と称し、この地のコマゲーネーのサモサータ Samosata の人である。彼の自伝と考えられる『夢、またはルーキアーノスの経歴』によれば、彼は石工の職を棄てて、弁辞家となった。当時の弁辞家の習いに従って、彼は各地を旅して自作を朗唱して歩いた。それは今日の音楽家の演奏旅行さながらであり、彼の足跡はギリシア、イタリア、南ガリア、小アジアに及んでいる。四〇歳のころアテーナイでストアの哲人デーモナクス Demonax の教えをうけ、弁辞家としての作文を捨てて、対話編の作者となったが、哲学的論議を題材とせず、メニッポスふうの皮肉な諷刺的対話を作った。彼の文学者としての名声はこの時代の対話やエッセイその他の作品に由来する。晩年にいたって彼は再び弁辞にかえり、エジプトでローマの官吏となったらしく、『弁明（アポロギア）』を書いている。彼の名のもとに伝わる八二の作品中には少なからぬ偽作が含まれている。彼もまたアッティカ擬古文によっているけれども、それはソフィストたちのばかばかしい身動きも出来ぬ純粋派ではなくて、必要に応じて自由に新しいことばや表現を用いているし、彼自身も『偽ソフィスト』、『弁辞学の先生』、『レクシパネース』Lexiphanes（むずかしい古語や珍しい語を得意になって用いる人のこと）などで、かかる愚かしい擬古体の主張者を嘲っている。『メニッポス』Menippos、『イーカロメニッポス』Ikaromenippos、『命の売り物』『漁夫』などは、哲学者の攻撃で、ことに金銭に対する彼らの外面のみの軽視、哲学の名にかくれた放埒な生活に対する皮肉にみちている。『二重の訴え』や『食客法』もまた哲学と弁辞学の徒に対する諷刺である。彼を有名にしたものに『神々の対話』、『遊女の対話』、『死者の対話』、『ティーモーン』Timon、『カローン』Charon、『神々の会議』、『悲劇役者ゼウス』などがあり、神々を始めとして、あらゆるものの表と裏との相違を面白おかしく示してみせる。彼はまたエピクーロスの徒の立場に立って、『偽予言者アレクサンドロス』、『嘘好き』、『ペレグリーノス』Peregrinos において迷信を排し、宗教と哲学の山師どもをあばいている。彼の傑作とされ、ラブレー、スウィフトなど多くの追随者を見出した『本当の話』は、地上、海上、天上のあらゆるありうべからざることに満ちた旅行譚で、当時流行の荒唐無稽の話をもっともらしく並べ立てた旅行記を皮肉った愉快な作品である。しかしルーキアーノスは、彼自ら称するごとくに、たんなる弁辞家でもなければ哲学者でもない。彼の目的は気のきいた愉快な作品によって読者を喜ばせ、自分も笑おうというのである。彼は何物をも真面目には信じていないが、良識の持ち主であり、とらわれざる精神をもっている。われわれは彼の言行の不一致、不真面目、遊びを攻撃する前に、彼の提供するおもしろさに興ずべきであろう。彼の作品は後代において多くの読者を喜ばせ、先に述べた人々の他に、エラスムスのごとき模倣者を見出し、ルネッサンス以後の文学に大きな影響を及ぼしたのである。

哲学と歴史

ユダヤ人の思想

アレクサンドレイアにはヘレニズム時代より多勢のユダヤ人が住み、ギリシア化した。これらの人々のために紀元前三世紀末から長い年月の間に訳されたのがいわゆる「七十人訳」と呼ばれるギリシア語の旧約聖書である。反ユダヤ派で、かの名高い文献学者ディデュモスの弟子で養子のアピオーン Apion に対して、ユダヤ人の使者としてローマに赴いたピローン Philon（前三五ころ生―後四一以後死）はその多くの著書の中でギリシアのストア・プラトーン的思想とユダヤ教との融合を見出そうとした。彼は純粋にギリシア的教育をうけ、純粋なギリシア語で綴ったが、ユダヤの名門に生まれ、七〇年のイエルサレムの陥落に終わった不幸なユダヤの反乱の指導者のひとりであったヨーセーポス Iosephos（三七―一〇〇ころ）は拙いギリシア語で『ユダヤ戦史』と『ユダヤ古事記』を書いた。使徒ポーロの思想もまた、当時弁辞学と哲学の一つの中心であった小アジアのタルソスにおいて育ったギリシア化されたユダヤ人のものである。初期のローマ人やヌミディア王ユバ Iuba（後二三死）

もまた史書をギリシア語で書いたのも、ヘレニズムの西方への滲透を示している。ユダヤのヘーローデース Herodes 王の宮廷にはギリシア人、ダマスクスの人ニーコラーオス Nikolaos があり、一四四巻の世界史を編んだ。

プルータルコス

これらの東方ヘレニズム出身の人々と異なり、ギリシア本土のボイオーティアの小邑カイローネイア Chaironeia に生まれ、その一生のほとんどを故郷に送りながら、皇帝を始めとして当時の人士の尊敬をうけ、教育、宗教、思想、自然科学、歴史（特に伝記）とあらゆる方面にわたった著作を発表し、その暖かい円満な人格と、独創的ではないが中庸を得た考え方によって読者を魅了した、プルータルコス Plutarchos（後四六ころ生―一二〇以後死）は、紀元後のギリシア作家中最も重要な興味深い人物である。彼は名家の子として生まれ、アテーナイに遊んでアカデーメイアに学び、アジア、アレクサンドレイア、ローマに旅して見聞を広め、特にローマでは多くの友を知名の人々の間に得、ローマ市民権を与えられた。彼はアテーナイとデルポイと常に密接な関係にあり、九五年以後デルポイの最高の神官職についた。田舎紳士として故郷に静かな日々を送りながら、彼の家は常に友人の来訪に賑わい、愛する家族と友人に取り囲まれつつ彼は敬虔にして穏和な生を楽しんだのである。彼を有名にした『英雄伝』は、ギリシアとローマの偉大な人々を、テーセウスとロームルス、アレクサンドロスとカイサルのように、類似の業績によって対にして、対比しつつ書いたもので、二三のこのような対になった伝記(中にスパルタの改革者アーギス、クレオメネース両王とローマのグラックス兄弟の二重の対比伝を含む)が残っている。これは、しかし、歴史ではない。プルータルコスが求めたのは、事実の記述や事件の原因、真相ではなくて、アリストテレース学派の流儀による、言行録的な観点から、その人の性格を表わすものと考えられる行為であった。このようなものと彼が判断した場合には、些細な事柄にもしばしばふれるのはこのためである。彼はこれら偉人の行為を万人の鑑としようと志したのであり、その反対の悪例や大いなる欠点にもまた同じ効用を求めたのである。したがって彼の伝記は一つのドラマである。そしてここにも彼の暖かい心が行き渡っている。彼の『英雄伝』が多くの愛読者を得、シェイクスピアを始めとして多くの文学者に材料を与えたのもこのためである。

プルータルコスには英雄伝のほかに、道徳、宗教、自然科学、政治、哲学、音楽、文学などのあらゆる部類にわたる、会話体あるいはディアトリベー式の多くの著作がある。これが少々不似合いな『エーティカ』Ethika(ラテン名 Moralia)と呼ばれる、モンテーニュを魅了したエッセイ集であって、この中にやや雑駁で饒舌ではあるが、博識な好ましい彼の人柄が最もよく現われている。これを含む彼のギリシア語は、その人柄にふさわしく、当時流行のアッティカ主義的でありながら、これにとらわれない、自由な彼自身のことばである。

エピクテートスの説教

紀元後一世紀の終わりのころに、一人のプリュギア出身の足の悪い解放奴隷がエーペイロスのニーコポリス Nikopolis で多くの聴講者を集めてストアの教えを説いていた。ドミティアーヌス帝の哲学者追放によってローマを追われたエピクテートス Epiktetos（後五〇ころ―一三〇）である。この謙遜な人の素朴な飾らないことばの説教は、彼の弟子でローマの将軍、カッパドキアの統治にもあずかったアリアーノス Arrianos によってほとんど筆記ともいうべき忠実な記録体で公にされ、全八巻中四巻が伝存している。

マルクス・アウレーリウス帝

不抜の信念を暖かい心で語ったエピクテートスの説教に対して、相つぐ外敵の侵入、疫病、叛乱に国家最高の責任者として東奔西走、休む暇もなかったマルクス・アウレーリウス Marcus Aurelius 帝（一六一―一八〇年在位）の『省察録』Eis heauton は深いあきらめに満ちている。フロントー Fronto やヘーローデース・アッティコスの熱心な勧誘を排して哲学をとった彼には、ストアの教えはこよない慰め、心の支柱となった。彼はわずかに残された孤独の時を自己との対決に用い、自己と語り、これを飾らぬギリシア語で書き綴ったのであるが、われわれはそこにこの偉大なる皇帝の心を襲った恐るべき空虚と悲哀感を見出すのである。

その後の歴史家たち

エピクテートスの弟子アリアーノスはクセノポーンの『アナバシス』にならって『アレクサンドロスの遠征(アナバシス)』七巻をアッティカ方言で、第二のヘーロドトスとして『印度記(インディカ)』Indikaをイオーニア方言で綴ったが、その並はずれた擬古体にもかかわらず、内容はアレクサンドロスと同時代の人々の信拠すべき資料によった貴重なものである。彼にややおくれて、一六〇年ころにアレクサンドレイアのアッピアーノス Appianos が『ローマ史』Romaika 二四巻を書いた。これはトゥーキュディデース、ポリュビオス以来の編年体を避けて、ローマと関係をもつにいたった順に民族と地方別にその歴史を取り上げ、そのうち第一三―一七巻の五巻は内乱だけを別に扱っている。完全に現存するのは、六―八巻、九巻の後半、一一―一七巻だけであるが、そのうち前記の内乱記五巻は重要な資料となっている。アリアーノスと同じく小アジアのビーテュニアの名家の出で、ローマの高官ディオーン・カッシオス Dion Kasios Kokkeianos は、神話的ローマの始祖アイネイアースから彼が執政官となった二二九年にいたる『ローマ史』八〇巻を編年体で編んだが、そのうち、紀元前六八年から紀元後四七年を扱った三六―六〇が完全に、他の部分も抄録その他の形で、残っている。彼はギリシア語のリーウィウスとして広く読まれ、また歴史資料としても重要であるけれども、彼には人を惹きつける力がなく、ティベリウス帝など同時代を扱ったローマのタキトゥスと著しい対照を成している。

ギリシア旧跡案内記

このころには多くの人が、現在と同じく、ギリシアやエジプトなど、古い国々の名所旧跡見物に出かけたので、多くの韻文散文の案内書がつくられたが、その中でリューディア生まれのパウサニアース Pausanias が一八〇年ごろに書いた『ギリシア案内記（ペリヘーゲーテース）』Perihegetes 一〇巻が残っている。これは彼自身の旅行と多くの参考書から書かれた、アッティカに始まりペロポネーソスから中部ギリシアのボイオーティアとポーキスに終わる、だいたい道順に従った案内書で、詳細な神殿、美術品、碑文などの紹介のほかに、地方の宗教、伝説の宝庫である。シュリーマンがミュケーナイの先史時代の大遺跡を発見したのもこの本の指示によったもので、現在も考古学者の欠くべからざる参考書となっている。

百科辞典類

すでに活発な創造力を失ったこの時代は、先人の偉大な業績を身につけるという意味での教養が熱心に求められた。このために多くの、抜粋、抄録による百科辞典的な本がつくられ、これらはそれ自身としての価値は少ないが、これなくしては失われた多くの資料を含んでいる点で、今日でははなはだ貴重な存在となっている。ガリアのアレラテー出身の弁辞家ファボーリーノス Faborinos（八〇―一五〇ころ）は『雑録』二四巻と古典時代の哲学者の逸話集を編んだが、これらは失われた。しかし、アイリアーノス Ailianos（一七五―二三四ころ）の真偽をとりまぜた『雑録』一四巻と、『動物の特性について』一七巻は残っている。エジプトのナウクラティスの人アテーナイオス Athenaios（二〇〇ころ）の『デイプノソフィスタイ』Deipnosophistai 一五巻は、食物と宴会に関するあらゆる方面の話題を、当時流行のシュムポシオン形式で述べたもので、資料の検討も配置もなっていないが、その豊富な、とくに中期と新喜劇に関する知識は、貴重なものである。ポリュアイノス Polyainos の『戦術』Strategemata は、このような編纂された抄録のまた抄録である。ディオゲネース・ラーエルティオス Diogenes Laertios（二〇〇―二五〇ころ）の、タレースよりエピクーロスにいたる八二人の賢者と哲人の言行、著作目録、所説の混合体である『哲人伝』も、アルテミドーロス Artemidoros（二世紀後半）の夢占いそのほかの占術に関する奇書『夢占い論』Oneirokritika もこれらの雑録集の一種であるし、自分の専門の医学のみならず、哲学、文法、文献学など広い領域にわたって一五〇編に上る著述をした、当時高名な医者がレーノス Galenos（一二九―一九九）もまた先人の著書に依存した選択主義者である。

プローティーノス

後期古代におけるただひとりの創造的な思想家たる新プラトーン学派のプローティーノス Plotinos（二〇五ころ―二六九）の『エンネアデス』Enneades や、その編纂者ポルピュリオス Porphyrios（二三二―三〇五?）や、この流派の神秘的呪法的傾向をますます強めたイアムブリコス Iamblichos（二五〇ころ―三二五）などは、哲学史に属する。ただここで一言しておきたいのは、このころにいたると、キリスト教と異教との差が次第に狭くなってきたことであって、「唯一者」との融合を希求したプローティーノスもキリスト教の大学者であり、プラトーン的思想とキリスト教との融合をはかったオーリゲネース Origenes もともにアレクサンドレイアのアムモーニオス・サッカース Ammonios Sakkas の弟子であることを考えるとき、当時の救済を求める心がいかに働いたかを知ることができるであろう。このころ以後のキリスト教の作家たちはすべて古典的な教養を十分に身につけ、その文学の技巧をキリスト教に奉仕させたのである。

小説

恋愛小説の起こり

紀元前四世紀までの古典時代のギリシアはほとんどあらゆる種類の文学を試みたが、小説だけは例外であった。この近代の散文学の最大の部門への要求は、しかし、一部は『オデュッセイア』に始まる冒険的な、また珍奇な見聞に満ちた旅行譚、一部は英雄伝説や著しくロマンス化された歴史によって満たされていた。ヘレニズム時代の多くの歴史は、アレクサンドロス大王の遠征記に見えるように、歴史というよりは、むしろ小説に近いのである。いっぽう、エウリーピデースに始まり、新喜劇によって継承された、その成就をはばむいろいろな経緯と冒険ののちに大団円に終わる恋愛物語があった。そして主人公にからむ多くのわき役の型が創り出された。この歴史的ロマンスと恋愛物語が合流して主幹となって、ヘレニズムの終わりのころに恋愛冒険小説というべき娯楽読物ができ上がった。数多くあった中から、五つの作品が現存しているが、最古のものは紀元後一世紀ころに属すると思われるカリトーン Chariton の『カイレアースとカリロエー物語』Chaireas, Kallirhoe であって、時代を紀元前五世紀末のペロポネーソス戦争に取り、アテーナイの遠征軍を撃破したシシリアの将軍ヘルモクラテース Hermokrates の娘とその政敵の息子との恋の成就のいきさつをアジアふうの文体で綴った一種の歴史小説である。クセノポーン Xenophon の『エペソス物語』Ephesiaka または『アンテイアとハブロコメース物語』Antheia, Habrokomes は驚くべき複雑な筋で、短い場面が相ついで重ねられ、二人の目まぐるしい運命の変転が物語られる。アキレウス・タティオス Achilleus Tatios の『レウキッペーとクレイトポーン物語』Leukippe, Kleitophon は、従来は伝存するこの種の物語中最後のものとされていたが、最近のパピルスの証拠により、紀元後二世紀後半とする説が有力となっている。これはかなり弁辞学的な文飾と手法を用いた文体により、この二人の主人公の一目ぼれに始まり、難破や野盗や横恋慕などのあらゆる障害を乗り越えてついに二人が再会する話で、この種のロマンスの用いるほとんどあらゆる常套手段が利用されている。従来古代の小説の最大の傑作とされていたヘーリオドーロス Heliodoros の『エチオピア物語』Aithiopika または『テアゲネースとカリクレイア物語』Theagenes, Kallikleia はその筋の導入と展開の技巧、構想の統一性、文体においてとくにすぐれている。レスボス島のロンゴス Longos の『ダプニスとクロエー物語』

Daphnis, Chloe は他の小説と異なり、舞台を作者の故郷レスボス島の田園の牧歌的風景中にとり、そこに羊飼いとして働いているふたりの捨子を置く。作者は彼らの間の愛情と春の目覚めを描くのである。

これらの恋愛小説とは異なるが、歴史的人物や架空の人に名をかりた書簡文学もまた一種の小説と考えてよいであろう。ギリシアではすでに古くから、偉人有名人の奇行や逸話が驚くほど多くつくられた。ソークラテースや犬儒派の樽の哲人ディオゲネース、はては名高い白拍子たちなどに関する逸話の大部分は後世の人たちの発明である。同じように多くの手紙が名高い人々の名をかりて偽造された。それは本物よりもいかにもその人らしく書かれていて、ギリシア人がいかにこの種の遊びが好きだったかをよく示している。このような架空の環境を前提とする書簡体よりアルキプローン Alkiphron（後二世紀）の、紀元前四世紀のアテーナイに舞台をかり、アッティカの擬古文による、短い書簡体の日常生活を描いた趣き深い作品が生まれた。

詩

古典時代ギリシアの詩は叙事詩に始まり叙事詩に終わった。ホメーロス以後、叙情詩、劇の時代を経て、ヘレニズム末期から紀元後一—三世紀はギリシア詩にとって最も不毛の時期であった。この間に衰えをみせなかったのはエピグラムだけである。ネロの時代にルーキリオス Lukilios なる作家が類型的な、変人や不愉快な人間に対する嘲罵や駄洒落を飛ばす名人として知られているが、この種のエピグラムはローマのマルティアーリス Martialis によって完成の域に達した。二世紀のハードリアーヌス帝による古典ギリシア復興の時期には小アジアのサルデイスの人ストラトーン Straton がエピグラム作者として名を残している。多くの人に愛読されたバブリオス Babrios のイアムボス詩形によるイソップ物語もこのころの作である。

いわゆるレーゼ・ドラマとして悲劇や喜劇も書かれたが、同じく音楽の伴奏をともなう歌も昔の通りにつくられた。ネロやハードリアーヌスのごときギリシア好きの皇帝は自らも詩をつくり、ギリシア詩を奨励し、詩人を保護したが、ハードリアーヌス帝時代の竪琴の弾奏者として令名の高かったクレータの人メソメーデース Mesomedes の太陽神ヘーリオスその他の神々への楽譜付きの讃歌のほかに、幾編かの、単純なことばで綴られた詩が伝わっている。しかしこの時代に、悲劇、喜劇、ディテュラムボス、歌などすべての詩が合流したのはミーモスであった。これは物語的な、歌あり踊りありの、一種のレヴューであって、男のみならず女優も登場し、一流の女優は今日の映画の女優と同じくもてはやされ、莫大な収入を得ていた。ミーモスにももちろん題本があったが、伝存するわずかな断片はその文学的なまずしさを示している。

この時代にはまた『オルペウスの歌』と称せられている、この神話伝説的なトラーキアの歌人に帰せられた多くの偽作がある。オルペウス自身が参加した『アルゴー遠征譚』Argonautika、オリュムポスの神々を始め、夜、空、諸元素その他をたたえた二八編の讃歌、『リティカ』Lithika（「石の歌」の意）と称する、ある種の石の魔力を歌った教訓叙事詩がつくられた。これらはすべてオルペウス教に属する人々のためのものである。同じく英雄叙事詩の韻律で綴られた『シビュラ Sibylla の予言書』もこのころの産物である。

教訓叙事詩もヘレニズム時代のあとをうけて、ローマ時代にも衰えず、多くの作品がつくられた。シデーの医者マルケロス Markellos の『医術』Iatrika 四二巻は断片以外は失われたが、これは古語珍語の羅列であったらしく、その損失は惜しむに足りない。アレクサンドレイアのディオニューシオス Dionysios（ハドリアーヌス帝時代）がエラトステネースの地理書にしたがって、これを教訓叙事詩化した一一八七行の詩は大いに愛好された。キリキアの人オッピアーノス Oppianos がマルクス・アウレーリウス帝時代につくった『漁業の書』Halieutika 五巻と、同名の、シリアのアパメイアの人オッピアーノスが二一二年にカラカラ帝にささげた『狩の書』Kynegetika 四巻はともに今日では読むに耐えないものである。

英雄叙事詩もまた古代末期において再び盛んとなった。スミュルナの人クゥイントゥス Quintus（四世紀ころ）の『ホメーロス後日譚』Ta meth' Homeron 一四巻は、『イーリアス』と『オデュッセイア』の間をつなぐ目的で、ヘクトールの死よりイーリオスの陥落にいたる事件を扱い、要するに神話のハンド・ブックを詩の形式に置きかえたものにすぎず、ホメーロスやカリマコスの模倣の拙劣な見本であるが、トロイエー伝説の資料としての価値をもっている。トリュピオドーロス Tryphiodoros の『イーリオスの陥落』とコルートス Kolluthos の『ヘレネーの略奪』はそれぞれ六九一行、三九四行の短い叙事詩で、ともにおそらく五世紀に属している。後世に対する影響の大きさで、これらと比較にならないのは、ヘーロー Hero とレアンドロス Leandros の悲劇的な恋物語を歌ったムーサイオス Musaios の詩である。

ノンノス

トリュピオドーロス、コルートス、ムーサイオスたちは、いずれもエジプトのパーノポリス Panopolis の人ノンノス Nonnos の流派に属するが、古典古代最後を飾る彼の大長編叙事詩『ディオニューソス譚』Dionysiaka 四八巻は幸いにして完全な姿で伝存している。彼は五世紀後半の人で、この二万五〇〇〇行による熱狂的な作品は、ディオニューソス神のインド遠征を中心とし、まず、ゼウスに掠(さら)われたエウローペー捜索の旅に出て、ギリシアのボイオーティアにテーバイ市を創建したカドモスの物語から始め、その娘セメレーとゼウスからディオニューソスが生まれるまでに最初の八巻を費している。神の幼時の物語ののちに、第一三巻にいたってようやくインド遠征の準備にはいり、『イーリアス』第二巻のギリシア軍勢表をまねて、神の遠征軍の軍勢の勢ぞろいが語られる。戦闘の描写は『イーリアス』的で、演説、武器の製造、神々の戦闘、葬礼競技などホメーロス的なテーマがあますところなく取り入れられる。第四〇巻のインド王デーリアデース Deriades の死で遠征は完了し、その後の八巻で、フェニキア、レバノン、テーバイ、アッティカのこの神の崇拝にまつわる物語と、ナクソス島でのアリアドネーとの結婚が歌われる。ホメーロスの明らかな模倣にもかかわらず、ここに示されたのは非ギリシア的に奔放に荒れ狂う、尺度を知らぬファンタジーである。星辰、海、山川草木が巨大な宇宙的な力とともに神の行為と相交わり、神秘な象徴的な、肉体的なものが茫漠たる世界に、熱狂するエクスタシーに、読者を誘う。これを歌うことばは弁辞学的な美辞麗句と古語新語、作為的な語や音やあるいは句の重複であり、ホメーロスなどよりははるかに厳密な作詩法上の規律がことばを縛っている。韻律に従来の音節の長短とともに強弱のアクセントの要素が加わっている点は、当時のギリシア語の変化を示すものとして興味深い。

キリスト教文学

福音書の成立

ノンノスは晩年になってキリスト教徒となり、同じく叙事詩体でヨハネ福音書を歌ったが、新約聖書を始めとして、キリスト教文学もまたこの後期古典時代のヘレニズムとオリエントとの融合の一つの現われであった。新約の中で最も古いのは、紀元後五三—六四年ごろに書かれたポーロの書簡である。原始キリスト教徒の強い信仰と団結力の源泉は現世の近い時期における滅亡と神の国への信仰にあった。異教徒の恐るべき死後の運命と濁世の破局の予言たる『アポカリュプシス』Apokalypsis がドミティアーヌス帝の圧政の時代に書かれたのも偶然ではない。現存する形の福音書が成立したのは一世紀末から二世紀にかけてであって、最も新しいヨハネ伝はすでにヘーラクレイトス・ストア的なロゴスの思想と相対峙している。使徒伝は福音書と同じくヘレニズムいらいのギリシアの歴史と伝記の伝統に立っている。宗教的驚異の話は、『テュアーナのアポローニオス伝』や、ラテン作家アープレーイウスの『変身譚』の最後のイーシス女神の話に認められるように、エジプトその他の東洋に由来し、ヘレニズム全体に広がったが、これをアレタロギア Aretalogia という。新約中のキリストや使徒たち、あるいは多くの殉教者伝の驚異譚もまたこの種の文学に属するのである。

キリスト教と異教思想の融合

異教に対するキリスト教擁護論もこのころに書き始められた。ヨハネ伝にすでに認められたキリスト教と異教思想の融合は、やがてキリスト教の教義のヘレニズム化となり、これはとくにヘレニズムの中心であったアレクサンドレイアにおいて、まず新プラトーン学派との交流によって展開された。アテーナイに生まれ、一九〇―二〇二年ごろにこの市で教えたクレーメース T. Flavios Klemes（ふつうラテン語でクレメンス Clemens と呼ばれている）とその偉大な弟子、神学者、文献学者オーリゲネース Origenes（一八五―二五四）のふたりはプラトーンとストアの思想をキリスト教解釈とその教義確立に用いたのであるが、やがてこれは教会のきらうところとなり、異端とされたのである。原初より紀元後三二五年にいたる歴史年表の作者、カイサレイアの司教エウセビオス Eusebios は、オーリゲネースの弟子であり、教会史の編者でもある。キリスト教と異教との差の縮小は、異教徒でアッティカ主義の弁辞家リバニオスの弟子の中に、異教復興の旗頭となった背教者ユーリアーヌス帝とともに、キリスト教の大説教者大バシレイオス Basileios（三三〇—三七九）や、ユダヤ人と異端の徒を熱烈に攻撃しながらも、古典世界の弁辞学の子である、その雄弁のゆえに「黄金口」と綽名(あだな)されたヨハンネース Johannes Chrysostomos（三四四—四〇七）のごとき人々が数えられていることによって知られる。キリスト教の大文学者で、ユーリアーヌスの攻撃者ナジアゼーンのグレゴリオス Gregorios（三三〇—三九〇）は、ソフィストであるヒーメリオス Himerios の弟子であった。背教者ユーリアーヌスをその死後までも攻撃したこの大教父も、『パラティン詞華集』に古典的な異教的なスタイルでエピグラムを数多く残している。

最後の残光

ユスティーニアーヌス帝時代

ユスティーニアーヌス帝（五二七—五六五在位）とその将軍ベリサーリウス Belisarius によるアフリカのヴァンダル王国、イタリアのゴート王国に対する勝利とローマの回復は地上の世界帝国への最後の努力であった。帝とトリボーニアーヌス Tribonianus によって編纂された『ローマ法典』も偉大な伝統の最後の結集である。五三七年に奉献されたのち、地震によって大損害をうけたコーンスタンティヌーポリスの聖ソフィア大会堂が再建されて、五六三年一月六日に皇帝、廷臣、教会の長老たちの列席のもとに式典が行なわれたときに際して、パウルス・シレンティアーリウス Paulus Silentiarius は、この大会堂を描写し称えた叙事詩を朗唱したが、これは『イーリアス』第一八巻のアキレウスの楯の名高い描写いらい千数百年のギリシア文学の伝統を受け継いだものであった。彼もまた『パラティン詞華集』にエピグラムを残しているが、同じくユスティーニアーヌスの廷臣であったアガティアース Agathias は、この詞華集の先駆をなした選集の編者であり、自ら多くのエピグラムをその中に残している。この選集の終わりに付せられて残った「アナクレオーンふう」Anacreonteia と呼ばれる、この偉大なイオーニアの叙情詩人の作風と韻律とを模倣してつくられたかなりな数の短い、気はきいているが、ただそれだけの詩は、おそらく大部分は一世紀から二世紀にかけてのものであろう。古代最後の偉大な歴史家プロコピオス Prokopios が取り上げたのも、ベリサーリウスの対ヴァンダル、ゴート、ペルシア戦争の歴史八巻と『建築物』と名づけられた、皇帝の帝国内の各地における造営物の叙述であったが、このベリサーリウスの秘書、軍事顧問であり、皇帝の廷臣として高位に上った男には、いま一つ『密書（アネクドタ）』Anekdota（ラテン名 Historia Arcana）という、ユスティーニアーヌスと皇后テオドーラ Theodora の前身のみならず、ベリサーリウスやその妻に関する悪意に満ちた誹謗の書が帰せられている。

ビザンティン文化の形成

ラヴェンナのサン・ヴィターレの会堂の壁に金色に輝くモザイコ上にユスティーニアーヌスとテオドーラの姿を見る者は、あのしなやかであったヘレニズムの伝統が今や硬直して、別個のものに変容しつつあったのを知るであろう。ビザンティニズムはすでにここに完成されている。それはギリシアとローマとオリエントの混合より生まれ出た新しい様相なのである。ユスティーニアーヌスの偉大なる征服者、律法家、造営者としての、自らの力の限度を知らぬ浪費は、彼以前一〇〇年間に皇帝たちとその下の有能な官吏たちが営々として築いた帝国の財力を一挙にして費しつくした。彼の没後イタリア、ダキアはたちまち失われ、バルカンは、ギリシア本土にいたるまでスラヴ族に蹂躙（じゅうりん）せられ、東方よりはペルシアが侵入し、帝国は四分五裂、コーンスタンティヌーポリスそのものさえ危くなったのである。この長い困難な時期ののちに、帝国は再び不死鳥のように立ち上がり、一四五三年のコーンスタンティヌーポリス陥落にいたるまで生き延びはしたものの、それはもはや古典古代とは異質なものであった。

ローマの文学

共和制時代

ローマのフォルム

ローマと地中海世界の接触

ローマの登場

ローマが一地方的な勢力から初めて直接に地中海世界の檜舞台に乗り出したのは紀元前三世紀の初め、アレクサンドロス大王没後彼の後継者たちの国争いの劇的な争闘も漸くおさまって、ヘレニズム文化がはやくもその頂点に達しようとしつつあるころであった。

中部イタリアの西側、ティベル河岸の七つの丘の上の貧しい村落から起こって、王政を脱して共和国家を創り(つく)あげ、紀元前六世紀から五世紀にかけて、エトルリアの攻撃を退け、周囲のラテン民族とエトルリアの都市を攻略したのち、ローマは紀元前四世紀初めにケルト族に蹂躙(じゅうりん)され、同じ世紀の後半には南伊のサムニウム Sammium 人との争いに幾度か危機に臨みながら、七〇年の死闘ののちにようやく紀元前三世紀の初頭に彼らを制圧して、イタリア南部のギリシア都市と直接に関係をもつにいたったのである。やがて起こったタレントゥム Tarentum との争いにも勝利を得たローマは、紀元前二七〇年には南伊征服を終わり、つづく五か年の間にローマの西部と北西部の諸民族を降して、アルノ、ルビコン両河以南の全イタリアをその支配下に置くにいたり、地中海世界に一つのあなどりがたい勢力として登場したのである。

ローマ人はラティーニー Latini と呼ばれたイタリアの一民族の中の一つの部族であった。ラティーニー族はおそらく紀元前一〇〇〇年ごろに中部ヨーロッパからイタリアの半島にはいって、ティベル河下流のローマを囲む狭い平野と周囲の高地に定着したらしい。彼らはここでいま一つ別の、しかし言語的には極めて近い民族と混合して、民族としての性格を築き上げたのであって、このことは彼らの言語であるラテン語 lingua Latina が同じく一種の混合言語であることによっても示される。

彼らは多くの部族 populi に分かれ、農業に従いつつ、いわば半未開の生活を送っていたのであるが、紀元前五世紀以前のイタリアはまさに民族の展覧会の観があり、多くの小民族が各地に割拠していた。ラティーニーと近い関係にあり、同じく印欧語族に属する民族としては、ローマの北のウムブリア族 Umbri、南のオスク族 Osci があり、フィレンツェを中心とする地方にはエトルリア人 Etrusci がいて、はやくよりギリシア文化を摂取し、いちじはローマそのものをも支配し、北伊から南伊にかけて勢力を振るい、文化的にもローマに大きく影響して、その種々の制度風習に跡を遺(のこ)している。ローマの人名のつけ方、名高いグラディアートル gladiator と呼ばれる剣士の死闘競技などはエトルリアから移入されたものである。南イタリアとシシリアには、紀元前八世紀いらい多くのギリシア都市が建設され、繁栄を誇っていた。紀元前六世紀後半以後のギリシアは当時の最も高度に発達した文化の所有者であったうえに、すでにこの時代からその人間的な文化は異民族の中に抵抗なく滲透しつつあった。エトルリア人の多くの墳墓の壁画やそこから出土したおびただしい数のギリシアの土器は、彼らがいかにギリシア文化の影響下にあったかを十分に示している。彼らの文字もまた紀元前八世紀ごろにギリシアから借りたものである。南伊のオスク人その他の原住民もまた同じく影響を蒙ったに違いないが、彼らにはいまだに高いギリシア文化をエトルリア人のように摂取するだけの用意ができていなかった。シシリアにもラテン語に近い言語を話す民族がはいっていたが、これはやがてギリシア人に同化されていった。ローマ人も古い時代に同じくギリシア文字系統の文字を使用するにいたったが、これは少なくとも一部はエトルリア文字を経たものである。ギリシア文字ではGとWの音を表わしていた文字が、ローマ字でCとFになったのは、清音と濁音の区別がなかったエトルリア語を経たと考えなくては、説明がつかない。

ギリシア文化は、このように徐々にイタリア半島の内部にも滲透しつつあった。とくにラテン民族と古いつながりがあったらしいことは、ギリシアの紀元前八世紀の叙事詩人ヘーシオドスがその『神統記（テオゴニア）』（四七ページ参照）の最後で、太陽神（ヘーリオス）の娘キルケーがオデュッセウスとの間にアグリオス Agrios とラティーノスを生み、彼らは遥かなる聖なる島々の奥で誉れも高いテュルセーノイ Tyrsenoi 人を支配していた、という驚くべきことばからうかがわれる（一〇一一―一〇一六行）。ラティーニー族の始祖たるこの人物にはいろいろな系譜が伝えられているが、ヘーシオドスのは最古であり、彼がテュルセーノイすなわちエトルリア人を支配したとあるのは、おそらく何かの混同による誤りであろうが、紀元前八世紀にはすでにギリシア人はイタリアに貿易と海賊とをかねた探検的な航海を行なっていたから、そこからこの伝えがギリシア英雄家の系譜にはいったものであろう。

　ギリシアとの関係がいかに古いとはいえ、ローマが最後の独立の民族たるサムニウム人を征服し、タレントゥムを落とし、シシリアに進出したときには、ラテン民族はいまだに農夫であった。その宗教は卑近な農耕を中心とする日常の生活に直結した物事を素朴に神格化したものにすぎなかった。かまど、食物入れや食物庫、野や荘園の女神、中には錆の神まであり、彼らの人間化は曖昧で、もとより神話などはありようもなかった。のちにギリシアのオリュムポスの神々と同一視されて、同じかずかずの美しい神話の持ち主になったローマの一二神も、もとは上述のような神であった。ギリシアの愛の女神アプロディーテーと同一視されたヴィーナス Venus は元来中性の普通名詞で、「魅力」を意味し、もとは野菜畑の神であった。

　言語の面からも、ラテン語は語彙の少ない、文法もまだ整備されていない、表現力に乏しいことばであった。紀元前四五一―五〇年に制定されたと伝えられる名高い十二銅板法の断片が伝存していて、それはもとのままのものではなく、その後のたび重なる改訂の結果のテクストと思われるが、素直で単純ではあるが、論理的表現力の欠如が著しく目立つ、たどたどしいことばで綴られている。

ローマ文学の起こりと演劇

文学と称すべきものもまったくなかった。元来ラテン語には「詩」を表わすことばさえなかったのである。後代になって「歌」を意味するようになった「カルメン」carmen は本来は呪文を表わし、また詩人を指すようになった「ウァーテス」vates は「占術師」の意味であった。ためにローマ人はギリシア語から、「ポーエタ」poeta を借りたのである。
サリイー Salii とかアルウァーレース Arvales とかいう宗教団体が儀式に用いた歌(カルメン)は、詩ではなくて、呪文である。いっぽう、フェスケンニーヌス Fescenninus と呼ばれた古くからのイタリアの詩の形式があって、取り入れに際して農民たちがこの形式で相互に愉快に歌い合ったと伝えられている。これは魔除けのためで、その後も結婚式や凱旋式にはフェスケンニーヌスによる嘲罵の応酬が行なわれた。ローマ人はこれを彼らの地における独自の劇の萌芽とし、さらにこれに「サトゥラ」satura を加えている。これは「混合」の意味である。紀元前三六四年にエトルリアの踊り子がローマに来て、この地での最初のバレーを見せたが、これをまねて素人が踊りとともに即興の物まねを行なった。やがてこれは職業的な俳優によることば、音楽、踊りを併せた複雑な演技となった。これは歴史家リーウィウス(第七巻・二)の伝えるところであるが、彼はさらにオスク族からローマに輸入されて、人気を博したアーテラーナ Atellana という俄芝居(にわか)もまたローマの喜劇の源の一つに加えている。これはカムパニアのオスク人の邑アーテラ Atella を中心として流行したもので、馬鹿のマックス Maccus、せむしのドセンヌス Dossennus、大食いのマンドゥークス Manducus、年寄りのとうちゃんパップス Pappus というおきまりの人物が登場して、滑稽な芝居をやる。おそらくこれは南伊のギリシア諸都市で盛んに行なわれたミーモスの一種プリュアークス phlyax の系統で、これもまた初めはローマで素人が好んで演じたが、のちに職業的俳優に上演が移った。ローマ人が紀元前三世紀になって北方を除くイタリア全土を征服し、彼らの位置が高まるとともに、このような芝居や物まねはいやしいものと感ぜられるにいたったのであろう。これはローマの劇のその後の運命に重大な関係がある。ローマでは劇が最初に文学として開花したが、それにはローマの高い階級の人々はほとんど加わらず、自ら劇を作る者もなく、劇はその後も盛んに上演されたにもかかわらず、文学的な劇の創作は紀元前一〇〇年前後で衰えたのである。

いずれにせよ、紀元前三世紀前半まではローマには文学と呼ぶに値するものは存在しなかった。しかし、ギリシア文化との接触はすでに古くからあり、ローマが勢力を南に伸ばすにつれて、それはしだいに深まっていった。南伊においてはギリシア語は原住民の間にもよく通じ、ギリシア文学作品も読まれていたに相違ない。ローマにもギリシア人の戦争の捕虜、奴隷、商人などがはいり、その高い文化は必然的にローマ人を惹きつけたに相違ない。

このころ、紀元前二七二年、タレントゥムの陥落ののちにローマに捕虜として連れて来られた少年があった。おそらく彼はリーウィウス家にはいり、そののち解放されて、ローマの習慣に従い主人の氏族名をそのままに、**ルーキウス・リーウィウス・アンドロニークス** Lucius Livius Andronicus（紀元前二八四ころ—前二〇四ころ）と名乗った。アンドロニークスは彼のギリシア名である。前二四〇年の、第一ポエニ戦争終結の祝典に際して、彼は請われてギリシア悲劇と喜劇を翻案上演し、彼の学校の生徒のために『オデュッセイア』を翻訳、前二〇七年には少女たちの合唱隊のために讃歌をつくった。かくて彼は最初にラテン語を文学に使用する栄誉を得たのである。当時のラテン語は元老院での演説によって多少の磨きはかけられていたものの、芸術的、とくに詩的表現のためにはまったくためされたことのないことばであった。彼は、『オデュッセイア』は古いローマの、おそらく強弱のアクセントの数による、ゲルマン民族の叙事詩に認められるような、ルースな韻律によったが、劇のほうではもとのギリシアの音節の長短による方法をラテン語に応用せざるをえなかった。しかし、いずれにせよ、彼の翻訳は、今日の意味でのそれではなくて、自由な翻案であって、彼自身の独創性が良いにしろ悪いにしろ付加されている。彼は原本に隷属せずに、自由に新しいものを自分で創(つく)り出そうとしたのである。これは重要なことで、ローマ文学創造の第一歩であった。ローマ人はその後もギリシア文学をあらゆる意味で模範とし、師として仰ぎ、自ら夷狄(バルバルス) barbarus たることに甘んじたことは、昔の日本の人々とよく似ていた。彼らは自分のことばでギリシア文学に匹敵するものを創り出そうと努力したのである。

ローマの文学は広い意味でのヘレニズムの一環である。ローマ人はくらぶべくもなく高い洗練されたギリシア文化に接して驚嘆し、これを摂取し、これに同化していった。しかし彼らはそのまま同化されはしなかったのである。ヘレニズム世界のほかの民族がその影響下にギリシア語そのものを用いて創作したのに、ローマは自分の言語によったのである。ローマは今や紀元前五世紀のギリシア悲劇、メナンドロスの新喜劇、ホメーロスの叙事詩に接し、これを模した多くの自国語の詩人をたちまちにしてもつにいたり、詩人のギルド Collegium poetarum が組織されたが、ローマの上流の人々が文学にたずさわるには習慣が許さず、また大部分の者にはその趣味もなかった。ローマの古来からの高貴な家柄の人で偉大な文学者といえるのは、あらゆる意味で型破りの例外であるカイサルただ一人である。初期にはラテン人さえいなかった。アンドロニークスの後輩のプラウトゥスはウムブリアの、エンニウスとパークウィウスは南伊のカラブリアの出身であり、テレンティウスにいたってはアフリカのモール人で、解放奴隷であった。ローマ最大の雄弁家キケロはアルピーヌムの人であり、大詩人ウェルギリウスは北方のケルト人の地の出身である。

ナイウィウス Gnaeus Naevius（紀元前二七〇ころ―二〇一以後）はローマの市民権をもち、第一ポエニ戦争（紀元前二六四―二四一）に従軍したが、前二三五年ごろから劇作を始めた。彼はギリシアの悲劇喜劇の翻案のほかに、ローマの歴史から悲劇（fabula praetextata）を、またローマを舞台にした喜劇（fabula togata）を書き、豪族メテリー Metelli 家のひとりを、「メテリーが執政官となったのは幸運のお陰だ」といったために、捕えられて追放の憂き目にあった。彼を有名にしたのは、一つはローマ史劇であるが、一つはポエニ戦争を歌った叙事詩で、これにはアンドロニークスと同じく、ローマ古来の韻律を用いた。ナイウィウスは、このようにして、ギリシア文学に範をとりながら、ローマ自身に題材を求めようとする新しい、その後のローマ文学に道を示す、傾向を見出すのである。これらふたりの作品はほとんどあるかなしかの断片によって知られるにすぎないが、プラウトゥス Titus Maccius Plautus（紀元前二五〇以前―一八四）の喜劇は幸いにしてその真作と古代において考えられていた二一編中、二〇が完全に、一つが断片として伝存している。彼は北伊のケルト民族の地に近い、ウムブリアのサルシナ Sarsina に生まれ、ローマに出て劇場の裏方で小金をためたが、これを元手の商売に失敗して、いちじは奴隷にもおとる、粉挽きの労働者に身を落としながら、ついに喜劇作者として成功した。彼の作品もまたギリシア新喜劇のピレーモーン、メナンドロス、ディーピロス（二二一ページ参照）やその前後の作者の翻案であるが、彼は二つの喜劇の筋を合わせたり、ある場合だけ他の作品から取ったりして、創意を出すとともに、ギリシアのもとの作品にはない歌をふんだんに加えた。これは「カンティカ」cantica（「歌」）と呼ばれ、彼の喜劇の大きな部分を占めている。したがってこれはいわばミュージカル・コメディであって、この部分を彼は同時代のヘレニズム世界に流行していたレヴュー式の軽演劇から借りたものと思われる。彼の劇は元はギリシアであるが、まったくローマ化され、ローマの市井の小市民の生活が原作のギリシアのアテーナイの市井の瑣事に投影され、翻案でありながら、まったくローマ的な雰囲気を出している。そこで話される会話もまた原作とはまったく異なる性質のものである。メナンドロスの喜劇の人物は典雅ともいうべき洗練されたことばで話し、その雰囲気はあきらめに近い物静かなものであるのに反して、プラウトゥスの人物はテンポの早い、ベランメエ調でまくし立てる。それは当時の口語体であり、借用語に満ちながら、構文にはギリシア語の模倣はなく、ぴちぴちと生きがよく、まことに痛快なことばである。筋はギリシア新喜劇と同じく、青年と身分のよくない娘や芸者との恋愛に始まり、青年に加担する奴隷、がんこな親父がからみ、最後には娘がれっきとしたアテーナイ市民の子であることがわかってめでたしとなることが多い。プラウトゥスは新喜劇の見物とは違った、教養はないが目ざましい発展途上にある活気にみちたローマの人々を相手にしたから、このような劇をつくったのである。彼らは教養のない、気に入らねば物を投げつけ、どなり散らす群衆であった。劇場も戸外に等しい粗末な木造であった。こんな手合いを相手にして、縁日同様にほかにもたくさんの見せ物があって、つまらなければ皆そちらに行ってしまうような所で、見物をつかみ、彼らに聞かせ、そこから生活の資を得たのであるから、プラウトゥスは偉い男であったというほかはない。これには彼のモデルであった新喜劇とギリシアのレヴューが、ほかの文学と違って、ほとんど、同時代のものであったことも幸いしたのであろう。そのためにプラウトゥスは自由に原作を同化することができたのである。

彼の伝存作品は、『アムフィトルオー』Amphitruo、『驢馬』Asinaria、『黄金の壺』Aulularia、『二人バッキス』Bacchides、『捕虜』Captivi、『カシナ』Casina、『手箱』Cistellaria、『穀象虫』Curculio、『エピディクス』Epidicus、『二人メナイクムス』Menaechmi、『商人』Mercator、『軍人さん』Miles Gloriosus、『お化屋敷』Mostellaria、『ペルシア人』Persa、『カルタゴ人』Poenulus、『嘘つき』Pseudolus、『綱』Rudens、『スティクス』Stichus、『三分（さんぶ）の金』Trinummum、『野蕃人』Truculentus と、断片的な『合財袋』Vidularia である。これらの中には複雑極まる筋のもの、ただのどたばた騒ぎで筋らしいものがない作品、あるいは『綱』のようにロマンチックなものなど、いろいろであるが、ここでプラウトゥスの傑作『綱』のプロットを代表として紹介しよう。これはギリシア新喜劇のディーピロスの喜劇の翻案である。

場面はアフリカのキューレーネーに近い海岸、そこにヴィーナスの神殿と、年老いたアテーナイ人ダイモネース Daemones の家がある。彼にはひとりの娘があったが、ずっと昔まだ子どものときに奪われてしまった。彼のところへ、嵐の翌朝プレーシディップス Plesidippus なる青年が、女衒（ぜげん）のラブラクス Labrax の消息を尋ねてやってくる。ラブラクスは青年に彼の愛するパライストラ Palaestra をヴィーナスの神殿で手渡す約束をし、前金を払ったのである。しかしラブラクスはもっと有利な商売をやろうと、こっそり女を連れてシシリアに旅立つ。そこで大嵐が起こり、彼の船は難破し、パライストラと彼女の召使いアムペリスカ Ampelisca はボートで難を逃（のが）れて陸にたどり着き、ヴィーナスの女宮守に保護される。いっぽうラブラクスと彼の友だちも陸に打ち上げられ、娘たちを見つけて、捕えようとする。しかしダイモネースは、パライストラがアテーナイの出で、自由の身であると主張していると聞いて、彼女を保護する。この間に、彼の奴隷が漁をしていて、網でラブラクスの持ち物である袋を引きあげる。その中にはいっていたパライストラの持ち物によって、ダイモネースは彼女が奪われた自分の娘であることを発見する。こうしてパライストラとプレーシディップス、解放されたアムペリスカと青年の奴隷との結婚によってめでたしめでたしとなる。

プラウトゥスののちにもギリシア喜劇の翻案は盛んに行なわれたが、その代表者はカイキリウス Caecilius Statius（紀元前二一九ごろ―一六八）であった。ローマ人は彼をローマ喜劇の第一人者とさえ呼んでいる。彼はケルトの出、のちに解放され、主としてメナンドロスを翻案したが、その作品は伝わらない。彼の後を継いだのがテレンティウス Publius Terentius Afer（紀元前一九五ころ―一五九）である。彼もまた外国人で、アフリカのカルタゴ領のモール人であったらしい。少年のころ奴隷としてローマに移され、主人の元老院議員テレンティス・ルーカーヌス Lucanus によって教育され解放された。このような素姓(すじょう)の男がカルタゴの攻略者、文芸のパトロンとして名高いスキーピオ Scipio の恩顧を蒙り、ローマ人以上に純粋高雅な、ローマ人の模範となったラテン語で劇作したのは、不思議というほかはない。幸いにして短い生涯のうちに彼が書いたすべての作品が伝存している。『アンドロスの女』Andria（紀元前一六六上演）、『姑(しゅうとめ)』Hecyra（前一六五―一六〇）、『自責』Heauton Timorumenos（前一六三）、『男女(おとこおんな)』Eunuchos（前一六一）、『フォルミオー』Phormio（前一六一）、『兄弟』Adelphoe（前一六〇）の六編の喜劇がそれである。これらのうち四編はメナンドロスの翻案である。テレンティウスもまたプラウトゥスと同じく、二つの原作を混合して喜劇を作ることがあったが、この先輩とはことばの点でもプロットの点でもまったく異なり、ことばは当時の上流の人々のラテン語であり、歌も馬鹿騒ぎもほとんどなく、全体の調子までメナンドロス流の、静かなあきらめに満ちたアッティカ色となっている。プラウトゥス死後わずか四分の一世紀の間のこの変わりようは真に目ざましいものがあるが、その背後に、プラウトゥスの観客とは別種の、スキーピオとその周囲の人々があったことがおのずからわかる。テレンティウスがプラウトゥスのように一般民衆の愛好をうけなかったのは当然である。『姑』が紀元前一六五年に最初に上演されたときに、見物はみんな綱渡りの曲芸を見に行ってしまって、上演ができなかったという。爛熟した文化の末に生まれ出た新喜劇をそのままいまだ半未開のローマに移すには時期がはやすぎた。しかし、テレンティウスがまだ洗練されていなかったラテン語を用いて新喜劇の調子を見事に再現しえたことは驚くべきことであって、「純粋なことばづかいの愛好者」とカイサルが呼んだ彼の作品は、後期古代から一八世紀にいたるまで学校の教科書として用いられ、ヨーロッパの喜劇の歴史に大きな足跡を残している。その後、初歩の教科書から除外されたのは、学校教師の道学者的老婆心によるものである。とはいえ、テレンティウスがそのモデルに忠実でありすぎたことは、プラウトゥスによってせっかくローマ的性格を与えられて、新しい道を歩み出したローマ喜劇の死滅を意味した。

同じくローマの文学のギリシア化を悲劇と叙事詩の領域で進めて、とくにギリシア英雄叙事詩とエレゲイアの韻律によるラテン語の詩作の面で初めて成功し、喜劇と異なって、その後のラテンの文学の進路を決定しえたために、ラテン文学の父と仰がれたエンニウス Quintus Ennius（紀元前二三九—一六九）もまたローマ人ではない。彼は南伊のオスク人の地カラーブリアのルディアイ Rudiae に生まれ、オスク、ギリシア、ラテンの三語を話した。サルディニア島でローマ軍に加わっているときに、カトーに見出され、前二〇四年にローマに連れて来られた。彼はアンドロニークスと同じく、ギリシア的環境に育ち、その古典文学に通暁していたのみならず、当時のギリシアの文化生活になれ親しんでいたのである。その後ローマの市民権を獲得した彼は、アウェンティーヌス丘にささやかな居を構え、教師としてまた作家として、つましく暮らした。彼は第二ポエニ戦争の英雄、ザマの会戦の勝利者大スキーピオ Scipio Africanus Major とそのサークルの人々と親しく、またキケロが伝える逸話は、スキーピオ・ナーシカ Scipio Nasica とは友だちづきあいであったことを示している。ナーシカが彼の家を訪れると、女中が出て来て留守だという。ところがエンニウスの家は小さいので、主人公がそこにいることがまる見えなのである。ナーシカがそれをなじると、詩人は、当人がそう言っているのだから、これほど確かなことはない、と怒鳴ったという話であるが、これはどうやらこういう逸話をつくることにかけては天才的なギリシア人のものを借りてきたらしい。しかしとにかくこれはエンニウスがこれらスキーピオ周辺の高貴な人々とよほど親しかったことを示すものと考えてよいであろう。

彼は多方面な活躍をしたが、おもな作品は悲劇、叙事詩体のローマ史を内容とする『編年史』Annales と『サトゥラ』である。彼が生きたヘレニズム世界において、過去の偉大なる記念碑ではなくて、なお生きていたただひとりの大悲劇作家エウリーピデースの非ローマ的な人間味の豊かさと生活態度とをローマの舞台で再現し、『サトゥラ』では当時の事物への諷刺とともに、ギリシアの自然哲学、エウヘメーロス Euhemeros の神話の合理主義的歴史的解釈、開明された生活の知恵と享受とをローマ人に教えた。『編年史』では、彼はアンドロニークスやナイウィウスが用いたローマ古来の韻律に代わって、ギリシア叙事詩のそれを使用し、ここにウェルギリウスにいたる道を開いた。彼の悲劇や叙事詩のラテン語には、彼が生い立ったヘレニズム時代のギリシア語の悲劇、叙事詩と同じ人工的技巧的な要素が、ラテン語特有の頭韻や同じ音声の重複の技巧などと入り混じっている。ラテン語には困難な叙事詩の韻律はいまだに十分にはこなし切れず、作詩上の技巧からは、はなはだ幼稚で滑稽なものさえ見出される。彼の作品もほとんどまったく散逸してしまったから、わずかな断片からその全体を察することは困難であるけれども、そこには先駆者としての苦心と多くの欠点が目立っている。喜劇作者としては失敗であったが、その他の面でエンニウスは彼以前のローマの文学を一掃して、新しい道への道標となったのである。新しいホメーロスと自負し、自作の不滅を信じた彼を、後代のローマ人もまたミューズの教え子と尊んだのである。

悲劇は喜劇と異なり、エンニウス以後なお一〇〇年の間盛んにつくられた。エンニウスの甥パークウィウス Marcus Pacuvius（紀元前一三〇没）は、画家として名を成したが、悲劇作家としても名高く、学者すなわちギリシアの英雄伝説に通じている人としても尊敬された。彼の若い競争者アッキウス Lucius Accius（紀元前一七〇—八五ころ）はウムブリアのピサウルム Pisaurum の出で、彼の名は帝政時代にいたるまで喧伝された。彼は悲劇のみならず、ギリシア・ローマの演劇上演史や歴史を編み、さらにローマ最初の大文法家でもあった。すでにパークウィウスに見られたエウリーピデース以後の、すなわち同時代のギリシア悲劇への傾斜はアッキウスにおいてはますます著しくなった。

ローマのギリシア化

今やローマ人はぶざまな百姓のことばであったラテン語を矯め直して、ギリシアの原作をラテン語に移し模倣することを可能ならしめたのであるが、そのために文学者が必要とした社会的背景も紀元前二世紀に着々として準備されつつあった。ハンニバル戦争後ローマは世界的勢力としてヘレニズム世界の諸王国やポリスと直接に関係をもつにいたった。これらの国々からは第一流の雄弁家、学者、哲学者が王やポリスの使節に交じってローマに送られ、元老院に嘆願者として滞在するうちに、彼らの知識を新興の戦国大名たちやその子弟に授けた。ローマ人は老いも若きも争って彼らの教えをうけたが、中でも啓蒙され、ギリシアびいきとして、ローマ文芸の開発に功があったのは、カルタゴの破壊者、スペインのヌーマンティアの英雄として名高い小スキーピオ Scipio Africanus Minor（紀元前一八五ころ―一二九）とそのサークルの貴族たちである。ギリシアの政治家であり、捕われの身としてローマに滞在していた歴史家のポリュビオス（二四〇ページ参照）と若年のころに親交を結び、カルタゴ攻略にも彼を伴い、その進言をきいた彼は、またストアの哲人パナイティオス（二四六ページ参照）、テレンティウスのパトロンとなり、そのサークルにはのちに述べるルーキーリウスや、ライリウス Gaius Laelius などがあった。ライリウスもまたスキーピオと同じく軍人、政治家、雄弁家として名高く、また学者としても一家を成していた。スキーピオのサークルは、あらゆる意味でローマ最高の国家の指導者であった。こうしてここにギリシア最高の頭脳とローマの指導者たちの間の融合から、新しいローマが生まれたのである。

ローマはギリシアを征服したけれども、敗北者の弟子となって、その前にひれ伏したのである。それは不思議な仲であった。ローマの貴族たちはギリシア人を嘘つき、卑怯者、不道徳と軽蔑しながら、その芸術、科学、応用技術、文学を尊敬し、師と仰いだ。ローマはまず征服者としてギリシアに赴き、名高い町々や建築物や美術品に接し、為政者として、また商人としてヘレニズムの国々に滞留した。ローマはこうしてしだいにヘレニズム世界に溶けこんでいった。やがてローマの子弟にとってギリシア語の知識は欠くべからざるものとなり、アテーナイやロドスへの留学は習慣と化し、ローマ上流人はほとんど二重言語の生活を送るにいたった。彼らは幼少のころからギリシア人の家庭教師や召使いからギリシア語を母国語のように習い覚え、その文学に接したのである。キケロの手紙を読む者は、彼のギリシア語がいかに身についているかを知って驚くであろう。彼の洒落(しゃれ)にはギリシア語によるものが多いのである。かのローマの農民的美風のがんこな支持者であるカトー Marcus Porcius Cato（紀元前二三四—一四九）でさえギリシア語はよく知っていた。ローマの支配する広大な地域の西部以外のすべての土地の共通語であったギリシア語を知らずには、政治家はとても勤まらなかったからである。

散文の発達

ギリシア的教養の上層階級への滲透は、彼らにも文学への関心を抱かせるにいたった。その結果が散文の発達である。散文は、ギリシアにおいても、詩がすでに十分な発達をとげてのちに、初めて文学的に開発されたが、あらゆる点ですでに最高のモデルをもち、その模倣から始まったローマにおいても、詩がまず民衆の間に取り入れられて後に支配階級の人々の間で散文が形成されたのである。しかしローマの散文がむけられた領域ははなはだ実用的であった。それはローマの歴史と政治、元老院と法廷の弁論であった。党派の争いのための武器としてであった。

ローマにおいても古くからさまざまな形で年ごとの記録が保存されていたといわれる。その最大のものがローマの国家宗教の最高神官ポンティフェクス・マクシムス pontifex maximus の文書として伝えられた資料であって、エンニウスの叙事詩やこの後の編年史作者はこれを資料とした。初期のローマの史家たちはギリシア語でローマ史を書いた。ハンニバルの征服者たちは自分たちの強大となりつつある祖国の尊さをヘレニズム世界の新参者として、自己紹介する必要を感じたからである。

スキーピオ一党の親ギリシア派の仇敵であり、ローマ古来の農民的美徳の代表者、擁護者であって、偏狭で猜疑心(さいぎしん)強く、保守的であった、ローマ近郊トゥスクルム Tusculum の古い平民の家の出のカトーがローマの散文の基礎を置く者となったのは皮肉であった。紀元前一六一年にギリシアの哲学者や弁辞学の徒をローマから追放したことはカトーとその一派の勢力を示すものである。前一五五年にギリシアが新アカデーメイアの懐疑派の哲学者カルネアデース Carneades を主とする哲学四派の代表者をローマに送ったときに、彼らが青年たちを堕落させないうちに、速かに送り返すべきことを主張し、白昼妻に接吻した元老院議員を除名したのも彼であった。しかし彼は晩年にいたってギリシア学に志し、ラテン語で多くの著書を公にした。彼はイタリアの歴史をイタリア民族の歴史として書き、当時の人物中心のギリシアの史書とは反対に、高名な人々の名を黙殺したが、しかし、彼のこの歴史の名『オリーギネス』Origines が示すように、イタリアの諸民族の都市の建国とその民俗誌に力を注いだ点では、彼はやはりギリシアの後継者であった。

雄弁術もまた必要上ローマで古くより発達した。しかし、ここでも紀元前一世紀のキケロの時代以前のすべては失われたために、キケロを初めとする後代の人々のことばによって、その歴史を推察しうるのみである。しかしここでもカトーは新しい道を開いた。彼は、ギリシアの先例にならって、自分の演説を文学的政治的活動の記録として、公にしたのである。わずかな残存断片はこのギリシア憎悪者のことばが明らかにギリシア弁辞の術の影響下にあったことを語っている。弁辞の術の影響はすでにローマ文学の初め、詩の中に著しく、ギリシア人が直接にローマの子弟の師となるに及んで、それはますます顕著となった。それはやがて演説のみならず、ローマのあらゆる散文と詩に滲透したのである。カトーはさらに息子のために簡単なことばで百科辞書的な万般の知識に関する入門書のほかに、もろもろの事柄について著述したが、その中の一つが伝存する『農耕について』De agricultura（または De re rustica）である。これは伝承の中にそのことばがかなり変えられ、その他の点でも改変を蒙ったらしいが、現存する最古のラテン散文で、素朴な短い文章で綴られている。
カトーの歴史ののちに多くの編年体の歴史家がつづいたが、彼らは、ローマ建国とそれにつづく時代の伝説化、無批判な先人の踏襲、昔の英雄たちを讃美するために創り出された多くの事実無根の挿話や事件、高貴な氏族の系譜や祖先の事績の捏造（ねつぞう）によって、現代のローマ史家を絶望に陥れている。この間に光っているのがギリシアのポリュビオスの『ローマ史』であって、これはローマ史家にも反省の種を与えた。『ハンニバル戦争史』の著者コイリウス・アンティパテル Lucius Coelius Antipater（紀元前一二一以後著述）はローマのみならず、カルタゴの資料をも用いて、良心的な歴史を編んだ。彼の著書は画期的であった。文体的にも彼はすぐれ、カトーとキケロとの間のローマ散文の代表者となった。

諷刺詩

ほとんどすべてギリシアの模倣から出発し、ついにその手本の水準に達しえなかったローマ文学中、ただ一つローマ人が彼ら自身のものとして誇りえたのは諷刺詩であった。その真の意味での創始者は、スキーピオのサークルに属するルーキーリウス Gaius Lucilius（紀元前一八〇ころ―一〇二）である。彼はそれまでの身分の低い出の詩人たちと異なり、カムパニアのスエッサ・アウルンカ Suessa Aurunca の貴族の家柄に属し、豊かな財を擁して気ままに一生を送り、政治と文学の運動にたずさわった、ギリシア的教養豊かな独創的な人物であった。主として英雄叙事詩の韻律である長短々六脚のヘクサメトロスで書かれた彼の『談話』Sermones――彼は自身自分の諷刺詩をこう呼んでいた――三〇巻のことばは、テレンティウスのそれのような型にはまった文語ではなくて、当時の教養あるローマ人の、ラテンとギリシアの要素の混合した日常の会話体であって、彼自身の生活、友人、旅、社交から言語や綴り字にいたるあらゆる面にわたる事柄を自由に論じている。彼はエンニウスの諷刺詩の後継者であるけれども、エンニウスの作品はほとんど過去の記念碑にすぎないのに、彼の作品は長く生命を保って数百年間多くの読者を得、ホラーティウスを始めとして、ペルシウス、ユウェナーリスのごとき諷刺作家の模範となった点で、彼は真の意味でローマ諷刺詩の祖といえよう。しかし諷刺詩はローマ人の発明ではない。紀元前七世紀のギリシアのアルキロコス（五〇ページ参照）、セーモニデースいらい、諷刺は文学の一つのジャンルとして行なわれ、アッティカ古喜劇を経て、ヘレニズム時代には犬儒派の人々の民衆相手の説教（ディアトリベー）（二四五ページ参照）の形を取って、ルーキーリウスの時代にも盛んであった。このような自由な発言にヘクサメトロスの形式を与えて、ローマ人に提示したのがルーキーリウスである。彼は非常な速度で書いたらしく、わずかに残っている断片にも、ホラーティウスが非難したような荒けずりな、技巧的な拙さが認められるけれども、彼がこの韻律と日常のことばで自由に語った諷刺は人気を博したのである。テレンティウスとカトーの『農耕について』以外のほとんどすべてが失なわれた紀元前二世紀のラテン文学作品の中で、真に惜しむべきはおそらくルーキーリウスの諷刺詩のみであると思われる。

共和制末期

ローマ文化の完成

これは騒擾と革命と共和制最後の死闘の時期である。紀元前二世紀後半から政権は新興の富裕な平民階級を加えた元老院によって独占された。しかし元老院から締め出された新しい富力を有する人々、ローマの市民権から締め出された古くからのローマの同盟者たるイタリアの諸都市、広大な土地を奴隷労働によって運営する方式によって生活の資を失った農民たちの不平は今や爆発点に達し、世は不穏の気に満ちていた。ローマの目ざましい振興のために身を挺して戦い、その驚嘆すべき力の根源となった農民は、ローマが獲得した巨大な富の分配にあずからなかった。富める巨大な領土の支配にはわずかな人々で十分であり、彼らのみが巨富を手に入れたのである。グラックス Gracchus 兄弟の勇敢な改革（紀元前一三三―一二一）への努力はむなしかったが、やがてこれは元老院と民衆派との争闘に発展し、血で血を洗うイタリア諸民族の叛乱（紀元前九一―八八）となった。これにつづいたのが平民派の将軍マリウス Marius と貴族派の頭領スラ Sulla の争いである。最後の勝利を得た貴族派の勢力も長つづきせず、ここにカイサル、ポムペーユス Pompeius、クラッスス Crassus の三頭政権、カイサルとポムペーユスの争闘、カイサルの暗殺、彼の養子オクタウィアーヌスとその一党の新興階級による政権の獲得と、アウグストゥスとなった（紀元前二七）彼の帝政への第一歩が踏み出されたのである。

しかし、ローマの文化はこの争乱のうちに完成された。これこそ、その後「ローマ」として、西欧をローマ化した文化であった。紀元前二世紀後半から一世紀前半にかけて、ローマのヘレニズム世界支配が確立するとともに、多くのヘレニズム地域の人々がローマとイタリアに流入した。ローマの下層の人々はもはや昔のローマ人ではない。そこには多くのギリシア語を話す奴隷や貧しい人々がひしめいていた。卑俗な日常のラテン語の中に認められる驚くべき大量のコイネー・ギリシア語の語彙は、明らかにこの事実を示している。ローマの文化も、文学を含めて、ギリシア・ローマ文化の一環となったのであり、ギリシアの文学者もそのめざすところはローマだったのである。しかし、文学を解する者は、ギリシアと異なり、ローマにおいては少数の教養ある人士に限られていた。それは上層の階級とそれをめぐる人々である。彼らはローマ人であるとともにギリシア人でもあった。彼らによって磨かれたラテン語は、ギリシア語の豊かな語彙の再現のために、しだいに日常語から遊離した文語となっていった。語彙の不足を補うために、語を二つ三つと重ねて、ギリシア語の表現をラテン語によって表わす方法を取ったために、ラテン語の一つ一つの語の、それ自体だけの意味を知っていても、ラテン文は理解することができなくなった。その結合によって作られた無数のフレーズを知らねばならないことが、ラテン語の学習者にとって最大の難関となっているのはこのためである。

詩

これは貴族たちが文人的にあらゆる種類の文学に手を出した時期である。教養ある人士はディレッタント式に詩作に耽(ふけ)り、これを発表した。悲劇はアッキウス以後も盛んにつくられたけれども、それはもはや舞台で演じられるためではなかった。喜劇は一世紀以前の生命を失い、代わりに通俗なミーモスが全盛であった。そこには女優が登場し、ヘレニズム世界に流行したレヴュー式の歌に踊りが人気を博したのである。いっぽうギリシアのエピカルモス、ソープローン（一二三ページ参照）の流れを汲む、卑俗な日常生活を写すミーモスも行なわれ、ラベリウス Decimus Laberius（紀元前四三没）のような騎士の階級の者もこれに加わったが、これはまったくの例外であって、カイサルの怒りをかった彼は、解放奴隷で、当時のミーモスの舞台を独占していた旅芸人の親方プブリリウス・シルス Publilius Syrus と競争して、自作のミーモスの舞台に登場することを強制されたといわれる。プブリリウスは自作を発表はしなかったらしいが、彼の名句集が伝わっている。

ローマの初期の文学はホメーロスや悲劇などの古典的な大文学の模倣に始まったが、ヘレニズム文化そのものの中に浸り、その一環となったローマの若い年代の人々は、紀元前三世紀に始まる同時代の文学的傾向に自ら身を投ずるようになった。これは先にヘレニズムの文学の章で述べたように、紀元前四世紀末に起こった、ギリシア古典文学に対する一種の挑戦であった。それは学者による新風開拓であり、学識ある人々を対象としていた。それは古来の道を去って、珍奇な人知らぬ神話伝説を求め、古典的な構成の完全を棄てて、細部に専念し、長大な作をきらって、珠玉の小品の完璧を求める。詩人はあらゆる博識によって新しい表現、珍しい語彙を探し、これを最も精巧な作詩の技巧に乗せようとする。彼らの求めたのはあらゆる点における技巧的完成とあますところなき学識の披露であった。詩人はすなわち学者 doctus であった。すなわちそれは教えることができる技巧であり、その教師は学者詩人でなくてはならない。それは当時 grammaticus と呼ばれた先生たちの仕事であった。ヘレニズム初頭いらい詩人は同時に文献学者でもあったのである。このころローマには、まさにこのような教師がいた。ウァレリウス・カトー Valerius Cato（紀元前一〇〇ころ生）である。彼の周囲に集まった若い貴族たちの大勢がこのアレクサンドレイアふうをまねて、エピグラム、エピュリオン、恋の歌を、ヘクサメトロス、エレゲイア、さまざまなサッポーふうの韻律で優雅、繊細、精巧な詩をつくったが、彼らは「ネオーテリキ」すなわち「新式、現代派」と呼ばれた。

彼らの作品の大部は失われたが、幸いにしてその第一人者である**カトゥルス** Gaius Valerius Catullus（紀元前八四ころ—五四ころ）の作品は、二行の短詩から四〇八行に上る作品まで、合わせて一一六編、彼の短い生涯中に書いたと思われるほとんどすべてが伝存している。彼は最近ローマの市民権を与えられたケルト人の町ヴェロナの富裕な家に生まれ、六二年にローマに出て、社会に身を投じ、先端的な文学愛好の青年たちの仲間入りをした。この洗練された、あまり道徳的でない社交界で、彼はクローディア Clodia に会った。この悪名高い貴婦人は、ガリア総督の妻であり、地方から出て来た青年にかりそめの愛の契りを許したに過ぎなかったが、カトゥルスにとってはこの愛は真剣であった。彼が熱烈な恋と憎しみの歌で不朽としたレスビアLesbiaは、このクローディアである。カトゥルスはこの年上の、不行跡の人妻に心のたけをつくし、その恋の喜びと静かな幸せ、裏切られた心の切なさ、しばらくの和解の後の別れの悲しみ、最後の訣別の怒りを数々の歌に託した。

おれは憎みかつ愛する。何故かと君は尋ねる。
解らぬ。ただそうだと感じ苦しむのだ。

このたった二行のエピグラム（詩集八五歌）は、彼の懊悩（おうのう）する心の救いのなさをぶっつけたものである。彼の願うのはもはや女の愛でも貞節でもない――それは不可能だ――魂の健康とこのいまわしい病より遁（のが）れることだ（七六歌二三―二六行）。ついに彼は、「三〇〇人の情夫どもを同時にもつがいい、誰も本当に愛さず、すべての者の心を破って」（一一歌一六―二〇行）と啖呵（たんか）を切って、小アジアのビーテューニアへの旅に出た。紀元前五六年のことである。

エーゲ海と小アジアの旅は彼の心を解放し鎮静した。トロイエーの胡地（こち）で客死して葬られた兄弟の墓に詣で、切々たる調子で彼をいたみ、帰途エーゲ海をヨットで渡っては、その船を美しい調子で歌った。北伊のガルダ湖畔のシルミオーSirmioの半島に立つ別荘に帰った彼は、「岬と島々の宝玉なるシルミオーよ」に始まる名高い第三一歌をつくった。そこには長い留守と旅路から故郷に帰った者の喜びと心のやすらぎがある。しかしそれも長くは続かず、やがて彼は再びローマに出た。カイサルに反対し、古い共和制の味方として諷刺詩を書き、彼の不興をかったのはこのころのことである。彼の激情にみちたテンポの早い生活はは や終わりに近づいていた。彼は三〇歳あるいはそれを少し過ぎるころに世を去ったのである。

カトゥルスはサッポーふうの一一音節詩を始めとして多彩な詩型によって多彩な歌を歌った。彼はヘレニズムふうの人工と技巧に満ちた詩風によったけれども、そのことばは自然である。彼の歌はヘレニズムふうの造り物ではなくて、彼の本当の心の流露であり、これによって彼はサッポーの真の意味での後継者となったのである。

これらネオーテリキ、あるいはエウポリオーンの徒(二三七ページ参照)と離れて、エンニウスいらいローマ古風の叙事詩体にまったく新しい内容を盛ったのがルクレーティウス Titus Lucretius Carus(紀元前九九ころ—五五)である。彼の一生についてはほとんど何事も判明しない。恋の媚薬におかされて発狂し、錯乱の合い間に作詩した。キケロが彼の死の翌年にその作品を読んで、公表したらしいというのがすべてである。彼は、当時のギリシア・ローマ文化に通じ、エピクーロスの思想によって開眼され、その熱烈な信奉者となった。当時、ローマ古来の宗教もギリシアのそれもすでに宗教としての力を失い、前世紀からの血なまぐさい騒乱の世は道徳の恐るべき退廃と迷信の横行を招き、百鬼夜行の有様であった。古来の生活の基盤は崩れ去って、人は立つべき場所をもたなかったのである。ルクレーティウスもまたそのひとりであったに相違ない。彼をこの心の懊悩と恐怖から救ったのは園の哲人エピクーロス Epikuros（紀元前三四一―二七〇）の哲学であった。エピクーロスの原子の説は、リューシッポス Lysippos とデーモクリトス Demokritos の自然学を取り入れたものである。この不滅不可分の小粒子は宇宙のすべての物質を形成する。神々も人間も例外ではない。この説は人間の死後の生活を、神々その他の超自然者の人間への影響を否定する。永遠なるものは原子のみである。この説は当時の人間の心を執拗に苦しめていたあらゆる恐怖を除去する。人間の志すべきは激情や欲望にわずらわされず、静かに最高の人生を享受するにある。それはルクレーティウスにとって、ひとつの目覚め、福音であった。彼はこの福音を熱烈な喜びのうちに歌い上げ、世に知らしめようとしたのである。それは彼にとって哲学というよりは、救いであったからである。

彼の『物の本性について』De rerum natura 六巻はこの啓示の喜びの歌である。彼はこれをギリシア古来の教訓詩の伝統によって叙事詩の形式に託した。思想を詩で歌うのはギリシアのエレア学派の始祖パルメニデース Parmenides やエムペドクレース Empedokles（紀元前五世紀中ごろ）にならうものである。そして彼らもまた宇宙生成の原理に関する考えを天より啓示せられたという形のもとに発表した。ギリシア哲学初期の自然哲学は、いわば、汎神論であった。尊い家柄に生まれた傲岸な陰陽師たるエムペドクレースは紀元前六世紀の偉大な神秘的奇跡の行者たちの最後の人であって、呪法者、超自然の魔力の所有者、前世後世の透視者、永劫の魂の放浪を説くこの魔法師の人を畏怖せしめる壮大さは、まさに哲学というよりは宗教である。それは絢爛たる詩的創造である。プラトーンでさえも彼の『神話』（一九三ページ参照）に認められるように、窮極においては詩人であった。ルクレーティウスはこのような先輩たちと異なり、自ら天啓を得たのではない。しかし彼の心を激しくゆさぶったものは、彼に同様の詩的興奮を与えたのである。しかし彼が歌おうとした教義は、はや天啓的自然の段階を過ぎて、科学の衣をまとっていた。それは証明、専門用語をもっている。ルクレーティウスは彼を襲った開眼の歓喜によって、このはなはだ詩的でない困難な材料を克服したのである。六巻のうち、二巻は原子説、二巻は魂に関する考え、二巻は宇宙の生成流転を説いている。人間の感覚の及ばぬ微小な、日光のうちにきらきらとかがやく塵のように虚無の中を落ち行く原子、無限の空間と無数の世界、つねに生まれ死に行く万物、神々をも死後の世界をも肉体的精神的な苦しみをも喜びをも征服したこの壮大なる人間の精神の勝利、ルクレーティウスはこれを知った者の歓喜を万人にわかち、無知の者たちを教えようとする。こうしてこのユニックな哲学詩が生まれたのである。詩人はしかし、未完のままにこの書を遺した。最後の二巻にはその跡が歴然としている。古代の習慣に従って、キケロはこれを未完のままに発表した。彼が若いころに訳したアラートスの天文の書の影響を残しているこの詩人の最後の面倒をみるにキケロにはふさわしい人であった。キケロは詩人の没した翌年に弟のクゥイントゥスあての手紙の中で、ルクレーティウスの才をほめている（『クゥイントゥス書簡集』第二巻・九・三）。ルクレーティウスはラテンのヘクサメトロス形成の一段階となり、つぎの世代にはすでに古典となった。「物の因を知れる者は幸いなるかな」とウェルギリウスは彼をほめたたえたのである。

雄弁術の完成者キケロ

雄弁の術は、かつて紀元前五世紀末から四世紀へかけての、騒擾（そうじょう）の時代に、ギリシアの都市国家間の死闘とその独立をかけてのマケドニアとの争いの中に磨かれ、完成したように、ローマにおいても、紀元前一世紀前半の共和制最後の、その存否をめぐる激闘のうちに頂点を見出した。その人はキケロ Marcus Tullius Cicero（紀元前一〇六・一・三―四三・一二・七）である。彼はローマの東南一〇〇キロばかりにあるウォルスキ Volsci 族の町アルピーヌム Arpinum の豊かな騎士、すなわち中流の階級の家に生まれた。当時の習慣によって哲学、雄弁術、法律を学んだ彼は、前八一年に弁護士としての第一歩を踏み出した。翌年彼は威勢赫々（かくかく）たるスラの解放奴隷で権力をほしいままにしていたクリューソゴヌス Chrysogonus を相手として、アメリア Ameria のロスキウス Roscius の弁護に立って、勝利を得、巧みな弁舌と証明と権力者を相手とした勇気によって、法曹界に地位をかためたが、一つには健康のため、一つには身の危険を避けるべく、アテーナイ、小アジア、ロドスに遊び、アテーナイではアカデーメイアの思想を研究、ロドスではストア学派の指導者ポセイドーニオス（二四二ページ参照）と弁辞家モローン Molon に学んだ。モローンはキケロのアジアニズムふうの文飾の多いスタイルを匡（ただ）して、アッティカふうを勧め、ここに彼の文体が完成された。

二年の留学ののち前七六年にローマに帰った彼は今やホルテンシウス Quintus Hortensius Hortalus（紀元前一一四―五〇）と並ぶ第一流の弁護士となった。翌年彼はシシリアの財務官（クァイストル） quaestor に任ぜられ、ここに年来の念願たる元老院入りを果した。その後の彼の政界における昇進は、貴族出身ではない成り上がり者 novus homo としては目ざましいものがあり、それは名家の出の者に劣らない。ここにわれわれにはとうてい理解しかねる、雄弁がこの当時もっていた力を目のあたりに見るのである。前七〇年彼はウェレス Gaius Cornelius Verres がシシリア総督在任中に行なった悪行弾劾を行ない、ただ一回の演説でウェレスを亡命に追い、その弁護に立った先輩ホルテンシウスに顔色を失わせたのである。このころから騎士階級の利益の擁護者たるキケロとポムペーユス Gnaeus Pompeius（紀元前一〇六―四八）との接近が始まり、前六六年には彼の最初の政治的演説『マーニーリウス提案法について』De lege Manilia（または『ポムペーユスの最高統率権について』De imperio Cn. Pompei）においてこの偉大な将軍の味方となった。キケロは前六三年ついにローマ最高の官職である執政官（コーンスル）となった。この彼が一生の誇りとした執政官在職中に、これまた後年彼がうるさいほどそれをもち出した、名高いカティリーナ Lucius Sergius Catilina 事件が起こった。経済的破滅に陥った名門のカティリーナは不平分子を集めて、まず執政官の椅子をねらったが失敗した。彼の徳政発布の提案は実業家を中心とする騎士階級を驚かした。キケロが彼を除こうとしたのは、しかし、これだけではなく、カティリーナの兵力による政府転覆の陰謀を未然に防ぐためであった。キケロの四編の『カティリーナ弾劾演説』In Catilinam

は彼の雄弁の最高峰である。しかしその痛罵にみちた第一演説ですでに十分であった。カティリーナは手のうちをあらわして、ローマを捨て、公然と叛乱に踏み切った。彼の仲間は捕えられて、死刑に処せられ、軍隊に見捨てられたカティリーナは少数の者とともに勇敢に戦ってたおれた。

キケロは今や得意の絶頂にあった。彼は国家の父であり、念願であった元老院と実業家たる騎士階級との和合が成就したと思った。しかしこの気の弱い文化人のうぬぼれ心は、たちまちにして三斗の冷水をあびて、縮み上がらねばならなかった。彼は自分の信じたポムペーユスの手先によって、執政官離任の演説を行なうことさえ拒否されたのである。やがて前六〇年、カイサル、クラッスス、ポムペーユスの第一回三頭政権が樹立された。キケロはカイサルの融和の手を拒否したが、公然とこれに反対することもできない。この力の政治を呑むことができないキケロは、共和制擁護のために保守派に近づいたが、元老院は彼を保護することもできず、またしようともしなかった。カイサルはなおもキケロを救おうとしたが、彼の申し出をキケロは拒絶したために、やむなく彼はクローディウス Publius Clodius Pulcher にキケロ追及を許した。キケロが控訴を許さずにローマ市民たるカティリーナの徒を死刑に処したことが弾劾の理由である。このクローディウスはカトゥルスのレスビアの悪名高い兄弟である。キケロはポムペーユスを始めとして元老院にも見捨てられて前五八年に亡命したが、前五七年にカイサルの同意のもとに帰国、前五一年には、彼は自分の意志に反して、やむなくキリキア州（小アジア）の総督として赴任した。この間にも彼は法廷では活躍したが、政治的には無力であった。翌年帰国した彼は、ローマがカイサルとポムペーユスの争いによる内乱戦(前五〇—四八)の淵に臨んでいるのを見出した。前四九年、カイサルがルビコン河を渡ったときに、キケロは元老院派とともにローマを去り、ポムペーユスに組したが、曖昧な去就ののち、例によって寛大なカイサルに許されてローマに帰った。カイサルの勝利と独裁の間、政治的活動を封じられたキケロは、前四五年に熱愛した娘を失って悲嘆にくれた。大法律家スルピキウス Sulpicius がキケロあてに書いた美しい慰めの手紙がキケロの往復書簡集中に残っている。キケロが後世に甚大な影響を及ぼした多くの弁論術ならびに哲学的な著作をしたのは、このやむなき閑暇と、カイサル暗殺(前四四・三・一五)後、彼が最後に共和制の擁護者として立ち上がるにいたる短い期間であった。その一つは雄弁術に関する三つの書、『雄弁家について』De oratore(前五五)、理想的な雄弁家の育成と完成された姿を描いた『雄弁家』Orator(前四六)、雄弁術の歴史と名高い雄弁家たちに関する『ブルートゥス』Brutus(前四五ころ)である。すぐれた文学者は自分の本業に関する理論には弱いものであるが、ここでキケロは例外的に、雄弁術のテクニックを歴史的に観察し、そのあらゆる面にわたる技巧と、すぐれた雄弁家が備えるべき教養とを詳述している。いま一つは政治、哲学、道徳に関する多くの書である。理想的国家の形態を論じ、最後にプラトーンの『神話(ミュートス)』(一九三ページ参照)にも比すべき、死後の魂の存在を語った『スキーピオの夢』Somnium Scipionis を含む『国家論』De re publica 六巻(一部分散逸)は前五四年に始められ、前五一年に公にされた。『法について』De legibus 三巻(もとは五巻以上?)

はその続きである。道徳哲学書中でもとくに後代、中世を通じて愛読されたのは、何が幸福かを論じた『トゥスクラーヌム論談』Tusculanae disputationes（前四五）五巻、エピクーロス、ストア、アカデーメイア三派の神学を論じた『神の本性について』De natura deorum（前四五）三巻、ギリシアのストア学派の哲人パナイティオスとポセイドーニオス（二四六ページ参照）の説を紹介した『義務論』De officiis 三巻（前四四）である。『義務論』はキケロの最後の書となった。前四五年に書かれた『最高の善と悪について』De finibus bonorum et malorum 五巻もまた上述の哲学三派の道徳に関する説を紹介批判したものである。このほか、同じころに書かれた『友情論』De amicitia、『老年論』De senectute の二小編も多くの愛読者を得た。ほかに有名なものに、新アカデーメイアの徒たる彼が認識論を論じた『アカデーミカ』Academica（前四五）がある。これには二巻と四巻の旧と新の二つがあり、その中からわれわれは二巻本中の第二巻と、四巻本中の第一巻をもっている。

カイサル暗殺の報にキケロは見苦しいほど狂喜したが、やがて彼の死は、いまひとりの独裁者、しかも遥かに劣ったアントーニウスの登場を招いたにすぎないことを知った。キケロは彼の数多くの別荘に転々と居を移しつつ、彼の書簡が示すように、去就に迷いに迷ったすえ、アントーニウスを敵にまわして攻撃の火ぶたを切った。これが前四四年九月二日の元老院における第一回のアントーニウス弾劾演説に始まり前四三年四月に終わる、キケロが第二回目に、最後に国の指導者となって戦うために、全勢力を傾けつくしてアントーニウスを攻撃し、古来の市民の自由と独立、共和制の擁護のために行なった一四の演説となった。これは、デーモステネースのマケドニア王ピリッポスに反対する演説にならって、『フィリッポス演説』Philippicae という、事実に即さぬ名で呼ばれている。このうち、最も痛烈で入念な第二編は、アントーニウスを前において言うかのごとくに書かれてはいるけれども、実際には行なわれなかった、政治的パンフレットである。しかしこれによってキケロはアントーニウスに対する反対をかき立てることに成功した。独裁者はガリアに退いた。キケロはカイサルの甥（おい）で二〇歳のオクタウィアーヌスに望みを託し、両者の間はいちじうまくいくかに見えた。キケロは彼に父と呼ばれて得意であった。元老院側がムティナでアントーニウスを破ったとき、キケロは第一四番目の演説でこれをたたえた。しかし、オクタウィアーヌスはやがてアントーニウスとレピドゥスとともに第二回三頭制を結び、アントーニウスとオクタウィアーヌスはマケドニアのフィリッピの野においてカイサルの暗殺者ブルートゥスとカッシウスの軍を破った。臆病者のオクタウィアーヌスは戦闘の間どこかにかくれていたといわれるが、カイサルの跡つぎという光輝と、その政治力はついにアントーニウスを倒し（前三〇）、帝国を統一することに成功した。かくて彼は最初の皇帝アウグストゥスとしてその後永く続いたローマ帝政の基礎を置いたのである。フィリッピの決戦にいたる前に、三頭政権は反対派の多くの元老院議員や騎士を殺したが、その中にキケロも加えられ、別荘から遁（のが）れようとして、最期に会い、その首と手はローマの、キケロがそこに立ってしばしば民衆に訴えたフォルムの演壇（ロストラ）Rostra に晒（さら）された。オクタウィアーヌスはキケロの死になかなか同意しなかったということであるが、前三〇年、アントーニウスの敗北と死の年に、彼が自分の同僚の執政官としてキケロの子を選んだことは、その心の現われであったかも知れない。後年、アウグストゥスはひとりの孫が何か読んでいるところに突然はいって来て、おびえる彼がかくそうとしていた本を取り上げてみると、それはキケロのものであった。皇帝は長い間立ったままその本を読んでいたが、それを少年に返して、「雄弁な男だったよ、雄弁な、そして愛国者だった」と言ったと伝えられる（プルータルコス『キケロ伝』四九）。

このアウグストゥスのことばにあるように、キケロは何をおいてもまず雄弁家であった。彼の四〇年にわたる活動中に行なった一〇〇以上の演説のうち五七編が現存している。彼の時代における雄弁は政治における最高の武器であり、法廷における勝利とその結果の莫大な収入の源であった。雄弁はこのように実用の具であったから、真剣に人々はこれを追求した。ギリシア人が求めた演説の術は、たんに美声や大声でどなることではない。それは起承転結の全体の構造から、ある時は明快、ある時はわざとぼかした文、きびきびとした短文から豊かな起伏のある、多くの文節を結んで一つとした長文、文のリズム、頭韻や尾韻、多くの比喩や修辞法にいたる、あらゆる表現法を分析し研究したものである。法廷での演説には事件の真相の叙述が付き物であるが、ここで物語、叙述の方法が探究された。キケロもいうように、雄弁は説得の術である。そのためには言語の有するあらゆる感情的な要素の利用が追求された。いかにこれを実際に行なうかも重大な関心事であった。キケロは、デーモステネースが俳優サテュロスについたように、喜劇役者ロスキウスに師事した。音声の強弱高低から話し方の緩急、身振りにいたるまで熱心に習ったのである。キケロは、しかし、演説を文学としても扱ったのである。彼は自分の実際の演説には簡単な覚え書きをもって行なったのちに、完全なものに書き直して発表した。当時華麗な警句的な文体のアジアニズムと、事実だけを明快に素朴に述べようとするアッティカ主義とが雄弁の二大主潮であったが、キケロはそのいずれにも偏せず、折衷主義をとり、必要に応じてあらゆる文体を駆使した。かくて彼はローマの雄弁の完成者となった。彼の文はあまりにも口数が多すぎるという非難がある。確かに彼は饒舌でありすぎる。きりっとしたところがない。時にはわずらわしくさえある。しかしそれとは別に、彼がラテン散文の完成者であるということには疑いがない。キケロは雄弁術に関する著書の中で、たんなる技巧と規則を論じたのではなくて、完全な雄弁家の形成を求め、雄弁と哲学との紀元前四世紀以来の争いに対して、雄弁は哲学に根ざし、雄弁家は文学より自然科学に及ぶあらゆる人間の知識を身につけなくてはならないと主張した。キケロは自らこの百科辞書的教養の具現者となったのである。それは彼の言う humanitas の思想であって、その後一八世紀にいたるまで西欧を支配した人間陶冶と育成との目的となったのである。

キケロの演説以外の多くの著書は、このような全人としての彼の余技的活動であったが、彼はこれらによって、古代ギリシアの、とくにヘレニズム時代の哲学の紹介者、伝播者となるとともに、その後の西欧の思想上の指針となった。これらの、大部分はプラトーンにならって、架空の場所を設定し、史上の人物による対話の形式で書かれた書は、彼の演説とは異なる、もっとゆるやかな自由な文体を取っている。ファルサーロスの戦いによって独裁的権力をカイサルが獲得し、カトーが自殺してのち（前四六）、失意のキケロはさらに最愛の娘の死によって大きな打撃をうけた。彼は哲学の中に慰めを見出そうとし、自ら『慰めの書』Consolatio（散逸）を書いたが、これが総合的な哲学の全域にわたる著述の糸口となった。彼は計画を立て、認識論、倫理、神学の三大領域に関する著述を行なったが、これが先に挙げた一連の哲学書である。この短い期間に書いた著書からは、もちろん、深い研究や独創的意見を求めることはできない。キケロ自身もそう言っている通り、彼の目的は、カルネアデース流のアカデーメイア派の主義を信奉する者にふさわしく、いずれにも偏することなく、哲学諸派の主張を紹介したにすぎない。彼自身は絶対的な知識獲得の可能性を疑いながら、道徳論ではローマ人らしくストアに傾いたのである。キケロはギリシア哲学をよく知っていた。しかしそれは専門家としてではない。彼はギリシア哲学をラテン語に移し、ラテン語によって哲学を論じうるようにした。これによって多くの深い思想は底が浅くなり、精緻な考えは目が粗くなったけれども、彼はこれによって哲学に、かつてプラトーンがそうしたように、文学を与えたのである。彼の前後には、ローマはいうに及ばず、ギリシアにもこれをなしうる者はいなかった。キケロの書はラテン語で書かれながら、当時のギリシア哲学の証人となったのであって、西欧の諸国は中世を通じて彼によって古典古代の思想を窺い、哲学上の大部分の語彙と表語とを得たのである。

以上のほかに、われわれはキケロの厖大な書簡集をもっている。それは親友アッティクスTitus Pomponius Atticusあての一六巻Epistulae ad Atticum（前六八―四三）、キケロの解放奴隷で秘書であったティーロー Marcus Tullius Tiro 編纂の友人あて一六巻 Ad Familiares（前六二―四三、多くの往復書簡を含む）、兄弟クゥイントゥス Quintus Tullius Cicero あて三巻 Ad Quintum Fratrem（前六〇―五四）、カイサルの暗殺者ブルートゥス Marcus Junius Brutus あて二巻であって、全部で八六四通中、七七六通はキケロの、九〇通は彼あてのものである。これはアッティクスあてのもののようにまったく裃（かみしも）を脱ぎ捨てて、赤裸々にキケロの心の弱い虚栄心の強い素顔をあらわしたものから、政治家として正式の、彼の演説に匹敵する入念な文体のものまで、さまざまである。ありのままのキケロは哲学談義中のストア的な彼とはまったく異なる人間である。彼は自身偉大な政治家をもって任じていたが、真は学者であり文学者であった。その一生の間、一度だけ国家の運命を握る位置におかれたが、カイサルやアントーニウスのごとき戦国の世の偉大な将軍たちの鉄の意志の前に、はかなくついえ去った。遅疑、逡巡、不決断、恐怖、自己嫌悪が手紙の中にあらわに見出される。いっぽうこれらの書簡には彼の人間らしい心、弱者に対する親切、日常の喜びと悲しみとが走馬灯のように現われ、消え去る。歴史の表裏の相違が窺（うかが）われる。当時の社会の様子が手に取るように展開される。ここにはくつろいだ、日常の上流の教養あるローマ人のことばが語られ、とくにギリシア語による洒落（しゃれ）や地口の多いのに驚くのである。

カイサルと歴史

キケロが今日のわれわれから見れば、あまりにも饒舌な、うるさくさえ感じられる文体を選んだのに対して、カイサル Gaius Julius Caesar（紀元前一〇二―四四）はすべての装飾をかなぐり捨てた簡潔なスタイルを取った。あらゆる意味で超人的であった彼は、ラテン語の形成においても、キケロと並んで一つの完成の頂点を成したのであった。彼には文法、天文などに関する著書もあったが、伝存するのは彼がガリアの総督として、主として現在のフランスの地にあって、ケルト族やゲルマン族と戦い征服した、紀元前五八―五二年の間の彼の行動の報告である『ガリア戦記』Commentarii de bello Gallico 八巻（前五一年発表、第八巻は彼の副官ヒルティウス Aulus Hirtius 筆）と、前四九年から四八年にわたるポムペーユスとの争闘の記録である未完の『内乱記』Commentarii de bello ciuili 三巻の二書だけである。これらは、ギリシアのクセノポーンの『アナバシス』（一六一ページ参照）と同じく、カイサルの自己の行動に関する政治的パンフレットである。彼がこの目的のために選んだのが、当時のギリシア修辞学の壮麗、中間、簡素の三つの文体中の、簡素であった。これはギリシアのリュシアース（一六八ページ参照）の文体を模範とし、真実のみを報告すると人に思わせるためのものである。カイサルは『ガリア戦記』で一つの説明、一つの議論もすることなく、純粋なラテン語で淡々と事実のみを述べる。クセノポーンと同じく三人称で自分の行動を叙述する。すべてを事実に語らせようというのである。しかしカイサルは巧みに事実を取捨選択し、アクセントを按配することによって、すべてが自分に有利に見えるように仕組むのである。彼の将軍としての絶大な才能を誰も疑う者はあるまい。しかし彼がガリアを征服しこれをローマ化しようとした行動は、また彼の政治的野心を満たすための一つの予備行為でもあった。共和制ローマに対する叛逆の前段階でもあった。強大な軍隊を所有するための工作でもあった。しかし、これらのことは『ガリア戦記』の読者にはとうてい信じられないのである。『内乱記』においてはこの宣伝文的傾向はさらに顕著であるが、センセイショナルなことをすべて押えたその事実の羅列は変わらない。たとえばかの名高い「骰子は投げられた!」と叫んだ、ルビコン河を渡った話はまったくここにはないのである。かの天下分け目のファルサーロスの合戦さえもまことに淡々と語られ、例外は彼の部下の一下士官の勇敢さがたたえられているだけである。

中絶された『内乱記』には、その続きとして、カイサルのその後のポムペーユス派征服の記録である『アフリカ戦記』Bellum Africanum、『アレクサンドリア戦記』Bellum Alexandrinum、『スペイン戦記』Bellum Hispaniense があるが、これらはラテン語も拙劣で、カイサルのものではないことは明らかであるが、著者不明である。

カイサルのこの二つの戦記は、自らその渦中にあった主人公によって書かれたものであるが、それはギリシアの歴史の様式で書かれている。『ガリア戦記』中にしばしば出てくる演説は、それがカイサル自身のものであっても、やはりギリシア古来の歴史の伝統に従ったところの、本当に話されたことそのままではなくて、事件の雰囲気や背景を示し説明するための手段であるに相違ない(一五三ページ参照)。歴史はギリシアいらい一つの文学と考えられていた。歴史は叙事詩の後継者なのである。歴史はたんに事実を究明するだけではなくて、読者を楽しませ、教化するものでなくてはならなかった。歴史にはさらに人間性の洞察と解釈とを要求された。ある場合にはそれは個人の頌詞としても利用された。紀元前四世紀いらい、イソクラテース（一六八ページ参照）の影響下に、歴史が弁辞家の勢力範囲にはいったことも歴史が今日の意味での歴史からそれる傾向を増大した。ヘレニズム時代の歴史にはときどきは歴史小説といってよいものが多くなったことも、ますます歴史と弁論術との関係を深めた。

カイサルの戦記もその簡素にもかかわらず、やはりこの歴史の伝統に即するものであるが、この文学的歴史の最初の代表者は**サルスティウス** Gaius Sallustius Crispus（前八六—三五）である。彼はサムニウムのアミテルヌム Amiternum の出で、カイサル派に属し、ヌミディアの総督となって巨富を得て、ローマに名高い庭園を築いて隠退、カイサルの死後、歴史に没頭した。スラの没後よりポムペーユスの政権獲得にいたる紀元前七八—六七年を扱った彼の主著『歴史』Historiae 三巻は断片以外には失われたが、アフリカのヌミディア王ユグルタ Jugurtha とローマとの戦いを扱った『ユグルタ戦争』Bellum Jugurthinum と、カティリーナの叛乱を主題とした『カティリーナ戦争』Bellum Catilinae の二小編が伝存している。カイサルの民衆派に属するサルスティウスの歴史は、ローマ古来の名家の者どもの、家柄以外には何物もない堕落ぶりと、これらの人たちの頼りとした元老院派の旗印たる共和制没落の不可避性の説明となっている『カティリーナ』は、彼と関係があったらしいカイサルのための弁明ともいえよう。サルスティウスはカイサルにおいてその頂点に達した編年体を捨てた。これによって彼は登場人物の性格、事件の真相や原因を述べる自由を得た。

彼はローマ史とか世界史とかではなくて、彼が心酔したトゥーキュディデースと同じく、一つの事件に関するモノグラフを書こうとした。このために彼が選んだのは、キケロと正反対な、簡潔で短文の、わざと平均を破った、古語に満ち、俗語をも避けない、力強く速度のある、表面的な修辞的技巧を排した文体である。彼の模範はトゥーキュディデースであったが、その内容は、この偉大な史家の克明な詳細な事実の代わりに、巧みに計算された省略法による重要点のみの強調であり、主要人物たるマリウス、スラ、カティリーナ、ユグルタなどの心理分析である。われわれはマリウスの演説の中に彼の無能力な貴族どもへの軽蔑と、実力者としての限りない自負を、また『カティリーナ戦争』において自暴の彼の心の奥の深淵をのぞき見るのである。サルスティウスはアウグストゥス以後の白銀時代のラテン文学、とくにタキトゥスに大きな影響を及ぼし、一つの文体の創始者となった。

個人の伝記もギリシアから継承した文学であって、これは一つには個人に対する頌辞、一つには性格描写に力点がおかれた。プルータルコスの『英雄伝』はこの種の文学の傑作であるが、キケロ時代にネポース Cornelius Nepos（前九九—二四ころ）のギリシアとローマの名高い将軍、史家、王、詩人たちとギリシア人以外の人々をも含めた列伝 De viris illustribus 一六巻中、二四人の伝記が残っている。その史眼もことばも全体の構成も凡庸であるけれども、彼は外国人に対して極めて公平であって、ローマの仇敵ハンニバルに対するローマ人たる彼の称讃は、ローマが今や地中海世界においては敵も味方もない世界的帝国に成長したことを示している。

ローマ最初の学者であり、十二銅板の言語を始めとして、エンニウス、プラウトゥス、ルーキーリウスなどの古い文学者の研究をしたアイリウス・スティロー Aelius Stilo は、キケロの師であったが、同じ門から出たローマ最大の学者とたたえられたウァロー Marcus Terentius Varro（紀元前一一六―二七）は、キケロとはまったく異なる生き方をした。サムニウムの小邑レアーテ Reate の富裕な家に生まれ、あらゆる新しい傾向に反対し、ポムペーユスの海賊掃蕩戦に従い、内乱ではスペインでカイサルと戦った彼は、ローマの代表的な学者となった。六〇〇巻と称せられる彼の著述は『メニッポスふう諷刺詩サトゥラ』Saturae Menippeae（二四五ページ参照）一一〇巻から文学史、言語、地理、法律、考証、音楽、建築、医学のあらゆる領域に及び、百科辞書的な、紳士の欠くべからざる知識百般を要約した書（Disciplinae 一〇巻）を編んだ。この厖大な著書中、伝存するのは『農耕書』De re rustica 三巻と、『ラテン語について』De lingua latina 二五巻中の五―一〇巻である。彼の著書の一部は、キケロの哲学書と同じく、文学書としての体裁を取っているが、『農耕書』は対話形式により、その飾らない日常会話に近いことばは、わずかに残るメニッポスふうのサトゥラと共通する生き生きとした新鮮さをもっている。『ラテン語について』はこれとは異なり、事実の蒐集と説明であるが、ウァローが模範としたギリシアの多くの書の理解、ギリシアの文法のラテン語への応用、事実の解釈、資料の整理などすべての点で、これはその模範に遥かに及ばない。ウァローは愛国者であった。彼の古いローマに対する異常な関心はここに発する。古いローマの宗教と生活がその興味の中心となっているのもこのためである。そしてここにも、キケロの場合と同じく、ストアの大学者ポセイドーニオスの強い影響が認められるのである。

帝政時代

オスティアの廃墟

黄金時代

エレゲイア

カイサルに始まりアウグストゥスによって完成された共和制より帝政への移行は、表面はなお共和制を装いながら、実質は根本的な転換であった。アウグストゥスと彼をめぐる一団の人々が紀元前三〇年に最後の勝利を得て以後行なった事柄は、一つの革命であった。カイサルもキケロもカトーもブルートゥスもカッシウスもすべての共和制擁護者も去った。昔の平等の基盤に立った共和制とそれを支えていた貴族たちに代わって、アウグストゥスの新党と彼の宮廷がローマの中心であり、昔と変わりない名称の官職はこの新体制に仕える名にすぎなくなった。しかし一〇〇年に及ぶ長い血なまぐさい争乱のうちに人々は平和を希求していた。イタリアは帝政によって初めて真の意味で統一された国家となり、アウグストゥスの平和とその安定とは人々に楽しい静けさを与えた。ローマは新しい時代の新しい文学を要求している。これに答えたのがウェルギリウス、ホラーティウスの詩、リーウィウスの歴史であるが、これはまたローマのエレゲイアの完成期でもあった。エレゲイアはギリシアにおいても最も古い歴史をもち、古典期以後もエピグラムの詩型として、叙情詩の全面的な衰退ののちもなお盛んであった。ローマにおいてもすでにエンニウスを始め多くの人がこれを用いたが、エピグラムのみならず長編をエレゲイアによって書いたのはカトゥルスであった。しかし最初に大規模にエレゲイアによって歌ったのは、アウグストゥスのもとに最初のエジプト総督となったガルス Gaius Cornelius Gallus（紀元前六九―二六）の『恋の歌』Amores 四巻である。しかしアウグストゥスの寵を失って自殺したこの軍人詩人の詩はただの一行以外は湮滅に帰した。彼の親友ウェルギリウスは第一〇牧歌（おそらく紀元前三七作）で彼を美しいことばでたたえている。ガルスは、このように、ウェルギリウスが最初の大作『牧歌』を書いているときにすでに名をなし、カトゥルス一派の「ネオーテリキ」に属して、ラテンの恋のエレゲイアの創始者となったが、エレゲイアはプロペルティウス Sextus Propertius（紀元前五〇ころ―一六ころ）とティブルス Albius Tibullus（紀元前四八ころ―一九）において一つの頂点に達した。

　プロペルティウスは、アシジの上流の富裕な家に生まれたが、内乱に際して所有地を没収された。はやくにローマに出て法律を習ったが、やがてキュンティア Cynthia なる女性に対する恋の恍惚、悩み、憂鬱を激しい調子で歌った名高い『キュンティアの巻』Cynthia Monobiblos を書いた。この早熟の天才は、この名もない美少女の一顰一笑に歓喜の絶頂に登り絶望の底に沈むのである。彼もまたアレクサンドレイア派の子であって、この派に特有な神話伝説の乱用、飛躍する技巧的な装飾にみちたことばはこの派のいわゆる学者詩人の悪い面をのぞかせるが、彼自身のいうごとくに、彼のこの一巻の詩的インスピレーションは一少女にあり、彼の激情はエレゲイアを通して鳴りひびいてくるのである。彼の詩集四巻の残りの三巻にはもはやこの熱烈さはない。五か年のリエーゾンののちに、彼女と別れた彼は、なお恋の歌を書いたが、やがて彼の興味はほかに移り始めた。ローマのカリマコスを志す彼はローマの古事に取材して、アレクサンドレイアふうの縁起物語(アイティア)を歌い始めたけれども、手をつけたばかりで世を去った。これを組織的に発展させたのがオウィディウスの『祭暦(ファスティ)』である(三四六ページ参照)。

プロペルティウスもまた、アウグストゥスの宰相でウェルギリウスやホラーティウスのパトロンであったマイケーナス Gaius Clinius Maecenas のサークルに属していたが、ティブルスは、ローマ名家の出で、かつての共和派の闘士であり、アウグストゥスの世となっても、彼に従い奉仕しながら、なお自己を主張しえた数少ない貴族のひとりメッサラ Valerius Messalla Corvinus を囲む文人の一団に属していた。彼の恋の詩二巻は生前に発表され、対象となった女性の名によってそれぞれ『デーリア』Delia、『ネメシス』Nemesis と呼ばれている。彼の恋の歌にはプロペルティウスの熱情はないが、平和、やさしさがある。ティブルスはアウグストゥスのもたらした平和をこの上なく愛し、田園の穏和な楽しさを、人の心をやすめる静かな調子で歌った。彼の名のもとに伝わる第三巻は彼の遺作とともにメッサラのサークルの人々のエレゲイアを含んでいる。この中にメッサラが後見人を務めていた乙女スルピキア Sulpicia(スルピキウス・ルーフス Servius Sulpicius Rufus の娘)の六つの小編、全部で四〇行に過ぎないエレゲイアがあるが、彼女は熱情をぶちまけて恋人ケーリントス Cerinthos(本名不明、これは当時の習慣に従ったギリシア的仮名である)への思いを歌っている。因習にも家柄にもとらわれないこの自由で奔放な歌は清々しく、当時の才ある名門の婦人たちの姿を垣間見させる点でも興味深いものである。

　プロペルティウスはアウグストゥスの一党の庇護をうけながら、なお彼の詩は独立の気概を見せ、容易に新しい体制になじまなかったが、彼と同じく皇帝のサークルから離れて詩人の道を歩み出し、やがて彼のもたらした平和と偉大なるローマの未来と理想に共鳴し、ローマの国民的詩人となったのが**ウェルギリウス** Publius Vergilius Maro（紀元前七〇―一九）である。彼の一生は、四世紀の文法家ドーナートゥス Aelius Donatus の失われたウェルギリウスの註釈書の巻頭に付けられていた伝記によって詳細に知ることができる。ウェルギリウスは紀元前七〇年一〇月一五日に北イタリアのマントゥアに近い小村アンデス Andes に生まれた。したがって後年愛国詩人としてイタリアの美を、ローマの建国を歌い、ローマ人にその理想を与えた彼は、生まれながらのローマ市民ではなかったのである。彼の故郷のあったポー河の彼方のガリア Gallia Transpadana がローマ市民権を与えられたのは紀元前四九年で、この時彼はすでに二一歳になっていた。この地は古くよりイタリア半島におけるケルト人の根拠地であり、ローマに敵対していたが、そのローマ化は着々として進んでいた。前四九年はカイサルがルビコン河を渡った記念すべき年であって、一〇年間彼はガリアの総督として、その力をこの地で養ったのであるから、ウェルギリウスとアウグストゥス一家との縁はすでにこの時に始まっていたといってもよかろう。詩人も、市民権はなくとも、生まれながらにローマ人と感じていたであろう。ウェルギリウスの父は小作農であったが、地主の娘と結婚して彼を得た。彼はクレモーナとミラノにおいて教育をうけ、ついでローマとナポリで文学、哲学、弁辞学の勉強をし、法曹界にはいろうとしたが、内気な性格がこれを許さなかった。彼は背高く、色は浅黒く、朴訥な風貌であったが、身体が弱く、とくに胃が悪く、頭痛に苦しめられ、喉を冒されやすく、しばしば血を吐いたという。口が重く話べたであったために、社交を好まず、孤独のうちに隠遁を楽しむふうがあった。したがって彼は教育を終えるとほとんどすぐに故郷に帰って、ここに数年を送った。このころの作品として幾つかの、アレクサンドレイア派ふうの小品 Catalepton が伝えられているが、その真偽に関しては説が分かれている。

田園における静かな詩作生活への望みは、紀元前四二年のフィリッピの戦いでオクタウィアーヌスとアントーニウスが元老院派を破り、部下の兵士たちに反対派である共和派に味方した一八のイタリア都市の土地分配を約束したために破られた。この都市の中にクレモーナがあり、その土地だけでは十分でなかったために、近隣のマントゥアにも禍が及んだ。詩人の土地も没収されようとしたが、この地の時の総督で学者詩人であったポリオー Gaius Asinius Pollio の仲介によってようやく所有地を確保することを得た。ウェルギリウスの最初の大作『牧歌』Bucolica 一〇編中のあるものが彼にささげられたゆえんである。第九編で詩人は家を失った者の不幸を歌っているが、この不幸はかえって彼をオクタウィアーヌスに知らしめる結果となった。前四二―三七年の間に書かれたこの詩の第一編はおそらく前四一年の作らしく、オクタウィアーヌスへの感謝の念が表わされている。

『牧歌』は、ふつう『エクロガイ』Eclogaeと呼ばれている。これはギリシア語で「選択」の意であって、おそらく一〇編中からの選集に与えられた名称に由来すると思われる。『牧歌』は紀元前三世紀のギリシアのテオクリトス（二二八ページ参照）の伝統を踏むものである。ウェルギリウスはこの型の詩をローマに移そうとしたのであるが、彼がつくりあげたものは、第二、三、五、七のような、まったくの模倣の作品の中にも、テオクリトスとは異なる、いうにいわれぬ、ほのかな哀愁にみちた静けさがあり、そこに歌われているのは、テオクリトスの写実とは異なる、表面はアルカディアに置かれながら、どことも知れぬ山野に戯れる牧人たちである。しかしそこには、前述の第一編のように、同時代の事件にふれているものもある。第一〇編は彼の友人のエレゲイア作者ガルスをたたえ、不可思議な暗示的な方法でガルスを死せる者として嘆いている。第四編は黄金時代を導入するべき子の、すなわち救世主の誕生の予言として、キリスト教徒によって驚嘆せられた名高い作品であるが、ウェルギリウスの真意は、もちろんキリスト降誕ではなく、どこにあったかわかりかねる。『牧歌』のものうげな、音楽と恋と閑暇とそれにふさわしいことばとは後代の人を魅了し、ミルトンを始めとして多くの模倣者を見出したのである。

ウェルギリウスはその後、主としてナポリ近傍の別荘に住み、ローマにも家をもっていたが、わずらわしいことの多いこの首都にはめったに姿を見せず、アウグストゥスとマイケーナスをめぐる詩人のひとりとして、静かに詩作にふけることを得た。マイケーナスの勧めに従って、彼が手がけた第二作は、『農耕詩（ゲオールギカ）』Georgica四巻で、実に紀元前三七―三〇年の七か年をこれに費したのである。これはギリシアのヘーシオドス（四六ページ参照）の農耕詩の流れをくむものであるが、その内容はまったく異なるといってよい。教訓詩と呼ばれるこの種の叙事詩体の詩は、アレクサンドレイア時代に大いに流行し（二三六ページ以下参照）、アラートスの天文を歌った作品はキケロによって翻訳されるほどローマ人の心をとらえた。ウェルギリウスが歌おうとしたのは、しかし、農耕そのものではなくて、イタリアの田園の美と農耕の徳と尊厳とを歌い上げるにあった。これは一つの愛国の歌なのである。農耕に関しては、彼以前にすでに散文の、カトーとウァローの書があるが、少年時を故郷の農場で送ったウェルギリウスには、このような参考書はそれほど必要ではなかったであろう。第一巻は穀物と天候、第二巻は果樹栽培、第三巻は畜産、第四巻は養蜂を扱っている。ウェルギリウスの前には、エピクーロスの哲学を歌ったルクレーティウスの偉大な教訓詩があった。ウェルギリウスは、しかし、『物の本性について』の著者のように知識を与え人を教化するのではなくて、イタリアの田園とそこに住む人々を描写したのである。ルクレーティウスの自然の描写の影響は『農耕詩』の中に認められるが、自然に対する考え方はこのふたりでは根本的に相違していた。彼は、オウィディウスのごとくに、詩が泉のごとくに流れ出る詩人ではなく、長い年月の推敲によって、完全無欠の詩行をわずかずつ作り上げる、苦吟の作者である。『農耕詩』四巻、わずかに二千数百行に七か年を費したこの人は、一日一行しか書いていない勘定となる。

このころすでにウェルギリウスはローマを称揚し、アウグストゥスを主題とする叙事詩をつくろうと計画していたらしく、これを『農耕詩』第三巻冒頭で歌っている。アウグストゥス自身もまたしばしば詩人たちに自己の功業を歌うことを求めたらしく、プロペルティウスは婉曲にこれを拒みながら、巧みに彼に媚びる詩（第二巻第一歌）を書いている。ウェルギリウスは賢明にも同時代のあるひとりの人を主題とすることを避け、ローマ建国の英雄伝説を歌った『アイネーイス』Aeneïs に取りかかった。その噂はたちまち世に広がり、プロペルティウスはこれを聞いて、「避けよ、ローマの、避けよギリシアの著者たち、『イーリアス』より偉大なるもの生まれつつあり」（第三巻第三四歌）と歌っている。アウグストゥスもスペイン遠征（前二七）の地より書を送って、『アイネーイス』のどこか一部でよいから送るようにと言いやり、また第二、四、六の巻がついに完成されたときに、ウェルギリウスはこれを皇帝の前で朗読したが、その折、皇帝の甥であり後継者と目され、国民に愛されながら夭折したマルケルス Marcellus（紀元前二三没）のために、第六巻のアイネーアース Aeneas の冥府への旅の中に、かの有名な「汝マルケルス云々」（八六〇―八八七行）の句を加えた。その席にいたマルケルスの母オクターヴィア Octavia はこれを聞いて、悲しみのあまり失神し、のち、詩人に多くの金を与えたという。紀元前二〇年に、詩人は『アイネーイス』に最後の仕上げを加え、かつは健康を回復するために、三年の予定で、小アジアとギリシアへの旅に上った。前一九年、アテーナイ滞在中にアウグストゥスと出会い、メガラ見物中炎天にさらされて病を得、帰国を急ぐ旅の間に、南伊のブリンディシの港町で、紀元前一九年九月二一日に世を去った。遺体は彼が生前愛したナポリのプテオリ道 Via Pteolana

に沿う墓に納められ、彼の生涯と作品を要約した銘が刻まれた。

マントゥアわれを生み、カラーブリアわれを奪い、いまやわれをもてるは
パルテノペー。われは牧場、田園、諸将を歌いぬ。

詩人は『アイネーイス』を心のままに推敲する暇なくして世を去ろうとしたときに、その破棄を欲したが、アウグストゥスの意によって、ウェルギリウスの友人の詩人ウァリウス Varius Rufus らがこれを整理し、いっさい手を加えず、残されたままに公にした。ために『アイネーイス』中には相当数の未完の行が残っている。

ウェルギリウスの三つの作品のうち、最も彼を有名にし、国民的叙事詩人としたのはこの最後の作品であった。これはローマの建国とその理想を歌った一二巻の叙事詩であって、そこで彼は愛の女神ヴィーナスと、トロイエーのアンキーセース Anchises との間に生まれ、カイサルのユーリウス氏の始祖とされているアイネーアースが、トロイエー陥落後、諸地をさまよい、ついにイタリアのラティウムに来て、ローマの祖となった物語を内容とする。第一巻ではアイネーアースとその部下の船は、トロイエー人を憎むユーノー女神の怒りによってカルタゴに吹きつけられ、その女王ディードー Dido に歓待される。第二、三巻はその席におけるアイネーアースの冒険の話で、作者はホメーロスの『オデュッセイア』（四四ページ参照）を模して、主人公自身にこれを語らせる。第四巻は有名なディードーと英雄との恋

の物語である。アイネーアースは、しかし、女王を捨てて去り、彼女は自殺する。第五巻で彼はシシリアに着き、ユーノーの妨害にもかかわらず、ついにイタリアに向けて出帆する。第六巻においてアイネーアースは、『オデュッセイア』第一一巻のオデュッセウスと同じく、ナポリの近くのクーマイ Cumai の巫女に導かれて、「黄金の枝」を得、その力によって冥界に下り、父親その他の多くの死者の霊と会し、また父より自分の将来とその後のローマの運命に関する予言を聞き、後世に偉大なるローマ人となって生まれるべき多くの魂を見る。つづく六つの巻は前半と異なり、『イーリアス』を模した戦闘と勇武の物語である。第七巻でアイネーアースはついに定めの地ラティウムに到着、その王ラティーヌス Latinus は、ルトゥリ Rutuli 人の王トゥルヌス Turnus に迫られて、やむなく英雄に対して武器を取る。第八巻では将来ローマとなるべき地の王エウアンデル Euander を訪問、第九巻でトゥルヌスはほとんどトロイエー人の陣地を陥れようとし、第一〇巻でトゥルヌスはエウアンデルの子パラス Pallas を討つが、アイネーアースはエトルリア人の王メゼンティウス Mezentius とその子を討ち取る。第一一巻の主人公は敵方の女武者カミラ Camilla である。しかしトロイエー方は再び勝利を得る。第一二巻でアイネーアースはトゥルヌスを一騎討ちで討ち取り、戦闘は終わる。

『アイネーイス』は、このように、ホメーロスの『オデュッセイア』と『イーリアス』をおのおの六巻ずつ模したものである。しかしウェルギリウスとホメーロスの間には、ギリシアの叙情詩、悲劇、アレクサンドレイア派の学者、詩人たちの行なったさまざまな技巧的文献学的な試みとロマン的な傾向、さらにエンニウスいらいのローマ叙事詩の伝統が介在している。古典時代のローマにおいては、詩人は常に学識と教養ある人々に古典的な回顧を与えるものを要求されていた。詩人はしたがって通人の世界の住民であり、自ら学者でなくてはならなかった。ウェルギリウスはホメーロスを模して、自らローマのホメーロスたらんことを欲した。そして彼は、ホメーロスと同じく、国民的詩人たることに成功したが、その作品はまったく異なるものなのである。ホメーロスのごとき作品はウェルギリウスの生きた社会ではありえない存在であった。さらにウェルギリウスは世界を支配するローマの建国と理想、その具現者たる皇帝とその一族の称讃という目的をもっている。これはホメーロスにはまったく存在しないものである。ホメーロスもまた背後に長い伝統をもち、極度に技巧的な人工言語を駆使した詩であるけれども、その聴衆も、したがって目的もまったく異なるのである。ホメーロスのは即興の、歌われる叙事詩であるに反して、『アイネーイス』は、まず散文で入念に筋立てされたのちに、長い年月をかけて、あちらからこちらからと、学識と技巧を重ねて作られた、苦渋の結果である。これはむしろダンテの『神曲』やミルトンの『失楽園』に比すべきものである。したがって、この中には多くの考証学的、縁起物語的要素が加えられ、しばしば皇帝一家の称讃が場違いと感じられるところにさえ顔を出す。そのことばは長い年月の彫心鏤骨（るこつ）の結果であって、ホメーロスのもつ技巧を表に見せぬ軽速さがない。しかし、これはラテン語の表現力を極度にまで発揮した驚くべきことばである。ウェルギリウスは、ふつう一行によって完結しやすいヘクサメトロスを、数行にわたるピーリオドに発展させることに成功した。ホメーロスの比喩にもすでにこの傾向が見え、エレゲイアでは二行を単位とする表現が古くから当然であったが、ウェルギリウスはこれを大規模に行なったのである。しかもその中における句や語群の切れ目とつなぎ方を一行ごとに驚くべく微妙に変化させている手腕は、比類のないものであって、ミルトンはこれを巧みに『失楽園』において再現している。

われわれは愛国の詩なるものに反発を感じるが、さらにウェルギリウスがローマ人の模範として創造したアイネーアースの人間味のなさにもあきたらない。彼はディードーに助けられ、その保護をうけ、その恋をいれながら、極めて容易に彼女を捨てる冷酷な男である。詩人はローマ人の好む pius なる形容によって彼を呼んでいるが、彼はローマ建国という目的のための一つの道具にすぎず、そのために彼は操り人形のごとくに動かされ、人間としての喜怒哀楽の情も性格ももたない木偶(でく)である。pius とは宗教的、道徳的に正しく義務をつくす人間の形容詞であり、アイネーアースが具現すべきローマ的、ストア的理想を一言にして言い表わしたものである。これに反して彼に捨てられるディードーが悲嘆のあまり自ら命を絶ち、自分の勇武と廉直を頼む勇士トゥルヌスが、ただ神々の定めた運命によって、婚約者をアイネーアースに奪われ、茫然として、「今や運命は勝利を得た、妹よ、神とわが無慈悲な運命の女神の導くところ、そこへ行こう。」(第一二巻六七六—七行)と叫んで死につくとき、そこには真に生きた人間がある。ここに現代のわれわれからすれば、この作品の欠点と長所がある。ギリシアの叙情詩、悲劇、アレクサンドレイア派の恋のロマンスを経てきた時代の人たるウェルギリウスは、ディードーのごとき悲恋の女主人公やトゥルヌスのごとき運命にもてあそばれる勇士を悲劇的に、人間的に、美しく描かざるをえない。詩人はアイネーアースの行動を正当化すべきところ、かえってローマの仇敵カルタゴの女王やアイネーアースを阻むトゥルヌスに同情を集める結果となった。しかしこれは現代の人間の観点である。ローマの歴史が示すように、このような女々しい感情を乗り越えて行くのがローマ人の理想であった。ウェルギリウスは、かくて、アウグストゥスとその一党が望んだように、ローマ人に国家的理想を与えることに成功し、それを比類のない美しい詩句に乗せた。彼はローマに、中世に、イタリアやフランスやイギリスに、並びない贈り物をしたのである。

アウグストゥスとマイケーナスをめぐる詩人たちの中には、憂鬱で内向的なウェルギリウスと並んで、陽気で快活で開放的ないまひとりの詩人があった。それはホラーティウス Quintus Horatius Flaccus である。彼はウェルギリウスとは反対に、南伊のアウフィドゥス Aufidus 河畔のウェヌシア Venusia に解放奴隷の子として紀元前六五年一二月五日に生まれた。父親は競売の集金人として小金をため、小地主となったが、息子を地方で教育することに満足せず、ローマに送った。

　わたしが清浄潔白で友に愛されて暮らしているのは、それは父のお陰です。父はやせた、ちっぽけな畑の貧乏人だったが、偉い百人隊長殿（ケントゥリオン）たちの偉い息子どもが左肩に鞄（かばん）と石板をぶら下げて、月の中日（なかび）に八文もって通うフラーウィウスの学校にわたしをやらず、騎士や元老院の人々が自分の子に教えたいと思うような学問を教わるように、息子を大胆にもローマに連れて来た。……父は自分で先生のもとについて来た。誠実この上ない保護者だ。これ以上何を言うことがあろう。……わたしが正気でいるかぎり、こんな親をけっして恥じたりはしない。……いままでの一生をもう一度やり直し、各人が自分の望み通りにほかのどんな親でも選ぶようにと言ったとしても、わたしは自分の親に満足で、偉い位の人を親にするのは御免こうむる。(六九―九七行)

と、後年彼はマイケーナスに呼びかけた『諷刺詩』第一巻の六で、父親に切々たる思い出と愛情をささげている。父はさらに彼を当時の大学町たるアテーナイに送った。この間にカイサルの暗殺とそれにつづく内乱が起こった。血気にはやるホラーティウスはブルートゥスの麾下の将校となり、フィリッピの戦い(紀元前四二)に加わったが、敗れて落人(おちうど)となり、ようやくにしてローマに帰った。しかし、父はすでに世を去り、地所は没収され、彼は貧窮のうちに小役人となって命をつないだ。彼が『諷刺詩』第一巻の二で歌っている、巷(ちまた)の売春婦、薬売り、乞食、女芸人どもと交わり、放蕩無頼の生活を送ったのはこのころのことであろう。やがて彼の詩才をウェルギリウスとウァリウスが認め、マイケーナスに紹介した。しかしホラーティウスはこの高貴な人の前に出ても決して卑屈にはならなかった。

あなたの友情をかち得たのは、偶然の幸福だとは思わない。あなたをわたしに会わせたのは偶然ではないのだから。あるとき、かのりっぱなウェルギリウスが、それからウァリウスがわたしの人となりをあなたに語った。わたしはあがってしまって、わずかなことを途絶えがちに言うだけだった。……あなたは九か月後にわたしを召し寄せて、友人の列に連なるように命じられた。父親の名ではなく、清浄な生活と心によって人の善悪を見きわめるあなたの眼鏡にかなったことは大きな名誉です。(五三―六四行)

これは前三八年ごろ、ウェルギリウスが『牧歌』を書いていたころである。前三三年にマイケーナスはホラーティウスがその後限りない慰めをそこに見出したティーブル Tibur 付近の農場を彼に与え、その後彼は主としてここに隠遁の生活を送った。マイケーナスへの接近は、新しいローマ建設に日夜没頭する帝国最高の指導者たちと上流社会との交際を意味した。ここにホラーティウスの新しいローマを歌うべき詩人としての使命感が生まれた。マイケーナスとの友情は三〇年に及び、名宰相は紀元前八年、死の床にあって、とくに彼を皇帝に託したのであったが、その数か月後、同年一一月二七日ホラーティウスも後を追うように世を去ったのである。

彼の最初の作品は、マイケーナスの知遇を蒙むる前からのものを含む、『イアムビ』Iambi と作者自身は呼び、一般には『エポーディ』Epodi の名で知られている、ギリシアの紀元前七世紀の大詩人アルキロコス(五〇ページ参照)を模したイアムボスとダクテュロスとを交えた詩型による諷刺、皮肉、嘲罵の詩で、紀元前三〇年ごろ、『諷刺詩』第二巻とほぼ同じころに発表された。『諷刺詩』第一巻の発表は紀元前三五年である。作者はこれをルーキーリウスにならって『談話（セルモーネース）』Sermones と呼んでいる。これはルーキーリウスふうのおしゃべりの意味で、形式はヘクサメトロスの詩風であるけれども、ことばは日常会話に近く、気ままな軽い話の中に皮肉、諷刺を含む。『エポーディ』と同じく、詩人はここでお洒落（しゃれ）な、やや世をすねたような青年から円満な、何事にも黄金の中庸を重んじる、快活で深切な通人へと移り変わって行く。処世の術、文学、旅行などがいかにもウィッティな調子で語られ、自身の生い立ち、父への先に引いた熱烈な感謝のごとき個人的な事柄もあけすけに、詩人の私生活への親しい瞥見（べっけん）を許すのである。

ホラーティウスには、しかし、このような作品はつまらぬものであって、彼が詩人としての生命を賭けたのは前三一年から前二三年の間の苦吟の結晶たる『歌（カルミナ）』Carmina 三巻である。これはロガオイディクス logaoedicus と呼ばれる、ギリシアのレスボス島の大詩人アルカイオスとサッポー（五六ページ以下参照）の用いた形式およびその変形による詩集である。ホラーティウスはこのラテン語にははなはだ困難な形式を駆使することによって、ローマのアルカイオスたらんと志したのである。おのおのの詩は折にふれての歌の形で、多くの場合にマイケーナス、アウグストゥス、アポロ、泉、酒甕（さかがめ）などへの呼びかけの形を取っている。詩人はここに国事から友人の去来、恋、酒の喜び、自然、田園生活、人生の無常にいたるまで、あるいは壮大にあるいは楽しく、あるいはやや悲しげに歌っている。第四巻（紀元前一三発表）は皇帝の命による作品である。ホラーティウスは第三巻の終わりで叙情詩への訣別を告げた。しかし紀元前一七年にアウグストゥスが行なった大祝典に際して、彼は帝の命によって『祝典歌』Carmen saeculare を作らざるをえなかった。これはウェルギリウスなき後、ホラーティウスが事実上桂冠詩人の位置にあったことを示している。しかし第四巻はその前の三巻に比べれば、詩心の枯渇は明らかであり、上意による詩がいかに意味がないかの見本である。

『書簡』Epistulae はヘクサメトロスによる親しい調子の手紙の形態の詩で、『諷刺詩』の続き、展開ともいうべきものであり、著者自身は両者をともに「談話（セルモーネース）」と呼んでいた。第一巻は紀元前二〇年に発表、『諷刺詩』よりは熟した人生観、処世道徳哲学、温厚な落着いた趣味のよさを示し、人口に膾炙（かいしゃ）している多くの警句を含んでいる。第二巻は二つの長編より成り、ともに文学批評である。その成立年代は、第一巻よりは後のことは確かであるが、判明しない。後世に甚大な影響のあった『詩論』Ars poetica、または『ピーソーへの書簡』Epistula ad Pisones はピーソーとそのふたりの息子あての書簡体の詩である。『詩論』は紀元後一世紀後半の弁辞学の師クゥインティリアーヌス（三六〇ページ参照）に始まる名称であるが、これは、アリストテレースの『詩論』のような、組織的な文学論ではなく、紀元前三世紀の、小アジアのパリウム Parium の人ネオプトレモス Neoptolemos の作品を基として、ホラーティウス自身の経験より割り出した、文学志望者への教訓ともいうべきもので、彼は悲劇を主として、題材、構成、文体、韻律を論じ、叙事詩にちょっとふれたのち、一般的に詩における創造と模倣、才能、推敲の必要などを論じ、生半可（なまはんか）な才を頼んで詩人たらんとする事の無益を説いている。

ホラーティウスは古代詩人中最も自己を語ること多く、その中庸を得た好ましい趣味、寛容、自分への嘲りに耐え得る心の余裕、深くはないが人間味と良識に支えられた人生観によって人の心をとらえるモラリストである。彼の『諷刺詩』と『書簡』に比すべきものはモンテーニュにいたるまで現われなかった。ここに人はほのぼのと温かいが皮肉な、平凡ではあるが人をうなずかせる人間らしい人間を見出す。これに加うるに技巧的完成と寸鉄の警句がある。彼の作品はたちまちにしてローマ人の心をとらえ、生前すでに古典となった。その西欧の教養人に及ぼした影響は測り知れず、われわれは鉄血宰相ビスマルクの演説の中に彼からの適切な引用の多いのに驚くのである。われわれはもはや彼の歌のことばの微妙な技巧と陰影をとらえることはできないであろう。しかし、その内容とその息を呑ませる見事な簡潔な表現の多くの句は、ほとんど俚諺のごとくになって人口に膾炙しているのである。

弁辞学の興隆

アウグストゥス治世の前半は国民的な詩の創造への熱情が傾けられ、ウェルギリウス、ホラーティウスを始めとする多くの詩人が輩出したが、この詩の開花と並んですでにアウグストゥスの世の初期から弁辞学がしだいに勢力を得つつあった。帝政時代にはいって公の演説は、いうまでもなく、共和時代の力を失い、ただの見せかけの御祝儀となった。そして学校の演説は、実用から解放されて、あらゆる仮想的条件における演説の遊戯となったのである。その状態をわれわれは、かの有名な哲人セネカの父で、同名の老セネカ Lucius Annaeus Seneca（紀元前五五ころ―後三七ころ）の弁辞の術に関する書によって窺い知ることができる。それは『議論』Controversiae と『説得』Suasoriae より成り、前者は法廷演説、後者は議会演説に相当する教育的演習である。その非現実的な遊戯性は、たとえば前者の中の一演説がとうていありえないような複雑で解決のむずかしい事件を、後者がテルモピュライにおいて圧倒的優勢なペルシア軍と戦うべきか否かの評定のごとき歴史的事件を、想定している演説を含んでいることによって知られる。このようなことに、大の大人が夢中になって作文をしたのである。このためには弁辞学のほかに、多少の法律、歴史、哲学を知り、それに文学に通じていなければならない。セネカの提供する多くの有名無名の弁辞家たちの演説の実例とそれに対する批評は、帝政初期ローマ文学の動向の鏡である。カイサルのアッティカ主義もキケロの人文主義も忘れられて、再びかのアジアニズムが頭をもたげて来たのである。それは簡潔な人を驚かす表現、警句的箴言的な句、対句、対語、技巧的な変化、明快な断定的表出を求める文体である。さらにこれは華麗な言語的装飾を求めた。これはキケロやカイサルのごときピューリストが厳重に守った散文と詩のことばの別を破り、同時代のギリシア文学におけると同様に、日常の会話語と文学のことばとの距離を大きくした。文学の、とくに散文のことばは、変わり行く日常の言語との接触によって新しい生命力を得て発展して行くものであるから、この両者の乖離はラテン文学の将来にとって不吉であった。その最初の兆を見せたのが、恋の詩人オウィディウスと散文におけるウェルギリウスとも称すべき史家リーウィウスである。

オウィディウス Publius Ovidius Naso（紀元前四三—後一七または一八）はパイリグニ Paeligni 族の地、アブルッチの山間、スルモー Sulmo の富裕な騎士の家に生まれた。彼の生年はカイサル暗殺の翌年に当たり、彼はその後の内乱にも禍（わざわい）されず、アウグストゥスによる天下統一の平和と繁栄のうちに育った。父の意志によりローマで法律と弁辞学とを学び、ついでアテーナイに遊学、小アジアの諸地をも訪れた。名誉ある公職への道についたが、二、三の小職についたのち、彼自身のいうように、とうていこれに耐えられず、詩と社交と歓楽の生活にはいった。詩は彼には自然に話すよりもたやすく流れ出たのである。まだほとんど少年の境を出ないころから発表し始めた彼の花やかな偽悪的な都会的洗練の詩はたちまちにして爛熟したローマ社交界の若い人々の歓迎するところとなった。この種の詩は『恋の歌』Amores 五巻（のち三巻）として紀元前一六年に発表されたが、彼の恋の歌の相手コリンナ Corinna は、カトゥルスのレスビアやプロペルティウスのキンティアのごとき実在の女ではない。それは彼が接した多くの女から創り上げられた複合体であって、浮気な恋の心を軽快な筆致で歌っている。したがってここにはかの二人のエレゲイアの先輩の人の心を動かす真剣さも熱情もない。しかし彼が真に心を動かされたときになしえた詩的な深さは、この中の、詩友ティブルスの死を痛む美しい一編によって示されている。

『恋の歌』と平行して、オウィディウスは『名婦簡』Heroïdes も書いていた。これは昔語りに有名な婦人が不在の夫や恋人にあてた手紙という変わった趣向によって、すでに使い古されて陳腐となった神話伝説に新しい境地を開いたもので、彼はギリシア悲劇、メナンドロス、あるいはホメーロスその他の叙事詩から取材し、その解釈や表現を借りつつ、女性の心理を巧みに描いたのであるが、そこにある女性は英雄時代や昔の女ではなくて、まさしく彼がその中に遊泳していたローマの当世風の女性たちである。

洒落（しゃれ）た遊びの歌で出発したオウィディウスは、つぎに『化粧法』Medicamina faciei femineae において、アレクサンドレイアの教訓詩をまねて、しかしヘクサメトロスではなく、エレゲイアでウィットに満ちた女性の化粧法教科書を書いたが、続いて紀元後一年ごろに、名高い『恋愛術』Ars Amatoria 三巻を発表した。このとき彼はすでに四〇歳を越えていたが、なお彼の心は浮気な花柳界にあった。初めの二巻は男に対して、情人を得、これを保つ方法を、第三巻は女に対する同様の教えを、酸いも甘いもかみわけた粋人大通のオウィディウス先生が、ほかの真面目な文法、文学、医学、魔術などの ars に模して、教授するのである。競馬場、劇場などでどうすれば隣の女の気が惹（ひ）けるかなどを、彼は素晴しい速度のあることばで歌う。しかしこれは要するに商売女との恋の戯れを論じたもので、中には美しい小叙事詩的挿話を含み、当時のローマの流行界の縮図であり、たちまちにして大流行となった。そしてこれは彼の流謫（るたく）の一つの原因となったのである。

人気の絶頂にあり、彼の名を不朽にした大作『転身譜』Metamorphoses をほぼ完成し、『祭暦』Fasti の半ばにあったオウィディウスは、エルバ島に遊んでいるときに、とつぜん黒海沿岸のトミス Tomis、現在のコンスタンツァへ流された。それはそこに住むことを命じるだけで、財産の没収や身分の剝奪を伴わぬものであったが、このローマを遠く離れた蕃族の住む僻地への流謫は、オウィディウスにとっては致命的であった。それはパリの洒落者がアラスカに流されたようなものである。原因は彼自身のことばによれば二つある。彼の歌と誤った行動。第二の点は、アウグストゥスの孫娘ユーリア Julia の醜聞に連座したとも、皇位継承問題関係ともいわれているが、未詳である。詩人自身もこれを公にすることをはばかった。気候も人心も荒いこの未開の土地で、ところの人の温かい好意にもかかわらず、詩人は日夜ローマを思い、皇帝に減刑を、せめてもう少しましなところへの変更を、有力な友人、高貴な家柄の出である妻に再三再四とりなしを嘆願したが、ついに許されず、ティベリウス帝治下に世を去った。このトミスへの旅の途中から書き始めたのが『悲歌』Tristia 五巻（紀元後八―一二）、トミスで書かれたのが『黒海からの手紙』Epistulae ex Ponto 四巻（紀元後一二―一三、第四巻は没後発表）である。

『転身譜』一五巻はオウィディウスの最大傑作で、ヘクサメトロスによっている。これは神話伝説中の転身――たとえば人間が鳥、樹木、動物、石、星などになる――の話を集めたもの、原初の渾沌（こんとん）から秩序ある宇宙への転身の話に始まり、カイサルの神化に至るまで、全ギリシア（ローマ）の神話を歌おうとする野心作で、二〇〇に上る個々の物語を巧みにつなぎ合わせている。これはアレクサンドレイア派の小叙事詩（エピュリオン）（二二五ページ参照）の大規模な応用である。すでにこの種の試みはカトゥルスによってなされ、彼が翻訳したカリマコスの『ベレニーケーの髪』（二二七ページ参照）もまた転身の物語であるが、オウィディウスはこの種の物語を美しい装飾に富む快速な詩句に乗せて淀みなく歌ったのである。そこには深みはなく、情熱もないが、後期アウグストゥス時代の弁辞学的手法が多分に盛られていて、弁辞学的訓練を経た天才が、その技巧を駆使したときにどのような結果が得られるかの見本である。オウィディウスの作には、不幸にあう以前には、彼の先輩のエレギストたちのような激情はない。恋そのものに対しても彼は冷やかな観察者、描写者にすぎない。『転身譜』においても彼は比類のない語り手となって現われている。しかし、そこにあるのは、『名婦簡』と同じく、当世風の男女であって、オウィディウスはしばしばアレクサンドレイア派ふうに心理の分析と描写を行なうが、それが女性の心理であるのも、いかにもこの人らしい。しかし、巧みな話し手は常に聞き手を魅了する。中世と文芸復興期を通じてこの書は文学美術に比類のない影響を与えた。ギリシア神話として知られている物語の大部分はここに出発し、その源となった遥かに厳粛な宗教的なギリシアの叙事詩、叙情詩、悲劇の中の神話は、この甘美な洒落た調子の話に取って代わられてしまったのである。

『祭暦』六巻は、元来一年一二か月の各月に一巻をあて、一二巻で完成すべきところ、追放によって未完となったものである。これはローマの故事来歴を歌った詩で、アレクサンドレイアの『縁起物語(アイティア)』(二一七ページ参照)の伝統に立つものであり、プロペルティウスもすでにこの種の題材に手をつけているが、オウィディウスはこれを全面的に扱おうとした。これはアウグストゥスが奨励し求めた愛国詩である。オウィディウスがついにこの種の作詩に取りかかったときに、流されたのは皮肉であった。そしてついにこれは未完に終わったのである。

『悲歌』は妻、娘、アウグストゥスその他の知友にあてた書簡体の詩で、一年がかりの黒海への旅、トミスにおける生活を中心に、詩人は女々しく嘆き悲しみ、減刑を乞うている。ここでは、連座の恐れのある友人の名は伏せてあるが、『黒海からの手紙』ではあて名が明記してある。詩人の才筆は不幸にもかかわらず少しも衰えない。このほか『イービス』Ibis と呼ぶ自分を陥れた人に対する呪いの歌が彼に帰せられているが作者に関しては疑いがある。ほかに『胡桃』Nux と題する小詩、ヘクサメトロスの教訓詩『漁業』Halieutica の断片が残っている。なお悲劇『メーデーア』Medea は古代において彼の傑作とされていたが伝存せず、流謫の地でつれづれのあまり、土地の民族ゲタイ Getae のことばを習い覚えて、その語でアウグストゥスの頌詩を書いたというが、この、残っていれば言語的に重要な資料となった作品もまた残念ながら伝わっていない。

散文

ラテン文学の黄金時代は詩のそれであった。散文はキケロ、カイサル、サルスティウスにおいて、その頂点に達した。アウグストゥスによる独裁的政治は、彼が好んで衒った共和制擁護者の仮面にもかかわらず、キケロの時代のような自由な発言は今や不可能であった。法律家は認可制となった。法学者の中には新しい政体を快しとせず、共和制信奉者が多かったからである。このような有様では、歴史もまた危険であった。このような状態にあっては、先に述べたように、古代散文学の中核であった弁論と歴史が沈黙をまもるか、さしさわりのない面に逃避したのは当然である。ウェリウス・フラックス Verrius Flaccus の文法や考証に関する多くの著述、中でも百科辞書的な、最初のアルファベット順の大辞典（De verborum significatu その簡約版が伝存している）や、建築家ウィトルーウィウス Vitruvius Pollio の建築に関する大著一〇巻（De architectura）のごとき目ざましい重要な著述がなされたけれども、これらは文学ではない。

この中で、ただ一つ、アウグストゥスの理想を具現し、文体的にもキケロからつぎの白銀時代へのかけ橋となり、ローマ歴史文学の頂点を成すのがリーウィウス Titus Livius（紀元前五九―後一七）の『ローマ史』Ab urbe condita libri 一四二巻である。これはその名の示すごとくに「ローマ建国いらい」アウグストゥスにいたる七百余年の間に、中部イタリアの一小邑から出発して、ローマがわずか数世代の中に世界を征服し、共和制末期の痛ましい騒乱のうちから万人に祝福されるアウグストゥスの平和と世界の支配者としての理想を描いた歴史的叙事詩である。

リーウィウスはかくして、ウェルギリウスが詩の領域で果たしたことを、散文で成就したのであるが、彼もまた北伊の出身であった。パタウィウム Patavium（現在のパドゥア）が彼の故郷である。紀元前四九年に彼の市がローマ市民権を得たときに彼はすでに一〇歳となっていた。新しいローマの愛国者がこのように辺境の地からあいついで出たのは偶然ではない。リーウィウスにとってもまた、ウェルギリウスと同じく、ローマはすなわちイタリアであった。彼がローマに出たのはすでに青年期を過ぎたころである。ここで紀元前二七年から二五年の間に、爾後四〇年余にわたって書きつづけた尨大なローマ史に取りかかった。彼のロマンチックな歴史はたちまちにして人気を博した。彼は皇帝の文学サークルに迎えられ、その友情を克ち得た。彼の古いローマの男らしい勇武、廉直、質素に対する熱烈な憧憬と讃美とはアウグストゥスの政策に一致した。彼は一個のモラリストである。もともと古代の歴史は、ギリシアいらい、歴史的事実とともに後世の人間に教訓を垂れることを目的としていた。リーウィウスは共和制末期から帝国の初期の道徳的退廃を嘆き、オウィディウスの歌ったような社会を匡し、古のローマにその範を求めようとしたのである。ローマをかくも強大とした人々の徳と力とをたたえるのが目的である。彼はこれを七〇〇年余にわたる編年体の歴史に組み立てた。これは事件を叙事的に追うに便利である。彼は目的のためには多少の前後矛盾も誤謬も不公平も顧慮しない。彼の歴史はしたがって今日の意味では欠点に満ちている。資料の検討にも判断にも望むべき点が多い。しかし、それは元来目的が違うからである。建国から紀元前三九〇年のケルト人のローマ攻略にいたる最初の五巻はまさに叙事詩である。これは直接資料のほとんどない伝説の時代である。第六巻から第一五巻でカルタゴとの戦争前の、イタリア制覇の時代が語られる。歴史はしだいに詳細となり、最初の二回のポエニ戦争六三年間には一五巻が費され（第一六—三〇巻）、カイサルの死からドルーススの死にいたる三五年には実に二四巻（第一一九—一四二巻）を要している。一四二巻中伝存するのは最初の一〇巻と第二一—四五巻（そのうち四一と四三巻は完全ではない）の三五巻だけで、他は紀元後一世紀後半の要約のまた要約が残っているにすぎない。リーウィウスはキケロを模した。それは豊かに流れる、イソクラテース式の（一六八ページ参照）なめらかな、息の長い文体である。しかしそこにはキケロと異なる時代の影響が認められる。彼はキケロの均整の代わりにしばしば変化を、技巧を求め、キケロやカイサルのようなピューリストがきらった詩語や俗語、さらに古語を用い、すでにここに詩と散文の厳重な区別が破られ、白銀時代の散文のきざしがまざまざと現われている。こうして彼は前代をうけて後代散文の出発点となったのである。

白銀時代

帝政初期の詩

アウグストゥスにつづくユーリウス・クラウディウス朝諸帝の治世は、タキトゥスがその『編年記（アンナーレース）』において描いたほどは暗いものではなかったにせよ、独裁者の存在、人心をむしばむ猜疑（さいぎ）と不安、ネロにおいて頂点に達した異常な皇帝の行動と残酷さは、とうてい自由な発言を許さなかった。トラーキアの奴隷で、のち、アウグストゥスの宮廷で解放奴隷として働いたファイドルス Gaius Julius Phaedrus がラテン語のイアムボス調に移したイソップの寓話集は、庶民のあきらめの情をよく現わしている。しかし、この中のある部分は有力な個人に対する諷刺として罪に問われ、彼は投獄されたのである。この純粋な気どらないラテン語の本は、その後散文に直され、中世を通じて愛顧をうけ、ヨーロッパの寓話文学に大きな影響を及ぼした。このころの奇妙な書が伝存している。それはマーニーリウス Marcus Manilius の星に関する教訓叙事詩（Astronomica）五巻である。ここで著者はルクレーティウスに似た熱情をもって占星術を説いているが、この詩は偉大なるエピクーロス派の詩人ルクレーティウスの伝統を当時流行の弁辞学的手法によって継承したものといえよう。尨大な百科辞典的著述中、医学の部分八巻だけが伝存しているケルスス Aulus Cornelius Celsus や、『農耕書』De re rustica の著者コルメラ Lucius Junius Columella Moderatus を文学の中に加えるべきかどうかは疑わしいが、ふたりとも弁辞学的装飾の少ない気持ちのよい文体の持ち主であり、ケルススは「医学のキケロ」と称せられ、コルメラは園芸を扱った第一〇巻を、ウェルギリウスの『農耕詩』をまねて、ヘクサメトロスで書いている。しかし真に文学と称すべきものはセネカにいたるまで現われなかった。

セネカ Lucius Annaeus Seneca（紀元前四―後六五）は、先に述べた老セネカの子として、スペインの古い都コルドゥバ Corduba に生まれた。彼はローマで弁辞学と哲学の雰囲気の中に育ったが、とくにストアの道徳哲学に惹（ひ）かれた。身体の弱かった彼は、母親の姉妹の懇切な世話と引きとによって、やがて文学と法曹界に名を成し、官途についたが、クラウディウス帝のかの悪名高い后メッサリーナ Messalina の憎しみをかい、あらぬ疑いをかけられ、紀元後四一年荒涼たるコルシカの島に流され、ここに八年を送ったのち、ネロの母アグリッピーナ Agrippina の口添えによって呼び戻され、当時一一歳のネロの師傅に任ぜられた。五四年ネロの登極とともにその宰相となった彼は、皇帝の近衛兵の隊長ブルス Burrus と協力して、この若い君主を善政へと導いたが、ブルスの死後ネロの暴政のつのるに及んで、セネカはその間に積んだ巨万の富を皇帝に返上し、隠退を願った。皇帝は財産を受け取ることは拒んだが、辞職は許した。彼はその後文学に専念したが、六五年ピーソー Calpurnius Piso の陰謀に連座して、死を賜わり、自ら命を絶ったのである。

セネカは多産の文筆家であったが、彼の演説のすべてと多数の他の著書も失われた。現存する著書の主要な内容はストア的道徳に関するものである。彼は一〇の『対話』Dialogi と題せられたエッセイ集中において、人生のさまざまな面を、宇宙を支配する神慮を（De providentia）、ストア的哲人の何物にも支配されない確固たる態度を（De constantia Sapientis）、怒りを（De ira）、幸いなる生活を（De vita beata）、心の静穏を（De tranquillitate animi）、閑暇を（De otio）、人間の生命の短さを嘆くべきでないこと（De brevitate vitae）を論じている。それはストアの説く絶対の超人的な徳と義務の説を人間らしくやわらげたものである。セネカにはこの『対話』のほかに、『寛大について』De clementia と『恩恵について』De beneficiis の二つの同種のエッセイがあるが、後者の第三巻二二にある「それでは主人は奴隷から恩恵が受けられるのか。否、しかし一個の人間が他の人間からは然り。」Quid ergo? beneficium dominus a servo accipit? immo homo ab homine という名高いエピグラムが示すように、ストアの教義はキケロのいう humanitas、すなわち人間であることに要約される。それは人間が神と通ずるものであり、したがって人間はその身分のいかんを問わず、人間としての尊敬をもっているということである。セネカはこれをギリシアやキケロから借りて、彼の才知ひらめく文章で披露した。彼は深い思想家ではない。しかし、彼の短い、力強い、警句に満ちた、わざと切れ切れに見える技巧的な文体は、新鮮で刺激的で、当時のエンニュイの世にはうってつけであった。人はなすことを知らぬ恐怖と倦怠のうちに刺激を求めていたのである。セネカが説いたのは、ストアの強烈な妥協を許さぬ道徳論を、この世相にあてはめて、これに耐え抜くための一種のあきらめの思想であったといえよう。彼の最も多くの人に愛読された晩年の作品『ルーキーリウスあての道徳書簡』Epistulae morales 一二四通の内容もまた同じである。ストアの思想に認められる神慮の支配とその人間性とは、異教とキリスト教思想の懸橋(かけはし)となった。初期キリスト教の師父たちはこのためにセネカを尊敬し、教徒は彼が秘かにキリスト教に帰依していたと信じ、彼と同時代の聖ポーロと彼との間の往復書簡と称するものさえ流布するにいたったのである。

セネカの自然科学に関する著書からは、一編（Naturales Quaestiones 七または八巻）が残っているのみである。これは中世に自然科学の教科書として珍重されたために多くの写本があるが、科学的な価値のあるものではない。

セネカはさらに詩人としても名があった。詩の中で残っているのは、彼の名のもとに伝わる、一編の偽作を含む、一〇編の悲劇である。ローマの悲劇はアッキウス以後、上演のための脚本としては死滅したといってよい。しかし人々は悲劇をつくりつづけた。オウィディウスの『メーデーア』がその例であるが、セネカはこれを朗読のための悲劇として復活したのである。これは当然であった。激情の瞬間的な発露、装飾に満ちた演説や使者の報告など、白銀時代の刺激的挑発的な文体には悲劇ほど自由にこれを行なえる場所はない。セネカはヘーラクレースを、メーデーアを、パイドラを、アガメムノーンを、オイディプースを、ギリシア悲劇から借りて、当時の趣味に応じて作り直した。結果は演説、道徳的論議、詭弁的議論にみち、扇情的な衒気(げんき)にみちたものとなって、ギリシア悲劇のあの深い宗教性も人間探求も姿を消した。合唱隊の歌は劇とは関係なく、道徳哲学を説く場となった。幽鬼と人殺しが横行する中で、登場人物は華麗極まるせりふを述べる。このようなあらゆる欠点にもかかわらず、セネカの悲劇はルネッサンスいらい西欧の悲劇に大きな影響を及ぼし、その発達に貢献するところが多かった。

セネカは矛盾した言動の塊である。彼は哲人として簡素な生活、廉直を説きながら、宮殿に住み、蓄財利殖の道にたけ、巨万の富を積んだ。剛毅、不屈不撓(ふとう)を説きながら、流謫の域にあっては、クラウディウスの解放奴隷の前に伏しまろんで、その好意を得ようとした。徳の権化であるはずの彼がネロの母親殺しの弁明を、たとえいやいやながらも、綴った。言行不一致の最悪の例である。生前その恩恵をかち得るためにあらゆる阿諛(あゆ)も辞さなかったクラウディウスの死後、彼が書いた、メニッポスふうに散文に詩を交えた、皇帝を嘲笑し死者を鞭打った『アポコロキュントーシス』Apokolokyntosis（皇帝の死後の神格化(アポテオーシス)の代わりに「胡瓜化」と呼んで嘲罵したもの）は、セネカの人格をよく表わしている。しかしそれにもかかわらずセネカの文章は人を魅する力をもっているし、その内容は多くの人に心のやすらぎを、励ましを与えたのである。

セネカと同時代に彼よりは四〇歳も若いふたりのストアの信奉者で、かつ弁辞的な詩を書いた作家があった。そのひとりは、ペルシウス Aulus Persius Flaccus（紀元後三四・一二・四―六二・一一・二四）である。エトルリアのウォラテライ Volaterrae の富裕なよい家柄の出である彼は、婦人たちの懇切な世話と愛情の裡に育った。やさしい、謙遜な彼は、ローマでストアの哲人コルヌートゥス Cornutus との交わりによってさらに有徳な生活を真剣に考えるようになった。彼が残したものはわずかに六編の『諷刺詩』、全部で六五〇行あまりにすぎないが、彼の死後コルヌートゥスによって発表され、たちまちにして名声を博した。これは諷刺というよりは、ストア的説教というべきもので、ペルシウスの態度はその教義の熱烈な信奉者のそれである。彼はルーキーリウスやホラーティウスの諷刺詩によって誘発され、その作品は両者からの借り物にみちているが、しかしその言語は弁辞学的であり、その内容は彼自身の経験ではなく、教えられたことを実生活に置きかえた類型であり、頭の産物である。彼の文体は簡潔で力強いが、そのために、ときにははなはだ曖昧な表現に陥り、簡単な事柄をもそれを言いかえたり、もともとは異なる語を用いて表現したり、説教調にふさわしい俗語をわざと使っていて、ために彼の死後間もなく学者の研究対象となり、註釈書が書かれたが、いらい今日にいたるまで彼の詩は註釈家泣かせとなっている。

いまひとりのストア派の詩人は、セネカの兄弟の子ルーカーヌス Marcus Annaeus Lucanus

（紀元後三九―六五）である。彼もまたコルヌートゥスの弟子であった。この早熟の天才は、その詩才によって、自分も詩人気取りのネロの友人となったが、皇帝の嫉妬をかい、詩作を禁ぜられたため、ピーソーの陰謀に加担したといわれている。ルーカーヌスもまた、伯父と同じく、これに連座して自殺した。彼の作品中残っているのは、カイサルとポムペーユスの争闘を歌った叙事詩『ファルサーリア』Pharsalia 一〇巻（写本の題名は『内乱記』De bello civili）だけである。歴史を叙事詩で歌うのは、すでにナイウィウスやエンニウスの先例があるけれども、ルーカーヌスがとくにこの内乱を題に選んだことは、共和制的な考えの現われと見るべきであって、このような志向が当時では歴史から文学へ逃避しなくてはならなかったことを示している。これはカイサルと元老院とのたたかいであり、カトーは共和制の闘士として現われる。そして現にネロに対して元老院にはストア的人間平等の主義に立つ反対派があったのである。これはセネカの悲劇を叙事詩の世界に移したものである。弁辞学的装飾にみちた演説、残酷な写実的な描写、警句的短文、対語対句など、ありとあらゆる方法が用いられ、しかもルーカーヌスはこれを驚くべき名人芸でもって終始一貫して貫き通したのである。これは恐るべき頭脳の産物である。これは冷たいけれども、壮麗な冷たさであり、われわれはルーカーヌスの離れ業（わざ）に感心せざるをえない。

ネロの治世ははなはだ妙な時代であった。精神病理学の好個の対象であるセネカ、書斎の中の聖人ペルシウス、それにルーカーヌス。ところがここにひとりの痛快な良識人ペトローニウス Gaius Petronius（紀元後六五没）がある。彼はネロの宮廷の宴楽の司会者、趣味の判官 elegantiae arbiter であり、洗練された豪奢と怠惰に耽溺しながら、いざというときには勇気と決断力のある男であったという。その能力は彼がビーテューニアの総督となったときに、そしてその勇気は、彼を嫉視したネロの寵臣ティゲリーヌス Tigellinus によって讒訴されて、自ら生命を絶ったときに示された。おそらく彼のものと思われる、ふつう『サテイリコン』Satyricon と呼ばれている、メニッポスふうの散文に詩を交えた作品は、南伊の半ギリシア的都市の下層の社会を背景とした一種のピカレスク小説である。主人公エンコルピウス Encolpius とその少年ギトーン Giton に、仲間のアスキュルトス Ascyltos の三人がそこをうろつき回る。伝存するのは、その中の第一五、一六巻からの抜き書きにすぎないが、その中に有名な『トリマルキオの饗宴』Cena Trimalchionis がほとんど完全にはいっている。トリマルキオは、そのころよくあった解放奴隷上がりの無教育な成り上がりで、主人公たちは彼のおよそ悪趣味の、しかしおそろしく金のかかった宴会に客となる。彼の教養のなさ、人のよい開放的な成り金ぶりが言語そのもの、その内容、宴会のメニューで示される。ほかにおもしろいのは神話伝説中の名高い名をもった弁辞家のアガメムノーン Agamemnon に詩人のエウモルポス Eumolpos である。ペトローニウスはこのへっぽこ詩人に『内乱記』をつくらせ、それを朗読させて、ルーカーヌスをからかっている。ペトローニウスのことばは弁辞学の影響をうけない自然なものであるが、そこには南イタリアの、ギリシア語の俗語がいっぱいはいったラテン俗語から、技巧にみちた弁辞学的ラテン語まで、あらゆる種類、階級のことばが巧みに使用される。この中にはまた猥雑きわまる場面や話もある。登場する女性たちは男性に劣らぬ、いやそれ以上にけしからぬ女が多い。しかし趣味の判官たる著者は、まことに大らかな、こだわらぬ態度でこれらの社会の底辺を戯化し、自分自身も楽しみつつ、読者をも大いに楽しませるのである。

ネロの死によって、ユーリウス・クラウディウス朝は絶え、六八―九年の間の四人の、軍隊に擁立された皇帝がこもごも立つ、血なまぐさい争闘のうちから、最後に東方の軍隊の押したウェスパシアーヌス Vespasianus が勝利を得て、ここに彼の子ティトゥス Titus とドミティアーヌス Domitianus 三代の、フラーウィウス朝（六九―九六）の基を築いた。ドミティアーヌスの暴政と暗殺ののちには、ネルウァ Nerva に始まり、哲人皇帝マルクス・アウレーリウス Marcus Aurelius にいたる、ローマ帝政時代中の最も輝かしい五帝の時代が続くのである。このように政治的にもネロを境として断絶があり、セネカもルーカーヌスも、ペトローニウスもピーソーの陰謀に連座して自殺したけれども、ここには、共和制とアウグストゥスとの境に認められたような文学的な段落はなく、同じ弁辞学的傾向が継続して行った。

プリーニウス Gaius Plinius Secundu（紀元後二三または四―七九）の百科事典的な知識の豊庫『博物誌』Naturalis Historia 三七巻が文学の中にはいるかどうかは疑わしい。彼は北伊のケルト人の地であるコモ湖畔のコームム（Comum）の騎士階級の出で、のちにその伝記を書いたポムポーニウス Pomponius Secundus のもとにあって、文学を教えられた。有能な軍人、官吏としてゲルマーニア、ガリア、アフリカ、スペインにあり、ウェスパシアーヌス、ティトゥスのふたりの皇帝の信頼を受け、最後に海軍の提督としてナポリ近傍のミーセーヌム Misenum に艦隊とともにあったときに、ヴェスヴィオの噴火の調査に赴き、窒息死した。彼は二〇巻の『ゲルマーニア戦争史』Bellorum Germaniae libri、バッスス Aufidius Bassus の歴史の後をうけて、クラウディウス以後のローマ史三一巻、後代の文法家の貴重な種本となった文法に関する書などを著わしたが、伝存するのは『博物誌』のみである。この書には七七年のティトゥスへの献辞があるけれども、その大部分は没後発表された。彼は甥で養子の小プリーニウスに一六〇巻の厖大な抜き書きの蒐集とこの本を遺した。小プリーニウスの書簡によって、彼があらゆる公職の暇を、食事の間も、駕籠に乗っている間も、風呂の中でさえも、読書し、抜き書きや覚え書きを取ったことを知ることができる。こうして historia すなわち外界に関するあらゆる知識の蒐集ができ上がった。これは彼の献辞にあるとおり、いかなるギリシア人もいかなるローマ人もいまだかつて行なったことのないものであった。それは第一巻の序説と内容項目と著者のリストの後で、宇宙、地理、民族、人間、植物とくに薬草、動物、鉱物冶金とその芸術における利用法を扱い、重要な項目は全体で二〇〇〇〇に上る。これはギリシアにおいてすでに以前から行なわれていた、蓄積された厖大な知識とそれを含む書物をもはや消化し切れなくなった人々が、簡潔な要約と抜き書きによって補おうとする傾向をうけたものである。プリーニウス自身の目的も百般の知識の蒐集以外にはなかった。このために彼は数知れぬギリシア、ローマの自然学の著述を眠る間も惜しんで読んだのである。これには多くの誤解、消化不足を含み、資料の選択にも多くの欠陥がある。しかしその抜き書き、要約は簡潔な、彼の時代のラテン語で書かれ、彼自身のもつ穏やかなストア的道徳観が全体を貫いている。彼は、彼なくしては失われた厖大な古代に関する知識の宝庫である。かくて『博物誌』は中世を通じて一七世紀にいたるまで自然学の権威としてうやまわれたのである。

セネカにおいて一つの頂点に達した白銀時代の弁辞的文体は、このころにひとりのキケロ主義者を出した。それはクゥインティリアーヌス Marcus Fabius Quintilianus（紀元後三五ころ―九五以後）である。セネカと同じくスペインの出身の彼は、ウェスパシアーヌスによって設けられた弁辞学教授の席の第一代の責任者となり、ドミティアーヌスの後継者の師傅に任ぜられたが、晩年にいたって、その長い弁辞学の師、教育者としての全経験と知識を傾けて『弁辞家の育成』Institutio oratoria 一二巻を著わした。これはその表題が表わしているように、たんに弁辞学の教科書ではなくて、人間の育成そのものに関する著者の信念の披瀝である。彼は同時代の弁辞学的傾向の害毒を痛感していた。あらゆる努力がこのような技巧のみに走ったときに文学がいかに堕落しうるかをさとっていた。かくて彼は必然的にキケロに帰らざるをえなかった。たんに偉大な雄弁家としてだけではなく、彼が雄弁に関する著書において述べた教育と人間に関する理想をも含めてである。クゥインティリアーヌスは、したがって、セネカの反対者である。これはもちろんセネカの文体に対する反対でもあるが、一面、哲学と弁辞学の教育における優位争いというプラトーン、イソクラテースいらいの議論の蒸し返しでもあった。哲学を選んだセネカに対して、クゥインティリアーヌスは弁辞の学を取ったのである。これは今日から見れば奇妙なことであるが、彼は雄弁家の条件として、イソクラテース、カトー、キケロの伝統を引く、りっぱな人間を前提としている。ここに彼の教育、人間形成に関する自負の源がある。したがってこの書は教育論でもある。彼は第一巻において幼少の教育から始める。三巻から一〇巻までは、普通の弁辞の技巧に関する教科書であるが、第一〇巻で彼は弁辞の徒の助けとなるべきギリシアとローマの古典を論じ、ほとんど文学史ともいうべきものを展開し、おのおのの著者の特徴を簡単なことばで巧みに述べている。最後の巻において彼は雄弁家の性格、補助としての哲学の必要性、雄弁家の奉ずべき理想など、真の雄弁家の人間としての姿を語るのである。彼はキケロを模範としながら、そのままの模倣と再現の不可能なことは、もちろん、さとっていた。すでに彼より前に、史家タキトゥスが、その若いころの作品『雄弁家に関する対話』Dialogus de oratoribus（紀元後八〇ころ）において、弁論術の衰退を論じ、その原因を訓練の欠点とともに、演説の舞台の悪化、すなわちキケロ時代の共和制末期の争乱から言論の自由の制限された独裁者の時代への推移に求めているが、クゥインティリアーヌスもキケロを生んだ雄弁の黄金時代の去ったことを認めながら、キケロを範として、自分の時代にふさわしいものを創り出しうると確信した。これは古典主義ではあるが、古典への隷属、古典の忠実な模倣ではなくて、それを知りつくして、そこから自分自身のものを創り出そうとする構えである。このようなことのできうる人間を育成するのが彼の著書の目的である。本書は一四一六年にブラッチョリニ Poggio Bracciolini によって、スイスの、中世初期に学問の中心として名高かったサン・ガレンの僧院の荒れ果てた塔より発見され、いらい西欧の教育に甚大な影響を及ぼし、その跡は全人的教養という姿で今日の学校教育になお残っている。

クゥインティリアーヌスのキケロ復活は、彼の弟子のひとりで、プリーニウスの甥プリーニウス Gaius Plinius Caecilius Secundus（紀元後六一または二―一一三ころ）に認められる。最高の教育をうけ、巨万の富を擁し、有能な官吏として国家の高位高職を歴任し、トラヤーヌス帝の信任あつかった彼は、弁論家法曹家としても名高かったが、その書簡集一〇巻が伝存している。第一〇巻はビーテューニア総督たる彼とトラヤーヌスとの間の公文書の往復書簡で、当時のローマ属州の実情を知るに重要な資料であり、皇帝の短い簡単な返書は、プリーニウスがこの皇帝に紀元一〇〇年にささげた華麗な頌辞演説よりも、トラヤーヌスの偉大な素質をよく示している。この中に現われるプリーニウスは小心翼々たる忠実な官吏であって、瑣事にいたるまで皇帝の指図を仰ぎ、皇帝のほうは少々うんざりして、そんなことは自分で判断するがよいといっている。ここにはまたキリスト教徒の摘発と処分に関する興味深い手紙がある。他の九巻の書簡はすべて発表の目的のために、丹念に綴られたものであって、キケロの手紙の大部分とはこの点で異なる。われわれはそこから彼の友人や仲間、クゥインティリアーヌス、タキトゥス、スエートーニウス、マルティアーリス（三六八ページ参照）から名もない群小の作者にいたる大勢の文人、彼の豪奢な別荘、旅行、妻や家庭にいたるまで、彼を中心とする当時のローマの生活を垣間見ることができる。ここに現われた著者は、少々虚栄心の強いうぬぼれ屋で、親切で温和な、要するに平凡な人間である。彼は手紙を当時の技巧的な要素を交えたキケロ的文体で書いている。

タキトゥスと歴史

クゥインティリアーヌスの復古的運動にもかかわらず、白銀時代の傾向をその極限まで押し進めて、前後に比類のない文体を創り出し、壮大な悲劇的歴史を書いたのは、プリーニウスの友人タキトゥス Cornelius Tacitus（紀元後五五ころ—一一五以後）である。彼もまたスペイン出身であり、ウェスパシアーヌスのころに官途に就き、七七年に武名高いブリタニア総督アグリコラ Gnaeus Julius Agricola の娘を妻とし、ドミティアーヌス帝の暴政を経て、ネルウァの時代に九七年執政官となり、トラヤーヌスの治世に最高の公職であるアジアの総督となった。この間に彼は前述の弁論に関する対話のほかに、トラヤーヌス治世の初めに、岳父に対する頌辞『アグリコラ』とゲルマン民族のもろもろの部族に関する『ゲルマーニア』Germania の二小著を書いた。これらは彼が目的とする歴史の領域に属するものである。前者はアグリコラの英国征服の戦いを中心としている点に、後者はゲルマン民族の中に高貴なる野蕃人を認めようとしている点において、すでに彼の後年の歴史的著述の性格を表わしている。

彼の主著は、紀元後一四年のアウグストゥス没後から九六年のドミティアーヌス帝暗殺にいたる歴史である。彼はネロの死後、すなわち六八年から以後を先に書いた。これが『歴史』Historiae と呼ばれているもので、全体のおよそ三分の一、四帝乱立時代とウェスパシアーヌスの最初の部分を扱った一―四巻と五巻の二六章までが残っている。タキトゥスが六〇歳を越して書いた彼の最大の傑作『編年記』Annales はその大部分、一―六巻のティベリウス治世と、一〇巻から一六巻半ばまで、クラウディウスとネロの治世の歴史が残っている。しかし、この伝存する二つの大きな部分から、ティベリウスの寵臣で帝位をねらったセーヤーヌス Sejanus の失墜とネロの死という、タキトゥスの歴史的悲劇の最後の盛り上がりの場面が欠けていることは、写本伝承上の偶然とはいえ、皮肉なことである。『歴史』からも、タキトゥスが最も独立の史家としての腕前を見せ得た彼と同時代の、彼自身がその中で活躍した部分が散逸した。

彼の歴史の目的は、独裁的圧制のもとに書かれた、リーウィウス以後の歴史を価値のないものと判断して、自らこの偉大な史家の後をうけて、歴史を書き直すにある。そして彼がティベリウス帝以後ネロにいたる歴史のうちに見たのは皇帝と彼をめぐる廷臣、貴族たちの間の暗い策謀、軍隊の動き、モッブ化したローマ市民であった。現在の歴史的考察の中心をなす経済的社会的思想的な動向はここではまったく無視されている。もちろんこれは古代の歴史全体の性格であって、タキトゥスのみの欠点ではないが、彼の歴史には上に挙げたこと以外は、イタリアの他の地方も都市も、帝国の他のあらゆる土地も眼中にはない。彼の歴史は宮廷、軍隊、ときにローマ市民の動きに集中されている。しかも彼の関心はその性格の分析と描写にある。そしてこれを巧みに挿入された演説によって明らかにする。これまたトゥーキュディデースいらいの古代の歴史の習慣である。古代の歴史家はつねにモラリストであった。しかしサルスティウスやタキトゥスがその範としたトゥーキュディデースでさえ、人間悪を恐ろしい執念で追求しながらも、また彼の中の人間は権力の餓鬼でありながらも、そこには素晴しい人間の自由な雄々しい努力があり、活動がある。彼はあさましい権力闘争裡の人間の行動とその精神状態を分析描写したのである。タキトゥスの歴史は、同じ事柄を問題としながら、それは陰鬱な幽鬼の相を帯びている。実際は有能な良心的な為政者であったティベリウスも、彼の歴史では、つねに猜疑の念に悩まされつつ、カプリ島の宮殿の奥深くかくれて、ありとあらゆる悪徳に耽溺する孤独な老独裁者である。クラウディウスをめぐる解放奴隷と女たちの陰謀、無恥無慚、ネロの暴政、辺境の軍隊の終わりのない蕃族との戦いとしだいにつのるその権力、暴動、廷臣たちの反抗、阿諛、疑心暗鬼の心に宿る自暴自棄、陰謀と反乱、タキトゥスの歴史には救いがない。彼は公平に歴史を書こうとしながら、彼のストア的共和主義は、皇帝の独裁的政権のもとには、すべてを悪としか考えさせない。彼の取った編年体は、長年にわたる歴史の流れを中断させて、事件をその年々に切断する。彼はこの枠組みの中で、ティベリウスにおいてはセヤーヌスの、ネロにおいてはピーソーの陰謀へと叙述を盛り上げて行く。そこにある死の場面のいかに多いことか。そして最後に、近衛の軍団の叛乱とネロの死によって『編年記』は終わるのである。これはセネカの悲劇を歴史の舞台に移したものである。サルスティウスに見られる傾向の終着点である。タキトゥスはこの人間不信の物語を描くに驚くべきラテン語を創り出した。それは極度に緊張した、力強く雄勁な、簡潔な、速度のある、威厳と憂愁にみちた、古語詩語をも自由に用いた、難解の極である。キケロ的悠々たる風はまったく姿を消し、刺すような、警句的な短文がこれでもかこれでもかとつぎつぎに読者に迫って来る。たくましい彼の人格、持続する彼の性格の力、そのことばすくない慎思の極の絶望感がその歴史の文体にあふれている。この人格は今日も当時と同じく読者に働きかける。これは歴史であると同時に偉大なる文学である。かくして、これは歴史を文学とみなす古典古代の歴史文学の最大の傑作となったのである。

タキトゥスのこの憂愁にみちた、日常のラテン語から遊離したことばは彼の力強い人格に支えられて初めて可能であった。それは一つの離れ業であって、他の模倣追随を許さぬ。ここに彼の文体の孤高の原因があるのであるが、小プリーニウスのサークルに現われ、いちじハードリアーヌス帝の秘書官であった。

スエートーニウス Gaius Suetonius Tranquillus（紀元後七〇ころ―一四〇または一五〇ころ）は、アレクサンドレイア派の方式に従って、ローマでは初めて、文学の部門別に、『名家伝』De viris illustribus（一〇六―一一三作）を書き、ついでカイサルからドミティアーヌスにいたる諸帝の伝記 De vita Caesarum を一二一年に公にした。前者からは『文法家伝』De grammaticis、『雄弁家伝』De rhetoribus のほかに、テレンティウス、ホラーティウス、ルーカーヌスの伝記が残っている。なお彼の名のもとに伝わっているウェルギリウス、ティブルスの伝記に関しては真偽の論が分かれている。これらの伝記は全体の一部分に過ぎないが、貴重な資料である。『皇帝伝』は、スエートーニウスが一一七年から一三八年までの間ハードリアーヌス帝の秘書をしていたためか、多くの手紙や公文書が、当時の歴史の習慣に反して、生のまま引用されている。さらに彼はほかの人の著書からの引用を、あまり篩（ふるい）にかけずに用いた。そのために内容的に無批判のそしりをまぬかれないけれども、彼が弁辞の術も道徳的批判も心にかけずに、素直な文体で書き綴っていることは、むやみと凝った文体ばかりの中で、気持ちのよいことである。

詩

散文と同じく、詩もまた断絶なく、ルーカーヌスやペルシウスの開いた道を歩んで行った。まずアレクサンドレイア派ふうの学識の英雄叙事詩が弁辞学の影響を受けた。ウァレーリウス・フラックス Valerius Flaccus（紀元後九二または九三没）の『アルゴナウティカ』Argonautica 八巻（未完）はギリシアのアポローニオス（二三一ページ参照）の焼き直しであるが、ルーカーヌスほど弁辞学的ではなく、メーデーアの性格もローマ的となっている。執政官、総督を経て豊かな隠退生活にはいってのち、シーリウス・イータリクス Tiberius Gaius Asconius Silius Italicus（紀元後二六―一〇一）は、ルーカーヌスの後を追って、第二ポエニ戦争の退屈きわまる長編叙事詩一万二二〇〇行を書いたが、これは水っぽくなったリーウィウスである。このような、詩人としての素質も才もなくて、当時の作文教育のお蔭で、韻文が書けたような詩人とは違って、スターティウス Publius Papinius Statius（紀元後四五ころ―九六）は一個の才である。ナポリで学校を開いていた父のもとで作文の技をじゅうぶんに身につけた彼の『テーバイ物語』Thebaïs 一二巻は活気と力に満ちている。彼の折りにふれての小品集『シルウァイ』Silvae五巻は、大部分ヘクサメトロスで、磨き上げた流麗なことばで綴られ、中には『眠り』のような美しい作品を含んでいる。しかし、彼においても技巧的な表現があまりにも度を越しているのは、時代のやむをえない傾向の反映である。

これらの叙事詩は、ウェルギリウスに匹敵しうるものではなく、ウェルギリウスはおろか、ルーカーヌスの座も揺がしはしなかった。スターティウスの小品はアレクサンドレイア派の小叙事詩とエピグラムの流れをくんでいるが、この時代のエピグラマティストの代表であり、世界の文学の中に大きな意味をもつにいたったのは**マルティアーリス** Marcus Valerius Martialis（紀元後四〇ころ―一〇四ころ）である。彼もまたスペインの人で、六四年ローマに出て、売文によって身を立てていた。彼のエピグラム集中最後の一三と一四巻『贈り物』Xeniaは、八四年発表、これは贈り物に付ける一連のエレゲイアを集めたもので、その洒落（しゃれ）た作品はゲーテのXenienの手本となった。彼の主著である最初の一二巻中、一一巻は八六年から九八年の間に、第一二巻は、この年にスペインに帰ってのち、一〇二年に発表されたものである。エピグラムは本来その名の如くに墓碑、記念碑、美術品に彫りつけたエレゲイア短詩である。これがギリシアでやがて、日本の和歌のように、折りにふれての感懐や洒落（しゃれ）た表現の具となった。それを集めたのがかの『パラティン詞華集』である（二三八ページ参照）。ローマにおいてもエンニウスにすでにエピグラムの作があり、カトゥルスとその一派はこのヘレニズム詩壇の花を模して、熱心にエピグラムをつくった。帝国となってからもエピグラムは盛んで、やがてここにも弁辞的技巧が顕著となってくる。エピグラム的な表現はホラーティウス、オウィディウスなどの作家の中にも数多く見られ、そこからウィットに富んだ、寸鉄人を刺す諷刺的エピグラムと、巧みに人にとり入る阿諛が生まれた。この新しいエピグラムの頂点がマルティアーリスなのである。彼は、いわば名人の幇間である。文学は士大夫の業であったローマで、彼は戯作者的例外であった。その媚び方は堂に入り、その自尊心の放擲は嫌悪を抱かせるが、しかし彼には素晴しい才能があった。それは弁辞の技巧を超越し、これにわずらわされない。彼は洒落た表現で自分の周囲の社会をひにくり、描くのである。それはその時々の些細な事柄にすぎないが、作者の驚くべき鋭い観察眼と圧縮された表現力によって、輝かしい目新しいものとなるのである。

　マルティアーリスの人の悪い皮肉な諷刺とは反対に、痛烈な嘲罵のサトゥラに満腔の憤懣をぶちまけたのが、彼の年若い友人で、同じくスペイン出身のユウェナーリス Decimus Junius Juvenalis（紀元後五〇ころ―一二七以後）である。彼はその作品では、ホラーティウスと異なり、自分自身をほとんど語らない。彼はアクウィーヌム Aquinum の地方の割り合いに良い家の出であったが、ドミティアーヌス帝の贔屓役者を嘲ったために追放されたと伝えられる。これは財産の没収を意味する。彼がその諷刺詩の第一巻の序言で、自分の作品は生きている者にではなくて、死んだ昔の人に対するものであるといっているのは、この苦い体験の反映かも知れない。とにかく、追放後の彼の生活は苦しいものであった。彼の作品のあのスウィフト流の痛烈さには、ホラーティウスの諷刺のごときウィットがまったくなく、そこには本当に作者自身の怒りがぶちまけられている。それは失望し幻滅した男の憤りである。それはまた、ホラーティウスのように友人に親しく語りかけるようなものではなくて、弾劾演説である。ユウェナーリスは中年にいたるまで弁辞家であった。彼の五巻一六編の諷刺詩はその後の、すでに青春も中年も過ぎた時代、おそらく一〇〇―一二七年ごろの、トラヤーヌスとハードリアーヌスの治世のころの作である。彼は金持ちと女性に対してやり場のない荒れ狂うがごとき怒りと憎悪を集中するが、これは彼自身の失敗の経験の現われかと考えられる。彼の観察眼と描写力はすぐれたものではあるが、弁辞家として以外には教養のない彼には、諷刺詩もまた一つの演説であった。そこに現われるのは、小プリーニウスがその書簡の中であのように輝かしく満足をもって描いた同じローマとは思えないような悪徳の泥沼である。世の不公平、卑悪な金持ちども、聖人ぶった悪徳哲学者ども、大都市ローマの紊乱（びんらん）、ギリシアのほぼ同時代のルーキアーノスも扱った（二五四ページ参照）軽侮される食客、女性の悪に対する驚くべき告発、貧乏作家の憐むべき有様などをユウェナーリスは痛罵し絶叫する。ために彼のヘクサメトロスの諷刺詩は荘重な叙事詩か悲劇の相を帯びる。シラーが彼をスウィフト、ルソーと並んで、「パテーティッシュ」な諷刺の模範としたのも彼の作品のこのような性格を指している。

その後のローマ文学

ローマ帝国の衰退

トラヤーヌス帝によって最大の版図に達したローマは、彼の後を継いだハードリアーヌス帝（紀元後一一七―一三八）以後、漸く凋落の道をたどり始めた。世はローマの平和を謳歌し、ローマの栄光は永遠であるかのごとくに見えたが、帝国の運命にはすでに衰退の兆（きざし）が見え始めたのである。皇帝は教養のある穏和な人柄で、良心的な有能な為政者であり、彼がつくり上げた官僚組織はつぎの世紀の争乱に耐えてローマの支配を維持しえたほどすぐれたものであった。皇帝は大のギリシアびいきで、ラテン語よりもギリシア語に通暁し、その尚古主義は、すでに同じ傾向にあったローマの文学の擬古主義に拍車をかけた。今やローマにはラテン語とギリシア語が同じように行なわれ、紀元前一世紀半ばから始まり、紀元後二世紀から三世紀にかけてその頂点に達したギリシアのアッティカ擬古文主義はラテン文学をもその流れの中にまきこんだ。ヘーローデース・アッティコス（二五三ページ参照）のごとき人がローマにおいて勢力を得、名声を博したことはこの間の消息をよく物語っている。アウグストゥスの治世以後は、ウェルギリウスを除いては、紀元前一世紀のラテン文学黄金時代の偉大な文学はかえりみられず、ラテン文学は白銀時代の独自の道を歩んできたが、ここに一つの反動が起こった。そしてこの反動は黄金時代を通り越して、カトーに、エンニウスに、プラウトゥスに範を求めた。ラテン語はすでにその最初から日常の言語からしだいしだいに遊離しつつあったが、今やそれは意識的に遊離を求めたのである。それはラテン文学衰退の第一歩であった。哲人皇帝マルクス・アウレーリウスの師傅となったフロントー Marcus Cornelius Fronto がこの主義の代表者であるが、そのわずかに残った作品は、同時代の大部分の擬古主義ギリシア文学と同じく、作文に過ぎない。皇帝が彼の熱心に勧めた弁辞の術を捨てて、哲学をとり、ギリシア語で覚え書きを遺したことは、興味深い。

この好古主義の産物の一つがゲリウス Aulus Gellius（紀元後二世紀後半）の『アッティカの夜』Noctes Atticae 二〇巻（第八巻欠）である。アテーナイ滞在中にヘーローデース・アッティコスとも親交があった著者は、ここに彼が集めた言語、文法、考証、哲学などに関する抜き書きや覚え書きを整理蒐集して、雑然とはしているけれども、後代のわれわれには、これなくしては失われた、多くのかけがえのない貴重な資料を遺してくれたのである。

白銀時代の多くの文学者はスペインの出身であったが、このころになると、アフリカ出身のフロントーがローマでラテン文学の第一人者となり、ガリア出身のファウォリーノスがギリシア弁辞家の頭となったように、ヘレニズムの地域以外のローマの他の属州もようやく文明世界に仲間入りして、おのおの独自の存在を主張するようになった。アフリカのローマ領は、かつてのカルタゴである。紀元前二世紀にカルタゴが破壊されたのちに、ここにローマの植民地が築かれ、ラテン語を話す薄い層が生じたが、やがてそのギリシア・ローマ化は急速に進んだ。

アントーニーヌス朝の最大の代表的作家はアフリカのマダウラ Madaura の人アープレーイウス Lucius Ap(p)uleius（紀元後一二三ころ—一六一年以後？）である。彼は当時のギリシア文学の第二ソフィスト時代の弁辞家たちと同じく、言語のあらゆる技巧を身につけ、あらゆる文体、あらゆる修辞の術に通じていた。金持ちの美しい後家と結婚したために、魔法による誘惑の訴えをうけて彼が行なった『弁明』Apologia はこの新式の華麗きわまる文体による法廷演説の見本である。彼は、ルーキアーノスと同じく、弁辞家として名声を得、アフリカの諸地を、自作の演説をぶって歩きながら、哲学者を自称し、プラトーンの『パイドーン』を翻訳し、プラトーンやソークラテースを論じ、天文、動植物、歴史などに関する著書を公にしたが、彼に世界の文学の中で不朽の位置を与えたのは、魔法によって驢馬に身を変えられ、さまざまな冒険を経たのちに、エジプトのイーシス女神の力によって再び人間にかえる話を、華麗、多彩な文体で物語った『変身物語(メタモルフォーセース)』Metamorphoses または『黄金の驢馬』一一巻である。この話は元来ギリシアのもので、伝ルーキアーノス作『ルーキオスまたは驢馬』と同じ話をアープレーイウスはもととして、この長編をつくり上げた。この中に挿入されている多くの物語のうち、山賊に捕えられた乙女のために一老婆が語る「愛(アモール)と魂(プシューケー)」の話（第四—六巻）は、アープレーイウスの名を永遠ならしめる美しい作品である。

キリスト教文学

今やローマは、紀元前三世紀以来の努力の結果、ギリシアとその精神においても文化においても同一であり、ラテン語はギリシア語と等しい洗練されたことばであると人々は感じた。二つのことばの境はなく、ラテンの文学者もギリシア語で書いた。アープレーイウスもそのひとりである。フロントーも、アフリカのキリスト教の熱烈な擁護者テルトゥリアーヌスも、南ガリアのファウォリーノスもこの両語で自在に凝りに凝った文を書いた。ラテン語の作品をギリシア人にも読んでもらうために同時にギリシア語でも発表する者もあった。あらゆる点でギリシア語の模倣によって形成されたラテン語も、この時代ほどギリシア語の語法を取り入れたことはなかった。しかし事情は三世紀半ば以後変わってきた。ギリシア語の知識は帝国の西半分においてはしだいに失われた。四世紀にいたって、アウグスティーヌスのごとき偉大な教会の博士さえもほとんどギリシア語を知らないと自ら述べているのである。帝国はマルクス・アウレーリウス帝（一二一―一八〇）を最後として、平和を失い、ペルシアとゲルマン民族の侵入、あいつぐ内乱と軍隊の擁立する短命な皇帝たちの争いのうちに乱れに乱れたが、その中から最後にディオクレーティアーヌスが出て、二〇年間（二八四―三〇五）帝位にあったのち、自ら退位した。彼は帝国を維持するために、これを東西に分かったが、やがてコーンスタンティーヌス帝は三二四年に再び東西両ローマ帝国の皇帝となった。しかし帝国の重心は東に移りつつあった。三三〇年の彼のコーンスタンティヌーポリス遷都はその結果である。三世紀はまたキリスト教徒迫害の時代であったが、しだいに古典古代に滲透するキリスト教の勢力はついに教会対国家の争闘をもたらした。コーンスタンティーヌスは天上の国家の地上の帝国における神の代表者として、キリスト教を公認した。この帝国統一も、しかし、長くは続かない。テオドシウスの死後（三九五）、彼の息子たちが東西両帝国の主となったが、これは実際上、帝国の二分を意味していた。東ローマから離れた西はとうていゲルマン民族の敵ではなく、四七六年オドアケルがローマの最後の象徴的な名の皇帝、ロームルス・アウグストゥルスを追うに及んで、西ローマ帝国は滅亡したのである。

しだいに深まり広がり行く東西の間隙（かんげき）は、しかし、西方におけるギリシア語の知識の絶滅を意味するのではない。四世紀にもなおギリシア語を解する者が西方にも多くいた。ただ教養としてのギリシア語の習得がしだいに影をひそめたのである。ローマの皇帝がついにローマを捨てたように、ローマに集中されていた文化も、地方に中心をもつにいたった。いっぽう、キリスト教は初期におけるギリシア語による下層階級への接近から、しだいに帝国上層部に滲透し、そのためにまずギリシア語の、ついで文学的ラテン語によるプロパガンダを始め、ここにラテン文学に新しい命を吹き込んだ。その最初はアフリカであった。

今日のトリポリス、テュニジア、東部アルジェリアにあたるアフリカ州には、西方の属州とは比較にならぬほどギリシア文化が広がっていた。ここはハードリアーヌス以後ヴァンダル王国の時代にいたるまで、ローマの文化の一つの中心であった。五世紀初頭のマルティアーヌス・カペラ Martianus Capella の、メルクリウス神と文芸の女神フィロロギアとの結婚に際して花嫁に附き添った七人の乙女、文法、論理、弁辞学、幾何学、算術、天文、音楽にことよせて、これらに関する百般の知識を披露した『メルクリウスとフィロロギアの結婚』De nuptiis Mercurii et Philologiae は、古典古代と中世の敷居に立つものである。アレゴリーと無味乾燥の学識と自制を知らぬ空想とが、飾り立てた散文に学校作文式な韻文を交えた奇妙な文体で語られるこの本は、のちにボエーティウスの手本となった。われわれはここにすでに中世の教育の中心をなした七芸を見出すのである。

これに反してアフリカのキリスト教文学は遥かにたくましく、遥かにすぐれている。最初は二世紀から三世紀にかけて活躍したミヌーキウス・フェーリクス Minucius Felix とテルトゥリアーヌス Q. Septimius Florens Tertullianus であり、最後はかの偉大なるアウグスティーヌス Aurelius Augustinus（三五四—四三〇）である。ミヌーキウスの『オクターウィウス』Octavius は、この名のキリスト者と異教の信奉者との間の対話の形式を取っている。そこにはとくに新しいものはない。著者はキケロやセネカの神観とキリスト教の信条との比較評価をおだやかな、キケロ的なラテン語で展開する。そこには狂信的な攻撃はなく、キリスト教の教義も宗教というよりは一つの新しい哲学のごとくに扱われている。これに反してテルトゥリアーヌスは熱狂的な、攻撃的精神に満ちた憎悪の塊であって、キリスト教の説く愛は薬にしたくも彼にはない。法曹家である彼はそのテクニックをこの新しい活動のために応用した。晩年にいたってモンタニスト派に転じた彼は、同じ手法によってカトリック教会を攻撃した。この派の隠遁的な、偏狭な、狂信的な教義はテルトゥリアーヌスの気質に合ったのであろう。モンタニストは教会の世俗化に反対した。それゆえにテルトゥリアーヌスはたんにローマの国教に反対したのみならず、文学にも哲学にも芸術にも顔をそむけた。しかし、キリスト教が異教世界において自己を主張するには、彼のごとき人間を必要としたのであり、彼はカトリック教会の神学の基礎を築いたひとりとなった。彼のラテン語はその人柄と同じく晦渋(かいじゅう)をきわめ、伝統的なラテン語にそわないものであるが、ここにおいても彼は新しい宗教のための言語の創始者となったのである。彼にくらべれば、カルタゴの司教で殉教者キプリアーヌス Ciprianus（二五八没）は、穏和な平和な心の人であり、その書簡は確立しつつある教会の歴史研究のためにはかけがえのない資料である。三世紀の終わりのころに、弁辞家として名を成し、キリスト教の攻撃者であったアルノビウス Arnobius が、夢見の結果改宗しようとして書いた『反異教徒論』Adversus nationes 七巻は、彼を怪しんでその改宗を拒んだ司教に対して身の証(あかし)のために急いで編まれたもので、思想的にも宗教的にも浅薄なものであるが、古いローマの宗教とギリシアの秘教の姿を知るうえに重要な資料である。また、その後アウグスティーヌスに見出される新プラトーン学派の影響がここに初めて認められる。キリスト教会のキケロと称せられ、コーンスタンティーヌスの子の師傅(しふ)となったラクタンティウス Caecilius Firmianus Lactantius（三二五ころ没）はアルノビウスの弟子であった。

紀元後四世紀には、キリスト教はすでに国家の宗教となって、異教徒とキリスト教徒との対立も前世紀ほど激しくなくなり、キリスト教自身の異教化と相まって、ここに一つの新しい様相が生まれた。教会の敵はむしろアリアン派のごときキリスト教徒内の異端にあった。教会は今や国家と対立する勢力となり、聖アムブロシウスはテオドシウス帝自身を非難することさえ、あえてなしえたのである。異教は今や死滅せんとするはかない花であった。

三九一年に執政官となったシュムマクス Quintus Aurelius Symmachus（三四五―四〇五）は最後の異教徒の代表者である。古いローマの高貴な家に生まれ、古いローマの栄光の伝統を保持しようとした彼は元老院の少数の愛国派の統率者であり、その雄弁家としての名声は東西両ローマ帝国に広がり、キリスト教徒もこれを認めていた。しかし彼の残したものは、この激動と史上最も意味深い時代にありながら、むなしい美文の草稿の山に過ぎない。しかし三八四年に彼がローマの長官としてウァレンティニアーヌス二世にささげた、古きローマの神殿をキリスト教の侵入より護り、偉大なるローマの象徴たる勝利の女神の像を元老院に戻すことを要請した、昔ながらの華麗な、しかし滅びようとする者の悲愁にみちた報告書は、人々に深い感銘を与え、西方教会に君臨していたかの偉大な聖アムブロシウスもこれに対して反対の筆を取らざるをえなかったのである。この同じ年に、シュムマクスがミラノの弁辞学の教授に推薦した若いアウグスティーヌスが、やがてアムブロシウスによって洗礼をうけ、教会の雄弁な代表者となったことは運命の皮肉であった。

聖アムブロシウス Aurelius Ambrosius（三四〇ころ―三九七）はガリア・ナルボネンシスの長官の子として生まれ、若くしてミラノの長官となったときに、アリアン派の司教の死に際して、彼の意に反し、民衆によって司教に選ばれ、その後初めて洗礼をうけた。彼には多くの教義上の著書があるが、彼の名を不朽にしたのは、讃美歌の西方教会への導入である。彼より前にポアチエのヒラリウス Hilarius がギリシア教会のこの風習をガリアに移したのであるが、アムブロシウスが初めて神への奉仕における讃美歌の位置を確立した。彼の作った歌は単純な形式によりながら、なお古典古代の詩法によっているけれども、そこに歌われた内容は新しい宗教的感動による新しい叙情の世界であり、彼の作品は今日もなお讃美歌集中に幾編かとどまっている。

アムブロシウスが政治と外交の面で教会の基礎を築きつつあったときに、西方教会に東方の教会の教父たちがすでに前世代に打ち建てた教義を移入して、カトリック教会確立に精神的基盤を与えたのが、西方教会最大の博士聖ヒエローニュムス Eusebius Sophronius Hieronymus（英語の Jerome）（三四〇ころ―四二〇）である。アドリア海岸のダルマティアのストリドーン Stridon に生まれた彼は、その父の名エウセビウス Eusebius および彼自身の名よりして、おそらくギリシア人の出であろう。ローマにおいて教育を終え故郷に帰った彼は、やがてシリアの砂漠において三年（三七五―七年）のきびしい隠遁と修行の生活を送った。世の歓楽を知りつくした、この偉大なる学者は、炎熱の砂の中で、自ら藺の籠を組み、漁網を編み、自ら種を播きつつ、本を書写した。彼の魂はしかし彼に一か所に落着くことを許さない。コーンスタンティヌーポリスに、ローマに、最後にベツレヘムに移り、ここに僧院を建ててこもり、旧約聖書をヘブライ語より翻訳し、子弟を集めてウェルギリウス、叙情詩人、歴史家たちの著書を教えたのである。世を驚嘆せしめた偉大なる博士は、禁欲と修練の士であり、激越な論争の闘士でもあった。彼の書簡は彼が愛する友人たちに対しては熱烈な友愛の心にみちた人柄であることを示しているが、敵に対する彼は攻撃と争闘の精神と憎悪の塊である。ここに彼の矛盾した人格がある。彼には敵も多かったが、心酔者は彼に満腔の信頼をささげた。ローマにおいて彼の膝下に集まったのは、マルケリ、グラッキ、スキーピオの血を引く名家の婦人たちであった。最後に彼はこれらの名流の婦人の中のひとりパウラ Paulla Marcella とその娘を伴って、ベツレヘムに退いたのである。彼の神学、聖書註釈の多くの著書は東方教会最大の学者オーリゲネースとその弟子エウセビオスを範としたものである。彼はエウセビオスの『年代記』をラテン語に訳し、その後の記事を加え、エウセビオスの資料によりつつ、スエートーニウスにならって、キリスト教の作家の伝記を書いたが、彼の教会に対する最大の寄与は、旧約の翻訳と並んで、新約聖書のラテン訳本の確立であろう。彼は彼以前のラテン訳聖書を参考としつつ、新しい訳を行なったのである。しかし、今日流布本 Vulgata として行なわれているラテン訳聖書はヒエローニュムス訳と、古い幾つかの訳との折衷の産物である。

　ヒエローニュムスがラテン語、ギリシア語のみならず、ヘブライ語にも通じた大学者であったのとは対照的に、同時代の聖アウグスティーヌス Aurelius Augustinus（三五四—四三〇）は、ギリシア語さえもよく知らなかったけれども、ラテン訳を通じてプラトーンの思想の甚大な影響のもとに、カトリック教会の教理の最大の礎を置いた。アフリカのタガステーT(h)agaste に地方官吏の子として生まれた彼は、カルタゴにおいて弁辞家としての学習を終えてのち、この地方で弁辞の教師として立ち、その間に妾を置いた。これがその後彼と一三年間生活を共にし、一七歳で夭折した一子アデオダトゥス Adeodatus を生んだ女である。三七三年ローマに出た彼は、翌年ミラノの弁辞学の教師となった。彼の望みはこの道で名を成し、金持ちの妻を娶るにあった。彼の母親で熱烈なキリスト教信奉者であるモニカ Monnica が適当な候補者を見つけ出したときに、彼は妾に暇を出した。彼女はアフリカに帰って、他の男を取らず、キリスト者として信仰の生活にはいったのであるが、アウグスティーヌスは、婚約者が適当な年齢にまで成長する間も、肉の誘惑に勝てず、他の妾をおいたのである。ミラノのアムブロシウスとキケロの哲学の勧め『ホルテンシウス』Hortensius の深い影響下に、かつてマニ教の信奉者であったこの人は、激しい精神的動揺と争闘ののちに、ついに改宗の決心をし、三八七年洗礼をうけた。やがてアフリカに帰った彼は三九五年ヒッポ Hippo の司教に任ぜられ、いらい三五年厖大な量の手紙、著述、説教によって、このアフリカの一小港の司教は全キリスト教世界を指導したのである。四三〇年、七六歳の彼は、ヴァンダル王ゲンセリックによるヒッポ包囲攻撃のうちに世を去った。

アウグスティーヌスはヒエローニュモスと異なり、情緒豊かな高貴な内省的な、プラトーンにも比すべき豊かな詞藻の所有者である。彼がキケロの『ホルテンシウス』に感動し、ウイクトリーヌス Gaius Marius Victorinus のプラトーンおよび新プラトーン学派のポルピュリオスのラテン訳によって、この世の万物が永遠なるものの不完全な相にすぎず、悪は根源的な存在ではなくて、善の欠如に由来するとする説に接したことは、アウグスティーヌスを弁辞の術より哲学へ、心の学と救済へと誘ったのである。プローティーノスによって樹立せられた新プラトーン学派の説は、アウグスティーヌスと同時代のマクロビウス Ambrosius Theodosius Macrobius が、キケロの『国家論』第六巻中の『スキーピオの夢』の註釈 Commentarii in Somnium Scipionis にこと寄せて展開しているところによれば、星辰も人間も動植物もすべて神より流出したものであり、魂は肉体に惹かれたときに、その兄弟たる星辰の天界より地上に堕ちる。真の人間は魂であり、肉体の死は魂の生を意味する、ほとんど一つの宗教ともいうべきものである。

　アウグスティーヌスの多くの著書の中で、教会史や教理の研究者以外に、今日もなお多くの読者をもち、直接にその胸に訴えるのは『懺悔録』Confessiones 一三巻（四〇〇ころ）中の、彼の魂の記録たる最初の九巻である。アフリカの庭で梨を盗んだ少年時代から三三歳にしてミラノの庭園において長い心の闘争ののちについに改宗に決心するにいたるまで、彼は自己の人間性をあからさまに露呈する。これは一つの偉大なる、俗世の欲望に満ちた熱血漢の、それまで彼が尊び愛したすべてを捨てるにいたる経路を物語ったロマンである。自己の魂との対決あるいは対話はアウグスティーヌスに始まるのではない。ストア派の徒はすでに古くよりこれを勧め、マルクス・アウレーリウス帝の名高い著書は皇帝たる彼の悲痛な魂との対話であった。アウグスティーヌス自身も洗礼の直前に書いた『独語』Soliloquia において、自己と自己の理性との間に対話を行なわしめている。他人を啓発する目的でこのように自己の魂の遍歴を語ることそれ自身がすでにキリスト者にふさわしくない思い上がり、自己満足だとする非難には確かに一理がある。しかしこれは創造的精神の最高の思想、悩める魂の深奥に秘むやさしい傷つきやすい心の動きを歌った散文による一個の叙情詩なのである。

四一〇年、ローマがアラリックによって略奪されたとき、世界はこの不抜の永遠の栄光の座と信じていた都の転落に震撼（しんかん）した。その原因はキリスト教にあり、古き神々がこれに怒ったのであるとの古くからの攻撃が再び起こった。アウグスティーヌスの大著『神の国』De civitate Dei 二二巻はこの攻撃に答える目的のもとに、ほとんど一四年間を費してでき上がったものである。しかしこれはたんなる弁明ではなく、人類の歴史における善と悪との考察に発展した。彼はこのために最初の一〇巻を異教徒の歴史と宗教と哲学の概観と論破に費したが、悪と善との対立は歴史的ではなく、地上の国と神の国との対立によって説明された。地上の国はアダムの罪とともにこの世に現われ、地上の必要に応じたものであり、天上の国は罪の穢（けが）れなきものの姿である。両者の相克は最後の日の神の国の勝利によって終わり、永遠の幸いと平和がもたらされる。これは目的論的歴史哲学である。アウグスティーヌスは原罪のために自らかつて信じた人間の性善説を捨てなくてはならなかった。意志の自由の信念も放棄した。彼はその超絶的な考えによって、歴史的事実を、また、その解釈を曲げなくてはならなかった。しかし彼はこれによってキリスト教の教理を組織し体系化し、すでに地上に帝国を築いていた教会を神の国と結びつけて、カトリックの世界教会の基礎を確立したのである。

西方における讃美歌はアムブロシウスたちによって確立したが、真の意味でのキリスト教のラテン叙情詩の創始者はノラの聖パウリーヌス Paulinus（三五三―四三一）とプルーデンティウス Aurelius Prudentius Clemens（三四八―四〇五）である。ボルドーの高貴な家に生まれ、豪富を擁し、スペインの大領主の娘を妻として、王侯にも比すべき領地をもち、アウソニウスを師としてその詩才は並びなく、二〇代ですでに高位に登り、前途洋々たるパウリーヌスが、突如としてピレネーの彼方に姿を消したのは三八九年のことであった。彼は妻とともに一切を放擲して隠遁と禁欲の生活にはいり、日夜キリストに仕えたのである。彼をキリスト教に導いた聖フェーリクスをまつる南伊のノラに住んだ彼は愛するこの聖者の宮守りとなって、この聖者を歌った。キリスト教のホラーティウスと呼ばれたプルーデンティウスはスペイン出身の官吏である。彼の讃美歌はアムブロシウスのそれのごとくに教会で歌うためのものではなく、彼の友人たちの小さなサークルで読まれるべくつくられ、ために多くの形式の韻律によっている。しかしその中のある作は実際の讃美歌として用いられるにいたった。彼はまた教理や殉教者を歌った。

最後の異教文学

　しかしなお最後の異教徒たちが残っていた。先に挙げたマクロビウスの『サートゥルナーリア』Saturnalia 七巻は、ローマの貴族で古い宗教儀式に通じたプライテクスタートゥス Vettius Praetextatus の家でのサートゥルナーリアの祭りの宴で行なわれた会話という枠組みの中で、古いローマの文学（とくにウェルギリウス）、宗教、さまざまの考証など、万般の知識を披瀝したものであるが、その列席者には前述のシェムマクスを始めとしてウェルギリウスの註釈者として名高いセルウィウス Servius Marius Honoratus など、消え行く古典古代最後の砦(とりで)となって、その遺産を伝えようと必死の努力をしている人々の姿が見えるのである。

　歴史はこの時代に奇妙にも小アジアのアンティオケイア市出身のギリシア人の将軍にタキトゥスに匹敵する偉大な後継者を見出した。

　アミアーヌス・マルケリーヌス Ammianus Marcellinus がその人である。三三〇年ごろ生まれた彼は、軍人となって東方に、ガリアに、イタリアに戦い、皇帝ユーリアーヌスのペルシア遠征にも参加した。その後ローマに住んだ彼は、紀元後九六年以後、すなわちタキトゥスが筆をおいた以後より三七八年にいたるローマ史を編んだ。おそらくこれは三九二年以後に書き終わったものと考えられている。三一巻中、現存するのは一四―三一巻、三五三―三七八年、コーンスタンティーヌス帝よりヴァレンス帝の死にいたる部分である。失われた一三巻で二五七年を扱った彼は、最後の二五年に歴史の半ば以上を費したのである。これはローマにとって、すでに二世紀以来脅威となっていたゲルマン民族の帝国侵入が決定的となった時期である。背教者ユーリアーヌスは西方ではゲルマン民族に勝ったが、東方ではペルシアとの戦闘にその短い波乱に満ちた一生を終わった。ヴァレンスも西ゴート族との戦闘にたおれ、ゲルマン民族はダニューブ河以南にその永久的地歩をかためたのである。アミアーヌスにおいてギリシアいらいの人間の絶望感はその極に達した。タキトゥスの系譜に立つ彼の中の皇帝たちはもはや人間というよりは、幽鬼である。崩壊せんとする帝国はいかなる努力によっても今や支えがたい。軍隊は権力を振るい、人間は人間を信じることができない。迷信と魔法と占星術とが横行し、人間の尊厳は失われつつある。アミアーヌスの中の人間は追いつめられた動物のごとくに行動する。しかし、この憂鬱にもかかわらず、これは良心的な、事実に基礎をおいた歴史である。ギリシア人であり軍人たる彼が後年習得して書いたラテン語は、独特のスタイルをもってはいるが、見事なものということができよう。彼はこれによって、自らはそれをさとらずとも、まさに崩れんとする帝国の苦悩の雰囲気を表現することに成功したのである。

ユウェナーリス以後ラテン詩はもはや死滅したかに見えた。カルタゴの人ネメシアーヌスMarcus Aurelius Olympius Nemesianus（三世紀末）の四つの短い『牧歌』Eclogaeと教訓叙事詩『狩猟の書』Cynegetica は同時代の称讃にもかかわらず、技巧的な正確さにもかかわらず、ウェルギリウスやヘレニズムのギリシア詩を模倣した作文に過ぎない。彼よりややおくれて出て、一世を風靡したアウソニウス Decimus Magnus Ausonius（三九五ころ死）の多くの作品も、その大部分はむなしい弁辞の技の産物であった。ボルドーの学者の子として生まれ、長い間弁辞学の教授として暮らしていた彼は、グラーティアーヌス Gratianus の家庭教師となり、彼が帝位に登るに及んで、執政官、ガリア、イタリア、イリュリア、アフリカの長官となった。これは西ローマ帝国の最も重要な部分の統治を意味する。一弁辞学の徒がたちまちにしてこのように高官たりえたことは、当時の世相の反映、弁辞の技のもっていたほとんど信じがたいほどな尊敬を示すものとして興味がある。彼は弁辞の徒として、ほとんどあらゆるものを手当たりしだいにさまざまな形式の韻文にした感がある。歌うべきことを失った作文である。しかしその中にはモーゼル河を歌った『モセラ』Mosella のように、多くの美しい描写を含む作品もないではない。しかし異教の詩神は最後に、四〇〇年ごろに、ひとりのすぐれた詩人を世に出した。それはクラウディアーヌス Claudius Claudianus（四〇〇ころ）である。アミアーヌスがギリシア世界になお残っていた歴史の伝統に従ってタキトゥスの後継者となったように、アレクサンドレイアに育ったクラウディアーヌスは、エジプトに残る詩の精神によって、古（いにしえ）の光輝を再現したのである。アミアーヌスにおけると同じく、クラウディアーヌスにとってもラテン語は習得された外国語であった。けれども文学のラテン語は、当時のラテン語を母語とする人々にとってもほとんど外国語に等しいものであった。それは日常の言語から完全に遊離した一つの技巧的人工言語であって、中世以来の多くのラテン詩人が行なったのと同じことをクラウディアーヌスはしたに過ぎない。若いホノリウス Honorius 帝とその偉大なるゲルマン人の将軍スティリコ Stilicho の宮廷詩人となった彼は、四〇二年のアラリックに対するスティリコの勝利を『ゴート戦争』において祝い、帝の頌辞、結婚の祝典歌を書き、東ローマのアルカディウス帝の近衛の長官ルフィーヌス Rufinus と宦官（かんがん）エウトロピウス Eutropius を激しく攻撃した。これらの政治的な作品は弁辞学的、作詩法上の素晴しい技巧を示し、またその渦中にあった作者の古きローマへの愛国心と熱情にみちている。その他の、未完の『プロセルピーナの略奪』De raptu Proserpinae を始めとしてエピグラム、牧歌その他の小品はオウィディウスに直結するふうをもち、その中でも有名なのは田園の静寂のうちに世の憂き節（ふし）を遠く離れて暮らすヴェロナの老人を歌った作品である。

おそらく三世紀半ばのころの作品であろう。その作者の名も年代もわからぬ、わずか九三行の詩にすぎないが、人の心にいつまでも宿るのは、美しい『ウェヌスの宵宮』Pervigilium Veneris である。「愛したることなき者は明日こそ愛せめ、愛したることあるものも明日こそ愛せめ」に始まり、同じリフレインで終わる四行一連のスタンザを重ねる読み人知れぬこの作品は、古典古代のあらゆる伝統をうけつぎながら、それをかなぐり捨てたように自然に帰り、幼児のような自由な目で「鶯は歌えどわれは黙す、いつの日かわが春は来たらん。」と、去り行くものへの訣別を満腔の郷愁をこめて歌っている。これはその感情においても詩風においても古典古代より中世への敷居に立つものである。

四一〇年のアラリックの略奪によって、ついにローマは不落の都たる栄光を失った。ローマの高官ナマティアーヌス Rutilius Namatianus（四〇〇ころ）のエレゲイア詩『帰国』De reditu suo は、四一六年秋、南ガリアの領地がゴート族の略奪によって荒らされたため、ローマを去って帰国した旅日記であるが、オスティアの港で船待ちする間に、遥かなる都を彼はかえり見た。世界の女王ローマは七丘の上にそびえ立ち、訣別を告げる詩人の目には涙があった。この書は、しかし、第二巻六八行でぷっつりと終わっている。それは九月二二日から一一月二一日までの日記である。ガリアは今や騒然とし、ゲルマン民族の侵入はもはや止めようもなかった。アウィトゥス Avitus 帝の婿であり、クレルモンの司教となったシードーニウス・アポリナーリス Sidonius Apollinaris（四三〇ころ―四八三ころ）は、いちじ、西ゴートの囚われの身となり、西ゴートの王の臣下として生を閉じたのである。彼の詩は異教の伝統の最後の名残りである。ここにはもはや異教とキリスト教の対立はなく、彼の技巧的に正確な、容易な筆の流れは、ブルグンド人、フランク人、西ゴート人ら、軽蔑すべき蕃族の侵入の前に古い文学を唯一の最後の拠り所としたローマ貴族の教養の産物である。司教に就任以後彼は詩作を自分の位置にふさわしからぬものとして、弁辞的技巧にみちた書簡に転じた。

ローマの略奪者アラリックの死後、その後継者アタウルフにホノリウス帝はイタリアを救うべく南ガリアと北スペインを与えた。アタウルフの後継者ウァリアは名目上はローマとの提携のもとにこの地方にゴート王国を建てたのである。しかしついにオドアケルは四七六年イタリアの支配者となった。かくしてドナウ河畔の古里からイタリアに向かったときに、ウィーン近傍の修道院の僧セウェリーヌスが彼に与えた予言は実現したのである。しかし四九三年、東ゴートのテオドリックはオドアケルを殺害して、自ら西ローマの帝位に登った。ガリア、スペイン、アフリカのゲルマン諸王と反対に、テオドリックは文学芸術のパトロンとして、ローマとその文化を保持し回復しようとした。彼が人質として送った一〇年のコーンスタンティヌーポリスの月日はむだではなかったのである。東ゴート族の宮廷にはゲルマン語のほかにギリシア語、ラテン語が話された。宮廷はラヴェンナに移ったけれども、ローマはなお残照の栄光のうちに教会の砦として立っていたのである。この夕べの空に輝いたのがボエーティウスとカシオドールスの二つの星であった。

ボエーティウス Anicius Manlius Severinus Boethius（四八〇ころ―五二四）は、ローマの最も高貴な家柄に生まれた。彼自身も彼の父もふたりの子も執政官の職に就いた。彼はテオドリックの信頼を受けていたが、のち、叛逆の疑いを蒙って、投獄され、殺されたのである。彼は当時の古いローマ貴族の習いに従って、キリスト教と古典古代の伝統の裡(うち)に育ち、シュムマクスの家から妻を娶った。少数の貴族たちは、前の世紀と同じく滅びんとする古典の保存に努力していた。ウェルギリウス、ホラーティウス、リーウィウスなどの古典の素晴しい写本の伝承はこの東ゴート支配のころの彼らの努力に負うところが大きいのである。ボエーティウスはキリスト教の教理に関する書物のほかに、プラトーンとアリストテレースの全著作の翻訳と註釈を志したがこれはその緒についたばかりで中絶された。また教育の根本としての四芸（算数、音楽、幾何、天文）の教科書を書いた。これらは中世の学校教育に量り知れぬ影響を及ぼしたのである。しかしボエーティウスの名を不朽にし、多くの人に親しいものとしたのは、彼が獄中で書いた『哲学の慰め』Consolatio Philosophiae 五巻である。マルティアーヌス・カペラをまねて、散文に詩を交えたメニッポスふうのスタイルで書かれたこの書は、悪人が栄え善人が苦しむ不正に対して、「哲学」の化身たる乙女が最高善と神の支配、神慮と偶然との関係を説き、神の定めにもかかわらず自由意志の存しうることを明らかにしようとしたものである。その説くところそれ自身には矛盾があり論理的破綻があるにしても、彼の静かな、おごそかな、目前に迫る死の予感にわずらわされぬ不抜の態度、平静な瞑想、現世の汚濁にもかかわらず、人間性への変わらざる希望とは、多くの読者に喜びを与え、彼を越えて、キケロの、プラトーンの、古典古代の人間の英知へと導くのである。

カシオドールス Flavius Cassiodorus Magnus Aurelius Senator（四八〇ころ―五七五）もまたボエーティウスに劣らず高貴な生まれである。テオドリックと、その三人の後継者に仕え、事実上の宰相であった彼は、ゴート族の歴史（これはイヨルダニスの要約のみが残っている）と、彼が宰相としてテオドリックとその後継者の名のもとに書いた公文書を発表した。彼はまたローマに神学の学校建設をはかり、これは当時の不穏な時代には不可能であったが、そのための図書館は、のちにグレゴリウス一世（五九〇―六〇四）がその計画を受けついだ。しかしその後の文化のために比類なく重要だったのは、彼が政治に飽きて、南イタリアのブルティウムのスキラケーウム Scylaceum の領地に浮世の塵を避けて、二つの修道院を建て（五四〇ころ）、隠棲してからの活動である。テオドリックの帝国が崩れ去って（五五五）、ゲルマン人がつぎつぎとイタリアに侵入して来たころに、彼は自分の修道士たちに学問を勧め、かつ教え、古典の写本製作をうながした。彼は詩編の註釈を書き、神の道と世俗の学問の教育のために二巻の書を綴り（Institutiones Dirinarum et Saecularum Litterarum）、九三歳に及んで正しい綴りと句読点を論じた『正書法』Orthographia を著わした。彼の修道院設立より一〇年ほど前に（五二九）、全ヨーロッパの修道院の源となった修道院がベネディクトゥスによってカシーヌス山 Mons Cassinus 上の崩壊したアポローンの神殿跡に建てられた。カシオドールスもまたこの修道院にならって自己の修道院を設けたのであるが、学問をむしろその規則によって排したベネディクトゥスとは反対に、学芸を、ヒエローニュムスいらいの教父たちの伝統に従って、修道院に導入したのである。六世紀から八世紀にかけて、古典古代社会が崩れ去って、いわゆる暗黒の時代が訪れたときに、古典古代の伝統をひっそりと守り続けた修道院がなかったならば、ラテン語の文献の伝承史は甚だ現在とは異なるものとなっていたであろう。カシオドールスはラテン文献存続の恩人なのである。

ギリシア・ローマ文学年表

＊「事暦」と「文学」をできるだけ関連づけて配列したが、初期の両者の年代は必ずしも一致しない。とくに初期の「文学」は年代不明のものが多いので一世紀単位で考えていただきたい。
＊「文学」の項の（ロ）はローマを示す。

西暦	事暦	文学
紀元前？	セスクロ・ディミニ文化	
二五〇〇	初期ミノア時代（クレータ島）	
｜	初期先史ギリシア時代	
二〇〇〇	東ギリシア民族のギリシア侵入	
｜	中期ミノア時代（クレータ島）	
一九〇〇	中期先史ギリシア時代（オルコメノス文化）	
一六〇〇	後期ミノア時代（クレータ島） 後期先史ギリシア時代（ミュケーナイ時代） ギリシア民族スポラデス群島を経てキュプロス島にいたる（一三五〇ころ） トロイアの陥落（一一八四、古代ギリシアの伝承時代） 西ギリシア民族の南下 ミュケーナイの陥落	

一一〇〇	西ミュケーナイ時代、東ギリシア民族の東方への移住開始	
一〇〇〇	鉄器の使用始まる	
九〇〇	幾何学的文様土器時代	
八〇〇	ギリシアの歴史時代始まる	ホメーロス
七七六	オリュムピア祭開始	
七五三	ローマの建国	オリュムポス
七四四	アッシリアの盛期	ヘーシオドス
七二五	第一メッセーニア戦争	アルクティーノス、キナイトス、エウメナーロス、スタシノス、ヘーゲーシアースなどの初期叙事詩圏詩人
六九〇	キムメリオイ人小アジアに侵入	アルキロコス
六七〇	リューディア王ギューゲース	カリーノス
六六〇	南イタリアのロクロイ市に律法者ザレウコス	タレータース
六五七	キムメリオイ人リューディアの首都サルデイスを攻略す（―六五六）	クローナース ポリュムネーストス
六五五	コリントスの独裁者キュプセロス（―六二五）	クセノダーモス

六二五	コリントスの独裁者ペリアンドロス（—五八五）	セーモニデース
六三〇	スパルタ、メッセーニアを攻略す（—六〇〇？）	アルクマーン
六二一	アテーナイのドラコーンの成文法（—六二〇）	テュルタイオス
六一二	アッシリア帝国の滅亡	ミムネルモス
	メーディアとバビローンの興隆	レスケース、トロイゼーンのヘーゲーシアースなどの叙情詩人
		アリーオーン
		最古のホメーロス讃歌
六〇〇		ソローン（六四〇？—五六〇？）
五九六	レスボスの貴族追放	アルカイオス（六二〇生？）
五九四	ソローンの改革（—五九三）	サッポー（六一〇生？）
五八二	第一ピューティア祭	ステーシコロス（六一〇？—五五〇？）
五七〇	アクラガースの独裁者パラリス	アイソーポス『イソップ寓話』
		哲学者タレース（六二五？—五四六？）
		アナクシマンドロス（六一一？—五四七？）
五六〇	アテーナイの独裁者ペイシストラトス（—五	アナクシメネース（五八五？—五二八？）

二七）　リューディア王クロイソス（—五四六）

五五六　叙情詩人シモーニデース生まれる（—四六八）

五五〇　キューロス、メーディア帝国を覆し、ペルシア帝国を建設す

五四六　リューディアの首都サルディス陥落（—五四五）　小アジアのギリシア植民地、ペルシアに併呑される

五四四　ポーカイア人、南イタリアにエレア市を建設

五四〇　このころイアムボス詩人ヒッポーナクス、叙情詩人イービュコス、エレゲイア詩人テオグニス

五三八　キューロス、バビローンを攻略

五三四　テスピス、最初の悲劇を上演

五三三　サモスの独裁者ポリュクラテース（—五二二）

五三〇　このころ哲学者ピュータゴラース、サモスよりクロトーンに移る
エレゲイア詩人ポキュリデース
叙情詩人アナクレオーン（五七〇生？）
叙事詩、諷刺詩作家クセノパネース（五六五

年	事項	文化
		生?)
五二九	カムビュセース、キュロスの後を継ぎペルシア王	
五二五	ペルシアのエジプト征服	アイスキュロス生まれる(—四五六)
五二二	ダーレイオス、カムビュセースの後を継ぎペルシア王となる	ピンダロス生まれる(—四四二?)
五一四	ハルモディオスとアリストゲイトーン、アテーナイの独裁者の弟ヒッパルコスを暗殺	
五〇九	ローマ共和国成立	
五〇八	アテーナイのクレイステネースの改革(—五〇七)	
五〇五		このころ叙情詩人バキュリデース生まれる(—四五〇)
五〇〇		このころ女流詩人コリンナ、史家・系譜学者ヘカタイオス(五五〇—四七八?)、ヘーラクレイトス、ピュータゴラース派アルクマイオーン、喜劇詩人エピカルモスの盛時　プラ

四九九　イオーニア、ペルシアに対して叛乱（―四九三）
四九八
四九六
四九三　ミーレートスの陥落
四九二／一　ペルシア軍トラーキア、マケドニアを征す
四九一／〇　ゲラの独裁者ゲローン
四九〇　マラトーンの勝利
四八九／八　テーローン、アクラガースの独裁者
四八六　ダーレイオス王の死、クセルクセース王位継承
四八五

ーティーナース最初のサテュロス劇を上演
アイスキュロス、最初の悲劇上演　ピンダロスの最初の勝利歌
ソポクレース生まれる（―四〇六）
悲劇詩人プリューニコス『ミーレートスの陥落』を上演して罰金刑に処せられる　このころ哲学者エムペドクレース生まれる（―四三三？）

このころ悲劇詩人イオーン、喜劇詩人クラティーノス、エレア学派の哲人ゼーノーン生まれる　ピンダロス『ピューティア勝利歌6・12』
喜劇詩人キオーニデース喜劇を初めて上演
このころ雄弁家ゴルギアース生まれる（―三七五）　ソフィスト、プロータゴラース生まれる

		（—四一一？） エウリーピデース生まれる（—四〇六ころ）
四八四		アイスキュロス最初の勝利を得る　ヘーロドトス生まれる（—四三〇？）
四八一		ピンダロス『ネメア勝利歌5』　バキュリデース第13歌
四八〇	クセルクセース、ギリシアに進攻、テルモピュライとサラミースの戦い　ゲローンとテーローン、カルタゴ軍をシシリアのヒーメラにおいて破る	ピンダロス『イストミア勝利歌5』　このころアテーナイの雄弁家アンティポーン生まれる（—四一一）
四七八	ヒエローン、ゲローンの後継者としてシュラクーサイの独裁者となる	ピンダロス、シモーニデース、バキュリデース、シシリアの独裁者ヒエローンの宮廷に滞在
四七七	デーロス同盟の結成	アイスキュロス、ヒエローンの宮廷に赴く
四七六		ピンダロス『ピューティア勝利歌9・10』
四七四	ヒエローン、エトルリアの艦隊をクーマイ沖に撃破	
四七二		アイスキュロス『ペルシア人』
四七〇		トゥーキュディデース、喜劇作者ソープローン生まれる（—四〇〇？）　哲学者、エレア

		学派の始祖パルメニデースの盛期　この年ヒエローンのデルポイにおける勝利を、ピンダロス『ピューティア勝利歌1』、バキュリデース第4歌によって称えられる
四六九		ソークラテース生まれる（―三九九）
四六八	アテーナイの将キモーン、エウリュメドーンにペルシア軍を破る	ソポクレースの最初の勝利　ヒエローンのオリュムピアにおける最後の勝利をバキュリデース第3歌祝う
四六七		アイスキュロス『テーバイ攻めの七将』
四六六	ヒエローン没、シシリア独裁政権の崩壊	
四六五	クセルクセース没、アルタクセルクセース登極（―四二四）	コラクス、シシリアに雄弁術の教授を始める
四六四		ピンダロス『オリュムピア勝利歌7・9・13』
四六二	陪審員の日給制度、ペリクレースによって定められる	哲学者アナクサゴラース、アテーナイに来住　ピンダロス『オリュムピア勝利歌8』　医聖ヒッポクラテース、哲学者デーモクリトス（―三七〇）このころ生まれる
四五九	アテーナイ、ペロポネーソス同盟と戦う（―四四六）	ソフィスト、トラシュマコス生まれる　このころ雄弁家リュシアース生まれる（―三八〇）

以後）

四五八　アイスキュロス『オレステイア』

四五七／六　アイギーナ、アテーナイに降る

四五六　アテーナイ、外港ペイライエウスにいたる長城を完成　アイスキュロス、シシリアのゲラで没

四五二　バキュリデースの第6・7歌

四五一　イオーン悲劇の上演を始める

四五〇　喜劇詩人クラティーノス（四九〇ころ—四二二）の全盛期　このころ叙情詩人ティーモテオス生まれる（—三五〇ころ）

四四九　キモーン没　喜劇詩人クラテース最初の勝利を得る

四四六　ピンダロス『ピューティア勝利歌8』

四四二／一　ペリクレースの政権　ソポクレース『アンティゴネー』

四四一　エウリーピデース最初の勝利を得る

四四〇　サモスの叛乱（—四三九）　アトミスト、レウキッポス、エレア学派メリッソス　プロータゴラース、プロディコスなどのソフィストの活動　アテーナイの雄弁家アンドキデース生まれる（—三九〇ころ）

四三八　パルテノーン神殿完成　エウリーピデース『アルケースティス』

四三七		喜劇詩人ペレクラテース最初の勝利を得る
四三六	プロピュライアの建造開始	イソクラテース生まれる（—三三八）
四三二	ポティダイアの叛乱	
四三一	ペロポネーソス戦争開始	エウリーピデース『メーデイア』
四三〇	アテーナイの疫病	クセノポーン生まれる（四三〇ころ—三五四）
四二九	ペリクレース没	喜劇詩人プリューニコス最初の勝利を得る 喜劇詩人エウポリス最初の劇を上演
四二八		エウリーピデース『ヒッポリュトス』
四二七		ゴルギアース、アテーナイに来る　アリストパネースの最初の喜劇『宴の人々』　プラトーン生まれる（—三四八／七）
四二六		アリストパネース『バビロニア人』
四二五	アテーナイ軍スパクテーリアを攻略	アリストパネース『アカルナイ人』　このころ伝クセノポーン作『アテーナイ人の国家』
四二四	スパルタの将ブラシダース、アムピポリスを攻略	アリストパネース『騎士』　秋、トゥーキュディデース、アムピポリスの戦いに失敗し追放される
四二三		アリストパネース『雲』　クラティーノス

『酒瓶』

四二二　アテーナイのクレオーンとブラシダースともにアムピポリスの合戦で戦死　アリストパネース『蜂』

四二一　ニーキアースの平和　エウポリス『追従者』『マリカース』　アリストパネース『平和』

四二〇　雄弁家イサイオス生まれる（―三五〇ころ）　このころ、史家ヘラーニコス、デーモクリトス、ヒッポクラテースの盛期　このころソポクレース『オイディプース王』？

四一九　ペロポネーソス戦争再開

四一八　マンティネイアにおけるスパルタの勝利

四一六　アテーナイのメロス遠征　アガトーン最初の悲劇の勝利を得る

四一五　アテーナイのシシリア遠征　エウリーピデース『トロイアの女たち』

四一四　アルキビアデースの脱走　アリストパネース『鳥』

四一三　シシリア遠征軍の全滅

四一二　アテーナイの同盟諸都市の叛乱　エウリーピデース『ヘレネー』

四一一　五月、四百人の政権　九月、その崩壊　アリストパネース『女の平和』『女だけの祭り』

四一〇　ソフィスト、エーリスのヒッピアースの盛期

年	歴史	文学
四〇九		ソポクレース『ピロクテーテース』
四〇八		エウリーピデース『オレステース』
四〇六	ディオニューシオス一世シュラクーサイの独裁者（—三六七）	エウリーピデース没、ソポクレース没
四〇五	アイゴスポタモイにおいてアテーナイ艦隊の全滅	アリストパネース『蛙』　エウリーピデース『バッカイ』『アウリスのイーピゲネイア』
四〇四	アテーナイの降伏、ペロポネーソス戦争の終結、長城の破壊、追放者の召還　スパルタ、ギリシアの覇権を握る（—三七一）　三十人政権アテーナイに樹立	
四〇三	三十人政権の失墜、民主政体の回復	
四〇一	ペルシア王子キューロスの叛乱、ギリシア傭兵隊の退却	ソポクレースの『コローノスのオイディプース』上演
四〇〇	スパルタとペルシアの戦争（—三八六）	このころ史家クテーシアース、叙情詩人・音楽家ティーモテオスの盛期　歴史家エポロス生まれる
三九九		ソークラテース没　アンドキデース『秘教について』

三九五　コリントス戦争（―三八六）　ポリュクラテース『ソークラテース告訴演説』アリストパネース『女の議会』

三九三　イソクラテース、アテーナイに弁辞学の学校を開く

三九二

三九一　シュラクーサイのディオニューシオス、南イタリアを攻略（―三八七）

三九〇　キュプロス王エウアゴラースとペルシアとの戦争（―三八〇）　このころイソクラテース『反ソフィスト論』雄弁家リュクールゴス（―三二四）、アイスキネース（―三三〇以後）、哲学者ヘーラクレイデース（―三一〇）生まれる

三八九　雄弁家ヒュペレイデース（―三二二）生まれる　このころイサイオス、法廷演説代作者としての活動を始める

三八八　アリストパネース『福の神』

三八七　アンタルキダースの平和（スパルタとペルシア）　プラトーンの第一回シシリア訪問

三八六　プラトーン、アカデーメイア創設

三八五　このころアリストパネース没

三八四　アリストテレース生まれる

三八三		デーモステネース生まれる
三八〇		イソクラテース『パネーギュリコス』　このころリュシアース没　メガラ派の創始者、哲人エウクレイデース没　ソークラテースの友人・弟子アンティステネース（四五五—三六〇）、アイスキネース、パイドーン（四一七生）などの活動
三七八		このころ歴史家テオポムポス生まれる
三七七	第二アテーナイ同盟	
三七五		このころゴルギアース没
三七一	ボイオーティア軍レウクトラにスパルタを破る	このころ哲学者テオプラストス生まれる（—二八七）
三七〇／六九	テーバイの第一ペロポネーソス侵入、アルカディア同盟成立	数学者、クニドスのエウドクソスの盛期
三六九／八	テーバイの第二ペロポネーソス侵入	
三六七		プラトーン再びシシリアに赴く　アリストテレース、アテーナイに来住（一七歳）
三六六	エパメイノーンダースのペロポネーソス侵入	
三六五／〇		このころ雄弁家デイナルコス生まれる　懐疑

派の哲人ピュローン生まれる（—二七五）

三六四／三
デーモステネース最初の演説で自己の後見人を訴える

三六二　エパメイノーンダース、スパルタ軍をマンティネイアに破り戦死
プラトーン、第三回目のシシリア訪問（三六二／一）　このころ新喜劇詩人ピレーモーン生まれる（—二六二）

三六〇
このころ中期喜劇の全盛時代、作者アンティパネース、アナクサンドリデース、アレクシス
犬儒、シノーペーのディオゲネースの盛期（四〇〇—三二五）

三五九　ピリッポス二世マケドニア王となる

三五七　ピリッポス、アムピポリスとピュドナを攻略　アテーナイとピリッポスの戦争（—三四六）ディオーンのディオニューシオス二世に対する遠征　アテーナイと同盟諸都市との戦争（—三五四）

三五六　ピリッポス、ポティダイア攻略　神聖戦争、ピリッポス深くギリシアにはいる（—三四六）　アレクサンドロス大王生まれる
イソクラテース『和平論』

三五三	ピリッポス、テッサリアに侵入　ディオーン暗殺される	
三五一		デーモステネース『第一ピリッポス演説』
三五〇		このころ新喜劇作者ディーピロス生まれる（—二六三）
三四九		デーモステネース『オリュントス演説』
三四八	オリュントスの陥落	
三四七		プラトーン没、スペウシッポス後継者となり、アリストテレース、アテーナイを去る
三四六	ピロクラテースの平和、一〇人のアテーナイ使節三月に講和を受諾、六月に締結のため再び赴いた時、ピリッポスすでにテルモピュライに迫る　ピリッポス、デルポイの競技を主催する　ディオニューシオス二世シュラクーサイを回復	デーモステネース『和平論』
三四五		このころシシリアの歴史家ティーマイオス生まれる（—二五〇ころ）
三四四		デーモステネース『第二ピリッポス演説』
三四三		アイスキネース『使節論』

三四二	ピリッポス、エーペイロスとトラーキアを攻略（―三四〇）	新喜劇作者メナンドロス生まれる（三四二／一―二九一）
三四一		デーモステネース『第三ピリッポス演説』『第四ピリッポス演説』（―三四〇）　このころ哲人エピクーロス（―二七〇）、史家ピロコロス（―二六〇？）、ドゥーリス（―二六〇？）生まれる　イソクラテース『パンアテーナイア演説』
三三九	ピリッポス、ギリシア中心部に進攻	クセノクラテース、スペウシッポスの後継者としてアカデーメイア長となる（―三一四）
三三八	アテーナイとテーバイの同盟軍カイローネイアにおいてピリッポスに撃破される	イソクラテース没
三三六	ピリッポス暗殺される　アレクサンドロス登極（―三二三）	
三三五	アレクサンドロス、テーバイ市を破壊	アリストテレース、アテーナイのリュケイオンに学校を開く　ストア学派の哲人クレアンテースこのころ生まれる（―二三二）
三三四	アレクサンドロス、アジアに侵入	
三三三	アレクサンドロス、イッソスにペルシア軍	

	を破る	
三三二	アレクサンドロス、フェニキアを征服（—三三一）	
三三一	アレクサンドロス、アレクサンドレイアを建設　ガウガメラの会戦	
三三〇		アイスキネース『反クテーシポーン論』デーモステネース『冠について』
三二七	アレクサンドロス、インドに侵入	新喜劇詩人ピレーモーン最初の勝利を得る アレクサンドロスの史家カリステネース没 アレクサンドロスの史家オネーシクリトス、インドに従軍
三二五	アレクサンドロス軍撤退　ネアルコスのインド洋航海（—三二四）	
三二四	ハルパロス、アテーナイに来る（—三二三）	リュクールゴス没　デイナルコスとヒュペレイデース、デーモステネースをハルパロス事件で追及する　デーモステネースの追放
三二三	アレクサンドロス没　エジプトのプトレマイオス一世（—二八三）	エピクーロス、アテーナイに来住
三二二	クランノーンの戦いに、マケドニアの将ア	ヒュペレイデース、デーモステネース、アリ

ンティパトロス、ギリシア軍を破る　ストテレース没　テオプラストス、リュケイオンの後継者となる

三二一　メナンドロス最初の喜劇を上演

三二〇　このころ悲劇詩人リュコプローン生まれる

三一七　パレーローンのデーメートリオス、アテーナイを支配する（―三〇七）

三一六　このころ新喜劇作者ディーピロス最初の勝利を得る

三一五　メナンドロス最初の勝利を得る　このころ教訓叙事詩作家アラートス生まれる（―二四〇）

三一四　ストア学派の祖、キティオンのゼーノーン、アテーナイに来住　ポレーモーン、アカデーメイア長となる（―二七六）

三一二　史家ティーマイオス、シシリアよりアテーナイに来住

三一一　シュラクーサイの独裁者アガトクレース、カルタゴと戦う（―三〇六）

三一〇　このころ詩人カリマコス生まれる（―二四〇ころ）

三〇六	アレクサンドロスの後継者たち王の称号をとる	エピクーロスふたたびアテーナイに来て学校を開く
三〇〇		このころタレントゥムの詩人リントーン、ソーパトロス、エレゲイア詩人コースのピレータース（三二〇—二七〇）、数学者エウクレイデース、史家ディカイアルコスなどが活動
二九七		神話の史的解釈者エウヘメーロス没
二九五	デーメートリオス・ポリオルケーテース、アテーナイにはいり、ペロポネーソスを奪う　ピュロス、エーペイロス王となる	このころロドスのアポロドーロス生まれる
二九四	デーメートリオス、マケドニア王となる（—二八七）	ゼーノーン、ストアに教授を始める
二九一		メナンドロス没
二九〇		アレクサンドロスの後継者の史家ヒエローニュモスの盛期　バビローンの史家ベーローソスの盛期
二八九	アガトクレース没	
二八八		テオプラストス没

年	事項	文化
二八七	デーメートリオス、ピュロスによってマケドニアより追われる	アルキメデース生まれる（—二一二）
二八五	プトレマイオス二世（—二四七）	このころ解剖学者ヘーロピロスとホメーロス学者ゼーノドトスの盛期
二八四		このころ詩人リーウィウス・アンドロニークス生まれる（—二〇四？、ロ）
二八一	リューシマコス、セレウコスに破れて戦死　セレウコス、プトレマイオス・ケラウノスに暗殺される	クレイタルコス、アレクサンドロスの歴史を書く　エジプトの史家マネトーの盛期　このころエレゲイア詩人ヘルメーシアナクス
二八〇	ローマ、タレントゥムおよびピュロスと戦う　アカイア同盟　ガリア人ギリシアに侵入（—二七九）	サモスの天文学者アリスタルコスの太陽中心説（—二七九）
二七七	アンティゴノス・ゴナータース、マケドニア王となる	
二七六		詩人エウポリオーン生まれる
二七五	ピュロス、エーペイロスに帰る	このころ天文学者・文献学者エラトステネース生まれる　このころボリュステネースの犬

儒ビオーン

二七二　ピュロス没　タレントゥム、ローマに降伏
　アラートス、マケドニア王アンティゴノス・ゴナータースの宮廷にあって作詩（—二七二）

二七一
　エピクーロス没　クラテース、アカデーメイア長となる　このころ詩人アスクレーピアデース、ポセイディッポス（エピグラム作者）、ヘーデュロス、レオーニダースの盛期　カッサンドレイアのポセイディッポスの盛期（二七〇）

二七〇　ヒエローン、シュラクーサイ王となる（—二一六）
　このころ詩人ナイウィウス生まれる（—二〇一以後、ロ）

二六九　クレモーニデス戦争（アテーナイとマケドニアの戦い、—二六六）

二六四　第一ポエニ戦争（—二四一）

二六三
　ストアのゼーノーン没、クレアンテース後継者となる

二六〇
　このころミーモス詩人ヘーローダースの盛期　ガタラの犬儒メニッポス　ロドスのアポロドーロス、アレクサンドレイア図書館長（—二

		四七）
二五〇		このころ喜劇作者プラウトゥス生まれる（—一八四、ロ）
二五一	アラートス、アカイア同盟を率いるにいたる	
二五〇	アルサケース、パルティア王となる	このころ弁辞学者ヘーゲーシアース、伝記作者サテュロスの盛期
二四五		このころカリマコス『表』と題するギリシア文献目録の作成に従事する
二四一	ペルガモン王アッタロス（—一九七）	
二三九		詩人エンニウス生まれる（—一六九、ロ）
二三五		エラトステネース、アレクサンドレイア図書館長（—一九五）
二三四		大カトー生まれる（—一四九、ロ）
二三二		クリューシッポス、ストアの長となる
二三〇		このころ叙事詩人ホメーロスの校訂者リアノス、史家ピューラルコス、犬儒・ディアトリベー作家テレース
二二七	ローマ人はじめてギリシアの競技に参加	
	スパルタ王クレオメネースの改革	

二二三	シリア王、アンティオコス大王	
二二二	スパルタ王クレオメネース、マケドニアとアカイア同盟に破れる	
二一九		このころ喜劇作者カイキリウス生まれる（—一六八、ロ）
二一八	第二ポエニ戦争（—二〇二）	
二一七	ローマ軍トラシメネに大敗する	
二一六	カンナイの戦闘	
二一四		歴史家ファビウス・ピクトール（ロ）
二一二	シュラクーサイの陥落	アルキメデース没
二一一	第一マケドニア戦争（—二〇五）	
二〇八		クリューシッポス没
二〇二	ザマの会戦、カルタゴ、ローマに大敗する	
二〇〇	第二マケドニア戦争（—一九七）	このころポリュビオス生まれる（—一二〇ころ）　大カトー『農耕書』（二三四—一四九）
一九七	ローマの将フラーミニウス、マケドニア王ピリッポス五世をキュノスケパライに破る エウメネース二世アッタロスの後を継いで	

一九五　ペルガモン王となる
このころエラトステネース没　ビューザンティオンのアリストパネース、アレクサンドレイア図書館長となる　喜劇作者テレンティウス生まれる（—一五九、ロ）
天文学者ヒッパルコス生まれる

一九〇　ローマ軍、アンティオコス王をマグネーシアに破る

一八五　このころ哲学者パナイティオス生まれる（—一〇九）　政治家・雄弁家スキーピオ・アイミリアーヌス生まれる（—一二九、ロ）

一八三　アカイア同盟の指導者ピロポイメーン没

一八〇　文献学者アリストパネース没、アリスタルコスその後継者となる　このころ諷刺作家ルーキーリウス生まれる（—一〇二、ロ）

一七九　マケドニア王ピリッポス没、ペルセウス（—一六八）その後を継ぐ

一七一　第三マケドニア戦争（—一六八）

一七〇　このころ悲劇作者アッキウス生まれる（—八五ころ）

年	事項	文学
一六八	ピュドナの会戦、マケドニア王朝の最後、ローマ勝利を得て一千人のアカイア同盟の人々をマケドニアに加担した疑いのもとにイタリアに連行する	史家ポリュビオス、アカイア同盟の人々とともにローマへ連行される（一六七―一五一）
一六六		文法家ディオニューシオス・トラークス生まれる
一五五	哲学者カルネアデース、クリトラーオス、ディオゲネース、アテーナイを弁護するためローマに赴く	
一五一	アカイア同盟の人々釈放される	
一五〇		弁辞家ヘルマゴラースの盛期　詩人モスコス 教訓叙事詩人ニーカンドロス
一四九	第三ポエニ戦争（―一四六）	
一四六	ギリシアに対してローマ、兵を送り、アカイア同盟を破り、コリントスを破壊する カルタゴ、ローマによって破壊される	
一四〇		このころエピグラム作者メレアグロス生まれる（―七〇？）
一三五		このころ哲学者ポセイドーニオス生まれる

一三三	スキーピオ・アイミリアーヌス、イベリアのヌーマンティアを攻略、イベリアの叛乱の最後 ティベリウス・グラックスの改革と彼の死	（—五一ころ）
一二三	ガイウス・グラックスの改革とこれにつぐ貴族党、民衆党の争闘 マリウスの勢力増大す	
一一六		史家・文法家アガタルキデースの盛期 ウァロー生まれる（—二七、ロ）
一一四	ゲルマン人の侵入（—一〇一）	
一一二	ユグルタ戦争（—一〇六）	
一一〇		このころ哲学者ピロデーモス生まれる（—四〇？）
一〇六		キケロ生まれる（—四三、ロ）
一〇三	マリウス執政官として全権を握る（—一〇一）	
一〇二	マリウス、ゲルマン人を破る	カイサル生まれる（—四四、ロ）
一〇〇		このころ物語作者アントーニオス・ディオゲ

年	事項	文学
九九		ネース このころエピクーロス学派の詩人ルクレーティウス生まれる（―五五、ロ）　歴史家ネポース生まれる（―二四ころ、ロ）
九一	同盟戦争（またはマルシ戦争）の結果、ポー河以南のイタリア都市、ローマ市民権を獲得（―八七）	
八八	マリウスとスラとの争闘、ポントス王ミトリダテースのギリシア侵入	
八七		ポセイドーニオス、ロドス人弁護のためにローマに赴く
八六		歴史家サルスティウス生まれる（―三五、ロ）
八四		このころ叙情詩人カトゥルス生まれる（―五四ころ、ロ）
八二	スラ、独裁者となる	
八〇		このころ註釈家ディデュモス生まれる（―一〇）
七九	スラ、引退する	

七八　　キケロ、ポセイドーニオスの講義をロドスにて聴く
七三　スパルタクスの叛乱　　詩人パルテニオス、イタリア来住　このころ
七〇　ポムペーユスとクラッスス執政官になる　　詩人クリーナゴラース生まれる　このころ新アカデーメイア派の哲人アイネシデーモスの盛期　詩人ウェルギリウス生まれる（—一九、ロ）
六九　　エレゲイア詩人ガルス生まれる（—二六、ロ）
六七　ポムペーユス、地中海の海賊を掃討する
六五　　詩人ホラーティウス生まれる（—八、ロ）
六四　ポムペーユス、ミトリダテース王を破り東洋のローマ支配を確立する（—六二）　　地理学者ストラボーン生まれる（—後二一ころ）　史家ダマスコスのニーコラーオス生まれる
六三　キケロ執政官になる　カティリーナの乱　　キケロ『カティリーナ弾劾演説』
六〇　ポムペーユス、カイサル、クラッススの第一回三頭政権　　このころディオドーロス、『世界史』を著わす（—三〇）
五九　　史家リーウィウス生まれる（—後一七、ロ）
五八　カイサル、ガリア征服（—五一）

年	歴史	文学
五五		このころ老セネカ生まれる（—後三七ころ、ロ）
五四		キケロ『国家論』　カトゥルス没
五三	クラッスス、パルティア軍に破れて死ぬ	
五〇		このころエレゲイア詩人プロペルティウス生まれる（—一六ころ、ロ）
四八	カイサル、ファルサーロスにてポムペーユスの軍を撃破	カイサル『ガリア戦記』　このころエレゲイア詩人ティブルス生まれる（—一九、ロ）
四六		
四四	カイサルの暗殺	このころキケロ『義務論』
四三	アントーニウス、オクタウィアーヌス、レピドゥスの第二回三頭政権	キケロ没　オウィディウス生まれる（—後一七または一八、ロ）
四二	フィリッピの会戦	
四〇		このころ詩人テッサロニカのピリッポス
三七		ウェルギリウス『牧歌』
三五		このころホラーティウス『諷刺詩』第一巻 ピローンこのころ生まれる（—後四一ころ）
三一	アクティウムの海戦、オクタウィアーヌス、アントーニウスとクレオパトラを破る	

三〇　オクタウィアーヌスの政権確立（—後一四）　このころウェルギリウス『農耕詩』

二九　リーウィウス『ローマ史』執筆を始める

二七　オクタウィアーヌス、アウグストゥスとなる

二五　このころ文学批評家ハリカルナッソスのディオニューシオスおよびカレー・アクテーのカイキリオスの盛時　このころヌミディア王、史家ユバ（八〇—二三）　ミーモス作者ピリスティオーン

二三　ホラーティウス『歌』（—一三）

二〇　ホラーティウス『書簡』（—一三）

一九　ウェルギリウス没　『アイネーイス』

一六　オウィディウス『恋の歌』初版　このころプロペルティウス没

八　ホラーティウス没

四　哲学者セネカ生まれる（—後六五、ロ）

二

紀元後　このころオウィディウス『恋愛術』

五　このころ哲学者ピローン（前三五—後四

		一?）の盛時
八		このころオウィディウス『転身譜』
九	ヴァルスの軍、ゲルマン人に大敗	
一四	ティベリウス帝（―三七）	このころ詩人マーニーリウスの盛時（ロ）
一七		オウィディウス没　リーウィウス没
二〇		弁辞家アピオーン、アレクサンドレイアよりローマに来住（―四〇）
二七	ティベリウス帝、カプリに引退	詩人シーリウス・イータリクス生まれる（―一〇一、ロ）
二三		大プリーニウス生まれる（―七九、ロ）
三〇	このころ新ピュータゴラースの徒・聖者テュアーナのアポローニオス	詩人パイドロスの盛時（ロ）
三四		詩人ペルシウス生まれる（―六二、ロ）
三五		このころクゥインティリアーヌス生まれる（―九五以後、ロ）
三七	カリグラ帝（―四一）	史家ヨーセーポス生まれる（―一〇〇ころ）
三九		詩人ルーカーヌス生まれる（―六五、ロ）
四〇		このころマルティアーリス生まれる（―一〇四ころ、ロ）

四一	クラウディウス帝（—五四）	
四二	帝国の版図東西に拡大する（—四六）	
四五		このころ詩人スターティウス生まれる（—九六、ロ）
四六		プルータルコス生まれる（—一二〇以後）
五〇		このころ小説作者カリトーン『崇高について』作者未詳　哲人エピクテートス生まれる（—一三〇）　エピグラム作者ルーキリオス　このころ諷刺作家ユウェナーリス生まれる（—一二七以後、ロ）
五四	ネロ帝（—六八）	
五五		このころタキトゥス生まれる（—一一五以後、ロ）
六一		小プリーニウス生まれる（—一一三ころ、ロ）
六三		セネカ『ルーキーリウスあての道徳書簡』（—六五、ロ）
六四	ローマの大火	
六五	ピーソーの陰謀	『サティリコン』の著者ペトローニウス没（ロ）『内乱記』の詩人ルーカーヌス没　セ

六八	ネロの死後のいわゆる四帝（ガルバ、オトー、ウィテリウス、ウェスパシアーヌス）乱立時代（—六九）	ネカ没
六九	ウェスパシアーヌス勝利を得る（—七九）	
七〇	ティトゥス、イエルサレムを破壊する	このころスエートーニウス生まれる（—一四〇か一五〇ころ）
七九	ティトゥス帝（—八一）　ヴェスヴィオの噴火	『博物誌』の著者、大プリーニウス没
八〇		ファボーリーノス生まれる（—一五〇ころ）
		タキトゥス『ゲルマーニア』
八一	ドミティアーヌス帝（—九六）の圧政と哲学者の追放	
八二		弁辞家、黄金口ディオーン、ローマより追放される（—一二〇?）
八四		マルティアーリス『贈り物』
九三		このころクゥインティリアーヌス『弁辞家の育成』（—九五、ロ）
九六	五帝時代（—一九二）　ネルウァ帝（—九八）	このころクゥインティリアーヌス没
九八	トラヤーヌス帝（—一一七）ローマ帝国	このころマルティアーリス『エピグラム』

一〇〇	この時代に最大の版図に拡大される	この世紀に文法家アポローニオス・デュスコロス、ヘーローディアーノス、詩人バブリオス（正確な年代は不明）
一〇一		弁辞家ヘーローデース・アッティコス生まれる（—一七七）
一〇四		タキトゥス『歴史（ヒストリアイ）』
一〇九		このころタキトゥス『編年記』
一一三		このころ『書簡集』の小プリーニウス没
一一五		このころユウェナーリス『諷刺詩』
一一七	ハードリアーヌス帝（—一三八）の治下に文学芸術復興する	この時代に詩人メソメーデース
一二〇		『英雄伝』の著者プルータルコス没
一二一		天文学者プトレマイオス（—一五一）
一二三		このころアープレーイウス生まれる（—一六一以後、ロ）
一二九		雄弁家アリステイデース生まれる（—一八九）　医家ガレーノス生まれる（—一九九）

年	歴史	文学
一三五		史家アリアーノスの盛期（九五—一七五）『アレクサンドロスの遠征』
一三八	アントーニーヌス・ピウス帝（—一六一）	
一四〇		物語作者クレータのディクテュス（?）
一五〇		このころアウルス・ゲリウス『アッティカの夜』（—一六五、ロ）
一六〇		このころよりルーキアーノス『神々の対話』『海神の対話』『死者の対話』（一二〇?—一八〇?）　『皇帝伝』のスエートーニウス没 史家アッピアーノス『ローマ史』
一六一	マルクス・アウレーリウス帝（—一八〇）	キリスト教弁明者テルトゥリアーヌス（一五〇—二三〇?、ロ）
一七五		このころ『雑録』の著者アイリアーノス生まれる（—二三四ころ）　このころ小説作者アキレウス・タティオス
一八〇	コムモドゥス帝（—一九二）	パウサニアース『ギリシア案内記』　『省察録』のマルクス・アウレーリウス没
一八五		キリスト教師父オーリゲネース生まれる（—二五四）

一八九 アリスティデース没

一九〇 哲学者・医師セクストス・エムペイリコスの盛時 アレクサンドレイアのキリスト教学者クレーメースの盛時

一九三 帝位争奪の内乱時代 セプティーミウス・セウェールス帝（―二一一）

二〇〇 このころアテーナイオス、辞典編纂者ハルポクラティオーン、書簡体文学作者アルキプローン、史家ディオーン・カッシオスの盛時

二〇五 ディオゲネース・ラーエルティオス生まれる（―二五〇ころ） キリスト教弁明者キプリアーヌス（―二五八、ロ） 新プラトーン学派のプローティーノス生まれる（―二六九） 法律家パピアーヌスの盛期

二一一 カラカラ帝（―二一七） 市民権を帝国全体に及ぼす

二一三 カッシオス・ロンギノス生まれる（―二七三）

二一五　雑録作者アイリアーノスの盛時（一七五—二三四ころ）

二一七　マクリーヌス帝（—二一八）

二一八　エラガバルス帝（—二二二）

二二〇　このころフラーウィオス・ピロストラトス（一九〇—二四五）『テュアーナのアポローニオス伝』　このころ小説作家ロンゴス

二二二　アレクサンデル・セウェールス帝（—二三五）

二二五　キリスト教学者オリゲネースの盛時（一八五—二五四）

二三〇　レームノスのピロストラトス（一八八—二五四）　エジプトの哲学者アムモーニオス・サッカース　ヘーリオドーロスの小説の著作　小説作者エペソスのクセノポーン　『哲人伝』作者ディオゲネース・ラーエルティオス（二〇〇—二五〇ころ）

二三一　新プラトーン学派の哲人ポルピュリオス生まれる（—三〇五？）

二三五　セウェールス帝の暗殺につづいて帝国内に

二四五	争乱が生ずる　軍隊の選出した皇帝が相ついで立つ	プローティーノス、ローマに来住
二五〇		このころ新プラトーン学派の哲人イアムブリコス生まれる（—三二五）　キリスト教学者ラクタンティウス生まれる
二五一	ゲルマン民族侵入始まる	
二五六	ペルシア、小アジアに侵入	
二五九	ウァレーリアーヌス帝、ペルシアに囚われる	
二六二		ポルピュリオス、プローティーノスの弟子となる（—二六三）
二六三	ガリエーヌス帝（—二六八）	
二六五		教会史家エウセビオス生まれる（—三四〇）
二六八	クラウディウス・ゴティクス帝、ゴート族を破る（—二七〇）	
二七〇	アウレーリアーヌス、パルミュラの叛乱を鎮定、ガリアを回復、ローマ市を城壁で囲む	教訓叙事詩人オッピアーノス
二八四	ディオクレーティアーヌス帝　ローマ帝国の復興（—三〇五）	

三〇〇		このころオルフィズムの詩
三〇五	ディオクレーティアーヌス帝の退位とその結果の争乱	
三〇六	コーンスタンティウス帝没、コーンスタンティーヌスその後を継ぐ	
三一〇		詩人アウソニウス生まれる（―三九五、ロ）
三一二	コーンスタンティーヌス帝、マクセンティウスを破る	
三一三	リキニウス帝、マクシミヌスを破る　キリスト教認められる	
三一四		弁辞家リバニオス生まれる（―三九三）
三二四	コーンスタンティーヌス、リキニウスを破り東西ローマを統一する	
三二五	ニーカイアの宗教会議	このころラクタンティウス没（ロ）
三三〇	コーンスタンティーヌス、コーンスタンティヌーポリスを首都とする	キリスト教の作家大バシレイオス生まれる（―三七九）　キリスト教の作家ナジアゼーンのグレゴリオス生まれる（―三九〇）　このころ史家アミアーヌス・マルケリーヌス生まれる（―四〇〇、ロ）

三三九　コーンスタンティーヌス帝の死と内乱

三四〇　　このころアムブロシウス生まれる（—三九七、ロ）ヒエローニュムス生まれる（—四二〇、ロ）

三四四　　キリスト教作家黄金口ヨハンネース生まれる（—四〇七）

三四五　　雄弁家シュムマクス生まれる

三四八　　詩人プルーデンティウス生まれる（—四〇五、ロ）

三五三　　聖パウリーヌス生まれる（—四三一、ロ）
　　文法家アイリウス・ドナートゥスの盛期（ロ）

三五四　　アウグスティーヌス生まれる（—四三〇、ロ）

三六一　背教者ユーリアーヌス帝（—三六三）

三六三　ヨウィアーヌス帝キリスト教を回復する

三七〇　　新プラトーン学派のシュネシオス生まれる（—四一二）世紀末に叙事詩人スミュルナのクゥイントゥス

三七八　西ゴート族侵入

三七九　テオドシウス帝（—三九五）

三九四	ホノリウス、西ローマ皇帝	このころ詩人アウソニウス没（ロ）
三九五	アルカディウス、東ローマ皇帝（―四〇八）	
三九六	西ゴート族、アラリックのもとにギリシアに侵入	
四〇〇		このころ叙事詩人ノンノス、ムーサイオス、辞典作者ヘーシュキオス、叙事詩人トリュピオドーロス（？）ローマの文法家マクロービウス、セルウィウス、詩人クラウディアーヌスの盛時（ロ）
四〇二	ホノリウスの将スティリコ、アラリックを破る	
四〇五		シュムマクス没（三四五―、ロ）
四一〇	アラリック、ローマを略奪しガリアに去る	
四一五		新プラトーン学徒、女哲学者ヒュパティア、キリスト教徒の暴徒に虐殺される
四一六		詩人ナマティアーヌスの盛時（ロ）
四二五	ローマ軍、ブリテン島より退く	
四三〇		このころアポリナーリス生まれる（―四八三ころ、ロ）　アウグスティーヌス没

四四一	フン族の長アッティラの侵入（―四五二）	
四五五	ヴァンダル族ローマを略奪する	
四七六	東ゴートの長オドアケル、ローマ皇帝ロームルス・アウグストゥルスを退位させる	
四八〇	西ローマ帝国の終末	このころボエーティウス生まれる（―五二四、ロ）　カシオドールス生まれる（―五七五、ロ）
四八五		新プラトーン学派のプロクロス没
四八八	東ゴートの長テオドリック王、イタリアを統一（―四九三）	
四九三	テオドリック、オドアケルをラヴェンナに包囲、これを攻略　テオドリック、ラヴェンナに都しイタリアを始める（―五二六）	
五〇〇		叙事詩人コルートス　抜粋書編纂者ストバイオス　文法家プリスキアーヌスの盛時（ロ）
五二四		『哲学の慰め』のボエーティウス没
五二七	ユスティーニアーヌス帝（―五六五）	史家プロコピオス、将軍ベリサーリウスの軍

五二九　に従ってイタリアに来住（―五四〇）
アテーナイの哲学の学校閉鎖される　学長ダマスキオスは六人の同僚とともにペルシア王コスロエノスの宮廷に赴く　ベネディクトゥス、カシーヌス山に僧院を開く

五三三　シムプリキオス、ペルシア宮廷より帰り、アリストテレース、エピクテートスの註釈を著わす

五六五　ユスティーニアーヌス帝没

五七〇　ビューザンティオンのアガティアース詞華集を編む

五七五　カシオドールス没

［マ］

［ミ］

［ム］

［ホ］

［フ］

［ヘ］

[ハ]

[ヒ]

[ト]

[ナ]

[ニ]

[ネ]

[ノ]

[ソ]

[タ]

[チ]

[ツ]

[テ]

[ケ]

[コ]

[サ]

［ク］

[カ]

[キ]

[オ]

［ウ］

［エ］

［イ］

索　引

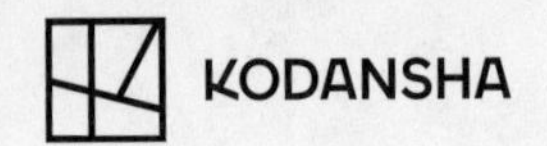

本書の原本は、一九六七年に明治書院から刊行されました。

高津春繁（こうづ　はるしげ）

1908-1973年。神戸市生まれ。東京帝国大学文学部卒業。オックスフォード大学に留学し，古代ギリシア語・印欧語比較文法を専攻。東京大学教授，武蔵大学教授，日本言語学会委員長，日本西洋古典学会委員長などを歴任。著書に『比較言語学』『ギリシア民族と文化の成立』『アルカディア方言の研究』等，学術文庫に『古典ギリシア』がある。

定価はカバーに表示してあります。

ギリシア・ローマの文学（ぶんがく）

高津春繁（こうづ はるしげ）

2023年2月7日　第1刷発行

発行者　鈴木章一

発行所　株式会社講談社

東京都文京区音羽2-12-21 〒112-8001

電話　編集（03）5395-3512

販売（03）5395-4415

業務（03）5395-3615

装　幀　蟹江征治

印　刷　株式会社広済堂ネクスト

製　本　株式会社国宝社

本文データ制作　講談社デジタル製作

ISBN978-4-06-530457-0

「講談社学術文庫」の刊行に当たって

これは、学術をポケットに入れることをモットーとして生まれた文庫である。学術は少年の心を養い、成年の心を満たす。その学術がポケットにはいる形で、万人のものになることは、生涯教育をうたう現代の理想である。

こうした考え方は、学術を巨大な城のように見る世間の常識に反するかもしれない。また、一部の人たちからは、学術の権威をおとすものと非難されるかもしれない。しかし、それはいずれも学術の新しい在り方を解しないものといわざるをえない。

学術は、まず魔術への挑戦から始まった。やがて、いわゆる常識をつぎつぎに改めていった。学術の権威は、幾百年、幾千年にわたる、苦しい戦いの成果である。こうしてきずきあげられた城が、一見して近づきがたいものにうつるのは、そのためである。しかし、学術の権威を、その形の上だけで判断してはならない。その生成のあとをかえりみれば、その根は常に人々の生活の中にあった。学術が大きな力たりうるのはそのためであって、生活をはなれた学術は、どこにもない。

開かれた社会といわれる現代にとって、これはまったく自明である。生活と学術との間に、もし距離があるとすれば、何をおいてもこれを埋めねばならない。もしこの距離が形の上の迷信からきているとすれば、その迷信をうち破らねばならぬ。

学術文庫は、内外の迷信を打破し、学術のために新しい天地をひらく意図をもって生まれた。文庫という小さい形と、学術という壮大な城とが、完全に両立するためには、なおいくらかの時を必要とするであろう。しかし、学術をポケットにした社会が、人間の生活にとってより豊かな社会であることは、たしかである。そうした社会の実現のために、文庫の世界に新しいジャンルを加えることができれば幸いである。

一九七六年六月　　　　野間省一

哲学・思想・心理

中野孝次著
ローマの哲人 セネカの言葉

死や貧しさ、運命などの身近なテーマから「人間となる術」を求め、説いたセネカ。その姿はモンテーニュやアランにもつながる。作家・中野孝次が、晩年に自らの翻訳で読み解いた、現代人のためのセネカ入門。

2616

渡辺公三著（解説・小泉義之）
レヴィ＝ストロース 構造

現代最高峰の人類学者の全貌を明快に解説。ブラジルへの旅、ヤコブソンとの出会いから構造主義誕生を告げる『親族の基本構造』出版、そして『野生の思考』を経て『神話論理』に至る壮大な思想ドラマ！

2627

鷲田清一著
メルロ＝ポンティ 可逆性

独自の哲学を創造し、惜しまれながら早世した稀有の哲学者。その生涯をたどり、『知覚の現象学』をはじめとする全主要著作をやわらかに解きほぐす著者渾身のモノグラフ、決定版として学術文庫に登場！

2630

エドワード・S・リード著／村田純一・染谷昌義・鈴木貴之訳（解説・佐々木正人）
魂（ソウル）から心（マインド）へ 心理学の誕生

心理学を求めたのは科学か、形而上学か、宗教か。「魂」概念に代わる「心」概念の登場、実験心理学の成立、自然化への試みなど、一九世紀の複雑な流れを整理しつつ、心理学史の新しい像を力強く描き出す。

2633

野矢茂樹著（解説・古田徹也）
語りえぬものを語る

相貌論、懐疑論、ウィトゲンシュタインの転回、過去、知覚、自由……さまざまな問題に豊かなアイディアで切り込み、スリリングに展開する「哲学的風景」。著者会心の哲学への誘い。

2637

田中美知太郎著（解説・國分功一郎）
古代哲学史

古代ギリシア哲学の碩学が生前刊行した最後の著作。著者の本領を発揮した凝縮度の高い哲学史、より深く学びたい人のための手引き、そしてヘラクレイトスの決定版となる翻訳――哲学の神髄がここにある。

2640

外国の歴史・地理

中国古代の文化
白川　静著

中国の古代文化の全体像を探る。斯界の碩学が中国の古代を、文化・民俗・社会・政治・思想の五部に分ち、日本の古代との比較文化論的な視野に立って、その諸問題を明らかにする画期的作業の第一部。

441

ガリア戦記
カエサル著／國原吉之助訳

ローマ軍を率いるカエサルが、前五八年以降、七年にわたりガリア征服を試みた戦闘の記録。当時のガリアとゲルマニアの事情を知る上に必読の歴史的記録として有名。カエサルの手になるローマ軍のガリア遠征記。

1127

十字軍騎士団
橋口倫介著

秘密結社的な神秘性を持ち二百年後に悲劇的結末を迎えたテンプル騎士団、強大な海軍力で現代まで存続した聖ヨハネ騎士団等、十字軍遠征の中核となった修道騎士団の興亡を十字軍研究の権威が綴る騎士団の歴史。

1129

内乱記
カエサル著／國原吉之助訳

英雄カエサルによるローマ統一の戦いの記録。前四九年、ルビコン川を渡ったカエサルは地中海を股にかけ政敵ポンペイユスと戦う。あらゆる困難を克服し勝利するまでを迫真の名文で綴る。ガリア戦記と並ぶ名著。

1234

秦漢帝国　中国古代帝国の興亡
西嶋定生著

中国史上初の統一国家、秦と漢の四百年史。始皇帝が初めて中国全土を統一した紀元前三世紀から後漢末までを兵馬俑の全貌も盛り込み詳述。皇帝制度と儒教を軸に劉邦、項羽など英雄と庶民の歴史を泰斗が説く。

1273

隋唐帝国
布目潮渢（ちょうふう）・栗原益男著

三百年も東アジアに君臨した隋唐の興亡史。律令制の確立で日本や朝鮮の古代国家に多大な影響を与えた隋唐帝国。則天武后の専制や玄宗と楊貴妃の悲恋など、波乱に満ちた世界帝国の実像を精緻に論述した力作。

1300

西洋の古典

言語・思考・現実
B・L・ウォーフ著／池上嘉彦訳
言葉の違いは物の見方そのものに影響することを実証し、現代の文化記号論を唱導したウォーフの主要論文を精選。「サピア＝ウォーフの仮説」として知られる言語と文化について鋭い問題提起をした先駆的名著。
1073

ガリア戦記
カエサル著／國原吉之助訳
ローマ軍を率いるカエサルが、前五八年以降、七年にわたりガリア征服を試みた戦闘の記録。当時のガリアとゲルマニアの事情を知る上に必読の歴史的記録として有名。カエサルの手になるローマ軍のガリア遠征記。
1127

内乱記
カエサル著／國原吉之助訳
英雄カエサルによるローマ統一の戦いの記録。前四九年、ルビコン川を渡ったカエサルは地中海を股にかけ政敵ポンペイユスと戦う。あらゆる困難を克服し勝利するまでを迫真の名文で綴る。ガリア戦記と並ぶ名著。
1234

ラケス 勇気について
プラトン著／三嶋輝夫訳
プラトン対話篇
プラトン初期対話篇の代表的作品、新訳成る。「勇気とは何か」「言と行の関係はどうあるべきか」を主題に展開される問答。ソクラテスの徳の定義探求の好例とされ、構成美にもすぐれたプラトン初学者必読の書。
1276

バッハの思い出
アンナ・マグダレーナ・バッハ著／山下　肇訳
名曲の背後に隠れた人間バッハを描く回想録。比類なき音楽家バッハの生涯は、芸術と生活の完全なハーモニーであった。バッハ最良の伴侶の目を通して愛情深くつづった、バッハ音楽への理解を深める卓越の書。
1297

ソクラテスの弁明・クリトン
プラトン著／三嶋輝夫・田中享英訳
プラトンの初期秀作二篇、待望の新訳登場。死を恐れず正義を貫いたソクラテスの法廷、獄中での最後の言説。近年の研究動向にもふれた充実した解説を付し、参考にクセノフォン『ソクラテスの弁明』訳を併載。
1316

西洋の古典

学校と社会・子どもとカリキュラム
ジョン・デューイ著／市村尚久訳

デューイの教育思想と理論の核心を論じる。学校を小型の共同社会と捉え、子どもの主体性と生活経験の大切さを力説する名論考。シカゴ実験室学校の教育成果から各教科の実践理論と学校の理想像を提示する。

1357

心とは何か
アリストテレス著／桑子敏雄訳

心を論じた史上初の書物の新訳、文庫で登場。心についての先行諸研究を総括・批判し、独自の思考を縦横に展開した書。難解で鳴る原典を、気鋭の哲学者が分かり易さを主眼に訳出、詳細で懇切な注・解説を付す。

1363

恋愛と贅沢と資本主義
ヴェルナー・ゾンバルト著／金森誠也訳

資本主義はいかなる要因で成立・発展したか。著者はかつてM・ウェーバーと並び称された経済史家。「贅沢こそが資本主義の生みの親の一人であり、人々を贅沢へと向かわせたのは女性」と断じたユニークな論考。

1440

経験と教育
ジョン・デューイ著／市村尚久訳

大文字版

デューイの教育哲学を凝縮した必読の名著。子どもの才能と個性を切り拓く教育とはどのようなものか。子ども自身の経験を大切にし、能動的成長を促す教育理論を構築。生きた学力をめざす総合学習の導きの書。

1680

君主論
ニッコロ・マキアヴェッリ著／佐々木　毅全訳注

大文字版

近代政治学の名著を平易に全訳した大文字版。乱世のルネサンス期、フィレンツェの外交官として活躍したマキアヴェッリ。その代表作『君主論』を第一人者が全訳し、権力の獲得と維持、喪失の原因を探る。

1689

ギリシャ神話集
ヒュギーヌス著／松田　治・青山照男訳

壮大無比なギリシャ神話の全体像を俯瞰する。紀元二世紀頃、ギリシャの神話世界をローマの大衆へ伝えるために編まれた、二七七話からなる神話集。各話は極めて簡潔に綴られ、事典的性格を併せもつ。本邦初訳。

1695